集句词研究

JIJUCIYANJIU

张明华/著

中国社会科学出版社

图书在版编目(CIP)数据

集句词研究/张明华著. —北京：中国社会科学出版社，2016.3
ISBN 978 - 7 - 5161 - 7600 - 9

Ⅰ.①集… Ⅱ.①张… Ⅲ.①词(文学)—诗词研究—中国
Ⅳ.①I207.23

中国版本图书馆 CIP 数据核字(2016)第 025317 号

出 版 人	赵剑英
责任编辑	郭晓鸿
特约编辑	席建海
责任校对	张依婧
责任印制	戴 宽

出　　版	中国社会科学出版社
社　　址	北京鼓楼西大街甲 158 号
邮　　编	100720
网　　址	http://www.csspw.cn
发 行 部	010 - 84083685
门 市 部	010 - 84029450
经　　销	新华书店及其他书店
印　　刷	北京君升印刷有限公司
装　　订	廊坊市广阳区广增装订厂
版　　次	2016 年 3 月第 1 版
印　　次	2016 年 3 月第 1 次印刷
开　　本	710×1000　1/16
印　　张	22
插　　页	2
字　　数	338 千字
定　　价	82.00 元

凡购买中国社会科学出版社图书，如有质量问题请与本社营销中心联系调换
电话：010 - 84083683
版权所有　侵权必究

目　录

绪论 …………………………………………………………（1）

第一章　历代集句词创作考 ………………………………（6）
　第一节　宋金元时期的集句词创作 …………………………（6）
　第二节　明代的集句词创作 …………………………………（10）
　第三节　清代的集句词创作 …………………………………（12）

第二章　集句词之基本特征 ………………………………（22）
　第一节　阶段性特征 …………………………………………（22）
　第二节　类别性特征 …………………………………………（39）
　第三节　地域性特征 …………………………………………（55）

第三章　集唐词之一："集唐诗" …………………………（66）
　第一节　集唐词里开新篇
　　　　——董元恺的《苍梧词》 ……………………………（66）
　第二节　集句词中最经典
　　　　——朱彝尊的《蕃锦集》 ……………………………（78）
　第三节　游赏归来作画图
　　　　——俞忠孙的《节霞词存》 …………………………（92）

· 1 ·

第四章　集唐词之二："集唐句" ……………………………… (103)

第一节　一集之中有真伪
——徐旭旦的《集唐诗余》 ……………………………… (103)

第二节　本意吟过更体物
——柴杰的《百一草堂集唐诗余》 ……………………… (118)

第三节　梦里依依西蜀韵
——石赞清的《钉锢吟词》 ……………………………… (130)

第五章　集唐词之三：专集一家唐诗 …………………………… (147)

第一节　专集杜诗作小令
——耿沄的《雪村集杜词》 ……………………………… (147)

第二节　倾心温李铸芳词
——杨芳灿的《拗莲词》和《移筝语》 ………………… (154)

第六章　集宋词 …………………………………………………… (165)

第一节　赞歌一曲颂梨园
——播花居士的《燕台集艳二十四花品》 ……………… (165)

第二节　寻思往事依稀梦
——江昉的《集山中白云词句》 ………………………… (174)

第三节　专取各家为题画
——顾文彬的《百衲琴言》 ……………………………… (185)

第七章　集词词 …………………………………………………… (200)

第一节　不薄今人爱古人
——殷如梅的《集词》 …………………………………… (200)

第二节　瑶琴弹泪满霜袍
——沈传桂的《霏玉集》 ………………………………… (212)

第三节　夫妻携手赋春情
——汪渊的《麝尘莲寸集》 ……………………………… (224)

目 录

第八章　集曲词 ·· (243)
 第一节　初开集曲惊人目
    ——陈钟祥的《集牡丹亭词》················ (243)
 第二节　奇外更奇是此书
    ——悔道人的《西厢词集》···················· (252)

第九章　集古词 ·· (269)
 第一节　集唐宋外更开法
    ——何采的《南涧词选》······················ (269)
 第二节　六朝旧句写风雅
    ——陈朗的《六铢词》························ (283)
 第三节　杜鹃声里斜阳暮
    ——丁尧臣的《蕉雨山房集句附编》·········· (293)

第十章　集句词产生、发展原因探析 ······················ (309)
 第一节　集句词产生、发展之原因 ······················ (309)
 第二节　词话与集句词 ·································· (327)

主要参考文献 ·· (343)
后记 ··· (346)

绪　论

　　所谓"集句词"即是用集句的方式创作的词。集句词在文体上属于词，是词中的一个特殊类别；集句词又是使用他人现成语句写成的词，所以跟一般方式创作的词又存在一定的差别。

　　北宋中期，集句词开始出现，并陆续受到一些重要词人的注意。由此以至元、明，集句词虽然传承不绝，但数量一直都不多。到了清代，随着词学的"中兴"，集句词也实现了自身的繁荣，产生了众多的作品，其中仅可考的集句词集（或卷）就有至少 30 种。历代词人创作的集句词不仅在数量上达到相当的规模，而且呈现出一些突出的特征，具有较高的研究价值。可是这一部分珍贵的文学遗产，却很少受到当代学人的关注。即便是历史上最著名的集句词集——朱彝尊的《蕃锦集》，当代学者也仅仅发表了两篇相关的学术论文，即吴肃森的《〈蕃锦集〉与唐诗》（《天府新论》1987 年第 1 期）和马大勇的《朱彝尊〈蕃锦集〉平议——兼谈"集句"之价值》（《南京师范大学文学院学报》2003 年第 3 期）。至于其余的集句词，包括一些特色鲜明的集句词集，都没有出现过专门的研究论文。

　　集句词不仅具有较高的研究价值，而且具有广阔的研究空间。这正是本书写作的动机和目的。笔者试图对历代集句词进行尽可能全面、系统的研究，以期展现其基本特征、发展的阶段性和丰富多彩的面貌。书稿共分十章。

　　第一章《历代集句词创作考》是对历代集句词创作的文献考察。宋、金、元三代是集句词发展的早期阶段。据笔者考察，北宋有作者 9 人，今存集句词29首；南宋有作者10人，集句词22首。两者相加，共有作者19人，集句词51首。可是在与南宋并世而立的金代，以及先后消灭金和南宋而建立的元代，集句词却走向了衰落。金、元两代的集句词均仅有1首，可见离灭亡已经不远了。随着明王朝的建立，集句词创作重新恢复了生机，共有作者15人，集句词87首，超过此前宋、金、元三代集句词总数的1.5倍。明人不仅恢复了宋代集句词的疆域，而且在一些方面还有新的突破，为清代集句词发展准备了条件。相对于此前的各个朝代，清代的集句词数量可谓庞大。除了大量的散见作品，仅专门的集句词集（或卷）就有朱彝尊《蕃锦集》、钱琰《集唐百家衣词》、李天馥《闺词》等31种，除了钱琰《集唐百家衣词》已经佚失外，其余30种尚存。

　　第二章《集句词之基本特征》是对集句词总体特征的把握。随着创作数量的增加，集句词的个性特征也越来越鲜明：（1）阶段性特征。从大的方面说，宋金元三代的集句词、明代的集句词、清代的集句词各有不同的特点；从小的方面说，清代的集句词在顺康时期、雍乾时期和嘉道以后亦各有明显的差别。（2）类别性特征。从理论上说，集句词可以分为许多彼此交叉的类别，但真正发展起来的只有集唐词、集宋词、集词词、集曲词和集古词五类。（3）地域性特征。集句词自产生之日起，其作者就以南方人为主。由宋至明，这个倾向一直都非常突出。到了清代，集句词发展到鼎盛阶段，但其作者仍然主要是南方人，甚至主要是江浙人。因此，可以说集句词在地域上属于南方文学。

　　第三章《集唐词之一："集唐诗"》是对专门使用唐五代诗句的集句词的研究。（1）董元恺的《苍梧词》虽非集句词集，但集中有71首集句词。董元恺将它们明确分为"集唐诗""集唐词""集唐句"和专集一家四类，大大拓展了集唐词的内涵。除了"集唐词"，其余三类在后世都得到了较大的发展。（2）朱彝尊《蕃锦集》是清代出现的第一部集句词集。《蕃锦集》专门使用唐人诗句，是一部"集唐诗"专集；《蕃锦集》总共使用了55个词调，并且按照字数的多少依次从小令、中调到长调排列；《蕃锦集》题材广泛，纪游，题画，送行，艳情，咏物，无所不有。（3）俞忠孙的《节霞词存》三卷由221首"集唐诗"组成。相对于此前，俞忠孙不仅大力发展了游赏题材,而且拓展了题画之作。

第四章《集唐词之二:"集唐句"》是对那些兼用唐五代作者诗、词之句的集句词的研究。(1)徐旭旦的《集唐诗余》虽然包括了不少伪作,但也有不少作品未见其他出处,可视为真作。就其中真作而言,不仅艳情题材继续得到发展,而且具有鲜明的时序特色;有些作品甚至专门使用女性作家的语句,因此仍有一定的价值。(2)柴才的《百一草堂集唐诗余》最重视形象的描绘,无论是对词调"本意"的揣摩,对咏物对象的刻画,还是对自己形象的表现,都显得细腻生动,深情动人。(3)石赞清的《钉饳吟词》主要表现男女爱情,即使是其余的题材,也往往带有一定的艳情色彩。不仅如此,有些作品还体现出鲜明的性别特征。

第五章《集唐词之三:专集一家唐诗》是对专集一家唐人诗句的集句词的研究。(1)耿沄的《雪村集杜词》专集杜甫诗句。该集在内容上主要反映文人的生活雅趣,在艺术上不仅全部使用小令,而且这些小令有一个共同点,即都是由五七言句子组成的词调。即使在选用杜甫诗句上,《雪村集杜词》也有自己的特色,他主要选择杜甫的近体诗句,很少使用古体诗句。(2)杨芳灿的《拗莲词》专集温庭筠诗句,而《移等语》则专集李商隐诗句。两集的共同之处在于不仅使用《菩萨蛮》一个词调,而且所写全部都是爱情内容。

第六章《集宋词》是对专门使用宋人词句的集句词的研究。(1)播花居士的《燕台集艳二十四花品》专门评论梨园艺人,内容非常独特;借鉴了司空图《诗品》的体例,形式也非常独到;该集还包括了一些集句诗和集句文,体现了集句词与集句诗、集句文的有机统一。(2)江昉的《集山中白云词句》是专集张炎《山中白云词》的集句词集,其最突出内容是往事如梦的感慨。而其清空高雅之风格的形成,既跟江昉接受张炎的词学思想有关,还跟当时的文学环境和他的个人修养有关。(3)顾文彬的《百衲琴言》是由集欧阳修词、集苏轼词、集周邦彦词等众多专集一家的集句词组成的词集。该集虽然有多达一千多首作品,但绝大多数都是题画,而且大都以组词的形式出现,个性特点非常突出。

第七章《集词词》是对那些专门使用历代词句的集句词的研究。(1)殷如梅的《集词》是第一部集词词集。该集选句范围广泛,但他显然更喜欢宋、清两代的词句,其中尤以使用清代词句为最多。该集不但作品多,而且较早采用了慢词形式。(2)沈传桂的《霏玉集》在选用前人词句时不但以宋人词句为主,还推动了专集一家宋词的集句词发展,而且其作品具有浓重的感伤情调。(3)汪渊的《麝尘莲寸集》是当代学者点校、评订出版的唯一一本集句词集。该集中的作品不但具有明显的季节特征,即绝大多数都作于春天,而且表现的都是男女的恋情和相思,即所谓"春情"。从艺术上说,这些作品可谓难中见巧,灭尽针线,水平很高。

第八章《集曲词》是对两种专门集自前人戏曲的集句词集的研究。(1)陈钟祥的《集牡丹亭词》一卷虽然仅有8首词,却开创了选用戏曲之句写作集句词的新风气。该集不但所有的句子均出自明代汤显祖的《牡丹亭》,而且所写内容也是《牡丹亭》的故事情节。(2)悔道人的《西厢词集》全部使用王实甫《西厢记》中的语句。虽然悔道人并不知道《集牡丹亭词》的存在,但《西厢词集》的内容却比《集牡丹亭词》广泛得多,不仅赋咏《西厢记》中的故事,而且赋咏词人自己的情事。与此同时,该集突破了词的体制和风格,的的确确是一部难得的"奇书"。

第九章《集古词》是对集唐词、集宋词、集词词、集曲词以外的集句词的研究。(1)何采的《南涧词选》二卷并非集句词专集,然其中有集古词64首之多。这些作品不仅发展了咏物题材,而且采用了次韵、集体性创作的方式。(2)陈朗《六铢词》二卷是专集六朝诗句,不仅表现出对文雅生活和花鸟风月的偏爱,而且推动了题画词与和韵词的发展。(3)丁尧臣的《蕉雨山房集句附编》同时包括了集唐词、集宋词与集古词几类,表现的是相思、友情与乡愁等几种感情。集中的作品题目大都涵盖了集句范围与内容活动两方面的内容,这也是颇有特色的。

第十章《集句词产生、发展原因探析》包括两方面的内容:(1)集句词的产生与发展,既受到集句诗的推动和启发,也受到词作发展的影响,同时也受到词派更替和词学思想的影响。(2)古代虽然没有产生专门的集句词话,但众多词话收录了一些集句词作品,体现出对集句词学术规范的重视,而且分析了集句词写作之难,评价了集句词作品之优劣,特别是对

绪　论

朱彝尊《蕃锦集》给予很高的评价。

以上十章中，前两章是总体研究。其中第一章是对历代集句词文献的系统考察，这是集句词研究的出发点和后面文学研究的基础；第二章是对集句词基本特征的宏观把握。第三章至第九章是具体研究，分别探讨了集唐词、集宋词、集词词、集曲词、集古词的不同特点，共同展现了集句词丰富多彩的面貌。第十章亦属总体研究，不仅分析了集句词产生和发展的原因，而且对历代词话中的有关内容进行了深入考察。这样，全书就构成了一个大致完整的体系。

第一章 历代集句词创作考

集句词产生于北宋,至南宋获得一定程度的发展。经过金、元两代的中衰之后,集句词在明代恢复了生机,并且取得了一些新突破。迨至清代,集句词发展到顶峰,不仅作者广泛,作品众多,类别多样,而且呈现出更加明显的阶段性特征和地域性特征。

第一节 宋金元时期的集句词创作

宋、金、元三代是集句词创作的早期阶段。在这一阶段,集句词不仅得以产生,而且获得了一定程度的发展。现依据唐圭璋《全宋词》《全金元词》为基础,并结合相关资料,对宋、金、元时期的集句词创作情况加以考察。

1. 宋祁1首,即《鹧鸪天》(画毂雕鞍狭路逢)。宋祁(998—1061),字子京,安州安陆(今属湖北)人。仁宗天圣二年(1024)进士,仕至工部尚书、翰林学士承旨。宋祁工于诗词,著有《景文集》;长于史学,曾与欧阳修合著《新唐书》。不过,该词是否为宋祁所作尚有疑问。《全宋词》编者在此词后所作按语云:"此首又见《花草粹编》卷五,无撰人姓名,题作《辇路闻车中美人呼欧九丑面汉》,其前一首为欧阳修词。依《花草粹编》体例,似曾有某书以此首为欧阳修作。"[①]

[①] 唐圭璋:《全宋词》第1册,中华书局1965年版,第117页。

2. 王安石 6 首，包括《甘露歌三首》《菩萨蛮》（数间茅屋闲临水）、《浣溪沙》（百亩中庭半是苔）和《菩萨蛮》（海棠乱发皆临水）。王安石（1021—1086），字介甫，号半山，抚州临川（今属江西）人。庆历二年（1042）进士，仕至宰相。王安石是宋代重要的政治家、诗人和散文家，著有《临川先生文集》。

3. 苏轼 5 首，包括《定风波·元丰六年七月六日，王文甫家饮酿白酒，大醉，集古句作墨竹词》《南乡子·集句》（寒玉细凝肤）、《南乡子·集句》（怅望送春杯）、《南乡子·集句》（何处倚阑干）和《阮郎归·集句梅花》。苏轼（1037—1101），字子瞻，号东坡居士，眉州眉山（今属四川）人。嘉祐二年（1057）进士，仕至翰林学士知制诰。苏轼是宋代最杰出的诗人、词人和散文家，著有《东坡全集》《东坡乐府》。

4. 黄庭坚 5 首，包括《鹧鸪天·重九日集句》3 首、《菩萨蛮·王荆公新筑草堂于半山，引入功德水，作小港，其上垒石作桥。为集句云："数间茅屋闲临水，窄衫短帽垂杨里。花是去年红，吹开一夜风。　　梢梢新月偃，午醉醒来晚。何物最关情？黄鹂三两声。"戏效荆公作》和《南乡子》（黄菊满东篱）。黄庭坚（1045—1105），字鲁直，号山谷道人，晚号涪翁，洪州分宁（今江西修水）人。英宗治平四年（1067）进士，仕至起居舍人、秘书丞。著有《山谷诗集》《山谷词》。黄庭坚是宋代最重要的诗人之一，与苏轼并称"苏黄"。

5. 秦观 1 首，即《玉楼春》（狂风落尽深红色）。秦观（1049—1100），字少游，又字太虚，号淮海居士、邗沟居士，高邮（今属江苏）人。神宗元丰八年（1085）进士，仕至国史院编修官。著有《淮海集》《淮海词》。秦观与黄庭坚同为"苏门四学士"之一，长于词，与黄庭坚齐名，人称"黄秦"或"秦七黄九"。

6. 贺铸 1 首，即《梅花引·行路难》。贺铸（1052—1125），字方回，号庆湖遗老，卫州（今河南汲县）人。初以外戚恩入仕，仕至泗州、太平州通判。贺铸是宋代重要的诗人、词人，著有《庆湖遗老集》《东山词》。

7. 晁补之 1 首，即《江神子·集句惜春》。晁补之（1053—1110），字无咎，号归来子，济州巨野（今属山东）人。元丰二年（1079）进士，仕至吏部郎中，多次出知地方州府。著有《鸡肋集》《晁氏琴趣外编》。晁补之亦名列"苏门四学士"。

8. 吴致尧8首，即《调笑集句》一组，包括《巫山》《桃源》《洛浦》《明妃》《班女》《文君》《吴娘》和《琵琶》。组词原失去作者姓名，据笔者考证核实为吴致尧所作。吴致尧，字圣任，后改为恪文，顺昌（今属福建）人，一作延陵（今江苏常州）人。吴致尧是政和二年（1112）进士，曾为安化（今属湖南）县令，后隐居而终。

9. 郑少微1首，即《思越人·集句》。郑少微，字明举，号木雁居士，成都（今属四川）人。哲宗元祐三年（1088）进士。崇宁初，以元符上书入元祐党籍。政和中曾知德阳县（今属四川）。

10. 向子諲1首，即《浣溪沙·荆公〈除日〉诗云："爆竹声中一岁除，东风送暖入屠苏。千门万户曈曈日，争插新桃换旧符。"东坡诗云："老去怕看新历日，退归拟学旧桃符。"吕居仁诗有"画角声中一岁除，平明更欲屠苏酒"之句，政用以为故事耳。芗林退居十年，戏集两公诗，辄以鄙意足成〈浣溪沙〉，因书亦遗灵照》。向子諲（1085—1152），字伯恭，号芗林居士，开封（今属河南）人。以外戚恩入仕，仕至户部侍郎。向子諲是两宋之际的重要词人，著有《酒边词》。

11. 赵彦端3首，包括《菩萨蛮·集句》《南乡子·集句》和《卜算子·集句》。赵彦端（1121—1175），字德庄，号介庵。赵彦端为宋宗室，高宗绍兴八年（1138）进士，仕至建宁府知府、权福建路转运副使。著有《介庵词》。

12. 张孝祥1首，即《六州歌头·桂林集句》。张孝祥（1132—1170），字安国，号于湖居士，历阳乌江（今安徽和县）人。绍兴二十四年（1154）进士第一，仕至荆南、荆湖北路安抚使。张孝祥是南宋的重要词人，著有《于湖居士集》。

13. 杨冠卿1首，即《卜算子·秋晚集杜句吊贾傅》。杨冠卿（1136—?），字梦锡，江陵（今属湖北）人，一生未仕。杨冠卿曾著有《集句杜诗》，已佚，今仅存6首。

14. 石孝友1首，即《浣溪沙》（宿醉离愁慢髻鬟）。石孝友，字次仲，南昌（今属江西）人。孝宗乾道二年（1166）进士。石孝友以词知名，著有《金谷遗音》。

15. 辛弃疾3首，包括《忆王孙·秋江送别集古句》《踏莎行·赋稼轩集经句》和《卜算子·用庄语》。辛弃疾（1140—1207），字幼安，号稼轩，齐州历城（今山东济南）人。绍兴三十一年（1161）参与反金，三十二年（1162）归宋，仕至镇江知府。辛弃疾是南宋最重要的爱国词人，著有《稼轩长短句》。

16. 释绍嵩《渔父词集句》二卷，已佚。释绍嵩（1194—?），字亚愚，庐陵（今江西吉安）人。《四库全书总目提要》卷一百七十四载：

> 《渔父词集句》二卷（《永乐大典》本），宋释少［绍］嵩撰。少嵩字亚愚，其《序》曰："嘉定壬申（1212），予年十九。其秋自穆湖买船，由鄱阳九江之巴河，往来凡数月。每遇景感怀，因集句作《渔父词》以自适。"所集不甚工，亦李龏《翦绡集》之流亚耳。①

虽然四库馆臣尚见到《渔父词集句》，但此后其书不见于记载，应该已经亡佚了。李国玲《宋僧著述考》就已经直接在"《渔父词集句》二卷"后面加了一个"佚"字。②

17. 杨泽民2首，即《点绛唇·集句》（流水泠泠）和《点绛唇·集句》（雨歇方塘）。杨泽民，乐安（今属江西）人。事迹不详。杨泽民曾和周邦彦全部词作为一卷。

18. 汪元量9首，即《忆王孙·集句数首甚婉娩，情致可观》一组。汪元量（1241—1317?），字大有，号水云，钱塘（今浙江杭州）人。以善琴供奉内廷。德祐二年（1276），蒙古军攻陷临安，被挟入燕。汪元量曾见文天祥于燕京狱中。后出家为道士，得以南归。著有《水云集》《湖山类稿》。

19. 朱希真1首，即《采桑子·闺怨集句》。朱希真（《花草粹编》作"朱秋娘"），南宋女郎，事迹不详。

---

① （清）纪昀等：《四库全书总目提要》，河北人民出版社2000年版，第4588页。
② 李国玲：《宋僧著述考》，四川大学出版社2007年版，第558页。

20. 赵可1首,即《鹧鸪天》(十顷平波溢岸清)。赵可,字献之,号玉峰散人,高平(今属山西)人。金代贞元二年(1154)进士,仕至翰林直学士。著有《玉峰散人集》。

21. 白朴1首,即《满庭芳》(雅燕飞觞)。白朴(1226—?),字仁甫,号兰谷,真定(今河北定州)人。白朴是"元曲四大家"之一,著有《梧桐雨》《墙头马上》等杂剧。

从以上考察可以看出,集句词虽然在北宋即已出现,但作者仅有9人,作品也仅有29首。南宋以后,集句词发展的速度加快了,甚至出现了释绍嵩《渔父词集句》二卷这样的集句词专集,可惜已经失传了。据今所知,南宋有集句词人10人,今存作品22首。比较而言,金、元的集句词数量很少,均仅有1首,似乎离灭亡已经不远了。

第二节 明代的集句词创作

随着明王朝的建立,集句词重新恢复了生机。从现存的作品看,明代集句词共有87首,数量为宋、金、元三代总和(53首)的1.5倍。这些作品的出现,不仅意味着集句词创作已经恢复到宋代的水平,而且在不少方面还有所突破。现依饶宗颐、张璋《全明词》和周明初、叶晔《全明词补编》为基础,并结合相关资料进行考察。

1. 刘基29首,包括《忆王孙·十二首集句》《浣溪沙·集句》(2首)、《生查子·集句》(7首)、《菩萨蛮·七首集句》和《菩萨蛮·集句赠野人》。刘基(1311—1375),字伯温,谥文成,青田(今浙江文成县)人。他辅佐朱元璋创立明朝,并尽力保持了国家的安定。刘基长于诗文,著述甚多。后人将其著合为一书,成《诚意伯文集》二十卷。

2. 张旭1首,即《喜迁莺·集古送欧阳令君考迹之京》。张旭,字廷曙,休宁(今属安徽)人。宪宗成化十年(1474)举人,历官孝丰、伊阳、高明知县。张旭长于集句,著有《七言律诗集古》一卷。

3. 夏旸1首,即《忆王孙·集古秋意》。夏旸,字汝霖,贵溪(今属江西)人。曾任府司狱。著有《葵轩词》。

4. 张綖1首，即《玉楼春·集句》。张綖（1487—?），字世文，号南湖，高邮（今属江苏）人。武宗正德八年（1513）举人，仕至光州知府。著有《南湖诗余》《诗余图谱》。

5. 杨慎10首，包括《捣练子·集句伤乱》（6首）、《浣溪沙·集句》《忆王孙·落花集句》《瑞鹧鸪·集句咏巫山高》和《锦缠带·集句》。杨慎（1488—1559），号升庵，新都（今四川成都）人。正德六年（1511）进士第一，曾为翰林修撰、经筵讲官。杨慎博学多才，是明代著名的大才子，著述甚丰，后人辑为《升庵集》。

6. 莫秉清1首，即《南乡子·闺情集句》。莫秉清，字紫仙，华亭（今上海）人。长于词，著有《采隐诗余》。莫秉清与傅廷彝、曹思邈、瞿然恭合称"云间四家"。

7. 汪廷讷7首，包括《天仙子》（黑白分明众所知）、《浣溪沙》（画舸轻移艳舞回）、《南歌子》（看毕初围局）、《踏莎行》（晚兔云开）、《醉蓬莱》（看月华莹净）、《临江仙》（百岁梦中看即过）和《玉楼春》（开炉拨鼎金光见）。汪廷讷，字昌朝、无为，号坐隐先生、全一真人、无无居士，徽州休宁（今属安徽）人。曾官盐运使。著有《坐隐先生集》。

8. 俞彦5首，包括《浣溪沙·集句》（4首）和《虞美人·集句》。俞彦，字仲茅，上元（今江苏南京）人。神宗万历二十九年（1601）进士，曾为光禄寺少卿。俞彦长于词，著有《爰园词话》《少卿乐府》。

9. 季梦莲14首，即《浣溪沙·江南愁思集杜牧之句十四首》。季梦莲，字叔房，号石莲，无为州（今安徽无为）人。约万历中在世。著有《月当楼后集》。

10. 冯梦龙1首，即《虞美人》（忽闻碧玉楼头笛）。冯梦龙（1574—1646），字子犹、犹龙，号龙子犹、墨憨斋主人等，苏州府长洲县（今江苏苏州）人。冯梦龙是明代著名的小说家，著有《古今小说》（后改名《喻世明言》）、《警世通言》和《醒世恒言》，简称"三言"。该词即见于《古今小说》。

11. 沈自继7首，包括《南乡子·寿神宇从兄七十》（2首）、《西江月·杨长倩卜居南郊谱赠》《临江仙·哭僚婿张原章》（3首）和《西江月·赠杨长倩》。沈自继（1585—1651），字君善，号宝威，别号碍影居士，平湖（今浙江嘉兴）人。明诸生，明亡后隐居平丘。著有《平丘集》4种。

12. 陈子升1首，即《鹧鸪天·集李长吉句》。陈子升（1614—1692），字乔生，号中洲，南海（今属广东）人。弘光朝举明经第一，桂王时迁兵科给事中。著有《中洲草堂遗集》。

13. 朱一是4首，包括《浣溪沙·京口送下第归客集唐》《前调·绍兴纪郡守署中别陆荩思集唐》《前调·闺忆集唐》和《鹧鸪天·秋别集唐》。朱一是，字近修，浙江海宁人。崇祯十五年（1642）举人，明亡不仕。著有《梅里词》。

14. 吴权5首，即《减字木兰花·解嘲》一组。吴权，字超士，号习隐，吴江（今属江苏）人。著有《冰壶词》。

15. 石庞1首，即《愁春未醒·登岳阳楼，集岳阳楼古记》。石庞（1610—？），字天外，号晦村，太湖（今属安徽）人。九岁能诗。著有《天外谈初集》二卷。

据以上所考统计，共得集句词作者15人，作品87首。这个数量虽不算很多，已是此前宋、金、元三代集句词总数（53首）的1.5倍。明代集句词的绝对数量虽然不大，但在集句词的发展过程中具有非常关键的作用。在元代，集句词创作事实上已经停滞。明人不仅努力恢复了集句词的活力，而且在许多方面有新的突破。正是由于他们积极创作和大力开拓，集句词才得以再现生机，为清代走向繁荣奠定了坚实的基础。

第三节 清代的集句词创作

相对于此前，清代集句词的数量可谓庞大。除了散见的作品，仅汇集在一起的专集（或卷）就有31种之多。由于《全清词》仅出版了《顺康卷》（包括《补编》）和《雍乾卷》，所以难以对全部作品进行考察。为方便计，本节仅对结成的专集（或卷）加以考察。

1. 朱彝尊《蕃锦集》二卷，今存。朱彝尊（1629—1709），字锡鬯，号竹垞，又号醧舫，晚号小长芦钓鱼师，又号金风亭长，清初著名学者和诗人。作为现存最早的集句词集，《蕃锦集》二卷不仅在当时颇负盛名，

第一章 历代集句词创作考

而且深刻影响了后来集句词的发展。钱仲联《清八大名家词集》收录了朱彝尊的《蕃锦集》和《蕃锦集补遗》二卷,该书1992年由岳麓书社出版。《全清词顺康卷》第九册亦加收录。

2. 钱琰《集唐百家衣词》一卷,已佚。《全清词顺康卷》第十六册作者小传云:"钱琰,一作炎,字又持,浙江桐乡人。贡生。朱彝尊之婿。有《楚江诗余》《集唐百家衣词》。"①《集唐百家衣词》已佚,《全清词顺康卷》第十六册仅收录其集唐词4首。

3. 李天馥《闺词》一卷,今存。李天馥(1637—1699),字湘北,号容斋,河南永城人。顺治十五年(1658)进士,仕至武英殿大学士。著有《容斋诗余》,该集后有《闺词》一卷,收录集唐词40首。其中包括《浣溪沙》10首、《菩萨蛮》10首、《卜算子》10首、《武陵春》4首、《巫山一段云》2首和《生查子》2首等。《全清词·顺康卷》第十二册已收录。

4. 徐旭旦《集句词》一卷,今存。徐旭旦(1659—1720),字浴咸,号西泠,别署圣湖渔父,浙江钱塘(今杭州)人。《清人别集总目》"徐旭旦"条载:"《世经堂集唐诗词删》8卷,康熙五十三年世经堂刻本(南图、北师大)。……[附]徐旭旦,字溶咸,号西泠,钱塘人。副贡生,康熙十八年(1679)举博学鸿词,官连平知州。"②《世经堂集唐诗词删》之卷八为集句词,共录集唐词65首。《全清词顺康卷补编》第三册已收录。

5. 朱襄《织字轩词》一卷,今存。朱襄字赞皇,号啸园,无锡人。康熙年间诸生。清代经学家,善于集句,其集句诗《无题集韵》三十首在当时颇负盛名。《织字轩词》收集句词18首,皆为集唐词。《全清词顺康卷》第十六册已收录。

6. 柴才《百一草堂集唐诗余》三卷。今存。柴才(1686—1746),字次山,浙江钱塘(今浙江杭州)人。久困科场,终生以设帐授徒为业。丁绍仪《听秋声馆词话》卷二十"柴才与张鸿卓"条云:"竹垞史乃效东坡

---

① 南京大学全清词编纂研究室:《全清词顺康卷》第16册,中华书局2002年版,第9204页。
② 王欲祥、李灵年、陆林、陈敏杰:《清人别集总目》,安徽教育出版社2000年版,第1879页。

居士集古人语为词,《蕃锦》一编,众皆敛手。至钱塘柴次山茂才(才)《百一草堂词》,咸集旧句成篇。近日华亭张啸峰广文(鸿卓)更专意集词,组织之工,几欲突过前哲。"① 此集共 129 首,均为集唐词。《全清词顺康卷补编》第四册已收录。

7. 江昉《集山中白云词句》一卷,今存。江昉(1727—1793),字旭东,安徽歙县人。《清人诗文集总目提要》卷二十八著录其《晴倚轩集》五卷,云:

> 江昉撰。昉生于雍正五年(1727),卒于乾隆五十八年(1793)。字旭东,号橙里,又号砚农,安徽歙县籍,寓居扬州。候选知府。师事兴化陈晋,与任大椿、齐召南、厉鹗、王又曾为友,工诗善画。此集与从兄春诗编入《新安二江先生集》,嘉庆九年兄子振鸿刻,中国科学院图书馆藏。前三卷为江春《随月读书楼集》,卷四至五为《晴倚轩诗集》,凡诗百三首,卷六至七为词百十六阕,题《练溪渔唱》,卷八为《集山中白云词句》,集句二十六阕。其诗意境清远,尤以联句见称于时。②

《全清词雍乾卷》第三册已收入。

8. 俞忠孙《节霞词存》三卷,今存。《全清词雍乾卷》第五册作者小传云:"字祖臣,号节霞,浙江会稽(今绍兴市)人。鞠陵子。康乾间人。与钱孙钟、许槲子等交。著有《节霞词存》三卷。"③ 《节霞词存》共有 221 首作品,全为集唐词。《全清词雍乾卷》第五册已收录。

9. 陈朗《六铢词》二卷,今存。《全清词雍乾卷》第八册作者小传云:"字太晖,号青柯,浙江平湖人。乾隆二十四年(1759)乡荐第一,乾隆三十四年(1769)进士。授刑部主事,历郎中。乾隆四十六年

---

① 丁绍仪:《听秋声馆词话》,见唐圭璋《词话丛编》第 3 册,中华书局 2005 年版,第 2826 页。
② 柯愈春:《清人诗文集总目提要》,北京古籍出版社 2001 年版,第 710 页。
③ 张宏生:《全清词雍乾卷》第 5 册,南京大学出版社 2012 年版,第 2981 页。

(1781)京察一等,出为江西抚州知府,有政声。丁母忧归,年近五十而卒。著有《六铢词》二卷、《青柯馆词》二卷。"① 《六铢词》二卷,共有136首,皆集六朝句而成。《全清词雍乾卷》第八册已收录。此外,其《青柯馆词》二卷亦有集句词14首,除一首专集李白诗句外,其余13首皆集六朝诗句。

10. 耿沄《雪村集杜词》一卷,今存。耿沄,生卒年不详,字晴湘,江苏沭阳人。《清人诗文集总目提要》卷二十九"生于雍正九年至十三年(1731—1735)"中"《雪村诗草》六卷"条载:"耿沄撰。沄字晴湘,号雪村,江苏沭阳人,庠生……"② 《清人别集总目》"耿沄"条载:"《雪村诗草》6卷《集杜诗》1卷《集杜词》1卷,乾隆60年成志堂刻本(南图),嘉庆8年成志堂刻本(上海辞书出版社)。"③ 其《集杜词》共有作品30首,每句皆注到杜甫的诗歌标题。《全清词雍乾卷》第十一册已收录。

11. 王沼《分秀阁集句诗余》一卷,今存。王沼,字涵碧,江苏太仓人。著有《朣阁诗草》《武陵游草》《分秀阁集古诗余》等。《清人诗文集总目提要》卷三十二(生于乾隆十一年至十五年,即1746—1750)著录其《武陵游草》一卷,云:"王沼撰。沼改字瀜,江苏太仓人。民国《太仓州志》卷二十五载沼著有《分秀阁集古》《朣阁诗草》。今仅存《武陵游草》一卷,嘉庆间刻,南京图书馆藏。"④ 《分秀阁集句诗余》今存扫叶山房刻本,1918年刊于上海。该集共有集句词54首(含所附《金缕曲》一首),大抵为写景和艳情之作,风格清丽。《全清词雍乾卷》第十二册已收录。

12. 杨芳灿《拗莲词》一卷,《移筝语》一卷,今皆存。杨芳灿(1754—1816),字号为蓉裳、才叔,金匮(今江苏无锡)人。《清人别集总目》载:"《芙蓉山馆词抄》2卷《拗莲词集温庭筠诗》1卷《移筝语》1卷,清抄本(北图)。按:有朱希祖跋。"⑤ 《拗莲词》专集温庭筠诗句,

---

① 张宏生:《全清词雍乾卷》第8册,南京大学出版社2012年版,第4302—4303页。
② 柯愈春:《清人诗文集总目提要》,北京古籍出版社2001年版,第772页。
③ 李灵年、杨忠:《清人别集总目》,安徽教育出版社2000年版,第1730页。
④ 柯愈春:《清人诗文集总目提要》,北京古籍出版社2001年版,第847页。
⑤ 李灵年、杨忠:《清人别集总目》,安徽教育出版社2000年版,第715页。

为 32 首《子夜歌》；《移筝语》专集李商隐诗句，为 32 首《菩萨蛮》。《全清词雍乾卷》第十三册已收录。

13. 殷如梅《集唐词》一卷、《集词》一卷，今皆存。《全清词雍乾卷》第十三册作者小传云："字羽调，号果园，江苏元和（今苏州市）人。生于乾隆十八年（1753）前后。诸生。隐居吴门，与汪启淑、吴泰来、顾宗泰、史善长等时相唱和，诗为王昶、袁枚所称。著有《绿满山房集》三十六卷，收词五卷。"其中丁部卷八为《集唐词》，有作品 49 首；卷九为《集词》，有作品 34 首；两卷共 83 首。《清代诗文集汇编》第 1923 种、《全清词雍乾卷》第十三册均已收录。

14. 徐鸣珂《研北花南合璧词》一卷，今存。徐鸣珂，生卒年不详，字竹芗，兴化人。《清人别集总目》"徐鸣珂"条载："《研北花南吟草》4 卷《词抄》1 卷《合璧词》1 卷，道光十八年刻本（北图、南图）。[附]徐鸣珂，字竹芗，兴化人。步云子，太学生。"① 其父徐步云的生卒年为（1733—1825），一作（1734—1824），则其生年很可能在 1750 年之后。《中国词学大辞典》中"《研北花南合璧词》一卷"条云：

> 抄本，三十首。徐鸣珂撰。前有吴锡麟《秋波媚》题词。三十首皆为集句词，集晚唐五代两宋词人成句。鸣珂，字竹芗，江苏兴化人。另有《研北花南词钞》一卷，四十首，亦系抄本，有吴锡鳞、陈燮题辞。②

15. 余煌《词鲭》，今存。余煌，字汉卿，号星川，婺源人。嘉庆三年（1798）中举。工于诗词和天文。其文学著作有《吹壶草》《北征草》《梅花书屋集唐》《野云诗余》《词鲭》等。其中《词鲭》为集句词集，收录作品六十多首。施蛰存《闲寂日记》载："（1962 年 10 月）三十一日，买得《词鲭》一册，道光丙戌（1826）有斐居刊本，星江余煌汉卿集句词六十余阙，颇浑成可喜。"③

---

① 李灵年、杨忠：《清人别集总目》，安徽教育出版社 2000 年版，第 1885 页。
② 马兴荣、吴熊和、曹济平：《中国词学大辞典》，浙江教育出版社 1996 年版，第 375 页。
③ 施蛰存：《闲寂日记》，文汇出版社 2002 年版，第 12 页。

第一章 历代集句词创作考

16. 播花居士《燕台集艳二十四花品》一卷，今存。播花居士，即迦罗奴，生平事迹不详。该集仿司空图《二十四诗品》之例，"戏拈二十四人，以技艺优劣为高下"①，共 24 首。每一首先定品，次缀人物小传，后接点评，词在最后，评集《西厢》，词集宋人。播花居士自序作于"道光癸未（1823）乞巧节"。《清代燕都梨园史料》已收录。

17. 娄严《百衲琴词》一种，今存。娄严，自号洞阳山人，生卒年不详。《百衲琴词》为《洞阳九种词》二卷之一，故其卷帙不大。前有其"自引"，云："昔小长庐《蕃锦词》试七襄手，制百家衣，固以针妙灵芸、机工苏蕙矣。然窃谓各人抒轴花样不同一处，补缝组文或杂戏，思夺目别具匠心，葛采一田，丝繅独茧。虽玉溪锦囊，扯挦不免；而天吴紫凤，颠倒愈奇。非敢争巧前工，庶几别开我法耳。"末云作于"嘉庆癸亥（1803）腊月"。其玄孙娄有恒在《洞阳九种词跋》中，概述了词集之流传："先高祖刊自关中，经粤寇之乱，散佚殆尽。""粤寇之乱"即 19 世纪中叶的太平天国运动，据此知娄严应主要生活在嘉道年间；"宣统三年（1911），先君子谋付梨枣未果"，故"戊寅（1938）九月"，娄有恒"重为抄录，以俟剞劂"。今存此钞本。

18. 沈传桂《霏玉集》一卷，今存。沈传桂（1792—1849），字隐之，一字闰生，吴县（今苏州）人。嘉庆二十四年（1819）己卯科副贡生，道光十二年（1832）壬辰科举人。沈传桂曾与乡人结诗社唱和，共称"北郭十子"。著有《东云草堂古文集》《鲍叶斋诗稿》。又有《清梦庵二白词》行世，《霏玉集》即见于其中。《霏玉集》共有 34 首集句词，前有吴嘉洤序和作者自序，皆集前人词句而成。

19. 张鸿卓《百合词》一卷，今存。谭新红《清词话考述》"张鸿卓《绿雪轩论词》"条云：

> 张鸿卓（1800—1876），字伟甫，号筱峰，亦作小峰。娄县（昆山）人。贡生。历任常州、苏州郡县训导。论词严声律，曾自度《采

---

① 播花居士：《燕台集艳》，见张次溪《清代燕都梨园史料续集》，台湾学生书局 1996 年版，第 1897 页。

药秋煮碧》诸曲。……亦善集句词。丁绍仪曾云："近日华亭张啸峰广文鸿卓更专意集词，组织之工，几欲突过前哲。"著有《绿雪馆词》十卷、《绿雪馆词钞》二卷、《百合词》一卷等。[①]

20. 石赞清《钉饳吟词》一卷，今存。石赞清（1806—1869），字次皋，一字襄臣，贵州贵筑（今贵州贵阳）人。道光十八年（1838）进士，任直隶阜城知县、天津知府等职。咸丰十年（1860）参与抵抗英法联军，擢顺天府尹，改直隶布政使，调湖南，召授太常寺卿。又任宗人府府丞、右副都御使等职，终工部右侍郎。著有《钉饳吟》十二卷，皆为集唐诗。《钉饳吟词》一卷共有68首集唐词，后辑入《黔南丛书》第四集第四册，民国间铅印出版。

21. 陈钟祥《集牡丹亭词》一卷，今存。陈钟祥（1806—?），字息凡，号趣园，浙江山阴（今浙江绍兴）人，侨居贵筑（今贵州贵阳）。道光十一年（1831）举人，曾任四川青神、绵竹、大邑知县，沧州、赵州知州。著有《依隐斋诗钞》《夏雨轩杂文》等书。《集牡丹亭词》一卷有《换巢鸾凤》《水调歌头》《春风袅娜》《风入松》《天仙子》《贺新郎》《瑶台聚八仙》《鹧鸪天》等8首组成，皆集汤显祖《牡丹亭》而成。该卷附录在其词集《香草词》后，后辑入《黔南丛书》第四集第二册，民国间铅印出版。

22. 顾文彬《百衲琴言》七卷，今存。顾文彬（1811—1889），字子山，苏州人，诗人，藏书家。陈建忠、孙迎庆《苏州私家藏书楼寻踪》中"过云楼与顾文彬（1811—1889）苏州怡园内"条载："顾文彬，苏州人，筑怡园为义庄，藏书法名画古籍。所著《过云楼书画记》十卷，稿本……《百衲琴言》七卷，稿本。以上稿本皆藏苏州图书馆。"[②] 这段话有错误，鹤庐乃顾文彬之孙顾麟士之号。《百衲琴言》今有两种版本，其一为七卷，即上文所说藏于苏州图书馆的稿本；其二为一卷本，清光绪十年（1884）

[①] 谭新红：《清词话考述》，武汉大学出版社2009年版，第290页。
[②] 陈建忠、孙迎庆：《苏州私家藏书楼寻踪》，见徐良雄《天一阁文丛》第1辑，宁波出版社2004年版，第156页。

刻本，藏于南京图书馆。该本仅录有87首，《清代诗文集汇编》第645册已影印出版。

23. 丁尧臣《蕉雨山房集唐酌存附编》一卷，今存。丁尧臣（1831—?），字又香，浙江绍兴人，清末医家。丁尧臣卒年不详，据《蕉雨山房集唐酌存》卷二《庚辰元日》中"头颅五十过"一句，可知是年他50岁。此"庚辰"为光绪六年（1880），由此上推49年，则为道光十一年（1831）。再据其作品排列，可知其至少生活到光绪十年（1884）以后。《蕉雨山房酌存》五卷是丁尧臣集句诗集，其《附编》一卷则主要由集句词组成。该卷除了前面3首集句诗、后面8首集句诗外，中间有59首集句词。《蕉雨山房集唐酌存》今存两种版本：光绪七年（1881）写刻本，藏于中科院图书馆、南开大学图书馆；光绪七年（1881）丁氏刻本，藏于上海图书馆、辽宁图书馆、安徽图书馆、广东图书馆。

24. 周天麟《双红豆词》一卷，今存。周天麟（1832—?），字石君，号水流云在馆主人，丹徒人，历官泽州（今山西晋城）知府。著有《水流云在馆诗钞》十卷、《水流云在馆集杜诗钞》二卷、《水流云在馆集苏诗钞》一卷、《集唐诗钞》八卷，今皆存。《双红豆词》为集唐词卷，由《吴船曲》50首和《燕台曲》50首组成，共100首，全都采用《菩萨蛮》词调，特色非常鲜明。

25. 王继香《醉庵词别集》二卷，今存。王继香（1846—1905），字书林，一字子献，又字止轩，号蓼斋，又号醉盦，会稽人。工篆刻，精铁笔，好金石，是李慈铭的得意弟子。著有《止轩集》。《醉庵词别集》二卷是集句词集，作品包括集白石词和一些集调名词。《清人诗文集总目提要》云："《醉庵词别集》二卷，清钞本，清末李慈铭、谭献、孙德祖为之跋尾，浙江图书馆藏。"[1]

26. 汪渊《麝尘莲寸集》五卷，今存。《清人别集总目》"汪渊"条未收录此集，但收录了《味来堂诗集》四卷、《味来堂外集》二卷和《味来堂叠次韵诗》二卷，下附小传云："汪渊，字时勇，号诗圃，绩溪人。同

---

[1] 柯愈春：《清人诗文集总目提要》，北京古籍出版社2001年版，第1792页。

光间贡生。"① 江庆柏:《清代人物生卒年表》据朱德慈《近代词人考录》（稿本）将其生卒年确定为（1851—1920）。②《麝尘莲寸集》全集正集四卷，补遗一卷，分订两册，共收词 156 调 284 首。该集由汪渊集句，其妻程淑校注，集成于清光绪十一年（1885），刻成于光绪十七年（1891）。1978 年台湾联经出版社出版了萧继宗的评订本，1989 年安徽文艺出版社出版了许振轩、林志术的点校本。

27. 邵曾鉴《香屑词》一卷，今存。邵曾鉴（1865—1896），字心炯，号艾庐，江苏宝山（今上海宝山区）人。诸生。著有《艾庐遗稿》六卷。《清人诗文集总目提要》卷五十五著录该集，且云：

  邵曾鉴撰。曾鉴生于同治四年（1865），卒于光绪二十二年（1896）。字心炯，号艾庐，江苏宝山人。如燧子。所撰《艾庐遗稿》六卷，计文一卷、诗三卷、词二卷，吴县沈恩孚、元和陈世垣为之序，光绪二十三年（1897）陈世垣刻，中国国家图书馆藏。其文辞浸淫庄骚，近体诗则出入魏晋三唐。③

《艾庐遗稿》卷六即《香屑词》，共有作品 58 首。雷瑨、雷瑊《闺秀词话》卷一 "集词" 条载：

  吾郡黄唐堂先生著《香屑集》，为艺林所珍赏。嗣见宝山邵心炯《艾庐遗稿》中，有《香屑词》一卷，组织如天衣无缝，叹为得未曾有。盖集诗难，集词尤不易。以词句有长短，词韵有平仄，一字一句，俱有谱律束缚，不容假借也。④

28. 悔道人《西厢词集》二卷，今存。悔道人，长沙人，姓名、生平

---

① 李灵年、杨忠:《清人别集总目》，安徽教育出版社 2000 年版，第 983 页。
② 江庆柏:《清代人物生卒年表》，人民文学出版社 2005 年版，第 346 页。
③ 柯愈春:《清人诗文集总目提要》，北京古籍出版社 2001 年版，第 1940 页。
④ 雷瑨、雷瑊:《闺秀词话》，见朱崇才《词话丛编续编》第 4 册，人民文学出版社 2010 年版，第 2145—2146 页。

事迹不详,或名兰樵。此集共228首,乃集《西厢记》而成。今有温州新瓯印刷公司铅印本。

29. 张竹岩《竺岩诗余》三卷,今存。张竹岩,武原人,生平事迹不详。《竺岩诗余》乃模拟《蕃锦集》之作,分唐、宋、元三卷,前有吴衡照、曹维岳序。今存道光年间钞本。

在这31种词集(或卷)中,除了钱琰《集唐百家衣词》已经佚失外,其余30种皆尚存。不仅如此,清代还出现了两种带有总集性质的集句词专卷:其一是孔传铎的《诗余集句》一卷,今存。闵丰《清初清词选本考论》附录《顺康词籍纂刻年表初编》"康熙六十年辛丑"条载:"春,孔传铎编成《同调词》一卷,选并世词人三十家,词147首。附《诗余集句》一卷,选孙致弥、蒋景祁、万树、顾湄、朱彝尊5人之集句词共21首。"[①] 其二是侯文灿的《集句词》一卷,今存。江合友《明清词谱史》"《亦园词选》八卷"条云:"侯文灿选编。清康熙二十八年(1689)侯氏亦园刻本,线装八册。上海图书馆藏。……卷八为《集句词》。此选所反映之顺康词坛以及与万树《词律》之关系,均堪考虑。"[②]

尽管由于《全清词》尚未全部出版,现在还无法对清代的集句词进行准确的统计,但从上面考察可以看出:经过几个朝代的积淀,集句词终于在清代走向繁荣。

集句词虽然出现于宋代,但两宋时期产生的作品并不多。即便是到了明代,作品数量依然不多,尚不足百首。只有到了清代,集句词才真正发展起来,不仅出现了众多的作家和作品,而且形成了不同的风格,终于实现了自身的繁荣。

[①] 闵丰:《清初清词选本考论》,上海古籍出版社2008年版,第335页。
[②] 江合友:《明清词谱史》,上海古籍出版社2008年版,第309页。

第二章　集句词之基本特征

对于历代集句词创作的基本情况，笔者在第一章里已经进行了尽可能全面的考察。这些考察，是进一步研究集句词的起点。那么，接下来的问题是：在发展、演变的过程中，集句词呈现出什么样的主要特征呢？现从几个方面来加以概括。

第一节　阶段性特征

集句词在宋代出现以后，一直不绝如缕，至明代作品逐渐增多，至清代才实现了自身的繁荣。在这不同的发展阶段中，集句词明显表现出一些不同的特征。从大的方面说，宋金元三代的集句词、明代的集句词、清代的集句词各有不同的特点；从小的方面说，清代的集句词在顺康、雍乾和嘉道以后三个阶段亦各不相同。

一　宋、金、元时期集句词形成自己的文体特征

宋、金、元三代是集句词发展的早期阶段，集句词不仅得以形成，而且获得了一定的成就，但词人自撰句子或改动前人句子的现象都很常见，使得当时的一些作品在形式上显得不够规范。

其一，宋人确立了集句词的文体特征。所谓"集句词"，顾名思义，就是指用"集句"方式创作的词作。如宋祁的《鹧鸪天》：

第二章 集句词之基本特征

  画毂雕鞍狭路逢。一声肠断绣帘中。身无彩凤双飞翼，心有灵犀一点通。　　金作屋，玉为笼。车如流水马游龙。刘郎已恨蓬山远，更隔蓬山几万重。①

  词中"画毂"二句出自刘筠《无题二首》（前三字，刘诗原作"昱爥银"），"一声肠断"四句出自白居易《哭女樊》，"绣帘中"三字出自李商隐《药转》，"身无"二句出自李商隐《无题二首》其一，"金作屋"出自《北史·斛律金传》，"玉为笼"出自段成式《酉阳杂俎》卷十六，"车如"句出自苏颋《夜宴安乐公主宅》，"刘郎"二句出自李商隐《无题四首》其一（"几"字，李诗原作"一"）。虽然并非所有的句子都跟前人的原文相同，但均可在前代诗文中查到出处，因此宗廷虎、李金苓将其看作中国最早的集句词。②在宋祁之后，王安石、苏轼、黄庭坚、秦观、晁补之、吴致尧、郑少微、向子諲、赵彦端、张孝祥、杨冠卿、辛弃疾、石孝友、汪元量、杨泽民、朱希真（女郎）等人都陆续加入到集句词创作的队伍中来。他们的加入，不仅使得集句词越来越多，逐渐成为一种专门的类别，而且使得集句词逐步确立了自己的文体特征。如杨冠卿的《卜算子·秋晚集杜句吊贾傅》：

  苍生喘未苏，贾笔论孤愤。文采风流今尚存，毫发无遗恨。　　凄恻近长沙，地僻秋将尽。长使英雄泪满襟，天意高难问。③

  词中"苍生"句出自杜甫《行次昭陵》，"贾笔"句出自《寄岳州贾司马六丈巴州严八使君两合老五十韵》，"文采"句出自《丹青引》，"毫发"句出自《敬赠郑谏议十韵》，"凄恻"句出自《入乔口》，"地僻"句出自《秦州杂诗二十首》其十八，"长使"句出自《蜀相》，"天意"句出自《暮春江陵送马大卿公恩命追赴阙下》，不仅所有的诗句均出自杜甫一

---

① 唐圭璋：《全宋词》第1册，中华书局1965年版，第117页。
② 宗廷虎、李金苓：《中国集句史》，山东文艺出版社2009年版，第67—68页。
③ 唐圭璋：《全宋词》第3册，中华书局1965年版，第1681页。

人，而且全用杜甫原句，一字未易，是宋代最严格意义上的集句词。

其二，宋代词人偶尔使用自撰的句子。北宋人创作集句词时，通常并不太重视形式的规范。在找不到合适的句子时，他们会自撰少量句子以适用。如王安石的《浣溪沙》：

百亩庭中半是苔。门前白道水萦回。爱闲能有几人来。　　小院回廊春寂寂，山桃溪杏两三栽。为谁零落为谁开。①

词中"百亩"句出自刘禹锡《再游玄都观》绝句，"爱闲"句出自吕夷简《天华寺》，"小院"句出自杜甫《涪城县香积寺官阁》，"山桃"句出自雍陶《过旧宅看花》（"溪"字，雍诗原作"野"），"为谁"句出自严恽《惜花》，这些都是他人的现成诗句。可是"门前"一句，却出自王安石自己的《法喜寺》一诗（仅有的不同是"水"字，《法喜寺》原作"自"）。董希平《唐五代北宋前期词研究》一书以王安石的《菩萨蛮》（海棠乱发皆临水）和《浣溪沙》（百亩庭中半是苔）两首集句词为例，对其语句来源进行了考察，然后说：

可以看出，作者选择的诗句互相配合，构成作者所要营造的意境，几乎可以说是无懈可击。值得一提的是，作者不像集句诗那样完全运用他人诗句，而是间隔使用了自己创造的句子。在这种意义上，我们是不是可以说此时的集句词是更高程度上对诗句的借用呢？②

董先生是从诗词互动的角度看待王安石集句词的，但已经指出了王安石"使用了自己创造的句子"这样的事实，这是很难得的。但是董先生此处的表述略有疏漏，表现在两个方面：一方面，《浣溪沙》仅仅使用了一句王安石自己的诗句，"小院"句是杜甫的诗句，并非王安石自作，因此

---

① 唐圭璋：《全宋词》第1册，中华书局1965年版，第206页。
② 董希平：《唐五代北宋前期词研究——以诗词互动为中心》，昆仑出版社2006年版，第233页。

第二章 集句词之基本特征

他并没有"间隔使用"自己的诗句。另一方面,王安石在集句诗中使用自己诗句的情况更多,说"作者不像集句诗那样完全运用他人诗句"亦不合实际。

不仅是王安石,苏轼的集句词中亦杂有自己的句子。如《定风波·元丰五年七月六日,王文甫家饮酿白酒,大醉,集古句作墨竹词》:

> 雨洗娟娟嫩叶光。风吹细细绿筠香。秀色乱侵书帙晚。帘卷。清阴微过酒樽凉。　　人画竹身肥拥肿。何用。先生落笔胜萧郎。记得小轩岑寂夜。廊下。月和疏影上东墙。①

此词上片出自杜甫《严郑公宅同咏竹(得香字)》,原作:"绿竹半含箨,新梢才出墙。色侵书帙晚,阴过酒樽凉。雨洗涓涓净,风吹细细香。但令无剪伐,会见拂云长。"下片"人画"句出自白居易《画竹歌》,"记得""月和"二句出自曹希蕴《墨竹诗》,"何用""廊下"两个二字句乃习见语句;至于"先生"一句,当是苏轼自己所写。与此情形相近的还有《阮郎归·梅花》一首。又如两宋之际向子諲的《浣溪沙》:

> 爆竹声中一岁除。东风送暖入屠苏。曈曈晓色上林庐。　　老去怕看新历日,退归拟学旧桃符。青春不染白髭须。

除了使用王安石、苏轼的4个诗句外,向子諲在此词中还使用了两个自作的句子。

前举王安石、苏轼、向子諲三人的作品表明,在集句词发展的早期阶段,词人偶尔使用少量自撰的句子入词,这种做法是可以接受的。

其三,宋金元集句词人经常改动或截取前人的语句。改动或截取前人语句的现象,在宋、金、元三代的集句词中非常常见。前文所举的几首词已反映出这样的情况。这里再以张孝祥的《六州歌头·桂林集句》为例:

---

① (宋)苏轼:《东坡乐府》,上海古籍出版社1979年版,第33页。

五岭皆炎热，宜人独桂林。江南驿使未到，梅蕊破春心。繁会九衢三市，缥缈层楼杰观，雪片一冬深。自是清凉国，莫遣瘴烟侵。　　江山好，青罗带，碧玉簪。平沙细浪欲尽，陡起忽千寻。家种黄柑丹荔，户拾明珠翠羽，箫鼓夜沉沉。莫问骖鸾事，有酒且频斟。①

　　词中"五岭"二句出自杜甫《寄杨五桂州谭》，"江南"二句出自陆凯《赠范晔》（原作"折梅逢驿使，寄与陇头人。江南无所有，聊赠一枝春"），"九衢三市"四字出自柳永《看花回》（句前，柳词原无"繁会"二字），"缥缈层楼"四字出自李纲《岳阳楼三首》（后"杰观"二字，李诗原作"俯洞庭"），"雪片"句出自杜甫《寄杨五桂州谭》，"自是"句出自陆龟蒙佚句（句前，陆诗原有"溪山"二字），"莫遣"句出自苏轼《再用前韵赋》（原作"莫遣瘴雾侵云鬟"），"江山好"三字，前人诗中频见（如杜甫《东津送韦讽摄阆州录事》有"闻说江山好"句，《续得观书迎就当阳居止正月中旬定出三峡》有"俗薄江山好"句），"青罗"二句出自韩愈《送桂州严大夫》（原作"江作青罗带，山如碧玉簪"），"平沙"二句出处无考，"家种"二句出自韩愈《送桂州严大夫》（原作"户多输翠羽，家自种黄甘"），"夜沉沉"三字前人诗中频见（如李白《白纻辞三首》有"月寒江清夜沉沉"句），"莫问"句，出自韩愈《送桂州严大夫》（原作"远胜登仙去，飞鸾不假骖"），"有酒"句出自李白《悲歌行》（原作"主人有酒且莫斟"）。从以上考察可以看出，此词中亦有少量句子出处无考，可能为张孝祥自撰；而有的句子改动或截取的情况比较突出，跟前人的原句有明显的区别。

　　相对于宋代，金、元两代的集句词数量更少，仅有金代赵可的《鹧鸪天》和元代白朴的《满庭芳》，而且艺术水平也不高。

　　总之，集句词虽然在北宋就已经出现，在此后也获得了一定的发展，并且确立了自己的文体特征。就宋、金、元三代来说，词人或者使用自撰的句子，或者随意改动和截取前人的句子，使得集句词的形式还不够规

---

① （宋）张孝祥著，聂世美校点：《于湖词》，上海古籍出版社1989年版，第6页。

范。尽管如此，宋、金、元三代的集句词毕竟已经形成了自己的一些特点，并对后世集句词的发展产生了重大而深远的影响。

二 明代集句词呈现新特色

相对于此前的宋、金、元三代，明代的集句词不仅数量有所增加，而且还有进一步的发展和变化。这主要体现在以下三个方面：

其一，明代的集句词仍以小令为主，但组词的数量大大增加。宋、金、元三代，集句词虽然得到一定程度的发展，但基本上都是小令。现在可以考知的宋、金、元三代的集句词为53首，绝大多数为小令，仅有的例外是南宋初年张孝祥写有一首长调《六州歌头·桂林集句》，已见前引。明代集句词为87首，是宋、金、元三代总和的1.5倍，其作品仍然以小令为主，唯一的例外是张旭的《喜迁莺·集古送欧阳令君考迹之京》：

清风明月（陈刚中）。正雕鹗青霄，飞腾时节（杨铁厓）。五柳先生（陶元亮），璚林醉客（贡太甫），三载初朝金阙（张子野）。赤子有怀慈母（岑嘉州），此际怎生离别（胡浩然）。恨不得、倩十万雄夫（李太白），攀辕队辙（虞邵庵）。　　豪杰（晁无咎）。此一去（方虚谷），奏最明廷（梅圣俞），六事都奇绝（胡致堂）。杨震四知（徐一夔），鲁恭三异（苏老泉），未许名居前列（噩梦堂）。元首股肱际会（杨偰斯），风虎云龙交接（吴草庐）。只恐我、这一年借寇（许白云），存心空切（阮逸女）。①

如果说明代的集句词基本上属于小令，慢词非常罕见，与宋、金、元三代的集句词保持了一致。到了清代，虽然小令仍然占有明显的优势，但采用慢词词调的作品越来越多。

宋、金、元三代的集句词大都以单篇的形式存在。北宋后期，开始出现规模较大的组词。吴致尧在徽宗宣和年间创作的《调笑集句》，其中包

---

① 饶宗颐初纂，张璋总纂：《全明词》第2册，中华书局2004年版，第387页。

括了8首集句词。南宋初年，释绍嵩撰写的《渔父词集句》二卷，把宋、金、元三代集句词的规模推向顶点，遗憾的是该集在清代失传了。此后汪元量所写的《忆王孙》组词，作品亦多达9首。宋代的集句组词虽然数量不多，但有力地推动了后世集句词集（或卷）的发展。

到了明代，集句组词得到迅速的发展。主要有刘基的《忆王孙·十二首集句》12首、《浣溪沙·集句》2首、《生查子·集句》7首、《菩萨蛮·七首集句》7首、杨慎《捣练子·集句伤乱》6首、俞彦《浣溪沙·集句》4首、季梦莲《浣溪沙·江南愁思集杜牧之句十四首》14首、沈自继《南乡子·寿神宇从兄七十》2首、吴榷《减字木兰花·解嘲》5首等9组。这9组集句词一共有作品59首，几乎占明代总数的四分之三。这种情况表明，组词已经发展成为明代集句词的主流了。

迨至清代，出现了众多的集句词集（或卷），而且有些专集（或卷）中的作品数量较大。如朱彝尊的《蕃锦集》为133首，柴才的《百一草堂集唐诗余》为129首，俞忠孙的《节霞词存》为221首，陈朗的《六铢词》为136首，顾文彬的《百衲琴言》（七编稿本）为1023首，周天麟的《双红豆词》为100首，汪渊的《麝尘莲寸集》为284首，邵曾鉴的《香屑词》为97首，悔道人的《西厢词集》为228首，规模都非常大。以汪渊的《麝尘莲寸集》为例，汪宗沂序云："钩心斗角，堪附目录总集之余；摘艳熏香，合登《乐府雅词》之首。"① 所谓"《乐府雅词》之首"，指的就是《调笑集句》，曾慥编著《乐府雅词》时将其置于最前面。程秉钊序云："引商刻羽，胜《胡笳十八》之拍辞；错彩镂金，陋乐府九重之《调笑》。"② 二序均将《麝尘莲寸集》比作吴致尧的《调笑集句》，可以看出宋人开创的集句组词对清代集句词发展的重要影响。

此前，宋、金、元三代的集句词以单篇为主。此后，清代的集句词以专集（或卷）为主；明代集句词以组词为主的创作方式，介于此二者之间，具有突出的过渡和发展意义。

其二，明代集句词的应用范围进一步扩大。宋、金、元三代的53首集

---

① （清）汪渊著，程淑注：《麝尘莲寸集》，安徽文艺出版社1989年版，《序一》。
② 同上书，《序二》。

第二章　集句词之基本特征

句词，已经在写景、抒情方面，尤其是在表现爱情和离乱方面显示出一定的成就，其代表作就是吴致尧《调笑集句》8首和汪元量《忆王孙·集句数首甚婉娩，情致可观》9首。前者写爱情题材，后者表现离乱情怀。迨至明代，这两方面都得到进一步加强。刘基的《忆王孙·十二首集句》12首、《浣溪沙·集句》2首、《生查子·集句》7首、《菩萨蛮·七首集句》7首，季梦莲的集杜牧词《浣溪沙·江南愁思集杜牧之句十四首》14首，都是爱情题材。如刘基的《浣溪沙·集句》其一：

> 花压阑干春昼长。碧楼红树倚斜阳。入门惟觉一庭香。　　绝壁过云开锦绣，冰丝弹月梦清凉。鸾歌凤舞断人肠。①

在春暖花开的日子里，生活于富贵荣华之中的女主人公却陷入痛苦之中。不但梦中的场景让她悲凉，即便是白天欢乐的歌舞，也只能勾出她断肠的相思。而杨慎《捣练子·集句伤乱》6首则表现出浓重的离乱之情：

> 花亚朵，柳垂丝。楼上风和玉漏迟。春困苦多无处卖，日长惟与睡相宜。（其一）
> 风料峭，月栊明。滴破春愁压酒声。犹有夸张年少处，醉闻花气睡闻莺。（其二）
> 长寂寞，独徘徊。抱病起登江上台。万户千门春色闭，谁家桃李乱中开。（其三）
> 销午梦，减春愁。上尽重楼更上楼。日暮乡关何处是？寒鸦飞去水悠悠。（其四）
> 金碧岸，锦春丛。红白花开烟雨中。今日乱离俱是梦，六街尘起鼓冬冬。（其五）
> 愁对酒，懒看花。病入新年感物华。万里寂寥音信断，山楼粉堞隐悲笳。（其六）②

---

① 饶宗颐初纂，张璋总纂：《全明词》第一册，中华书局2004年版，第81页。
② 饶宗颐初纂，张璋总纂：《全明词》第二册，中华书局2004年版，第788—789页。

当春天到来的时候，已经在贬地长期生活的杨慎感到内心分外凄凉。如果说其一、其二表现的还只是一般意义上的春困和春愁，其三、其四侧重的是词人内心的孤独和寂寞，其五、其六更进一步突出了人生如梦的幻灭感。

在此基础上，明人还进一步扩大了集句词的应用范围，其中比较突出的如汪廷讷用《醉蓬莱》《临江仙》和《玉楼春》描述道家修炼的过程，沈自继用《南乡子·寿神宇从兄七十》2首和《临江仙·哭僚婿张原章》来祝寿和悼亡，吴权用《减字木兰花·解嘲》5首来自我解嘲，都是很有意义的拓展。更有意思的是，集句词甚至开始进入通俗小说之中。冯梦龙《喻世明言·史弘肇龙虎君臣会》一篇说洪迈有一首集句词《虞美人》：

忽闻碧玉楼头笛。声透晴空碧。宫、商、角、羽任西东。映我奇观惊起碧潭龙。　　数声呜咽青霄去。不舍《梁州序》。穿云裂石响无踪。惊动梅花初谢玉玲珑。①

关于词中各句的出处和改动情况，小说已借其人物孔通判之口一一作了分析。《喻世明言》原名《古今小说》，其中不少作品出自宋元话本，当然也有一些是冯梦龙自己的创作，这才是"古"与"今"命名的含义。《史弘肇龙虎君臣会》讲述的虽是宋代故事，但这篇小说未必出自宋元话本；退一步话说，即便出自宋元话本，也经过了冯梦龙的修改和润色。不论属于哪种情况，这首词出自洪迈的可能性都很小。除了冯梦龙的这篇小说，我们看不到洪迈创作此词的任何证据。因此，将此词看作明代冯梦龙的创作更为恰当。这首词的出现，表明集句词的应用范围进一步扩大，已经延伸到小说领域了。

其三，明代集句词开始注释原作者姓名。宋代的集句词一般不注释原作者姓名，偶有注释，亦后人所为。宋祁、王安石的集句诗皆没有注释。

---

① （明）冯梦龙：《喻世明言》，人民文学出版社1999年版，第134页。

第二章 集句词之基本特征

以苏轼的 5 首集句词为例,现存最早的元代延祐七年(1320)刻本《东坡乐府》未注原作者姓名,明代吴讷《唐宋名贤百家词》本《东坡词》仅仅注出《南乡子》3 首各句的作者,尚未及《定风波》和《阮郎归》二词。如《南乡子》其三:

> 何处倚阑干(杜牧)。弦管高楼月正圆(杜牧)。蝴蝶梦中家万里(崔涂),依然。老去愁来强自宽(杜甫)。　明镜借红颜(李商隐)。须着人间比梦间(韩愈)。蜡烛半笼金翡翠(李商隐),更阑。绣被焚香独自眠(许浑)。①

这里的注释显然不是苏轼自注,而是明人所加。苏轼之外,只有石孝友的《浣溪沙》亦注出各句作者:

> 宿醉离愁慢髻鬟(韩偓)。绿残红豆忆前欢(叔原)。锦江春水寄书难(叔原)。　红袖时笼金鸭暖(少游),小楼吹彻玉笙寒(李璟)。为谁和泪倚阑干(中行)。②

即便此词中的原作者是石孝友自注,作为一个特例,也没有改变宋代集句词通常并不注释原作者姓名的基本特色。

到了明代,情况发生了很大的变化。张旭《喜迁莺·集古送欧阳令君考迹之京》、莫秉清《南乡子·闺情集句》、汪廷讷"集唐句诗余"《天仙子》《浣溪沙》《南歌子》"集宋诗余"《踏莎行》、俞彦《浣溪沙·集句》4 首、《虞美人·集句》、沈自继《南乡子·寿神字从兄七十》2 首、《西江月·杨长倩卜居南郊谱赠》《临江仙·哭僚婿张原章》、朱一是《浣溪沙·京口送下第归客集唐》《前调·绍兴纪郡守署中别陆苃思集唐》《前调·闺忆集唐》《鹧鸪天·秋别集唐》等都一一注出了各句的作者。如俞彦的

---

① (宋)苏轼著,邹同庆、王宗堂笺注:《苏轼词编年笺注》下册,中华书局 2009 年版,第 836—837 页。

② 唐圭璋:《全宋词》第 3 册,中华书局 1965 年版,第 2045 页。

《虞美人·集句》：

妖冶风情天与措（欧阳公）。梦断知何处（张子野）。芙蓉如面柳如眉（白乐天）。正是倚栏无语惜芳菲（苏养直）。　燕子衔将春色去（司马才仲）。门掩黄昏雨（贺方回）。相思无路莫相思（女鬼）。不似天涯地角有穷时（晏同叔）。[①]

另外，季梦莲的《浣溪沙·江南愁思集杜牧之句十四首》14首专集杜牧一人之句，陈子升《鹧鸪天·集李长吉句》专集李贺一人之句，可以说都已经注出了作者。两者相加，已达35首，超过了总数的三分之一。这种情况表明，明代集句词在形式上更加规范化了。

从以上分析可以看出，明人在继承宋、金、元集句词的基础上，又具有一定的变化，主要表现为采用组词的形式、拓展了应用范围和注释原作者姓名等几个方面。

三　清代集句词走向鼎盛并呈现阶段性

相对于之前的宋、金、元、明四代，清代的集句词终于实现了繁荣，不但作者人数大大增加，其作品数量也非常庞大。

先看作者方面。清代之前的集句词作者不多。根据笔者的统计，有作品流传到今天的宋、金、元、明四代的集句词作者总共仅有36人。相比之下，清代集句词人的数量成倍地增加了。据《全清词顺康卷》及其《补编》统计（除去已在明代部分收录的作者），即有刘命清、李渔、杜浚、宋思玉、任绳隗、龚士稚、赵钥、史鉴宗、董元恺、何采、董以宁、朱彝尊、万树、彭孙遹、李天馥、顾湄、释宏伦、陈玉璂、孙致弥、傅燮詷、董儒龙、郑景会、蒋景祁、钱琰、朱襄、俞公毅、侯晰、张梁、叶宏缃、邹祥兰、朱经、盛本柟、陈祥裔、张允钦、侯昊、柯崇朴、徐基、唐苎、侯文耀、侯晰、华文炳、李淙絃、徐旭旦、侯文熺、侯文照、候旭、侯承

[①] 周明初、叶晔：《全明词补编》下册，浙江大学出版社2007年版，第746页。

第二章 集句词之基本特征

垕、侯承基、侯承垶、侯桂、金鼎、陆泉、路锦程、郑廷钧、陆璇、朱涛、邵延龄、陆大成、杜诗、郭都、马龙藻、陈益信、华韶、华绍曾、华坡、顾起安、顾起文、顾起佐、王士贞、黄樏龄、瞿大发、姚之驷、姚炳、柴才等74人，比此前总数的2倍还多。再以《全清词雍乾卷》统计，又有郑方坤、陈敬、查学、吴镇、杨学林、江昉、方成培、邵鳌、沈起凤、陈昌图、温汝造、翁霡、曹玢、纪遬宜、方学成、俞忠孙、朱廷锺、姚宗瑛、彭贞隐、曹锡宝、江声、陈朗、俞经、周暟、杨抡、仇梦远、耿湮、王沼、袁钧、戴澈、杨芳灿、殷如梅、尤维熊、葛秀英、李佩金、沈光裕、李恭位等37人。两者相加，共有111人。虽然目前尚难以对嘉道以后的集句词作者进行具体统计，但保守估计其总数应该200人以上。即使假设清代集句词作者人数为300人，亦超过此前作者总数的8倍。

再看作品方面。今存宋、金、元三代的集句词仅有53首，明代集句词的数量有所增加，亦仅为87首，两者相加，总数亦不过140首。比较而言，清代集句词的数量获得了惊人的增长。据《全清词顺康卷》及其《补编》统计（除去已在明代部分收录的作品），就有672首，几乎为此前集句词总数的5倍。再以《全清词雍乾卷》统计，集句词总量为805首，较顺康朝又有较大的增加。将顺康、雍乾两个阶段的集句词加起来，总数为1476首。虽然《全清词》的嘉道以后部分尚未编辑出版，但其数量应该超过此前。据笔者估计，清代集句词的总量在3500首以上，亦可能超过4000首。即使假定为3500首，亦约为清代以前集句词总数的25倍。集句词虽然产生于宋代，在明代亦出现了一些作品，但在如此漫长的六百年中，集句词发展的程度一直不高。正是由于数量的急剧增加，清代集句词才得以在许多方面形成自己的特点。从这个意义上说，中国古代的集句词差不多可以说就是清代的集句词。

清代是集句词发展的鼎盛期。众多作者积极创作，不仅使得清代集句词非常丰富，呈现出丰富多彩的风貌，而且自身亦具有明显的阶段性。根据其内在特征，清代集句词的发展可以大体分为三个阶段：

其一是顺康时期，集唐词一枝独秀。顺康时期，集唐词迅速走向繁荣。早在集句词产生之初，集唐词即已出现。如苏轼的《南乡子》（何处倚阑干）即是集唐词。南宋汪元量的《忆王孙·集句数首甚婉娩，情致可观》9首则是最早的集唐组词。迨至明代，集唐词不但数量更多，而且"集唐词"之名亦呼之欲出。汪廷讷最早提出了"集唐句诗余"的概念，其下收录3首作品。在前代的基础上，集唐词在顺康时期迅速繁荣起来，出现的专集（或卷）多达6种，即朱彝尊《蕃锦集》一卷、钱琰《集唐百家衣词》一卷、李天馥《闺词》一卷、徐旭旦《集句词》一卷、朱襄《织字轩词》一卷、柴才《百一草堂集唐诗余》三卷。又董元恺的《苍梧词》和何采的《南涧词选》虽非集句词专集，但其中亦收录了大量的集唐词。《苍梧词》十二卷中有71首集句词，全是集唐词；《南涧词选》二卷有62首集句词，其中有45首集唐词。仅据这几种词籍统计（其中钱琰《集唐百家衣词》一卷已经佚失，仅存4首），所得集唐词即多达507首。考察其余的零星作品，又可得100多首集唐词。两个数据加起来，可知顺康时期集唐词的总数超过600首，充分反映出当时创作的兴盛局面。

集唐词的繁荣，并没有带动其余类别集句词的发展。根据现存的作品考察，顺康时期集唐词以外的作品仅有任绳隗《雪梅香·集毛卓人、申人斋语，次及吴门叶圣野、宋既庭、章湘御》，龚士稚《鹊桥仙·愁，檃括宋人语》，何采《浣溪沙·早秋山行见田父泥饮集东坡本调句》《减字木兰花·懒园看花集本调句》《鹧鸪天·渔父词》（2首）、《醉落魄·醉吟括黄山谷、王仲父本调句》《临江仙·秋夜感怀集本调句》《蝶恋花·送春集句，俱用本调》（6首）、《蝶恋花·后送春集句，禁用本调》（6首）、《江城子·忆梦集句》，董以宁《浣溪沙·闺思集句》《木兰花令·集句》，万树《江城子·旅怀集句》《前调·寄内集句》《多丽·郊有老圃，艺菊千余，赋此相赠，盖取谱中有花字名者，各采一句，合为斯调云》，陈玉璂《生查子·见采桑女集古无名氏句》《前调·村居集陶》，孙致弥《南乡子·秋夕感怀，偶集词句，似西文、宾臣、大年、箕野索和》《卖花声·集东坡句戏赠》，傅燮詷《捣练子·戏集古句》（2首），董儒龙《如梦令·集句》《定西番·集句》《菩萨蛮·集句》《醉花阴·集句》《鹧鸪天·将抵武昌集句》《雨中花·集句》《鹊桥仙·江行集句》《小重山·集句》，俞公毅《减字木兰花·看牡丹即席集句》，侯晰《满庭芳·集句

第二章 集句词之基本特征

送春》,盛本柟《踏莎行·春闺集句》《鹧鸪天·集稼轩句》《前调·集稼轩句》,徐基《重叠金·集东坡先生诗余》《南乡子》(7首),侯承基《望江南·拜月》,华韶《踏莎行·风雨》,姚之骃《南乡子·春游集句》等56首。尽管这些作品涉及许多类别,但总数尚不及集唐词总数的十分之一。由此亦不难看出,顺康时期的集句词的确呈现出集唐词一枝独秀的局面。

其二是雍乾时期,集句词向集唐词外发展。承此前之影响,雍乾时期仍有一些集唐词集(或卷),如俞忠孙《节霞词存》三卷有221首集唐词;殷如梅《绿满山房集》中《集唐》一卷中有49首集唐词。仅据此二者统计,即有集唐词270首。如果加上其他词人所写的零星作品,其数量还是很可观的。相对于顺康时期,雍乾时期的集句词发生了一个根本性的变化:集唐词的地位逐步降低,而其余类别的集句词却迅速发展起来。具体说来,其变化呈现这样几种趋势:

1. 雍乾时期的集句词突破了专集唐五代语句之限制。为了跟集唐词相区别,雍乾时期的个别词人专门选取唐前作家的语句进行创作。如陈朗《六铢词》二卷就是专集六朝诗句而成,共有作品136首。谢章铤《赌棋山庄词话续编》卷四"陈朗《六铢词》"条载:

> 《六铢词》二卷,平湖陈太晖(朗)撰。集句为词,始于小长芦,然所集乃诗句,近且有集词句者,且有专集本人之句者。若太晖则集唐以前句,余谓六朝歌曲,语多古艳,若能运用入词,吐属自异,苟强联成篇,反觉生硬。虽自谓仙衣无缝,而天吴紫凤,已不胜其颠倒矣。姑留以备一体可也。[①]

有人专集宋人的语句,如江昉《集山中白云词句》一卷就是专集宋代张炎的《山中白云词》而成。有人虽不排斥唐人之作却兼用不同朝代之语句,如王沼《分秀阁集句诗余》一卷53首、殷如梅《集词》一卷34首,

---

[①] (清)谢章铤:《赌棋山庄词话续编》,见唐圭璋《词话丛编》第四册,中华书局2005年版,第3546页。

都是这样的情况。总之，无论是专集六朝语句，专集宋人词句，还是以宋句为主兼采其他朝代语句，都可以看作是对集唐词的突破。

2. 专集一家的作品较多出现。跟顺康时期相比，雍乾时期集句词的另一个明显变化是接连出现了多种专集一家的集句词集。首先是江昉专集宋代张炎词句的《集山中白云词句》一卷，接着是耿汸专集杜甫诗句的《雪村集杜词》一卷，然后是杨芳灿专集温庭筠诗句的《拗莲词》一卷和专集李商隐诗句的《移筝语》一卷。此前的顺康时期没有出现这样的现象，嘉道以后这种现象也不多见。因此，专集一家作品的集句词集可以说是雍乾时期的鲜明特征。

3. 集句词在形式上更加完善。雍乾时期的集句词不仅形成了许多新的类别，在形式上也更加规范化。清代以前的集句词或者不注出处，或者仅注出原句的姓名或字号，未见有具体到原来篇目者。至清初，董元恺专集杜甫、白居易、李商隐、韩偓各人之诗句作词，因为不需注出作者，始变为注释篇名。雍乾时期，陈朗《青柯馆词》有14首集句词，其中《长相思·集李太白句》乃集李白词，所以不需注出作者姓名；另外13首集六朝词，亦仅仅注释到作者，如《渔歌子·题画集六朝句》：

杨柳青青着地垂（隋无名氏别诗）。凄风夏起素云回（宋鲍照）。湖水远（隋炀帝），鲤鱼肥（后汉窦伯玉妻）。共将长笛管中吹（北周庾信）。①

可是，在他的集句词集《六铢词》二卷的136首作品中，他不仅在每句下作注，而且注释具体到作者所属的朝代和原来的篇名。如《莺声绕红楼·和白石道人韵》：

好鸟和鸣枝上飞（陈贺循《庭中有奇树》）。酌芳酤（宋谢灵运《顺东西门行》）、当时何时（汉乐府《西门行》）。被衣出户步东西

---

① 张宏生：《全清词雍乾卷》第8册，南京大学出版社2012年版，第4330页。

第二章　集句词之基本特征

(魏文帝《燕歌行》)。弱步逐风吹(梁简文帝《咏舞》)。　春物方骀荡(齐谢朓《直中书省》),郁金香蘸特香衣(梁萧子显《燕歌行》)。东风摇弄好腰肢(隋炀帝《湖上曲》)。绿草蔓如丝(谢朓《王孙游》)。①

相对于此前和同时代他人的集句词,陈朗《六铢词》的注释是最完善的。即使相对于此后的作品,陈朗的做法也到了无以复加的地步。对词人来说,这样的做法避免了随意改动语句甚至自撰新句的不足,具有很强的学术性;对读者来说,这样写出的作品便于核对,为阅读和评价提供了便利。

雍乾时期的集句词不仅具有多方面的新变特点,而且形式更加完善,最典型地代表了清代集句词的基本特点。

其三是嘉道以后,沿袭中仍不乏变化。经过了雍乾时期的变革,嘉道以至光宣的集句词总体上沿袭了以前的特征,偏于守成。由于《全清词》的相关部分尚未编辑出版,所以这一时期究竟有多少集句词目前还难以统计。从已经考知的集句词集(或卷)来看,集唐词仍保持相当的规模,如石赞清的《玎饾吟词》一卷68首,周天麟的《双红豆词》一卷100首,邵曾鉴的《香屑词》一卷58首,皆为集唐词。张竹岩的《竹岩诗余》三卷则依次分集唐、集宋和集元三卷。丁尧臣的《蕉雨山房集唐酌存附编》一卷有59首集句词,其中既有"集唐",又有"集宋",还有不拘唐宋的作品。在专集一家的专集中,顾文彬的《百衲琴言》七卷多是集辛弃疾、集吴文英、集周密各人之作。王继香的《醉庵词别集》二卷主要集姜夔之作。而且,本时期的集句词越来越多地采用陈朗《六铢词》那样注释到各句原来篇名的做法,这也可以看作是对此前作品规范化的接受。集唐也好,集宋也好,集元也好,专集一家也好,这样的作品在前代皆已出现,因此总体上可以视为对顺康、雍乾两朝集句词的沿袭。

嘉道以后的集句词虽然具有较多的沿袭特色,但并非不再发展,在一

---

① 张宏生:《全清词雍乾卷》第8册,南京大学出版社2012年版,第4370页。

些方面仍然体现出明显的变化。比如说，集词词的发展就是突出的例子。集词词最早出现在南宋，顺康时期董元恺的《苍梧词》中已有标明"集唐词"的作品，殷如梅的《集词》一卷是直接标榜"集词"的专卷，而雍乾时期方成培也有标明"集宋词"的作品，但总的说来，这类作品不算多。嘉道以后，集词词才真正发展起来，出现了几种专集。特别是汪渊的《麝尘莲寸集》五卷，其中的集词词竟然多达284首。许振轩在《点校后记》中说："《麝尘莲寸集》不仅其本身具有一定的艺术价值，还有别的词集所没有的历史价值，即它是词学史上前无古人、后无来者的一部集词而成的词集。"[①] 这个说法并不准确，因为无论是在汪渊之前还是之后，都有这样的集词词集。除了《麝尘莲寸集》，本时期出现的集词词集还有三种：徐鸣珂的《研北花南合璧词》一卷，其中30首作品皆集晚唐、五代、两宋人之词句；播花居士的《燕台集艳二十四花品》一卷，其中24首作品皆集宋人之词句；沈传桂的《霏玉集》一卷，其中34首作品亦兼集唐代以及不同朝代之词句。

跟集词词相比，新变色彩更重的是集戏曲之词。嘉道之前，从没有出现过专集戏曲的集句词，可是嘉道以后不但出现了这样的作品，而且还结成了专集（或卷）。陈钟祥的《集牡丹亭词》一卷虽然仅有8首集句词，但所有句子皆出自明代汤显祖的《牡丹亭》，尽管其中不乏改动和剪接之处。悔道人的《西厢词集》二卷则专集王实甫《西厢记》，而且作品多达228首，艺术水平也比较高，是一部难得的奇书。

总之，嘉道以后的集句词不仅继承和保留了此前集句词的许多特点，呈现出较多的守成意味，但在集词词、集戏曲词两方面仍然体现出明显的开拓之功。

从大的方面看，集句词的发展可以分为宋金元三代、明代和清代三个不同的阶段，每个阶段亦各有其不同的特点。宋、金、元三代集句词的草创特征、明代集句词的新变意味和清词的全面发展，特色都非常鲜明。从小的方面说，清又可分为顺康、雍乾和嘉道以后三个时期，不同时期的

---

① （清）汪渊集句，程淑笺注，许振轩、林志术点校：《麝尘莲寸集》，安徽文艺出版社1989年版，第253页。

作品亦具有不同的风貌。

第二节 类别性特征

从理论上说，集句词可以分为许多彼此交叉的类别。按照词句原来所属的朝代和时段，可以分为集唐词、集宋词、集古词等类别；按照词句原来所属的文体，可以分为集诗词、集词词、集曲词和集句词等类别；按照词句原来所属的作者，则可以分为集杜甫词、集李商隐词、集张炎词、集辛弃疾词等更多的类别。事实上，以上所说的这些类别也确实都出现了若干作品，但是真正发展起来的并不多。现分集唐词、集宋词、集词词、集曲词和集古词五类来讨论。

一 集唐词

本书中的集唐词，指使用唐五代诗词之句写成的集句词，具体包括"集唐诗"、狭义的"集唐词""集唐句"和专集一家唐诗四小类。

1. 所谓"集唐诗"，就是使用唐五代诗句写成的集句词。这样的作品最早出自北宋王安石笔下。如其《甘露歌三首》其三：

天寒日暮山谷里。的砾愁成水。地上渐多枝上稀。唯有故人知。[1]

词中"天寒"句出自杜甫《乾元中寓居同谷县作七首》其一，"的砾"句出自韦应物《咏水精》，"地上"句出自张籍《燕客词》，"唯有"句出自韦应物《逢杨开府》，全都出自唐人诗作。这样的作品就是"集唐诗"。其后苏轼的3首《南乡子》也是如此。如其一：

寒玉细凝肤（吴融）。清歌一曲倒金壶（郑谷）。冶叶倡条遍相识（李商隐），争如。豆蔻花梢二月初（杜牧）。　年少即须臾（白居

---

[1] 唐圭璋：《全宋词》第1册，中华书局1965年版，第205页。

易)。芳时偷得醉工夫(白居易)。罗帐细垂银烛背(韩偓),欢娱。豁得平生俊气无(杜牧)。①

从词中的注释可以看出,除了上、下片的两个二字句外,其余的五言句和七言句均出自唐诗。至清初,朱彝尊的《蕃锦集》已是"集唐诗"专集。其后钱琰(一作炎)《集唐百家衣词》一卷(已佚)、李天馥《闺词》一卷、朱襄《织字轩词》一卷、俞忠孙《节霞词存》三卷、殷如梅《集唐词》一卷、周天麟《双红豆词》一卷也都是"集唐诗"专集。

2. 狭义的"集唐词",就是专门使用唐五代词句写成的集句词。这样的作品出现得比较迟。如清初董元恺的《更漏子·闺夜》:

晚妆残(李后主),春态浅(和凝)。远岫参差眯眼(顾夐)。千万恨(温庭筠),在心头(冯延巳)。秋波横欲流(李后主)。　燕双双(温庭筠),人悄悄(尹鹗)。残月光沉树杪(和凝)。烟雾冷(魏承班),画屏幽(毛熙震)。吴山点点愁(白居易)。②

词中所有的句子均出自唐五代词作,自然属于"集唐词"。在董元恺的《苍梧集》中,这样的作品共有13首。又如蒋景祁的《河传·采莲集唐词》:

团扇(王建《宫中调笑》)。双脸(温庭筠《归国遥》)。翠鬟红敛(顾夐《临江仙》)。细雨霏微(南唐后主《采桑子》)。露华点滴香泪(孙光宪《思越人》),梦里佳期(冯延巳《上行杯》)。暗相思(韦庄《应天长》)。　鸳鸯对浴银塘暖(毛文锡《虞美人》)。苹叶软(和凝《春光好》)。还似花间见(张泌《蝴蝶儿》)。别来依旧(欧阳炯《贺圣朝》),可能更理笙簧(李珣《中兴乐》)。断离肠(牛

---

① (宋)苏轼著,邹同庆、王宗堂笺注:《苏轼词编年笺注》下册,中华书局2009年版,第834页。
② (清)董元恺:《苍梧词》,康熙二十六年刻本,第5页。

第二章 集句词之基本特征

希济《酒泉子》)。①

词中所有的语句均出自唐五代词,也是一首合乎标准的"集唐词"。可惜这样的作品后世却没有发展起来。之所以如此,可能由于唐五代词的总量不多,尽管可以写出一些"集唐词",却难以写出这样的专集(或卷)。

3. 所谓"集唐句",就是虽用唐五代语句但不拘诗、词的集句词。南宋灭亡以后,汪元量曾作《忆王孙·集句数首甚婉娩,情致可观》9首,如其一:

汉家宫阙动高秋。人自伤心水自流。今日晴明独上楼。恨悠悠。白尽梨园子弟头。②

词中"汉家"句出自赵嘏《长安秋望》,"人自"句出自刘长卿《重送裴郎中贬吉州》,"今日"句出自卢纶《春日登楼有怀》,"白尽"句出自孟迟(一作赵嘏)《过骊山》,都是出自唐诗;而"恨悠"句出自白居易《长相思》,原本属于唐词。这样的作品既不能称作"集唐诗",也不能称作"集唐词",所以只能称为"集唐句"了。又如丁尧臣的集句诗卷《蕉雨山房集句附编》中标明"集唐"的作品几乎全部使用唐人诗句,但其中《阮郎归·归思集唐》一首却使用了一个词句:

独携孤剑塞垣游(韦庄)。那能缓旅愁(释无可)。关河万里路悠悠(刘沧)。几人新白头(于邺)。 携酒盏(白居易),月如钩(李后主)。相思天畔楼(姚鹄)。欲归无计泪空流(杜荀鹤)。此情不自由(戴司颜)。③

---

① 南京大学全清词编纂研究室:《全清词顺康卷》第15册,中华书局2002年版,第8760页。
② 唐圭璋:《全宋词》第5册,中华书局1965年版,第3342页。
③ (清)丁尧臣:《蕉雨山房集唐酌存·附编》,光绪七年丁氏刻本,第4页。

此词中的多数句子均出自唐诗,即"独携"句出自韦庄《送人游并汾》,"那能"句出自释无可《夏日送崔秀才游南》,"关河"句出自刘沧《寄远》,"几人"句出自于邺《秋夕闻雁》,"携酒"句出自白居易《想东游五十韵》(原句作"客迎携酒榼"),"相思"句出自姚鹄《寄雍陶先辈》,"欲归"句出自杜荀鹤《旅寓》,"此情"句出自戴司颜《江上雨》("不"字,戴诗原作"非");但"月如"句出自李后主的词作《相见欢》,原本是词句。因此,这首词也只能算作"集唐句",而不是"集唐诗"。除了这样零星的作品,清代还出现了徐旭旦的《集唐诗余》一卷、柴才的《百一草堂集唐诗余》三卷、石赞清的《钉饾吟词》一卷这样的"集唐句"专集。

4. 除了以上三类,还有使用一家唐诗的集句词。如南宋杨冠卿的《卜算子·秋晚集杜句吊贾傅》专集杜甫诗句,明代季梦莲的《浣溪沙·江南愁思集杜牧之句十四首》专集杜牧诗句,陈子升的《鹧鸪天·集李长吉句》专集李贺诗句,都属此类。如最后一首:

  红壁阑珊悬佩珰。柳花偏打内家香。三千宫女列金屋,十二门前融冷光。　裁半袖,据胡床。楚腰卫鬓四时芳。鲤鱼风起芙蓉老,但见池台春草长。①

至清代,这样的作品越来越多,以至于出现了耿沄《集杜词》一卷、杨芳灿《拗莲词》一卷(专集温庭筠诗句)和《移筝语》一卷(专集李商隐诗句)这样的作品。

从以上分析可以看出,除了狭义的"集唐词"一类发展得不够充分外,"集唐诗""集唐句"和专集一家唐诗等三类在清代相对发达,出现了数种专集(或卷)。将几种类别加起来,则集唐词的数量非常可观。集唐词不仅在清代具有明显的优势地位,在全部集句词中也数量最多。

二　集宋词

本书中的集宋词指使用宋人语句的集句词。从词的类别推断,集宋词

---

① 饶宗颐初纂,张璋总纂:《全明词》第5册,中华书局2004年版,第2352页。

第二章 集句词之基本特征

应该也有"集宋诗"、狭义的"集宋词""集宋句"和专集一家宋词四类，但实际情况并非如此。就笔者所知，不仅没有见过"集宋诗"，就连"集宋句"也非常少，只有王沼《分秀阁集句诗余》中的《西江月·观梅怀林处士》和《捣练子》二首属于此类。在集宋词中，发展得较好的是狭义的"集宋词"、专集一家和专集各家几类。

1. 所谓狭义的"集宋词"，就是使用宋人词句写成的集句词。这样的作品最早见于元代白朴的《满庭芳》：

> 屡欲作茶词，未暇也。近选宋名公乐府，黄、贺、陈三集中，凡载《满庭芳》四首，大概相类，互有得失。复杂用元、寒、删、先韵，而语意若不伦。仆不揆，□斐合三家奇句，试为一首，必有能辨之者。
>
> 雅燕飞觞，清谈挥麈，主人终夜留欢。密云双凤，碾破缕金团。斗品香泉味好，须臾看、蟹眼汤翻。银瓶注，花浮兔椀，雪点鹧鸪斑。　　双鬟。微步稳，春纤擎露，翠袖生寒。觉清风扶我，醉玉颓山。照眼红纱画烛，吟鞭送、月满银鞍。归来晚，芸窗未寝，相对小妆残。①

考察宋人词作，秦观咏茶的《满庭芳》共有3首，其中用韵相近的为"北苑研膏"和"雅燕飞觞"两首，白朴词中"雅燕""清谈""密云""碾破""雪点""醉玉""相对"等句均出自其中；黄庭坚咏茶的《满庭芳》仅一首，即"北苑龙团"，白朴词中"蟹眼"（黄词原作"银瓶蟹眼，波怒涛翻"）、"归来""芸窗"（"芸窗"二字，黄词原作"文君"）等句均出其中；陈师道咏茶的《满庭芳·咏茶》亦仅一首，用韵亦相近，白朴词中没有使用其成句，但有些词语颇为相近；至此，已合白朴"凡载《满庭芳》四首"之意。至于贺铸，则未有这样的作品传世。据此可以认为，白朴词序中"黄、贺、陈"当为"黄、秦、陈"，即黄庭坚、秦观、陈师

---

① 唐圭璋：《全金元词》下册，中华书局1979年版，第642页。

道三人。白朴根据三人的四首《满庭芳》所成的这首集句词虽然还不够规范，但可考的句子皆出自宋词，则是无疑的。比较而言，明代汪廷讷的《踏莎行》又向"集宋词"前进了一步：

晚兔云开（秦少游），风帘翡翠（王充）。衡阳雁去无留意（范希文）。闲敲棋子落灯花（司马君实），幸有散发披襟处（柳耆卿）。　庭户无声（苏子瞻），壶山居士（宋谦父）。枕上梦魂飞不去（张子野）。娟娟霜月冷侵门（康伯可），鹧鸪唤起南窗睡（谢无逸）。①

词中"晚兔"句出自秦观《满庭芳》，"风帘"句出自王充《天香》，"衡阳"句出自范仲淹《渔家傲》，"闲敲"句出自司马光《约客》（一般认为是赵师秀之作），"幸有"句出自柳永《过涧歇》，"庭户"句出自苏轼《洞仙歌》，"壶山"句出自宋谦父《蓦山溪》，"枕上"句出自张先《浣溪沙》（一作秦观词），"娟娟"句出自康与之《江城梅花引》（一作程垓词），"鹧鸪"句出自谢逸《千秋岁》。不仅这些句子的作者皆是宋人，而且几乎所有的句子皆出自词作，只有"闲敲"一句属于例外。真正意义上的"集宋词"以清人何采的《蝶恋花·送春集句俱用本调》其二、其三和《蝶恋花·后送春集句禁用本调》其三为最早。此后这类作品渐多，到播花居士写出《燕台集艳二十四花品》一卷，"集宋词"终于出现了自己的专集。

2. 专集一家宋词的集句词最早可能是清初何采的《浣溪沙·早秋山行见田父泥饮集东坡本调句》：

入袂轻风不破尘。三三两两棘篱门。携壶藉草亦天真。　天气渐凉人寂寞。夕阳虽好近黄昏。何时收拾耦耕身。②

---

① （明）汪廷讷：《坐隐先生集》，《四库全书存目丛书集部》第 188 册，齐鲁书社 1997 年版，第 752 页。
② 南京大学中文系《全清词》编纂研究室：《全清词顺康卷》第 8 册，中华书局 2002 年版，第 4616 页。

第二章 集句词之基本特征

苏轼共有43首《浣溪沙》，以上6句全部出于其中，仅有两处不同："两两"二字，苏词原作"五五"；"渐"字，苏词原作"乍"。其后盛本梬有《鹧鸪天·集稼轩句》和《前调·集稼轩句》两首专集辛弃疾的词作，如前者：

出处从来事不齐。衡门之下可栖迟。居山一似庚桑楚，有客来观杜德机。　呼斗酒，更吟诗。只于陶令有心期。新愁次第相抛舍，日日闲看燕子飞。①

但在后来，张炎的《山中白云词》成了清代集句词人的最爱，除了江昉《集山中白云词句》一卷外，其他词人也有一些这样的作品。如方成培有《清平乐·集玉田句》和《生查子·集玉田句》两首。如后者：

丘壑伴云烟，一片潇湘意。花暗水房春，湿影摇花碎。　此怀难与俗人谈，只许梅相对。醉倒古乾坤，伫立香风外。②

更值得注意的是，仇梦远的13首集句词，竟然全都是集自张炎的《山中白云词》。如《摸鱼子·集〈山中白云词〉。黄秋盦客游京洛，以此寄赠，写别怨焉》：

这些儿、旧怀难写，惊心又歌南浦。可怜张旭门前柳，隐隐烟痕如注。归未许。又却是、秋城自有芙蓉主。天涯倦旅。纵认得乡山，斜阳古道，寂寞汉南树。　漫延伫。修竹依依日暮。催残客里时序。今年因甚无诗到，试托醉乡分付。吟思苦。奈一寸、闲心不是安愁处。欢游再数。但回首当年，水流云在，孤艇且休去。③

---

① 南京大学中文系《全清词》编纂研究室：《全清词顺康卷》第19册，中华书局2002年版，第10947页。
② 张宏生：《全清词雍乾卷》第3册，南京大学出版社2012年版，第1734页。
③ 张宏生：《全清词雍乾卷》第10册，南京大学出版社2012年版，第5908页。

3. 跟上类不同，有的词人写有较多专集一家的集句词，但所集的对象又各不相同，所以笔者勉强称之为"专集各家"。如沈传桂《霏玉集》从总体上说并不是专集一家的词集，但其中有集周邦彦词1首、集姜夔词1首、集吴文英词2首、集周密词2首、集张炎词5首。如《踏青游·集吴梦窗句》是专集吴文英的词作：

倒柳移栽（《惜红衣》），随风化为轻絮（《莺啼序》）。总不解将春系住（《西子妆》）。怕登楼（《唐多令》），愁未洗（《献仙音》），翠微高处（《霜叶飞》）。念聚散（《声声慢》），十年断魂潮尾（《齐天乐》），又听数声柔橹（《喜迁莺》）。 庭上黄昏（《高阳台》），醉云又兼醒雨（《解蹀躞》）。更莫把飞琼吹去（《绛都春》）。叙分携（《倦寻芳》），秋鬓改（《荔枝香近》），旧寒一缕（《点绛唇》）。但怅望（《澡兰香》），瑶台梦回人远（《玉漏迟》），夜约羽林轻误（《古香慢》）。①

又如《雨中花·集周草窗句》是专集周密的词作：

梦隔屏山飞不去（《南楼令》）。叹转眼岁华如许（《长亭怨》）。玉镜尘昏（《三姝媚》），琼窗夜暖（《一枝春》），小小闲庭宇（《蝶恋花》）。 睡起折枝无意绪（《解语花》）。但罗袖晴沾飞絮（《大圣乐》）。怨蝶迷花（《秋霁》），啼鹃暗碧（《宴清都》），春在无人处（《点绛唇》）。②

如果说这样的作品还属少见，顾文彬《百衲琴言》（稿本）七卷里则全由这样的作品组成，而且大多以组词的面目出现。如第二编的《夜行船·题仇十洲秋江独钓图》《减字木兰花·题钱磬室兰竹卷》两组都是由"集东坡""集稼轩""集梦窗"和"集玉田"等4首词组成的组词；

---

① （清）沈传桂：《霏玉集》，《清梦庵二白词》卷五，道光二十五年刻本，第9页。
② 同上书，第10页。

第二章 集句词之基本特征

《眼儿媚·题杜东原沈石田刘完庵山水卷》分别由"集东坡赋脱屣名区""集草窗赋芳园独乐""集梦窗赋颐养天和""集稼轩赋放歌林屋"和"集玉田赋游心物表"等8首词组成;《极相思·题文衡山落花诗卷后》分别由"集东坡""集稼轩""集梦窗""集玉田"和"集草窗"各2首一共10首组成;第三编的《扫花游·题文衡山落花诗卷后》分别由"集辛稼轩""集周美成""集史梅溪""集吴梦窗""集周草窗"和"集张玉田"等6首组成。为了更加直观地反映这个特点,此处举第三编最后的《浪淘沙·题唐六如梦仙村堂图》为例:

> 惟爱日高眠。昼永人间。东皇灵媲统群仙。上殿云霄生羽翼,曾见青鸾。　真个是超然。飞步屏颜。吹笙只合在缑山。惊破梦魂无觅处,柳际花边。(东坡)
>
> 真欲觅安期。独绕天池。温柔东攀白云西。九万里风斯在下,黄鹄高飞。　重到路应迷。光景难携。海山问我几时归。钟鼎山林都是梦,醒后方知。(稼轩)
>
> 未踏画桥烟。飞梦重关。未忘灵鹫旧因缘。北斗以南如此几,风月俱寒。　弱水路三千。不到人间。只宜结赠散花天。胡蝶识人游冶地,花隔东垣。(梅溪)
>
> 屋上几青山。松影阑干。归来困顿嬾春眠。一枕午醒幽梦远,路入苍烟。　油壁碾青鸾。阆苑高寒。一声玉磬下星坛。偷果风流输曼倩,南极飞仙。(梦窗)
>
> 松影满空庭。霁月三更。蒲团茶鼎掩山扃。梦隔屏山飞不去,一枕松声。　历历旧经行。未厌游情。睡余春酒未全醒。暗忆芙蓉城下路,梦不分明。(草窗)
>
> 都在卧游编。蕙帐空闲。一瓢饮水曲肱眠。天下神仙何处有,也梦邯郸。　飞佩紫霞边。非雾非烟。下临无地手扪天。明月半床人睡觉,倦倚高寒。(玉田)[①]

[①] （清）顾文彬:《百衲琴言》第三编,苏州图书馆所藏稿本,第32—33页。

这 6 首词虽然分别集自苏轼、辛弃疾、史达祖、吴文英、周密和张炎诸人的词句,但所咏对象为同一幅或一组画卷,而且采用同样的词调,共同构成了一个有机的整体。

虽然集宋词的数量远远没有集唐词多,其种类也没有集唐词丰富,但是其中专集一家词句和专集各家词句两类,却是集唐词中所没有的类别。

三 集词词与集曲词

所谓"集词词"指使用前人词句写成的集句词,是为了区别于专用诗句或者兼用诗词之句的类别。狭义的"集唐词"和狭义的"集宋词"一类、专集一家宋词和专集各家宋词等类别,都属于集词词。为了避免重复,此处的"集词词"专指这些类别之外那些兼集唐、宋、金、元、明全部朝代或其中若干朝代多位词人词句的集句词。关于集词词的起源,清代程淑为其夫《麝尘莲寸集》作序时说:"词之集句,滥觞坡、谷、荆公,及《九重乐府》之《调笑》,至国初朱氏竹垞、紫氏次山辈而调始繁。然皆集唐诗为之,非集词句也。集词为词,则始自《金谷遗音》。"①《金谷遗音》是南宋词人石孝友的词集,其所载《浣溪沙》云:

> 宿醉离愁慢髻鬟(韩偓)。绿残红豆忆前欢(叔原)。锦江春水寄书难(叔原)。　红袖时笼金鸭暖(少游),小楼吹彻玉笙寒(李璟)。为谁和泪倚阑干(中行)。②

其词中"宿醉"句出自韩偓《浣溪沙》,"绿残"句出自晏几道《浣溪沙》("残"字,晏词原作"笺"),"锦江"句出自晏几道《西江月》("锦"字,晏词原作"绿"),"红袖"句出自秦观《木兰花》,"小楼"句出自李璟《摊破浣溪沙》,"为谁"句出自李后主《捣练子》(原注"中行"不知何据,当误)。此词中所有的句子均出自前人词作,是一首合格

---

① (清)汪渊集、程淑笺注,许振轩、林志术点校:《麝尘莲寸集》,安徽文艺出版社 1989 年版,序三。
② 唐圭璋:《全宋词》第 3 册,中华书局 1965 年版,第 2045 页。

· 48 ·

第二章 集句词之基本特征

的集词词，程淑所说无误。朱彝尊的《蕃锦集》已见前论，而所谓"紫氏次山"即柴杰，字次山，"紫"与"柴"形近而误。柴杰著有《百一草堂集唐诗余》三卷。程淑认为朱彝尊和柴杰的集句词"皆集唐诗为之，非集词句也"，明显看出了"集唐诗"与"集词句"之间的区别。虽然金、元、明三代没有出现集词词，但清代却不乏这样的作品。如清初何采有9首"集本调句"和6首"禁集本调句"，除了《浣溪沙·早秋山行见田父泥饮集东坡本调句》《蝶恋花·送春集句俱用本调》其二、其三、其四和《蝶恋花·后送春集句禁用本调》其三等5首属于"集宋词"外，《减字木兰花·懒园看花集本调句》《临江仙·秋夜感怀集本调句》《蝶恋花·送春集句俱用本调》其一、其五、其六，《蝶恋花·后送春集句禁用本调》其一、其二、其四、其五、其六等10首都属于集词词。如《蝶恋花·送春集句俱用本调》其五：

见说东风桃叶渡（高观国）。十二阑干（王庭筠），帘幕无重数（冯延巳）。鱼尾霞生明远树（周邦彦）。莺儿穿过黄金缕（毛滂）。　弱柳系船都不住（杨炎）。隔水呼舟（凌云翰），醉里曾寻句（赵师侠）。樵子渔师来又去（于真人）。随春且看归何处（朱淑真）。[1]

虽然此词中的多数句子都出自宋词，但其中"十二"句出自金代王庭筠笔下，"帘幕"句出自五代冯延巳笔下（通常作欧阳修词），"隔水"句出自明代凌云翰笔下，总共用了四个朝代的词句，因此只能是一般意义上的集词词。又如《蝶恋花·后送春集句禁用本调》其四：

强起登临惊暮序（谢逸《念奴娇》）。须与从容（赵师侠《柳梢青》），宛转留春语（冯延巳《虞美人》）。隔叶子归声暗度（黄庭坚《青玉案》）。晴烟冉冉吴宫树（吴文英《莺啼序》）。　水上游人沙

---

[1] 南京大学中文系《全清词》编纂研究室：《全清词顺康卷》第8册，中华书局2002年版，第4650页。

上女（牛希济《南乡子》）。罗绮丛中（柳永《长寿乐》）。漫向寻歌舞（高永《酹江月》）。不见莺啼花落处（苏轼《玉楼春》）。王嫱青冢真娘墓（李冶《迈陂塘》）。①

此词中的多数句子亦出自宋人笔下，但冯延巳是五代人，高永、李冶是金人，因此也只能是一般意义上的集词词。又如万树有3首集句词，皆属集词词。如《江城子·旅怀集句》：

醉来扶上木兰舟（张元干《踏莎行》）。大江流（唐庚《诉衷情》）。去难留（周邦彦《早梅芳》）。阔甚吴天（史达祖《玲珑四犯》），极浦几回头（孙光宪《菩萨蛮》）。寒食清明都过了（吕渭老《极相思》），又重五（刘克庄《贺新郎》），又中秋（刘过《唐多令》）。　芳尘满目总悠悠（蒋捷《高阳台》）。倚危楼（辛弃疾《归朝欢》）。雨初收（欧阳修《芳草渡》）。天气凄凉（程垓《蝶恋花》），苒苒物华休（柳永《八声甘州》）。水面霜花匀似剪（秦观《玉楼春》），剪不断（孟昶《乌夜啼》），那些愁（毛滂《更漏子》）。②

这样的作品在清代很多，仅结成的专集（或卷）就有殷如梅《集词》一卷、沈传桂《霏玉集》一卷、汪渊《麝尘莲寸集》五卷和邵曾鉴《香屑词》一卷等。

再说"集曲词"。本书所谓"集曲词"，专指选用戏曲曲辞（和少量宾白）写成的集句词。集曲词出现得较迟，而且作品数量不多。据笔者所知，集曲词专集仅有两种，其一是陈钟祥的《集牡丹亭词》一卷，所用语句全部出自明代汤显祖的《牡丹亭》；其二即梅道人的《西厢词集》二卷，所有的句子均出自元代王实甫的《西厢记》（个别句子出自金圣叹的改

---

① 南京大学中文系《全清词》编纂研究室：《全清词顺康卷》第8册，中华书局2002年版，第4651页。
② 南京大学中文系《全清词》编纂研究室：《全清词顺康卷》第10册，中华书局2002年版，第5548页。

第二章 集句词之基本特征

本)。试举《西厢词集》卷上的《忆秦娥》:

> 这相思。风清月朗夜深时。夜深时。芳心自警,恐怕人知。　至今脂粉未曾施。伯劳东去燕西飞。燕西飞。离愁相继,情泪如丝。①

"这相"句出自《西厢记》第二本第三折莺莺的唱词(原文后有"何时是可"四字),"风清"句出自第三本第一折红娘的唱词(原文前有"俺小姐想着"五字),"芳心"句出自第一本第三折张生的唱词,"恐怕"句出自第四本第三折莺莺的唱词,"至今"句出自第三本第一折红娘的唱词(原文前有"俺小姐"三字),"伯劳"句出自第四本第三折莺莺的唱词,"离愁"句出自第四本第三折莺莺的唱词,"情泪"句出自第五本第二折张生的唱词(原文前有"写时管"三字)。虽然其中有些句子经过了剪截,但皆可以从《西厢记》中找到出处。正因为集曲词不多,所以陈钟祥《集牡丹亭词》一卷和悔道人《西厢词集》二卷才显得格外珍贵。跟集句诗相比,集词词与集曲词是集句词中个性最为鲜明的类别。

四　集古词

本书所谓的"集古词",就是使用古人语句写成的集句词。集古词的内涵比较丰富,除了少量全部或部分使用当代语句写成的作品,其余的集句词都属于集古词。为了便于分析,本书已将集唐词、集宋词、集词词、集曲词等作为专门的类别论述,而将它们之外的集古词看作专门的一类。最早带有"集古"标志的词作是苏轼的《定风波·元丰五年七月六日,王文甫家饮酿白酒,大醉,集古句作墨竹词》,已见前引。北宋末年,吴致尧在自己的《调笑集句》小序中说:"集古人之妙句,助今日之余欢。"可见所用都是古人之句。除了这样的"集古"标志,那些标注"集句"的词作亦大都属于此类。由于"古"的内涵一直在变化,所以集古词的内涵也在不断变化。就其大致情况而言,北宋人使用五代以前的语句,南宋人使

---

① (清)悔道人:《西厢词集》卷上,温州新瓯印刷公司,光绪刻本,第10页。

用北宋以前的语句，明人使用元代以前的语句，这样写出的词作都是集古词。清代是集古词发展的高潮，清人笔下的集古词情况也比较复杂。此处择其要者而论之。

1. 采用唐代以前（不包括唐代）的语句写成的集古词。这方面最典型的代表是陈朗《六铢词》二卷，共有 136 首词。如《促拍满路花·寒夜独坐感兴》：

> 匝栏生闇藓（梁徐摛《坏桥》），照鹤聚寒流（陈张正见《雪映夜舟》）。碧楼含夜月（宋鲍照《中兴歌》）、曲如钩（汉顺帝末京都民谣）。寥寥空室（东汉秦嘉《赠妇》），刻烛验更筹（梁庾肩吾《奉和春夜应令》）。懒对蒲萄酒（陈江总《妇病行》），万端俱起（古苏秦《上秦诗》①），岁云暮矣增忧（宋谢灵运《上留田行》）。　肃泠泠（东汉蔡琰《悲愤诗》）、北风为雪（晋西曲歌《安东平》），蓬鬓不堪秋（梁元帝《草名诗》）。闲云时仿佛（晋傅玄《杂诗》）、梦来游（梁沈约《朝云曲》）。罗帷自举（梁刘孝绰《咏风》），独唤响相酬（梁吴均《春怨》）。即目穷清旷（梁王筠《北寺寅上人房》），星岩海净（齐高帝《塞客吟》），救寒无若重裘（古魏王昶引谚）。②

由词人自注可以看出，语句主要来自汉、晋、宋、齐、梁、陈等朝代，甚至还有出自先秦人物苏秦之口的一句话，但是却没有一句出自隋唐以后。

2. 采用唐、宋、金、元、明五代的语句写成的集古词。楼杏春《粲花馆词稿》中的 134 首集句词大都属于这种情况。如《浣溪沙·梦云》三首：

> 一径幽寻避月华（王次回）。朱门深闭七香车（贺方回）。小楼高阁谢娘家（韦庄）。　十八风鬟云半动（陈简斋），扶墙时趁步欹斜

---

① 此注误，出自《战国策·苏秦始将连横》中苏秦游说秦王之辞，非诗也。
② 张宏生：《全清词雍乾卷》第 8 册，南京大学出版社 2012 年版，第 4363 页。

第二章 集句词之基本特征

（王次回）。一眉新月浸梨花（向伯恭）。

　　准拟江边住画桡（刘后村）。飞花和雨着轻绡（陈与义）。凤凰楼上伴吹箫（戎昱）。　　行到江南知是梦（周进仙），青山隐隐水迢迢（杜牧之）。风情遗恨几时销（张子野）。

　　犹有当时粉黛痕（张子野）。看朱成碧思纷纷（武后）。温麕飘出麝脐熏（皮日休）。　　梦里行云还倏忽（徐铉），世间乌鹊漫辛勤（唐彦谦）。枉抛心力画朝云（微之）。①

　　考察这3首词的18个句子，出自唐五代的有8句，即"小楼"句出自韦庄《浣溪沙》，"凤凰"句出自戎昱《赠别张驸马》，"青山"句出自杜牧《寄扬州韩绰判官》，"看朱"句出自武后《如意娘》，"温麕"句出自皮日休《奉和鲁望玩金鸂鶒戏赠》，"梦里"句出自徐铉《梦游》，"世间"句出自唐彦谦《七夕》，"枉抛"句出自元稹《白衣裳》；出自宋代的有8句，即"朱门"句出自贺铸的《摊破浣溪沙》，"十八"句出自陈师道《法驾导引》，"一眉"句出自谢逸《南歌子》（原注"向伯恭"误），"准拟"句出自刘克庄《长相思》，"飞花"句出自陈与义《法驾导引》，"行到"句出自周文璞《浪淘沙》，"风情"句出自张先《西江月》，"犹有"句出自张先《南乡子》；出自明代的有两句，即"一径"句出自王彦泓的《灯宵纪事》，"扶墙"句出自他的《雨余路软，有女郎一对前行鞋踪可玩》。从这里的考察可以看出，就朝代而言，其语句分别出自唐、宋、明三个不同的朝代；就文体而言，其中诗句、词句各有9句。在楼杏春其余的集句词中，其中使用金、元两代语句的情况也时有出现。由此可见，楼杏春选用语句时不仅遍及唐、宋、金、元、明五代，而且不拘诗词，这正是集古词自身应有之含义。

3. 一些集古词集（或卷）中同时包括了集唐词、集宋词、集词词以及其他使用古人语句的集古词。何采《南涧词选》二卷有64首集句词，其中有45首属于集唐词，有15首以"集本调句""禁集本调句"为名的集

---

① （清）楼杏春：《粲花馆词稿》，民国二十二年义乌排印本，第17页。

词词（其中3首全部采用宋人词句，亦属于集宋词）。王沼的《分秀阁集句诗余》有53首集句词，其中不仅包括集唐词19首、集宋词13首，而且包括一些兼集唐、宋二代语句的14首词作和杂集不同朝代语句的7首词作。如其中《诉衷情》：

> 锦浦（韦庄）。花舞（温庭筠）。莺燕语（柳永）。恣嬉游（僧仲殊）。香径里（柳永）。偎倚（孙光宪）。足风流（毛文锡）。眼色暗相钩（李后主）。羞羞（黄鲁直）。无言只点头（黄公度）。为迟留（贺方回）。①

此词中出自唐五代的词句有5句，即"锦浦"句出自韦庄《河传》，"花舞"句出自温庭筠《诉衷情》，"偎倚"句出自孙光宪《河传》，"足风"句出自毛文锡《甘州遍》，"眼色"句出自李后主《菩萨蛮》；出自宋代的词句有6句，即"莺燕"句出自柳永《西平乐》，"恣嬉"句出自僧仲殊《诉衷情·寒食》，"香径"句出自柳永《迎新春》，"羞羞"句出自黄庭坚《南乡子》，"无言"句出自黄公度《菩萨蛮》（"只"字，黄词原作"但"），"为迟"句出自贺铸《南柯子》。所以此词是使用唐、宋词句的集词词。又如《渔歌子》：

> 有个红儿赛洛川（罗虬）。江头暂驻木兰船（张蠙）。花黯淡（李珣），月婵娟（孟郊）。一双纤手语香弦（李群玉）。②

虽然其中所有的句子均出自唐五代，但有4句原本是诗句，即"有个"句出自罗虬《比红儿诗》，"江头"句出自张蠙《赠九江太守》，"月婵"句出自孟郊《婵娟篇》，"一双"句出自李群玉《醉后赠冯姬》；出自词句的仅一句，即"花黯"句出自李珣《酒泉子》。这两个例子表明，王

---

① （清）王沼：《分秀阁集句诗余》，陈柱《二香词》，扫叶山房民国七年（1918）刻本，第3页。

② 同上书，第6页。

第二章　集句词之基本特征

沼的《分秀阁集句诗余》不仅选句范围宽广，而且不拘诗、词之限。在丁尧臣的《蕉雨山房集句附编》中，"集唐""集宋"皆带有明确的标志，此外则为一般意义上的集古词，如《蝶恋花·春闺》：

> 门外青丝垂日暮（黄鸿）。燕子斜阳（周篔），无限娇春处（陈遵[从]古）。小立东风谁共语（刘健[倩]）。乱红飞过秋千去（冯延巳）。　碧玉高楼临水住（晏几道）。目断魂销（苏轼），恼破春情绪（赵令畤）。试问闲愁知几许（贺铸）。纱窗一阵萧萧雨（张震）。①

词中"门外"句出自明代黄鸿的《蝶恋花》，"无限"句出自宋代陈从古的《蝶恋花》，"小立"句出自刘仙伦的《蝶恋花》，"乱红"句出自五代冯延巳的《蝶恋花》（一作欧阳修词），"碧玉"句出自晏几道的《蝶恋花》，"目断"句出自苏轼的《蝶恋花》，"恼破"句出自赵令畤的《蝶恋花》（一作晏几道词），"试问"句出自贺铸的《青玉案》，"纱窗"句出自张震的《蝶恋花》；只有署名周篔的"燕子"句无所考。周篔是清初人，《全清词顺康卷》第6册收其词34首，未有该句。此词中所有的语句均出自五代、宋、明、清几个朝代。

总之，相对于前面分析的各种类别，集古词的内涵最为广泛，几乎可以将它们都囊括在内。即使撇开那些类别，专就剩余的部分看，作品仍然不少。

集句词的类别跟集句诗最为接近，甚至不少类别都是在集句诗的影响下形成的，如集唐词、集宋词、集古词等；但即使与集句诗相比，集句词在类别上仍有自己的独特之处，其中最典型的就是集词词、集曲词这样的类别，可以说是集句词特有的。

第三节　地域性特征

地域性也是集句词非常鲜明的特色之一。集句词自产生之日起，其作

---

① （清）丁尧臣：《蕉雨山房集唐酌存·附编》，光绪七年丁氏刻本，第13页。

者就以南方人为主，由宋至明，这个倾向一直都非常突出。到了清代，集句词的发展达到鼎盛，但其作者仍然主要是南方人，甚至主要是江浙一带人。因此，集句词在地域上可以说属于南方文学。

一 宋金元明集句词人几乎都是南方人

从宋、金、元、明四代集句词人的籍贯看，他们基本上都是南方人，北方人很少。

自从集句词在北宋产生和发展之后，就开始显示出明显的地域色彩。据今所考，北宋共有集句词人8人，仅存集句词29首。如果大致以淮河作为地理分界，按照词人的籍贯分为南北两类，其对比非常突出。就词人论，宋祁是安陆（今属湖北）人，王安石是临川（今属江西）人，苏轼是眉山（今属四川）人，黄庭坚是分宁（今江西修水）人，秦观是高邮（今属江苏）人，吴致尧是丹阳（今属江苏）人，这6人都是南方人；贺铸是卫州（今河南卫辉）人，晁补之是巨野（今属山东）人，这2人都是北方人。就词作论，南方的6位词人有27首集句词，占总数的93%；北方的2位词人仅有2首词，不到总数的7%。这种情况表明，早在北宋时期，创作集句词的作者就以南方人为主。词人的籍贯和生活地区往往并不一致，就上面这8位词人来说，自从他们入仕之后，大多数时间都生活在家乡之外。尽管如此，词人大多为南方人的事实仍能在一定程度上反映出集句词的南方特色。

到了南宋，集句词的地域倾向更加明显。就词人论，南宋有集句词传世的10位词人中，其中8位是南方人，即郑少微是成都（今属四川）人，向子諲是清江（今江西樟树）人，张孝祥是乌江（今安徽和县）人，杨冠卿是江陵（今属湖北）人，石孝友是南昌（今属江西）人，杨泽民是乐安（今属江西）人，汪元量是临安（今浙江杭州）人，朱希真是建康（今江苏南京）人；只有两位算是北方人，即赵彦端是开封（今属河南）人，辛弃疾是历城（今山东济南）人。就词作论，在南宋的22首集句词中，属于南方8位词人的有17首，约占总数的77%；属于北方两位词人的有5首，约占总数的23%。此外，南宋还有一个僧人释绍嵩曾经著有《渔父词

第二章 集句词之基本特征

集句》二卷，可惜该集已佚。释绍嵩是庐陵（今江西吉安）人，也是地道的南方人。这样的数据表明，无论就词人还是词作看，南宋的集句词都具有突出的南方色彩。不仅如此。北宋灭亡后，中原地区被金人占领，宋室南渡，宋金以淮河为界，成为南北对峙的两个国家。从此以后，不但南方的词人一直生活在南方，即便是许多北方出生的士大夫在南渡后也只能生活在南方。从这个意义上说，南宋的集句词人都可以看作南方人，集句词的南方色彩也更加突出。

比较而言，只有金、元两代的集句词具有较多的北方色彩，可惜词人、词作都实在太少。据今所知，两代仅有2人创作集句词，每人仅有一首词。这2人中，赵可是高平（今属山西）人，白朴是真定（今河北正定）人，显然都是北方人。这种情况表明，相对于此前的两宋时期，虽然金元集句词的北方色彩更重，但毕竟只有2人2首而已，无论相对于此前和此后都显得太少，并不足以改变集句词总体上属于南方文学的结论。

至明代，集句词的南方特点得到进一步强化。据今所考，明代共有15位集句词人、89首集句词。就作者论，刘基是青田（今属浙江）人，张旭是休宁（今属安徽）人，夏旸是贵溪（今属江西）人，张綖是高邮（今属江苏）人，杨慎是新都（今属四川）人，莫秉清是华亭（今上海松江）人，汪廷讷是休宁（今属安徽）人，俞彦是上元（今江苏南京）人，季梦莲是无为（今属安徽）人，沈自继是吴江（今属江苏）人，陈子升是南海（今属广东）人，朱一是是海宁（今属浙江）人，吴稜是吴江（今属江苏）人，石庞是太湖（今属安徽）人，冯梦龙是长洲（今江苏吴县）人，竟然全部都是南方人，无一例外。就词作论，这89首词自然也都是南方人所写。所有的词人和词作均属于南方，表明这样一个事实：到了明代，集句词已经仅仅属于南方，而与北方没有什么关系了。

从上面的分析可以看出，无论是在全盛时期的北宋，还是在偏安时期的南宋，集句词的创作都依赖南方人。历经金、元两代的中衰之后，集句词在明代得到了恢复和发展。非常有趣的是，明代创作集句词的词人竟然全是南方人，连一位北方人也没有，从而使得集句词的南方色彩在两宋基础上得到进一步强化。

二 顺康时期集句词创作局限于江浙

清代集句词虽然比较发达，但尚未发展到全国，至少在大多数时间里如此。顺康时期，集句词仅仅局限于江浙地区。以几种集句词的作者来说，《苍梧词》十二卷（中有71首集句词）的作者董元恺是江苏武进（今江苏常州）人，《南涧词选》二卷（中有62首集句词）的作者何采是安徽桐城人，《蕃锦集》一卷的作者朱彝尊是秀水（今浙江嘉兴）人，《集唐百家衣词》一卷的作者钱琰是浙江桐乡人，《闺词》一卷的作者李天馥是安徽合肥人，《集唐词》一卷的作者徐旭旦、《百一草堂集唐诗余》三卷的作者柴才都是钱塘（今浙江杭州）人，《织字轩词》一卷的作者朱襄是无锡人。以上8位作者，江苏2人，安徽2人，浙江4人，江苏、安徽在清初同属江南省，因此8人都是江浙人，可以证明当时集句词创作局限于江浙地区。

再以零星的集句词人分析，结论也是一致的。根据《全清词顺康卷》及其《补编》中的词人小传统计，江苏籍的有44人，其中任绳隗、释宏伦、万树、董儒龙、蒋景祁、侯晰、邹祥兰、侯杲、唐苾、侯文耀、华文炳、侯文熺、侯文照、侯承宣、侯承基、侯承埠、侯桂、路锦程、郑廷钧、陆大成、华坡、顾起安、顾起佐、黄橒龄是无锡人；史鉴宗、董以宁、陈玉瑾、瞿大发是常州人；顾湄、叶宏缃、张允钦是苏州人；朱经、陆璇是扬州人；未署籍贯的作者金鼎、陆泉、朱涛、杜诗、郭都、马龙藻、陈益信、华韶、华绍曾、顾起文、王士贞等11人，或与前面的作者创作同调同题的作品，或者姓名接近，可以基本推定都是无锡人。上海籍的有宋思玉、孙致弥、张梁、徐基、侯旭等5人。如果将这些人计入江苏，则江苏籍共有49人。浙江籍有8人，彭孙遹、盛本柟、柯崇朴、邵延龄是嘉兴人；姚之骃、姚炳是杭州人；郑景会是宁波人；俞公毅是绍兴人。安徽籍仅合肥人龚士稚1人。由于安徽和江苏在清初同属江南省，所以以上58人都是江浙人。

以上两个数据加起来，江浙地区共有66人。而江浙以外的仅有3人，不及江浙人数的二十分之一。他们是：赵钥，山东莱阳人；傅燮詷，河北

第二章　集句词之基本特征

灵寿人；陈祥裔，顺天（今北京市）人。这样的数据足以说明：顺康时期的集句词创作基本局限在江浙地区，尤其以无锡最为集中。至于其他地区，集句词人非常罕见，因此地域性特色非常明显。

顺康时期集句词创作之所以具有如此明显的地域性，还跟一些文学家族的成员互相仿效或进行集体创作有关。在侯文灿所编的《亦园词选》中，其卷八即《集句词》，其中包括了10位侯姓词人：

> 侯杲，字仙蓓，号霓峰，江苏无锡人。生于明天启四年（一六二四）。侯晰兄。卒于康熙十四年（一六七五）。①
>
> 侯晰，字粲辰，江苏无锡人。附监生，考授州佐。工隶篆，善山水。有《惜轩词》。②侯晰，已见《全清词·顺康卷》（第十六册）九五〇七页。小传未详生卒年。今案侯晰生于清顺治十一年（一六五四），卒于康熙五十九年（一七二〇）。③
>
> 侯文耀，字夏若，江苏无锡人。有《鹤闲词》《丁丑川游纪程词》。④
>
> 侯文熺，号蕢皋，江苏无锡人。生于清顺治十三年（一六五六）。康熙二十三年（一六八四）举江南乡试，会试屡不第，就教职。卒于康熙五十年（一七一一）。⑤
>
> 侯文照，江苏无锡人。⑥
>
> 侯旭，室号盆山阁，江苏嘉定（今上海嘉定）人。⑦
>
> 侯承垕，字学如，江苏无锡人。⑧

---

① 张宏生：《全清词顺康卷补编》第2册，南京大学出版社2008年版，第776页。
② 南京大学中文系《全清词》编纂研究室：《全清词顺康卷》第16册，中华书局2002年版，第9507页。
③ 张宏生：《全清词顺康卷补编》第3册，南京大学出版社2008年版，第1503页。
④ 南京大学中文系《全清词》编纂研究室：《全清词顺康卷》第15册，中华书局2002年版，第8902页。
⑤ 张宏生：《全清词顺康卷补编》第3册，南京大学出版社2008年版，第1535页。
⑥ 同上书，第1547页。
⑦ 同上书，第1548页。
⑧ 同上。

侯承基，字大如，江苏无锡人。文灿子。①

侯承埼，江苏无锡人。贡生。清康熙三十七年（一六九八）任四川渠县知县。②

侯桂，江苏无锡人。③

除了侯旭是嘉定人，其余9人均为无锡人，彼此关系非常密切。亦园是侯杲在无锡城里修建的私家园林，侯晰是侯杲的弟弟。他们是侯氏创作集句词的第一代词人。编写《亦园词选》的侯文灿是侯杲之子，他自己虽然没有集句词传世，但创作集句词的侯文耀、侯文熺、侯文照3人应该都是他的兄弟。他们是侯氏创作集句词的第二代词人。侯承基是侯文灿之子，侯承垔、侯承埼与他为兄弟。他们是侯氏创作集句词的第三代词人。此外，只有侯桂与以上三代人之间的关系不详，姑且待考。

除了侯氏祖孙三代，还有两家姻亲积极参与了集句词创作。其一是华氏。华氏创作集句词的有5人：

华文炳，江苏无锡人。诸生。有《菰月词》。④ 华文炳，已见《全清词·顺康卷》（第十九册）第一一一二七页。小传未详生卒年。今案华文炳生于清顺治十二年（一六五五），卒于康熙五十六年（一七一七）。⑤

华韶。⑥

华宋时。⑦

华绍曾，江苏无锡人。侯文灿甥。⑧

---

① 张宏生：《全清词顺康卷补编》第3册，南京大学出版社2008年版，第1549页。
② 同上。
③ 同上书，第1560页。
④ 南京大学中文系《全清词》编纂研究室：《全清词顺康卷》第19册，中华书局2002年版，第11127页。
⑤ 张宏生：《全清词顺康卷补编》第3册，南京大学出版社2008年版，第1504页。
⑥ 同上书，第1598页。
⑦ 同上。
⑧ 同上书，第1599页。

第二章 集句词之基本特征

华坡，一字子山，号天全子，江苏无锡人。①

由于文献不足，难以判断这5人之间的关系，但他们同属一个家族的可能性非常大。华绍曾是侯文灿的外甥，则华氏与侯氏是姻亲。

其二是顾氏。顾氏创作集句词的有3人：

顾起安，字右傅，江苏无锡人。侯文灿婿。②
顾起文。③
顾起佐，字蔗轩，江苏无锡人。汤之锜门人。性高易怒，人目为狂生。从父宦游。④

从姓名判断，他们3人很可能是同族的兄弟。顾起安是侯文灿之女婿，则顾氏与侯氏亦是姻亲。

除了本家祖孙和姻亲，还有一些侯氏门生同样参与了集句词创作。如以下两位：

郑廷钧，字平叔，江苏无锡人。侯文灿门人。⑤
陆大成，字价藩，江苏无锡人。侯文灿门人。⑥

此外，还有张允钦、金鼎、陆泉、路锦程、郑廷钧、陆璇、朱涛、邵延龄、杜诗、郭都、马龙藻、陈益信等人，虽然与侯氏的关系不详，但他们的集句词收入《亦园词选》，至少表明他们曾在侯氏亦园中参与过集句词创作。

侯氏的例子非常典型地反映出家族、姻亲及门生组成的地方词人群体

---

① 张宏生：《全清词顺康卷补编》第3册，南京大学出版社2008年版，第1600页。
② 同上。
③ 同上书，第1601页。
④ 同上。
⑤ 同上书，第1594页。
⑥ 同上书，第1596页。

在集句词创作中起到的重要作用。此外，朱彝尊与钱琰是翁婿，姚之骃与姚炳是兄弟，也可在一定程度上看出家族对集句词发展的意义。

从前面的分析可以看出，在顺康时期，集句词创作局限于江浙地区，从一定程度上可以说是属于江浙地区的地方文学。

三 雍乾时期集句词创作仍以江浙为中心

相对于顺康时期，雍乾时期集句词创作的地域虽有所扩展，但基本上还限于南方各省。据《全清词雍乾卷》中的词人小传统计，雍乾时期的集句词人共有37人。现分两个方面来考察。

一方面，雍乾时期的集句词集（或卷）有7人8种，其作者全是江浙一带人。这包括：《集山中白云词句》一卷的作者江昉是安徽徽州（今黄山市）人，《节霞词存》三卷的作者俞忠孙是浙江会稽（今绍兴市）人，《六铢词》二卷的作者陈朗是浙江嘉兴人，《雪村集杜词》一卷的作者耿沄是江苏沭阳人，《分秀阁集句诗余》一卷的作者王沼、《集唐词》一卷的作者殷如梅都是江苏苏州人，《拗莲词》一卷、《移等语》一卷的作者杨芳灿是金匮（今江苏无锡）人。这些集句词集（或卷）的作者全是江浙人，无一例外，充分表明集句词创作的中心仍在江浙，跟雍乾时期的情况相同。

另一方面，那些仅有零星作品传世的集句词人，也主要是江浙人。其中包括江苏10人，即沈起凤、江声、尤维熊、李佩金、沈光裕是苏州人，朱廷锺、杨抡是无锡人，戴澈是南京人，葛秀英是句容人，陈敬是上海（籍贯原属江苏娄县）人；浙江8人，即邵垫、俞经、袁钧、李恭位是宁波人，查学、姚宗瑛、彭贞隐是嘉兴人，陈昌图是杭州人；安徽6人，即方成培、翁矗、曹玢、周瞪、仇梦远是徽州人，方学成是宣城人。

将以上两个方面的词人加起来，共有31人之多，约占雍乾时期全部集句词人总数的84%。

比较而言，籍贯在江浙以外的仅有6人，其中4位仍是南方人，即郑方坤是福建南平人，曹锡宝是福建福州人，杨学林是湖南娄底人，温汝造是广东佛山人。如果加上这4人，则属于南方的词人共有35人之多，约占当时集句词人总数的95%。

第二章 集句词之基本特征

　　跟顺康时期相比，雍乾时期有两位集句词人是北方人，现略加考述。其一即吴镇（1721—1797），初名昌，字信辰，一字士安，号松崖，别号松花道人，甘肃临洮人。乾隆十五年（1750）举人，授山东陵县知县，升湖北兴国知州，官至湖南沅江知府。其二即纪逵宜（1725—?），字肖鲁，号可亭，晚号闲云老人，河北文安人。雍正元年（1723）进士，授黄陂（今属湖北）知县，仕至刑部员外郎。徐世昌所作传记载其生平云：

　　　　纪逵宜，字肖鲁，号可亭，文安人。初官灵寿教谕，以善谕人、能造士名闻畿辅，士大夫皆称可亭先生而不名。康熙五十二年（1713）举于乡，至雍正元年（1723）始成进士，时年已五十二岁矣。筮仕得黄陂知县……逵宜沉毅有大略，然性抗直不肯随俗，忤粮道某，劾而罢之，总督赖柱察其冤，为复其官，再补瑞安知县……适以令黄陂时疏解流人，降调去官，瑞之人至今以为憾。十年，诏选名行经述之士充太学官，孙嘉淦、鄂尔奇疏荐逵宜，召对，授国子监助教。三年，以才举，晋宗人府主事，转刑部员外郎。①

　　由上面的考察可以知道，吴镇和纪逵宜虽然是北方人，但都曾在南方居官，因此都与南方有较深的渊源。
　　总之，雍乾时期的37位集句词人中，江浙人31人，南方人35人，仅有的两位北方人都有居官南方的经历。从这个意义上说，雍乾时期江浙作为集句词创作中心的地位丝毫没有动摇。

四　嘉道以后集句词向全国传播，但中心不出江浙

　　在前代特别是清代顺康、雍乾时期迅速发展的基础上，集句词创作在嘉道以后才逐步走向全国，但仍以江浙为中心区域。可惜由于这个阶段的《全清词》部分尚未编辑出版，所以难以进行全面的统计和分析。此处仅以几种专集（或卷）的作者籍贯来考察。据笔者所知，嘉道以后的集句词

---

① 徐世昌：《大清畿辅先哲传》下册，北京古籍出版社1993年版，第662—663页。

集或词卷有 16 种，作者仍多为江浙人。即：《研北花南合璧词》一卷的作者徐鸣珂是江苏扬州人，《霏玉集》一卷的作者沈传桂、《百衲琴言》七卷的作者顾文彬是江苏苏州人，《双红豆词》一卷的作者周天麟是江苏镇江人，《百和词》一卷的作者张鸿卓是江苏华亭（今属上海）人，《香屑词》一卷的作者邵曾鉴是江苏宝山（今属上海）人，《竹岩诗余》三卷的作者张赐采是浙江海盐人，《蕉雨山房集唐酌存附编》一卷（该卷除了前面 3 首集句诗、后面 8 首集句诗外，中间有 59 首集句词）的作者丁尧臣和《醉庵词别集》二卷的作者王继香是浙江绍兴人，《词鲭》一卷的作者余煌是安徽徽州婺源（今属江西上饶）人，《麝尘莲寸集》五卷的作者汪渊是安徽徽州人。此外，《粲花馆词钞》一卷（该集虽非集句词集，但集中有集句词 134 首，约占作品的一半）的作者楼杏春是浙江金华人。以上这 12 位词人都可以说是江浙人。

此外的几种专集（或卷）里，《西厢词集》二卷的作者悔道人是湖南长沙人，《钉铪吟词》一卷的作者石赞清、《集牡丹亭词》一卷的作者陈钟祥都是贵州贵阳人。特别值得注意的是，尽管江浙之外已有少量词人创作集句词，但数量很少。因此，这三种词集（或卷）具有非常重要的意义，在一定程度上表明集句词创作的中心虽然没有离开江浙，但在其他地区也取得了重要的成就。

在这 16 种集句词集（或卷）中，仅有《燕台集艳二十四花品》一卷的作者因为仅署作"播花居士迦罗奴"，既非真实姓名，又无其他文献可以考证，所以无法判断其具体籍贯。

从以上分析可以看出，在可以考知的 16 种集句词集（或卷）中，除了《燕台集艳二十四花品》一卷的作者以外，其余 15 种的作者都是南方人，其中 12 种的作者都是江浙人。尽管由于文献不足，不能对嘉道以后的集句词人进行全面的统计和分析，但仅就现在可以考知的 16 种集句词集（或卷）的作者来看，已在很大程度上反映这样的事实：嘉道以后的集句词人仍以南方人尤其是江浙人为主。

从顺康到雍乾，再到嘉道以后，虽然清代集句词一直保持着向外发展的趋势，而且速度也逐渐加快，但江浙始终是其牢固的中心。

第二章　集句词之基本特征

　　自从产生之日起，集句词就跟南方建立了牢不可破的联系，而且这种联系还有逐步加强的趋势。明代集句词的作者全部是南方人，清代集句词的作者不仅以南方人为主，而且明显以江浙地区为中心。因此可以说，集句词在发展过程中始终具有较强的地域性，即使将其看作南方文学的一部分也不为过。

　　无论从发展的阶段性、类别的独特性还是鲜明的地域性几个方面，都可以看出集句词与一般的诗、词、集句诗之间的明显区别。

·65·

第三章 集唐词之一："集唐诗"

本章所说的"集唐诗"，并非属于诗歌类别的"集唐诗"，而是特指使用唐五代诗句创作的集句词。将这样的作品称为"集唐诗"，可能始于清初的董元恺。在其词集《苍梧词》中，他将自己的集唐词明确分为"集唐诗""集唐词"和"集唐句"。这样的分类为我们认识集唐词提供了很大的便利。对于"集唐诗"的发展来说，董元恺、朱彝尊、俞忠孙、周天麟等人具有非常重要的意义。

第一节 集唐词里开新篇
——董元恺的《苍梧词》

董元恺的《苍梧词》不是专门的集唐词集，但其中包括了多达71首集唐词，比一些集唐词集（或卷）所收的作品更多。董元恺（？—1687），字舜民，号子康，江苏武进人。顺治十七年（1660）举人，第二年即被罢黜，从此笑傲江湖。相对于此前，《苍梧词》最可贵的创新在于将集唐词又进一步分成了专集唐五代诗句的"集唐诗"、专集唐五代词句的狭义"集唐词"、兼集唐五代诗词之句的"集唐句"和专集一家唐诗四类。正因为如此，探讨"集唐诗"不能不从董元恺的《苍梧词》开始。

一 "集唐诗"数量最多

将唐五代诗句采入词中，是早期集句词的常态。北宋苏轼的《南乡子》3首、南宋汪元量的《忆王孙·集句数首甚婉娩，情致可观》9首都

第三章 集唐词之一:"集唐诗"

属"集唐诗"组词。迨至明代,这样的作品更多,如汪廷讷有标明"集唐句诗余"的3首词作,全都使用唐五代诗句。

在董元恺的《苍梧词》中,"集唐诗"不仅数量较多,达48首,超过其集唐词总数的一半,而且分布广泛,卷一、卷三、卷四和卷五都有这类作品。卷一有《生查子·闺情集唐诗》3首、《醉公子·闺情集唐诗》4首、《菩萨蛮·闺情集唐诗》《卜算子·秋闺集唐诗》等9首。如《醉公子·闺情集唐诗》其一:

> 独坐裁新锦(薛维翰)。天寒剪刀冷(盖嘉运)。方觉泪难裁(张佑)。丹心一寸灰(杜甫)。 晓卧半床月(孟郊)。月落子规歇(温庭筠)。归在落花前(崔涅)。春风正可怜(蒋冽)。①

词中"独坐"句出自薛维翰《古歌》,"天寒"句出自张祜《墙头花》(原注作者误),"方觉"句出自张祜《苏小小歌》(原注作者有误字),"丹心"句出自杜甫《郑驸马池台喜遇郑广文同饮》,"晓卧"句出自孟郊《赠韩郎中愈》,"月落"句出自温庭筠《碧涧驿晓思》,"归在"句出自崔涅《喜入长安》,"春风"句出自蒋冽《古意》。尽管注释中有误字,但所有的句子均出自唐诗。这正是"集唐诗"的意思。

卷三有《鹧鸪天·闻鹧鸪集唐诗》《前调·春闺》《前调·春情》《前调·秋闺》《前调·即席》《玉楼春·春怀集唐诗》《前调·忆故园诸友》《前调·春晴》《前调·春怨》《前调·秋村》《前调·山行有怀》《前调·闺情》2首、《前调·闺忆》2首、《瑞鹧鸪·闺情集唐诗》等16首。需要指出的是,标明"前调"的作品,虽然题中无"集唐诗"字样,但跟前面的作品一样都是"集唐诗"。如《前调·春闺》:

> 弱柳千条杏一枝(温庭筠)。已凉天气未寒时(韩偓)。故将别泪和乡泪(戎昱),莫遣佳期更后期(李商隐)。 两不见(李白),

---

① (清)董元恺:《苍梧词》卷一,康熙二十六年刻本,第18页。

暗相思（白居易）。浅深更漏妾偏知（施肩吾）。低头冈把衣襟捻（韩偓），为报春风且莫吹（卢纶）。①

这里所谓的"前调"，指的就是前首词所用的词调《鹧鸪天》。"弱柳"句出自温庭筠《题望苑驿》，"已凉"句出自韩偓《已凉》，"故将"句出自戎昱《征人归乡》，"莫遣"句出自李商隐《一片》，"两不"句出自李白《寄远》，"暗相"句出自白居易《潜别离》，"浅深"句出自施肩吾《代征妇怨》，"低头"句出自韩偓《厌花落》，"为报"句出自李端（一作李涉，原注作者误）《春晚游鹤林寺寄使府诸公》。此词中的句子虽然长短不一，但均出自唐诗，所以是一首合格的"集唐诗"。其余标明"前调"的词也是如此，不过是承前省略了"集唐诗"三字。

卷四的《临江仙·秋晚集唐诗》《前调·闺忆集唐诗》《蝶恋花·闺情集唐诗》2首、《落灯风·闺情集唐诗》等5首，以及卷五的《天仙子·闺情集唐诗》都是如此。如最后一首云：

二八三五闺心切（王琚）。行拾落花比容色（王翰）。却愁红粉泪痕生（司空曙），长思忆（韩偓）。何可得（元稹）。惟有风光与踪迹（韩偓）。　夜半酒醒凭槛立（王之涣）。暗想仪形执刀尺（卢延逊）。谁怜梦好转相思（韩偓），魂欲绝（李白）。涕如雪（李白）。凉月清辉满床席（白居易）。②

相对于前面的作品，这首词显得较长。"二八"句出自王琚《美女篇》，"行拾"句出自王翰《春女行》，"却愁"句出自司空曙《观妓》，"长思"句出自韩偓《玉合》，"何可"句出自元稹《华之巫》（原句作"愿一见神兮何可得"），"惟有"句出自韩偓《踪迹》，"夜半"句出自王涣《惆怅诗》（原注作者有衍字），"暗想"句出自裴羽仙《寄夫征衣》（"暗"字，裴诗原作"细"。原注作者误），"谁怜"句出自韩偓《有忆》，

---

① （清）董元恺：《苍梧词》卷三，康熙二十六年刻本，第5页。
② （清）董元恺：《苍梧词》卷五，康熙二十六年刻本，第7—8页。

第三章 集唐词之一："集唐诗"

"魂欲"句出自李白《寄远》（原句作"寒灯厌梦魂欲绝"），"涕如"句亦出自李白《寄远》，"凉月"句出自白居易《独眠吟》（"辉"字，白诗原作"风"）。跟前面的作品相比，该词不但存在改动之处，而且两个三字句都是从长句中截取的，但均出自唐代的诗句，这一点是无疑的。

此外，卷三还有一组标明"集唐人句"的《南乡子》，包括《南乡子·下第别诸同年出都，集唐人句效东坡体》《前调·西归道中》《前调·送金明府归里》《前调·旅馆对月》《前调·闺情》《前调·闺思》《前调·少年行》《前调·旅怀》《前调·春兴》《前调·春情》《前调·春雪早行》《前调·秋日遣兴》《前调·秋感》《前调·西江岁暮送友入都》《前调·春闺即事》《前调·闻鹧鸪》和《前调·病起读〈庄子〉》等17首。这些作品虽然标注了"集唐人句"，但其实都是"集唐诗"。如《前调·闺思》：

> 谷鸟一声幽（王维）。莫遣杨花笑白头（戴叔伦）。先向红妆添晓梦，新愁（王建）。云物凄清拂曙流（赵嘏）。　共作草堂游（武元衡）。次第看花直到秋（杨巨源）。况是故园摇落夜，登楼（翁绶）。罗绮晴骄绿水洲（孟浩然）。①

词中"谷鸟"句出自王维《过感化寺昙兴上人山院》，"莫遣"句出自戴叔伦《寄司空曙》，"云物"句出自赵嘏《长安秋望》，"共作"句出自武元衡《同陈侍御寒食游禅藏山上人院》，"次第"句出自杨巨源《送人过卫州》，"罗绮"句出自孟浩然《登安阳城楼》，都是唐人的诗句。最值得注意的是两字句，连同前面的七字句，皆是从相连的诗句中截取出来的。如"先向"二句出自王建《长安早春》，原作"先向红妆添晓梦，争来白发送新愁"；"况是"二句出自翁绶《关山月》，原作"况是故园摇落夜，那堪少妇独登楼"。两相对照可以发现，剪截后的句子意思更加紧凑，风格更加温婉，所以深得时人的赏爱。词后所引题跋云："阮亭曰：'截句

---

① （清）董元恺：《苍梧词》卷三，康熙二十六年刻本，第12页。

处具三昧。'""黄公曰：'截句之巧更难。如此文心，几于天雨粟矣。'又曰：'舜老必堪做宰相，何以故？截句处妙于叶后。'"[1]"阮亭"即王士禛（1634—1711），字子真、贻上，号阮亭，又号渔洋山人，新城（今山东桓台）人，清初著名的诗人、学者。他特别指出"截句处具三昧"，非常有眼光。"黄公"即顾景星（1621—1687），字赤方，号黄公，蕲州（今湖北蕲春）人。明末贡生，入清后屡征不仕。著有《白茅堂集》《白茅堂词》。他不仅肯定了"截句之巧更难"，而且特别称赞"截句处妙于叶后"，即所截之句不仅精妙，而且恰好与后面的句子押韵。王、顾二人关注点虽然不同，但都高度称道其"截句"的妙处。不但此词如此，上列其余同调词也是如此。

总之，不论是直接使用唐诗原句，还是从其中截取短句；不论是标注"集唐诗"，还是标注为"集唐人句"，以及承前省略这些标注的作品，都是实实在在的"集唐诗"。在董元恺的《苍梧词》中，"集唐诗"的数量超过其集唐词总数的一半。"集唐诗"虽然不是董元恺所开创，但他的作品不仅超过了此前的总和，对后人也产生了积极的影响。

二 开创"集唐词"

这里所说的"集唐词"，专指使用唐五代词句创作的集句词。在《苍梧词》中，董元恺标明"集唐词"的作品共有13首。

清代以前，未见有专集唐五代词句的"集唐词"。从这个意义上说，董元恺的"集唐词"具有明显的开创意义。按照词中的句式不同，可以将《苍梧词》中的"集唐词"分为以下几类：

1. 使用七字句组成或以七字句为主的词调，主要是《浣溪沙》和《天仙子》。董元恺有的"集唐词"全由七言句子构成，如卷一的《浣溪沙·春闺集唐词》：

绮陌春深翠袖香（冯延巳）。水纹簟冷画屏凉（和凝）。月窗花径

---

[1] （清）董元恺：《苍梧词》卷三，康熙二十六年刻本，第12页。

第三章 集唐词之一:"集唐诗"

梦悠扬(李珣)。　　将见客时微掩敛(孙光宪),几回拚却又思量(李珣)。此情谁会倚斜阳(张泌)。①

词中"绮陌"句出自冯延巳《莫思归》(即《抛球乐》),"水纹"句出自和凝《山花子》,"月窗"句出自李珣《浣溪沙》("花"字,李词原作"香"),"将见"句出自孙光宪《浣溪沙》,"几回"句出自李珣《浣溪沙》,"此情"句出自张泌《浣溪沙》。对于《浣溪沙》这样的词调来说,使用前人的七言律句非常方便。可是,董元恺全部使用唐五代词句,没用一个诗句。因此,该词是真正意义上的"集唐词"。

有的词调以七字句为主,仅有个别句子例外。如卷五的《天仙子·闺怨集唐词》:

红蜡半销残焰短(尹鹗)。欹枕钗横云髻乱(蜀后主)。好天良月尽伤心(魏承班),纱窗暖(和凝)。金樽满(毛文锡)。何事狂夫音信断(顾敻)。　　低语前欢频转面(冯延巳)。却怕良宵重梦见(顾敻)。玉炉空袅寂寥香(冯延巳),珠帘卷(孙光宪)。芳草远(孙光宪)。旧恨年年秋不管(冯延巳)。②

这首词中,除了8个七言句,即"红蜡"句出自尹鹗《临江仙》("蜡""销"二字,尹词原作"烛""条"),"欹枕"句出自蜀后主孟昶《木兰花》,"好天"句出自魏承班《玉楼春》("良"字,魏词原作"凉"),"何事"句出自顾敻《临江仙》,"低语"句出自冯延巳《蝶恋花》,"却怕"句出自顾敻《木兰花》,"玉炉"句出自冯延巳《浣溪沙》,"旧恨"句出自冯延巳《鹊踏枝》,全部出自唐五代词;还有4个三言句,即"纱窗"句出自和凝《春光好》,"金樽"句出自毛文锡《西溪子》,"珠帘"句出自孙光宪《后庭花》,"芳草"句出自孙光宪《思越人》,也全部出自唐五代词。

---

① (清)董元恺:《苍梧词》卷一,康熙二十六年刻本,第23—24页。
② (清)董元恺:《苍梧词》卷五,康熙二十六年刻本,第7页。

集句词研究

《浣溪沙》和《天仙子》两种词调使用七言句的情况虽然不同,但除了个别异文或错字外,所有的句子都出自唐五代词。

2. 使用三字句或以三字句为主的词调,主要有《三字令》和《更漏子》。有的词调专门使用三字句,如卷二的《三字令·闺怨集唐词》:

香阁掩(牛峤),泣残红(李珣)。绿阴浓(温庭筠)。花滟薄(欧阳炯),月朦胧(李珣)。人去去(孙光宪),云杳杳(冯延巳),恨忡忡(阎选)。　空相忆(韦庄),画楼东(顾敻)。此时逢(牛峤)。消息远(冯延巳),锦书通(欧阳炯)。万般心(冯延巳),千点泪(顾敻),一时封(冯延巳)。①

词中"香阁"句出自牛峤《更漏子》,"泣残"句出自李珣《西溪子》,"绿阴"句出自温庭筠《酒泉子》,"花滟"句出自欧阳炯《三字令》,"月朦"句出自李珣《酒泉子》,"人去"句出自孙光宪《酒泉子》,"云杳"句出自冯延巳《更漏子》,"恨忡"句出自阎选《虞美人》,"空相"句出自韦庄《谒金门》,"画楼"句出自顾敻《酒泉子》,"此时"句出自顾敻《甘州子》(原注作者误),"消息"句出自冯延巳《更漏子》,"锦书"句出自欧阳炯《凤楼春》,"万般"句出自冯延巳《酒泉子》,"千点"句出自顾敻《酒泉子》,"一时"句出自冯延巳《更漏子》,所有的句子均出自唐五代词。

有的"集唐词"使用了以三字句为主的词调,卷二的《更漏子·闺情集唐词》二首和《前调·闺夜》等3首即是如此。如《更漏子·闺情集唐词》其一:

雨初晴(温庭筠),帘半卷(毛熙震)。叠损罗衣金线(薛昭蕴)。绡幌碧(毛熙震),粉屏空(欧阳炯)。灯花结碎红(毛熙震)。　思无穷(薛昭蕴),情未了(牛希济)。一炷后庭香袅(尹鹗)。春如剪

---

① (清)董元恺:《苍梧词》卷二,康熙二十六年刻本,第12页。

第三章 集唐词之一："集唐诗"

（温庭筠），雨如丝（牛峤）。风摇夜合枝（冯延巳）。①

此词的 12 个句子中，有 8 个三字句："雨初"句出自温庭筠《遐方怨》，"帘半"句出自毛熙震《酒泉子》，"绡幌"句出自毛熙震《更漏子》，"粉屏"句出自欧阳炯《凤楼春》，"思无"句出自薛昭蕴《相见欢》，"情未"句出自牛希济《生查子》，"春如"句出自温庭筠《春野行》，"雨如"句出自牛峤《江城子》；两个六字句："叠损"句出自薛昭蕴《谒金门》，"一炷"句出自尹鹗《满宫花》；两个五字句："灯花"句出自毛熙震《更漏子》，"风摇"句出自冯延巳《更漏子》。此词中的句子，亦全部出自唐五代词。

全用三字句也好，以三字句为主也好，所有的句子（除了温庭筠的"春如"句出自其杂体诗《春野行》，可能是误用）也都出自唐五代词。

3. 使用长短句变化较大的词调，有《应天长》《临江仙》等多个词调。董元恺使用的有些词调，不以某种句式为主，变化更加多端。如卷二的《应天长·秋闺集唐词》：

> 玉京人去秋萧索（卢绛）。愁眉敛翠春烟薄（牛峤）。倚兰桡（韦庄），卷珠箔（冯延巳）。前事岂堪重想着（毛熙震）。　酒醒情怀恶（冯延巳）。灯背小窗高阁（韦庄）。离魂何处飘泊（温庭筠）。柳阴烟漠漠（牛峤）。②

此词中 9 个句子，有 4 种句式，包括 3 个七言句："玉京"句出自耿玉真《菩萨蛮》（原注作者误），"愁眉"句出自牛峤《菩萨蛮》，"前事"句出自毛熙震《木兰花》；两个三言句："倚兰"句出自韦庄《诉衷情》，"卷珠"句出自冯延巳《更漏子》；两个五言句："酒醒"句出自冯延巳《思越人》，"柳阴"句出自牛峤《菩萨蛮》；两个六言句："灯背"句出自韦庄《更漏子》，"离魂"句出自温庭筠《河渎神》。又如卷四的《临江仙·闺情

---

① （清）董元恺：《苍梧词》卷二，康熙二十六年刻本，第 5 页。
② 同上书，第 19 页。

集唐词》：

  闲折海棠看更捻（张泌），前欢休更思量（冯延巳）。小钗横戴一枝芳（李珣）。野芜平似剪（冯延巳），鸾镜掩休妆（薛昭蕴）。　画堂昨夜西风过（冯延巳），银蟾影挂潇湘（毛文锡）。欲凭危槛恨偏长（阎选）。罗帏愁独入（牛峤），红蜡泪飘香（魏承班）。①

此词共 10 个句子，有 3 种句式，包括 4 个七言句："闲折"句出自张泌《浣溪沙》（"更"字，张词原作"又"），"小钗"句出自李珣《浣溪沙》，"画堂"句出自冯延巳《菩萨蛮》，"欲凭"句出自阎选《临江仙》；4 个五言句："野芜"句出自顾敻《河传》（原注作者误），"鸾镜"句出自薛昭蕴《小重山》，"罗帏"句出自牛峤《望江怨》，"红蜡"句出自魏承班《诉衷情》；两个六字句："前欢"句出自冯延巳《清平乐》，"银蟾"句出自毛文锡《临江仙》。

诸如此类的作品还有卷一的《定西番·春暮集唐词》《满宫花·送春集唐词》，卷三的《虞美人·闺情集唐词》《前调·闺恨》《前调·春情》等 5 首。

虽然董元恺的"集唐词"在数量上不及"集唐诗"，但使用的词调在句式上更加富有变化，显示出词人高超的熔铸能力。

三　提出"集唐句"

除了"集唐诗"与"集唐词"，董元恺还拈出了"集唐人句"和"集唐句"的概念。如果说标明"集唐人句"的 17 首《南乡子》其实就是"集唐诗"，可以置之不论，董元恺还有兼集唐五代诗词之句的两首"集唐句"，很值得注意。这两首词见于卷四，其一为《临江仙·秋闺集唐句》：

  因想玉郎何处去（欧阳炯），渡头三两人家（张泌）。但凭魂梦访

---

① （清）董元恺：《苍梧词》卷四，康熙二十六年刻本，第 3 页。

第三章 集唐词之一:"集唐诗"

天涯(张泌)。愁匀红粉泪(牛峤),帘卷玉钩斜(温庭筠)。 一饷凭阑人不见(冯延巳),芙蓉苑里看花(王建)。闲池初涸草侵沙(朱庆余)。金盘珠露滴(毛文锡),山掩小屏霞(魏承班)。①

全词共 10 个句子,其中出自唐五代词的有 8 句:"因想"句出自欧阳炯《凤楼春》,"渡头"句出自张泌《河渎神》,"但凭"句出自张泌《浣溪沙》,"愁匀"句出自牛峤《菩萨蛮》,"帘卷"句出自温庭筠《南歌子》,"一饷"句出自冯延巳《蝶恋花》("饷"字,冯词原作"晌"),"金盘"句出自毛文锡《醉花间》,"山掩"句出自魏承班《诉衷情》;出自唐诗的有 2 句:"芙蓉"句出自王建《宫中三台二首》,"闲池"句出自朱庆余《过旧宅》(一作《王侯废宅》。句中"闲"字,王诗原作"小")。由于所用之句既有诗句,又有词句,所以此词不能称为"集唐诗"或者"集唐词",而只能称之为"集唐句"。其二即《前调·闺望集唐句》:

风里落花谁是主(李中主),江潭春草萋萋(刘长卿)。严妆初罢啭黄鹂(和凝)。似应知妾恨(聂夷中),更与尽情啼(韩愈)。 终是疏狂留不住(孙光宪),与郎终日东西(孙光宪)。门前杨柳绿荫齐(冯延巳)。征帆何处客(李珣)?惆怅暮云迷(李后主)。②

此词 10 个句子中,出自唐五代词的亦有 8 句:"风里"句出自李中主《摊破浣溪沙》(一名《山花子》),"严妆"句出自和凝《喜迁莺》("初"字,和词原作"欲"),"似应"句出自聂夷中《乌夜啼》("似"字,聂词原作"还"),"终是""与郎"二句出自孙光宪《清平乐》,"门前"句出自冯延巳《阮郎归》(一作欧阳修词),"征帆"句出自李珣《菩萨蛮》,"惆怅"句出自李后主《临江仙》("云迷"二字,李词原作"烟垂")。出自唐诗的亦有 2 句:"更与"句出自韩愈《赠同游》,而"江潭"句的出处更为奇特。据《才调集》卷一,该句出自刘长卿《若耶溪酬梁耿别后见

---

① (清)董元恺:《苍梧词》卷四,康熙二十六年刻本,第3—4页。
② 同上书,第4页。

寄（六言）》，全诗为：

> 晴川落日初低，惆怅孤舟解携。鸟向平芜远近，人随流水东西。白云千里万里，明月前溪后溪。独恨长沙谪去，江潭春草萋萋。①

在《文苑英华》卷一百六十五，该诗题作《答秦征君、徐少府春日见集苕溪，酬梁耿别后见寄六言》，诗中略有异文。在《全唐诗》卷八百九十，该作被分为上下两片，收在《谪仙怨》中，题下小注云："集作律诗，题云《苕溪酬梁耿别后见寄》。"② 也就是说，原作本来是一首六言律诗，但也可以用《谪仙怨》演唱，可以看作一首词。

以上二词表明，与"集唐人句"不同，"集唐句"虽以唐五代词句为主，也包含了少量唐代诗句，但全词连贯如珠，而且没有截取的现象，艺术水平很高。《苍梧词》在《前调·闺望集唐句》下附录邓孝威之语云："舜老集唐诸词，可谓无双。"③ 以此评价来衡量这些词作，显然非常恰当。

"集唐句"并非始自董元恺，南宋汪元量的《忆王孙·集句数首甚婉媚，情致可观》9首中已有这样的作品。董元恺拈出"集唐句"一词，使得这类作品从此有了属于自己的专门名称。

四　发展专集一家唐诗

从南宋开始，受集杜诗的影响，专集杜甫诗句的"集杜词"也出现了。杨冠卿的《卜算子·秋晚集杜句吊贾傅》就是这样的作品。到了明代，又陆续出现了季梦莲的《浣溪沙·江南愁思集杜牧之句》14首和陈子升的《鹧鸪天·集李长吉句》一首。在《苍梧词》卷三中，这类作品共有8首，可分四类：

1. "集杜少陵句"3首，即《南乡子·江楼集杜少陵句》《前调·送

---

① （唐）韦縠：《才调集》，傅璇琮《唐人选唐诗新编》，陕西人民教育出版社1996年版，第715页。
② 《全唐诗》第25册，中华书局1960年版，第10057页。
③ （清）董元恺：《苍梧词》卷四，康熙二十六年刻本，第4页。

第三章 集唐词之一："集唐诗"

友集杜少陵句》和《前调·南归遇北来友人集杜少陵句》。如第一首：

飒飒鬓毛苍（《寄沈八丈》）。北望伤神坐北窗（《进艇》）。厚禄故人书断绝，凄凉（《狂夫》）。日满楼前江雾黄（《十二月一日》）。　恩岂布衣忘（《西郊》）。青史无劳数赵张（《章梓州橘亭》）。虚阁卷帘图画里，潇湘（《即事》）。指点银瓶索酒尝（《少年行》）。①

2."集白香山句"2首，即《前调·微泉阁遣怀呈家叔集白香山句》和《前调·秋日怀友集白香山句》。如前首：

倚杖小池前（《即事》）。半采红莲半白莲（《看采莲》）。孤负春风杨柳曲，今年（《负春》）。犹有些些旧管弦（《闰九日独饮》）。　相对一陶然（《酬淮南牛相公》）。半醉行歌半坐禅（《自咏》）。绿竹挂衣凉处歇，时眠（《池上即事》）。免被饥寒婚嫁牵（《赠邻里往还》）。②

3."集李义山句"，仅有一首。即《前调·闺情集李义山句》：

恼带拂鸳鸯（《风》）。又入卢家妒玉堂（《对雪》）。见我伴羞频照影，游郎（《蝶》）。不信年华有断肠（《柳》）。　金斗熨沉香（《效徐陵体》）。玉殿秋来夜正长（《席上作》）。直道相思了无益，清狂（《无题》）。欲拂尘时簟竟床（《寄王十二兄》）。③

王士禛对此词评价甚高，云："宋初诸馆职捋撦义山，至形伶人嘲笑，正坐无舜民丹头种子耳。"④

---

① （清）董元恺：《苍梧词》卷三，康熙二十六年刻本，第15页。
② 同上书，第16页。
③ 同上书，第17页。
④ 同上。

4."集韩致光句"2首,即《前调·闺情集韩致光句》和《前调·春闺集韩致光句》。如前一首:

闲画两鸳鸯(《信笔》)。院宇秋明日日长(《联缀体》)。蜀纸麝煤沾笔兴,茶香(《横塘》)。懒对菱花晕小妆(《闺恨》)。　怯见上空床(《春闺》)。半夜潜身入洞房(《闺夜》)。光景旋消惆怅在,凄凉(《五更》)。风月应知暗断肠(《袅娜》)。①

从以上考察可以看出,董元恺专集一家的作品有着非常突出的特点。这几首词全都采用《南乡子》一个词调,且其中的二字句与前面的句子一起,都是从前人的一个诗联中截取的。不仅如此,董元恺选择的诗句都是唐诗,因此这类作品可以看作是"集唐诗"的一个类别。

董元恺不仅创作了较多的集唐词,而且将其分成了"集唐诗""集唐词""集唐句"和专集一家唐诗四类,大大拓展了其内涵。除了"集唐词",其余三类在后世都得到了较大的发展。因此,对于集唐词来说,董元恺的贡献是不容忽视的。

第二节　集句词中最经典
——朱彝尊的《蕃锦集》

董元恺虽然写了数量众多的集唐词,但并没有结成专集。现知最早的集唐词专集是朱彝尊的《蕃锦集》,初刻于康熙十七年(1678)。据钱仲联:《清八大名家词集》所录,该集有109首集唐词,加上《拾遗》24首,共133首。作为第一部集唐词专集,朱彝尊的《蕃锦集》体现出一些鲜明的特征。

一　专集唐五代诗歌成句

与董元恺的集唐词相比,《蕃锦集》有两个明显的不同之处。一方面,

---

① (清)董元恺:《苍梧词》卷三,康熙二十六年刻本,第17页。

第三章 集唐词之一："集唐诗"

《蕃锦集》中的集唐词,不像董元恺那样分为"集唐诗""集唐词"和"集唐句"三类,而是只有"集唐诗"一类,其全部作品仅仅使用唐五代的诗句。如《江南好·同周青士过沈山子村居》:

三春暮(郎大家),看竹到贫家(王维)。高树夕阳连古巷(卢纶),小桥流水接平沙(刘兼)。把酒话桑麻(孟浩然)。①

词中"三春"句出自郎大家《朝云引》,"看竹"句出自王维《晚春严少尹与诸公见过》,"高树"句出自卢纶《秋中过独孤郊居》,"小桥"句出自刘兼《访饮妓不遇招酒徒不至》,"把酒"句出自孟浩然《过故人庄》,不仅所有的句子出自诗歌,而且作者都是唐人。其中刘兼由五代入宋,虽然不是唐人,但按照前人将五代并入唐代之例,亦可说是唐人。又如《菩萨蛮·题画》:

柴门流水依然在(韩翃)。更看绝顶烟霞外(薛逢)。路尽有平沙(于鹄)。无村不是花(张蠙)。 身心尘外远(崔峒)。萧散林亭晚(弓嗣初)。一到且淹留(李白)。自由中自由(贯休)。②

词中"柴门"句出自韩翃《送齐山人归长白山》,"更看"句出自薛逢《题黄花驿》,"路尽"句出自于鹄《送张司直入单于(一作送客游边)》,"无村"句出自张蠙《送友人归武陵》,"身心"句出自崔峒《题崇福寺禅院》,"萧散"句出自弓嗣初《晦日宴高氏林亭》,"一到"句出自李中《访徐长史留题水阁》(原注作者误),"自由"句出自贯休《休粮僧》,都是唐人的诗句,无一例外。再看《长相思·歌席》:

歌淫淫(李贺)。管愔愔(同上)。花暖江城斜日阴(宗济)。情多酒不禁(白居易)。 为君吟(李白)。动君心(同上)。云母屏

---

① (清)朱彝尊:《蕃锦集》,钱仲联《清八大名家词集》,岳麓书社1992年版,第503页。
② 同上书,第509页。

风烛影深(李商隐)。销魂况在今(钱起)。①

词中"歌淫"二句出自李贺《相劝酒》,"花暖"句出自宋济《东邻美人歌》,"情多"句出自白居易《惜落花》,"为君"二句出自李白《扶风豪士歌》,"云母"句出自李商隐《嫦娥》,"销魂"句出自钱起《别张起居》,所有的句子亦全为唐人诗句。

从以上例子可以看出,朱彝尊这几首词的所有语句全是唐五代诗句,没有一句例外。值得注意的是,前引《金缕歌·送谭十二孝廉兄之安庆丁使君幕》中使用了胡宿的"江浦呕哑风送舻"一句,出自其《赵宗道归辇下》。胡宿(995—1067)是地地道道的宋人,然《唐诗鼓吹》已误收其诗,所以朱彝尊之误亦有出处。

另外,朱彝尊在创作集句词时,通常直接使用唐五代诗句,以上考察已经证明了这一点。不过,在有些作品中,也会出现与原作不同的情况,如《更漏子·京口晚望》:

秋风清(李白),秋色白(李贺)。瓜步寒潮送客(刘长卿)。望极浦(王维),度飞梁(卢照邻)。吟诗秋叶黄(杜甫)。　幽兰露(李贺),香枫树(皇甫冉)。吠犬鸣鸡几处(同上)。苍翠晚(刘长卿),染罗衣(李贺)。鸟还人亦稀(李白)。②

词中"秋风"句出自李白《三五七言》,"瓜步"句出自刘长卿《送陆澧还吴中》,"望极"句出自王维《鱼山神女祠歌二首·迎神曲》,"度飞"句出自卢照邻《怀仙引》,"吟诗"句出自杜甫《和裴迪登新津寺寄王侍郎》,"幽兰"句出自李贺《苏小小墓》,"香枫"句出自皇甫冉《杂言月洲歌送赵洌还襄阳》,"苍翠"句出自刘长卿《望龙山怀道士许法棱》,"染罗"句出自李贺《河阳歌》,都是唐人的原句;可是有些句子却与原句不同:"秋色"句出自李贺《南山田中行》,原作"秋风白"。朱彝尊之所

---

① (清)朱彝尊:《蕃锦集》,钱仲联《清八大名家词集》,岳麓书社1992年版,第505页。
② 同上书,第512页。

第三章 集唐词之一:"集唐诗"

以将"秋风"写成"秋色",可能是出于误记。"吠犬"句出自皇甫冉《送郑二之茅山》,原作"犬吠鸡鸣几处"。朱彝尊之所以将"犬吠鸡鸣"改成了"吠犬鸣鸡",是为了跟前面的"幽兰露""香枫树"两个偏正结构的短语保持一致。又如《永遇乐·送魏冰叔还山》:

之子言旋(萧颖士),为君斟酌(夷陵女子),使我心苦(韩愈)。阴雾离披(包佶),荒城古道(张南史),野水平桥路(杜甫)。风波四起(李善夷),宛其深矣(萧颖士),送客泊舟入浦(魏扶)。争奈何(薛逢)、蛩鸣唧唧(贯休),千声万声秋雨(子兰)。　能回游骑(张籍),山林作伴(上官昭容),剩肯新年归否(杜牧)。五亩归园(白居易),一溪之石(陆龟蒙),坐想天涯去(张祜)。兰披春苑(李节),鸡鸣空馆(王维),月下风前困处(子兰)。翠阴阴(卢鸿一)、檀栾竹影(上官昭容),不见洲渚(韩愈)。①

词中"之子"句出自萧颖士《送刘太真诗》,"为君"句出自夷陵女子《空馆夜歌》(原注作者有误字),"使我"句出自韩愈《河之水二首寄子侄老成》,"阴雾"句出自包佶《祀雨师乐章》,"荒城"句出自张南史《草》,"野水"句出自杜甫《敝庐遣兴奉寄严公》,"风波"句出自李善夷《责汉水辞》,"宛其"句出自萧颖士《有竹》,"送客"句出自魏扶《赋愁》,"争奈"句出自薛逢《老去也》,"蛩鸣"句出自贯休《轻薄篇》,"千声"句出自子兰《秋日思旧山》,"能回"句出自张籍《花》,"山林"句出自上官昭容《游长宁公主流杯池》,"剩肯"句出自杜牧《代人寄远》,"一溪"句出自陆龟蒙《紫溪翁歌》,"坐想"句出自张祜《溪行寄京师故人道侣(一本无京师故人四字)》,"鸡鸣"句出自王维《酬诸公见过》,"月下"句出自子兰《秋日思旧山》,"翠阴"句出自卢鸿一《金碧潭》,"不见"句出自韩愈《元和圣德诗》,这些句子虽然有三言、四言、

---

① (清)朱彝尊:《蕃锦集》,钱仲联《清八大名家词集》,岳麓书社1992年版,第539页。

五言、六言之不同，但都是唐人的原句。与原句不同的有以下三处："五亩归园"句出自白居易《池上篇》，原作"五亩之园"。"之"字变成"归"字，或为误书，或为避免与下句"一溪之石"中"之"字相重而改。"兰披"句出自李节《赠释疏言还道林寺诗》，"披"字原作"被"，恐为误书。"檀娈"句出自上官昭容《游长宁公主流杯池》，"娈"字原作"栾"，亦当为误书。

董元恺创作集句词时，如果找不到合适的短句，就会从长句中截取。与其相比，《蕃锦集》中的所有句子均出自前人原句，没有截长为短的现象，在艺术上的进步是非常显著的。尽管其中有误书和改动的情况，但都是少数，不足以改变其使用唐人诗歌成句的结论。

二　使用众多词调

跟此前的集句词相比，朱彝尊《蕃锦集》最突出的外在特征是大量使用各种不同的词调，并且将其中的全部作品按照从短到长的顺序进行排列。

先说前一个方面。根据钱仲联《清八大名家词集》中的《蕃锦集》统计，该集共使用了《十六字令》《南歌子》《摘得新》《桂殿秋》《捣练子》《江南好》《南乡子》《忆王孙》《江神子》《春光好》《长相思》《昭君怨》《生查子》《杨柳枝》《玉蝴蝶》《浣溪沙》《减兰》《采桑子》《菩萨蛮》《卜算子》《巫山一段云》《好事近》《柳含烟》《清平乐》《秦楼月》《更漏子》《阮郎归》《河渎神》《凤蝶令》《卖花声》《鹧鸪天》《河传》《玉楼春》《瑞鹧鸪》《虞美人》《南乡子》《踏莎行》《临江仙》《南楼令》《蝶恋花》《渔家傲》《十拍子》《天仙子》《风入松》《满江红》《水调歌头》《满庭芳》《归田欢》《沁园春》等 49 个词调。又据其《拾遗》统计，有《荷叶杯》《江南好》《南乡子》《长相思》《河满子》《点绛唇》《浣溪沙》《减字木兰花》《菩萨蛮》《河渎神》《一剪梅》《永遇乐》《金缕歌》等 13 个词调。除去《江南好》《南乡子》《长相思》《浣溪沙》《减字木兰花》（即《减兰》）《菩萨蛮》《河渎神》等 7 个词调重用外，共有 55 个词调。

第三章 集唐词之一:"集唐诗"

在朱彝尊之前,词人创作集句词大都限于个别词调。即以董元恺的71首唐词集来说,所用词调亦不过《定西番》《生查子》《醉公子》《浣溪沙》《菩萨蛮》《卜算子》《更漏子》《三字令》《应天长》《鹧鸪天》《玉楼春》《瑞鹧鸪》《南乡子》《虞美人》《临江仙》《蝶恋花》《落灯风》《天仙子》等18个,仅为《蕃锦集》中词调数的三分之一。

《蕃锦集》中的词调虽然众多,但每个词调下的作品差别较大。仅以前集中的49个词调来看,《十六字令》《南歌子》《摘得新》《桂殿秋》《江神子》《春光好》《长相思》《昭君怨》《生查子》《杨柳枝》《玉蝴蝶》《采桑子》《好事近》《柳含烟》《秦楼月》《更漏子》《阮郎归》《凤蝶令》《卖花声》《河传》《虞美人》《南乡子》《踏莎行》《渔家傲》《十拍子》《风入松》《满江红》《满庭芳》《归田欢》《沁园春》等30个词调,各有一首词;《捣练子》《巫山一段云》《南楼令》《天仙子》《水调歌头》等5个词调,各有2首词;《南乡子》《卜算子》《瑞鹧鸪》等3个词调,各有3首词;《江南好》《减兰》《河渎神》《鹧鸪天》《玉楼春》《蝶恋花》等6个词调,各有4首词;而《菩萨蛮》《清平乐》《临江仙》3个词调各有6首词,《忆王孙》有8首词,《浣溪沙》有10首词。各个词调的作品众寡不一,相差悬殊。

再说后一个方面。《蕃锦集》中的集唐词在排列上有一个显著的标准,即按照词调的长短为顺序。排在最前面的是《十六字令·春暮》:

> 愁(魏扶)。别后花时独上楼(鱼玄机)。风吹雨(李贺),春肯为人留(白居易)。①

此词之所以排在最前面,跟其内容或创作时间并无关系,只是由于其所用词调《十六字令》最短,仅有16字而已。排在第二的是《南歌子·早秋西湖》:

---

① (清)朱彝尊:《蕃锦集》,钱仲联《清八大名家词集》,岳麓书社1992年版,第502页。

桂楫中流望（丁仙芝），荷花镜里香（李白）。无数紫鸳鸯（余延寿）。婵娟江上月（刘长卿），拂罗裳（阎朝隐）。①

此调23字，比《十六字令》长，所以排在其后。排在第三的是《摘得新·伎席》：

歌有声（李白）。朱弦繁复轻（温庭筠）。碧梧风袅袅（陆龟蒙），月初生（王建）。婵娟花艳无人及（毕耀），早传名（长孙无忌）。②

此调26字，又长于《南歌子》，所以排在其后。考察其后的词调排列，均是如此。再以最后三个词调来看，排在倒数第三的是《满庭芳·春暮入云门山赠月公》：

进笋穿溪（成用），阴槐翳柳（萧颖士），年华近过清明（韩翃）。蒿深叶暖（贯休），路入乱山行（刘长卿）。天下只应我爱（白居易），云门寺（杜甫），薄地躬耕（王维）。香客与（顾况），深林倚策（耿湋），高兴小蓬瀛（姚崇）。　　吾师无一事（李颀），松门石磴（白居易），绣涩苔生（李白）。喜无多屋宇（杜甫），自足怡情（上官昭容）。夜后邀陪明月（元稹），龛灯敛（段成式），印火荧荧（张希复）。闲中好（郑符），绿尊翠杓（夷陵女子），何忍独为醒（王绩）。③

此调多达95字，已经属于长调，所以被排在靠后的地方。排在其后的是《归田欢·柯翰周见过村舍夜话即归期欢》：

寂寞江天云雾里（杜甫）。破屋数间而已矣（韩愈）。风光便是武

---

① （清）朱彝尊：《蕃锦集》，钱仲联《清八大名家词集》，岳麓书社1992年版，第502页。
② 同上。
③ 同上书，第522页。

陵春（方干），逍遥自有蒙庄子（赵彦昭）。起来花满地（于濆）。清溪一道穿桃李（王维）。辟前轩（颜真卿），田风拂拂（李贺），得酒且欢喜（韩愈）。　　盘餐市远无兼味（杜甫）。客到但知留一醉（李白）。浊醪粗饭任吾年（杜甫），凭君莫话封侯事（曹松）。外物非本意（李颀）。世情付与东流水（高适）。为君题（岑参）。洞天石扇（李白），丘壑趣如此（钱起）。①

此调104字，比《满庭芳》多9字，所以排在其后，即倒数第二。最后一首即《沁园春·送曹子顾学士还南溪》：

　　草堂去来（白居易），有桥有船（同上），有菀有鱼（萧颖士）。又不劳朝谒（白居易），趣侔江海（独孤及），纵心放志（白居易），丈室安居（释升）。明月清风（展陵女子），绣林锦野（贯休），秋水浮阶溜决渠（杜甫）。人来去（刘长卿），问家何所有（李颀），吾亦无余（白居易）。　　夜归读古人书（韩愈）。一日日（白居易），钞诗付小胥（杜甫）。任头生白发（白居易），物兮无累（罗隐），歌齐曲韵（王勃），道著清虚（范尧佐）。松桂为邻（上官昭容），烟霞问讯（同上），声利从来解破除（陆龟蒙）。鸬鹚杓（李白），傥有人送否（王维），每驻行车（张籍）。②

此调多达114字，是《蕃锦集》中最长的词调，所以被排在最后。如果与《十六字令》相比，《沁园春》的字数多了近百字。

《蕃锦集》不仅在使用词调的数量上超过此前所有的集句词人，而且严格按照从短到长的顺序进行排列，特征非常鲜明。

三　题材广泛，无所不适

清代以前的集句词，已经在题材内容上有较多的开拓，但具体到每个

---

① （清）朱彝尊：《蕃锦集》，钱仲联《清八大名家词集》，岳麓书社1992年版，第522页。
② 同上书，第522—523页。

词人，由于作品不多，涉及的题材内容都非常狭窄。跟此前的集句词相比，《蕃锦集》在题材上也大大向前拓展了，几乎到了无所不适的地步。

1. 《蕃锦集》中的纪游词较多，前集有《忆王孙·春游》《又·后游》《杨柳枝·会稽春游》《玉蝴蝶·同沈覃九再登平山》《浣溪沙·同柯寓匏春堂》《又·西湖早春》《又·虎丘》《又·山塘夜泊》《又·小孤山》《又·天津道中》《采桑子·秋日度穆陵关》《又·泛舟横塘》《卜算子·夜过高思汉书屋》《巫山一段云·浈江道中》《好事近·饮莲子湖》《柳含烟·春游忆青士天自》《清平乐·雨中夜度萧山》《又·玉泉山寺招曾青藜、徐方虎不至》《又·维扬春暮》《又·同程穆倩、孙无言泛舟红桥》《更漏子·京口晚望》《河渎神·大孤山神寺》《又·妒女祠》《又·长水三姑庙》《又·两度石湖》《卖花声·红桥后游寄怀柯翰周》《又·峄山》《又·镜湖舟中》《南乡子·旧游》《临江仙·峡中望飞来寺》《蝶恋花·钱塘观潮》《十拍子·同李武曾、潘次耕、蔡竹涛过玉泉寺》等32首；《拾遗》中有《南乡子·南湖月夜》《河满子·韩氏园亭玩月》《点绛唇·同柯柱功晚过鹤州》《河渎神·乌江项王庙虞姬祠》等4首；两者相加，一共36首，占总数的27%。如《杨柳枝·会稽春游》：

渠柳条上水面齐（王建）。燕含泥（韦应物）。花潭竹屿傍幽蹊（储光羲）。草萋萋（岑参）。　油壁车轻苏小小（罗隐）。向君笑（李白）。玉壶春酒正堪携（岑参）。若耶溪（杜甫）。①

诗人在会稽春游时，不仅为周围的湖光山色、禽鸟花草所陶醉，更为游女的美丽所吸引，他于是想到：如能与朋友携酒野餐，那该多么惬意啊！

2. 《蕃锦集》中的题画词，前集有《江神子·题画竹》《昭君怨·题画》《菩萨蛮·题画》《又·题孙武光山南读书图》《巫山一段云·题毛子

---

① （清）朱彝尊：《蕃锦集》，钱仲联《清八大名家词集》，岳麓书社1992年版，第505—506页。

第三章 集唐词之一："集唐诗"

霞小像》《玉楼春·画图》等6首；《拾遗》中有《点绛唇·题宫中春晓图》《减字木兰花·题程穆倩画山水》《菩萨蛮·为乔子静舍人题画》6首等8首；两者相加，一共14首。如《江神子·题画竹》：

  万条寒玉一溪烟（李贺）。泛春泉（孟郊）。映秋天（任华）。曾忆湘妃，庙里雨中看（白居易）。闲对数竿心自足（张南史），沧海上，白云间（令狐楚）。①

诗人从图画上的竹子写起，同时结合记忆中赏竹的经历，最后表现自己的爱竹心理，说自己的山居生活与竹子的野逸品格非常合拍。《巫山一段云·题毛子霞小像》写得更有意思：

  赋料扬雄敌（杜甫），诗传谢朓清（李白）。凌云笔札意纵横（杜甫），到处有逢迎（王维）。　老得沧州趣（刘长卿），归来物外情（宋之问）。俨然天竺古先生（王维），图画表冲盈（孙逖）。②

这首词中，词人写到图画的只有最后两句，其余句子所写都是其一生的志趣和文学成就，很像是一篇人物传记。

3.《蕃锦集》中的送行词，前集有《清平乐·送李天生还关中》《风蝶令·送别》《鹧鸪天·燕台送陈左源还吴》《虞美人·云中送俞右吉之邺下》《踏莎行·中秋席上送吴孝廉南还》《渔家傲·赠别》《水调歌头·送孙无言归黄山》《沁园春·送曹子顾学士还南溪》等8首；《拾遗》有《南乡子·送客还华阴》《浣溪沙·惜别》《菩萨蛮·送孙大之汝南》《永遇乐·送魏冰叔还山》《金缕歌·送谭十二孝廉兄之安庆丁使君幕》等5首；两者相加，一共13首。如最后一首：

  行止皆无地（杜审言）。往复还（颜真卿）、雨雪凄凄（顾况），

---

① （清）朱彝尊：《蕃锦集》，钱仲联《清八大家词集》，岳麓书社1992年版，第505页。
② 同上书，第510页。

于山于水（萧颖士）。唯欠结庐嵩洛下（白居易），云是东京才子（李贺）。使君去（王维）、来参卿事（王勃）。杏色满林羊酪熟（储光羲），绣裆襦（李贺）、一路春风里（郑谷）。落花渡（王勃），暮尘起（李贺）。　浮萍飘泊三千里（白居易）。归路长（李康成）、共此良辰（独孤及），吁其别矣（息夫牧）。江浦呕哑风送舻（胡宿），黑蛺蝶粘莲蕊（皮日休）。怀飞阁（卢照邻）、友像萃止（萧颖士）。纵使有花兼有月（李商隐），恨清光（李萼）、并起乡关思（段文昌）。舒州杓（李白），照深意（陆士修）。①

词人在上片先从谭孝廉以前的艰难生活写起，继赞其才能，为其获得入幕的机会而欣喜，并祝愿其在未来的日子里一帆风顺；下片写别时的景况和感触，虽然宾友欢宴，有花有月，可是离别的伤感仍然深深笼罩在彼此的心头。

4.《蕃锦集》中的艳情词都在前集中，有《摘得新·伎席》《南乡子·上谷观伎》《长相思·歌席》《浣溪沙·夜泊吴锡闻邻舟歌者》《前调·春闺》《又·同前》《卜算子·早春闺思》《秦楼月·春思》《阮郎归·春闺》《玉楼春·帘内美人》《又·烛下》《又·小楼》《瑞鹧鸪·春思》等13首。其中《摘得新·伎席》写宴席上所见妓女之歌声与美貌，已见前引。这里再举《秦楼月·春思》：

风飕飕（温庭筠）。桃红李白花参差。花参差（苏颋）。枝条郁郁（上官昭容），淑景迟迟（《乐章》）。　青楼珠箔天之涯（卢仝）。清风明月遥相思。遥相思（王勃）。重吁累叹（王维），识者其谁（韩愈）。②

从表面看，此词从春花烂漫、春日迟迟写起，表现了一个少妇对丈夫的深深思念。可是结合词人的经历可以看出，此词真正要表现的可能是屡

---

① （清）朱彝尊：《蕃锦集》，钱仲联《清八大名家词集》，岳麓书社1992年版，第540页。
② 同上书，第512页。

第三章 集唐词之一："集唐诗"

试不第、怀才不遇的悲哀。其余的艳情词皆不出以上两种情况，或单纯描写女性的才色与情思，或同时注入了自己的身世之感。

5.《蕃锦集》中咏物词不多，前集中有《江南好·咏燕》《忆王孙·探梅》《减兰·鸳鸯》《又·落花》《又·落叶》《河传·听莺》《蝶恋花·咏春雨》等7首；《拾遗》中有《点绛唇·咏春风》一首；两者相加，一共8首。如《江南好·咏燕》：

衔泥燕（韦应物），最在美人家（芮挺章）。尽日听弹无限曲（元稹），等闲飞上别枝花（李商隐）。一种逐风斜（杨希道）。①

在这首词中，春天的燕子竟然成了贪恋女色而又用情不专的风流浪子的写照了。又如《减兰·落叶》：

萧其森矣（萧颖士）。客舍秋风今又起（岑参）。千树山家（王起）。村映寒原日已斜（郎士元）。　客无所托（李白）。五夜飕飗枕前觉（刘禹锡）。觉坐而思（韩愈）。不为愁人住少时（韩偓）。②

上片从秋风写起，渲染出一幅落叶萧萧的凄凉景象；下片写客子此时此刻的心境，情景交融，一片寒意。

除了以上分析的五类，《蕃锦集》及《拾遗》中还有少量感怀、忆别、题壁、访旧、祝寿等作品，共同体现出朱彝尊的《蕃锦集》无所不适的特点。

作为中国文学史上第一部集唐词集，也是现存最早的集句词集，《蕃锦集》不仅在内容题材和艺术形式上体现出多方面的创新，而且艺术成就较高，所以在出版之初就受到了当时词人的喜爱。先是钱芳标写了一首《尉迟杯·题〈蕃锦集〉》。秀水朱十集唐人长短句为诗余也：

---

① （清）朱彝尊：《蕃锦集》，钱仲联《清八大名家词集》，岳麓书社1992年版，第503页。
② 同上书，第508页。

奚囊句。想女娲、残石曾携去。支机碎剪鲛文,别改天孙鸳杼。铢衣飘举。更不道、玉尺缝金缕。讶香红、万种难名,总被蜂须偷取。　　晓风柳七情绪。偏吟到、黄河远上佳处。百合然香,五侯合鲭,才称两鬟歌纻。从兰畹、金荃休数。且研就、吴绫乌阑谱。倩双钩、甄赋羊裙,试拟怀仁书序。(《兰亭后序》乃怀人集右军书字)①

钱芳标此词以《蕃锦集》为对象,对其特征和成就进行了多方面的提炼。受其启发,沈皞日作《尉迟杯·题〈蕃锦集〉和钱葆芬舍人韵》:

长短句。试与歌、垂柳旗亭去。爱他蕃锦裁成,巧夺鸳梭仙杼。云蒸霞举,是镂冰、丝丝映千缕。甚闲情、南浦西楼,月影苔痕携取。　　一似赋别吟愁,胜多少、蜀江笺纸题处。几向尊前,搴蓉采菊,并入烟绡霜纻。胜剪彩、飞花无数。况醉倚、新声才人谱。想挥毫、点染春风,药栏几度时序。②

词中"爱他蕃锦裁成,巧夺鸳梭仙杼。云蒸霞举,是镂冰、丝丝映千缕""搴蓉采菊,并入烟绡霜纻。胜剪彩、飞花无数"数句,都是沈皞日对《蕃锦集》的称赞。次韵和答了钱芳标的词作后,沈皞日意犹未尽,又作了《疏影·再题〈蕃锦集〉》:

丹霞惜别。寄蛮烟瘴雨,画图一阕。枫影秋江,梅英春江,尽入离愁时节。最高楼处歌《金缕》,将凤纸、吹花题叶。记罗浮、道士相逢,句里斜阳曾说。　　自许玉田差近,向碧城梦里,飞下清绝。七孔神针,缝六铢衣,襻带多安无缺。笔床垂老心情在,好付与、满

---

① 南京大学中文系《全清词》编纂研究室:《全清词顺康卷》第 13 册,中华书局 2002 年版,第 7592 页。
② 南京大学中文系《全清词》编纂研究室:《全清词顺康卷》第 14 册,中华书局 2002 年版,第 7942 页。

第三章 集唐词之一:"集唐诗"

庭香雪。倩虫虫、宛转红牙,不数晓风残月。①

在这首词中,沈皡日不仅肯定了《蕃锦集》融化旧句的点染之功,而且对其作用和风格加以描述。此词又唤起了龚翔麟的和作《绿意·题朱锡鬯〈蕃锦集〉和沈融谷韵》:

尊前调别。把箧中旧句,翻作新阕。换羽移宫,短拍幺弦,恰配酒筹歌节。悬针垂露香笺襞,付扇底、春风桃叶。是谁能、纫百家衣,只许半山人说。　　长木当年卜宅,竹梧小径里,醖舫幽绝。落拓江湖,投老心情,一任兔华圆缺。无端启事来青琐,惹双鬓、翻添霜雪。问甚时、重荷烟锄,吟过月波楼月。②

龚翔麟所谓《绿意》,也就是沈皡日的《疏影》,其实是同一个词调。《疏影》本是南宋姜夔咏梅时谱写的自度曲,后来张炎用以咏荷,遂改为《绿意》。龚翔麟此词上片紧扣《蕃锦集》的特点来写,说其可与王安石的集句作品比肩;下片则写朱彝尊晚年悠然自适的隐居生活,并想象《蕃锦集》天下传唱的盛况。除了词人以词相评,词论家也倾注了更多的关心。第十章有专门的论述,此不赘言。

即便在当代,《蕃锦集》亦受到了学人的关注。在零星的评介外,专篇的论文已有吴肃森《〈蕃锦集〉与唐诗》(《天府新论》1987 年第 1 期)、马大勇《〈蕃锦集〉平议——兼谈"集句"之价值》(《南京师范大学文学院学报》2003 年第 3 期)两篇。相对于其余的集句词集连一篇研究论文都没有出现,《蕃锦集》受到重视的程度已经是最高的了。

《蕃锦集》代表了清代集句词的最高成就,已经具有"经典"的性质。其所具有的一些特点,深深影响了其后的集句词创作。

---

① 南京大学中文系《全清词》编纂研究室:《全清词顺康卷》第 14 册,中华书局 2002 年版,第 7946 页。

② 南京大学中文系《全清词》编纂研究室:《全清词顺康卷》第 17 册,中华书局 2002 年版,第 10130 页。

第三节　游赏归来作画图
——俞忠孙的《节霞词存》

由于《蕃锦集》名声很大，后人创作集句词，总是很自然地受其影响。俞忠孙《节霞词存》三卷就是其中的代表。该集由221首词组成，都是使用唐五代诗句的"集唐诗"。相对于《蕃锦集》，俞忠孙不仅大力发展了游赏题材，而且拓展了题画之作。

一　纪游题材大发展

在《节霞词存》中，纪游之作数量最多。据笔者统计，有《十六字令·细香炉望西山呈舅氏王山眉先生》《闲中好·泛月》4首、《荷叶杯·白云居送春》2首、《前调·月夜》《前调·春江遣兴》3首、《桂殿秋·绿萝庄即事》《前调·即事》《捣练子·坐雨浣云潭上作》《忆江南·大堤上》《前调·夜步》《前调·泛月》《前调·花径》《前调·羊城五仙洞》《南乡子·镜湖即景》《九张机·寻溪》2首、《踏歌辞·过张静庵别业》《前调·雨后登佳文楼望石帆诸峰》《抛球乐·春日纪游》8首、《忆王孙·冬夜舟泊寒山下》《思佳客令·王六峰邀宿细香炉》《风光好·春泛写所见》《生查子·登神山，在广东澄海县》2首、《前调·花朝后二日过一草亭》《怨回纥·游云门宿徐氏别业，次日邀登谯岘诸名胜》6首、《前调·若耶溪上》《前调·夜泊》《前调·春游寄兴》2首、《前调·秋日游杏花山，至菩提寺野酌而归。山在河南镇平县》10首、《浣溪沙·龙潭晚眺》《前调·登环翠楼》《菩萨蛮·镜湖纪游》2首、《前调·西江舟次与萃友俚对酌》《巫山一段云·宿环翠楼即事》《前调·登秋水亭》《前调·偕魏伯安暨门冯晓亭夜饮连峡下》《卜算子·出东城》《采桑子·春眺》《谒金门·泊舟淮上，与同行者踏月》《清平乐·重过月浦》《双头莲令·春眺》《武陵春·渡岩滩》2首、《阮郎归·镜湖》《应天长·冯晓亭邀登巾子山》《惜分飞·春日郊行》《偷声木兰花·江滨晚步》《酒泉子·山阴道上纪游》《前调·渡扬子江》3首、《前调·富春道上》《南歌子·严秋潭别业作》《醉花阴·秋日过樵风径》《鹧鸪天·送

第三章　集唐词之一："集唐诗"

别萃友大侄》《前调·秋霁泛舟若耶溪》《南乡子·夜泛》《前调·夜泊》《前调·重过细香炉小酌》《前调·舟过金陵》《木兰花·浈江舟次，隔江观女伶演剧》《前调·连州旅怀》《前调·万松楼秋望》《前调·过清流关示周四有尊》《虞美人·项子城下，与阳羡董蓉仙、武林吴中林诸君子剧饮分赋》《踏莎行·绣草园夜饮》《忆江南·泗水舟次，别老友施姬奕》《前调·春日花径纪游》《前调·春日从孙其渊载酒，邀同人泛舟镜湖，载月而归》《临江仙·韩江舟中》《前调·晚过潞溪》《青玉案·秋晚松风亭下作》《满庭芳·题云门僧舍》《金缕曲·寻禹穴诸胜，醉酒当垆家》等104首，几乎占其总数的一半。以集句词记载游赏，此前早已出现，如朱彝尊的《蕃锦集》、柴杰的《百一草堂集唐诗余》，其中都有相当数量的纪游词。与他们相比，《节霞词存》中的纪游词不仅所占比例大大提高，绝对数量也大大增加，而且还发展出自己的特点，即出现了一些纪游组词，其中有些组词的规模还比较大。如《抛球乐·春日纪游》一组多达8首，是对一日出游经历的记载。前面两首写词人早晨前往山中，如其二：

绿树郁如浮（王维）。寻奇处处留（张说）。晓风催鸟啭（张谓），春色报岩流（宋之问）。下望青山郭（李白），人家到渐幽（奚贾）。①

之后，词人对所见景色一一描述，历历如画。迨至最后一首（即其八），所写乃词人兴尽回归的情景：

斜日岭云西（岑参）。鸟还人亦稀（李白）。泉声喧暗竹（皇甫冉），花影隔澄溪（张乔）。幸共三春好（张说），淹留未忍归（李白）。②

傍晚，一日的游赏行将结束，词人依依不舍地离开了。诸如此类的还有《怨回纥·游云门宿徐氏别业，次日邀登谯岘诸名胜》6首，如其五所

---

① 张宏生：《全清词雍乾卷》第5册，南京大学出版社2012年版，第2990页。
② 同上书，第2991页。

写乃山中的奇异景色：

> 绝径人稀到（钱起），风吹磬出林（贾岛）。云溪花淡淡（杜甫），山木日阴阴（王维）。　　石壁开精舍（张九龄），遥天倚黛岑（韦庄）。纵横无断绝（孟郊），落景惜登临（杜甫）。①

比较而言，《前调·秋日游杏花山，至菩提寺野酌而归。山在河南镇平县》10首规模更大。如其八《岩畔有菩提祖师遗蜕》：

> 野日荒荒白（杜甫），秋声不可闻（苏颋）。云山行处合（高适），仙路望中分（厉玄）。　　细草谁开径（戴叔伦），空山独见君（刘长卿）。光辉生顾盼（武元衡），远远出人群（权德舆）。②

面对着所谓的"菩提祖师遗蜕"，词人顾盼不已，庆幸自己竟然能够在荒山上看到如此独特的景观。这三组纪游词皆从出游写起，而以返回收拢，对游赏过程的记载非常完整。

至于那些单篇的纪游词或者小规模的纪游组词，在《节霞词存》中更加常见。其中有的景点，词人多次游赏，也多次以词纪游。如关于镜湖的即有《南乡子·镜湖即景》《菩萨蛮·镜湖纪游》2首、《阮郎归·镜湖》《忆江南·春日从孙其渊载酒，邀同人泛舟镜湖，载月而归》等5首。如《南乡子·镜湖即景》：

> 即是仙都（上官昭容）。香炉峰色隐晴湖（杜甫）。飞阁卷帘图画里（同上）。莲风起（李贺）。绕郭荷花三十里（白居易）。③

短短数语，词人把镜湖的美景刻画得如同仙境。如游赏细香炉的有

---

① 张宏生：《全清词雍乾卷》第5册，南京大学出版社2012年版，第2996页。
② 同上。
③ 同上书，第2988页。

第三章　集唐词之一："集唐诗"

《十六字令·细香炉望西山呈舅氏王山眉先生》《思佳客令·王六峰邀宿细香炉》《南乡子·重过细香炉小酌》等3首；游赏花径的有《忆江南·花径》《忆江南·春日花径纪游》2首。

总之，《节霞词存》中的纪游词不仅数量众多，而且发展出规模较大的组词，具有明显的创新意义。

二　题画之作进一步发展

除了纪游词，《节霞词存》中还有16首题画词，即《啰贡曲·题画》4首、《小秦王·题郑寓庄〈南阳观耕图〉》5首、《忆王孙·题画》《风光好·题〈秋江把钓图〉》《怨回纥·题郑寓庄〈南阳观耕图〉》4首、《玉蝴蝶·题〈松下弹琴图〉》等。从这里可以看出，俞忠孙的题画词基本采用组词的方式。如《啰贡曲·题画》4首：

> 野水平桥路（杜甫），轻帆任好风（皇甫冉）。孤烟村际起（孟浩然），山色有无中（王维）。
>
> 柔橹轻鸥外（杜甫），波平熨不如（陆龟蒙）。更怜斜日照（孟浩然），天影落江虚（李白）。
>
> 雁下芦洲白（韦应物），苍茫万里秋（曹邺）。门临溪一带（元稹），鸳楫漾轻舟（陈子昂）。
>
> 转曲随青嶂（李嘉祐），千峰共夕阳（刘长卿）。孤舟无岸泊（张乔），回首但苍苍（皇甫冉）。①

虽然不知道俞忠孙所题之画为何处风景，甚至不知道其为一幅还是多幅，但4首词都能紧扣画中的景象，揭示出中国山水画"可游可居"的审美特点。

比较而言，《小秦王·题郑寓庄〈南阳观耕图〉》5首反映的则是农村风光和农耕生活。其序云："寓庄名曰鹏，字贤程，本闽人，以慕诸葛武

---

① 张宏生：《全清词雍乾卷》第5册，南京大学出版社2012年版，第2983页。

侯躬耕，故家南阳。"词云：

  桥上春风绿野明（卢纶）。不知谁学武侯耕（许浑）。柴门流水依然在（韩翃），转见千秋万古情（杜甫）。

  槐柳萧疏绕郡城（羊士谔）。高低无处不泉声（方干）。莲花幕下风流客（韩偓），几许芝田向月耕（皇甫冉）。

  梅黄雨细麦风轻（房篆）。力上东原欲试耕（司空图）。自学古贤修静节（方干），休将文字占虚名（柳宗元）。

  叶屿花潭极望平（王勃）。新田绕屋半春耕（法振）。图中含景随残照（张贲），乳牸慵归望犊鸣（许浑）。

  无处登临不系情（许浑）。故园虽在有谁耕（温庭筠）。羡君独得逃名趣（胡曾），乡思欺人拨不平（秦韬玉）。①

其一赞美郑鹏学诸葛亮躬耕于南阳，其二勾画其村居景象，其三描绘丰收在望，其四摹写春耕晚归，其五则抒发自己的仰慕之情。俞忠孙以郑鹏的《南阳观耕图》为对象，完成了这组以田园生活为内容的题画词。与其题目相同的还有《怨回纥·题郑寓庄〈南阳观耕图〉》一组：

  地逐名贤好（李白），经过窃慕焉（孟浩然）。移家还作客（耿湋），种黍早归田（李白）。 雪尽青山树（宋之问），风和绿野烟（杜审言）。一丘藏曲折（杜甫），遗迹尚依然（张谓）。

  归去田园老（张九龄），烟霞羡独行（皇甫曾）。无令孤逸韵（萧颖士），但坐事农耕（王维）。 春草茫茫绿（刘长卿），芳蹊处处成（孙逖）。眼前今古意（杜甫），心迹喜双清（同上）。

  旷望兼川陆（杨炯），田家心适时（杨颜）。春泥秧稻暖（白居易），花坞夕阳迟（严文正）。 耕凿安时论（杜甫），江山入好诗

---

① 张宏生：《全清词雍乾卷》第5册，南京大学出版社2012年版，第2988页。

（元稹）。意君来此地（储光羲），千载若相期（韩愈）。

　　有美同人意（苏颋），思君共入林（王维）。灌园多抱瓮（元稹），种树久成阴（包融）。　　莫道田家苦（王维），能为高士心（常建）。归来南亩上（王绩），松色带烟深（张谓）。①

除了其四有一个小标题"图有双鬟对立"外，这组词不仅题目与上组相同，所写内容亦大致接近。这两组田园词的存在，意味着俞忠孙集句词在题材上的明显发展。

表现绘画题材的集句词出现于清初，但在俞忠孙之前，这样的作品并不多。跟朱彝尊、何采相比，俞忠孙的题画词不仅数量更多，而且大都以组词的面貌出现，其发展意义还是明显的。

三　对《蕃锦集》之继承

在清初集句词人中，朱彝尊名声最大。俞忠孙《节霞词存》受朱彝尊《蕃锦集》的影响尤其突出，这可以从以下几个方面来分析。

其一，继承了《蕃锦集》的编排方式。《节霞词存》中的作品，完全按照词调从短到长的顺序进行排列，依次为《十六字令》《梧桐影》《啰贡曲》《荷叶杯》《摘得新》《桂殿秋》《捣练子》《春晓曲》《忆江南》《小秦王》《九张机》《踏歌辞》《抛球乐》《忆王孙》《甘州子》《天仙子》《归国谣》《思佳客令》《风光好》《长相思》《醉公子》《生查子》《怨回纥》《感恩多》《蝴蝶儿》《玉蝴蝶》《浣溪沙》《菩萨蛮》《减字木兰花》《巫山一段云》《卜算子》《采桑子》《柳含烟》《谒金门》《好事近》《琴调相思引》《更漏子》《清平乐》《喜迁莺》《双头莲令》《武陵春》《阮郎归》《应天长》《惜分飞》《偷声木兰花》《酒泉子》《南歌子》《醉花阴》《鹧鸪天》《瑞鹧鸪》《南乡子》《木兰花》《楼上去》《一斛珠》《虞美人》《小重山》《踏莎行》《忆江南》《蝶恋花》《临江仙》《渔家傲》《定风波》《青玉案》《满庭芳》《永遇乐》《归朝欢》《二郎神》《小梅花》《金缕

---

① 张宏生：《全清词雍乾卷》第5册，南京大学出版社2012年版，第2997页。

曲》，一共69个词调，同一词调的作品排列在一起。其中《忆江南》出现两次，前一种词调是小令，后一种词调是中调。这种排列虽然在一般词人的别集中早就出现，但在集句词集中却以朱彝尊的《蕃锦集》为最早。俞忠孙是绍兴人，不但距离朱彝尊家乡嘉兴不远，且生活于康乾之间，距离朱生活的时代也很近。以朱彝尊在当时词坛的巨大声望，俞忠孙有意效法《蕃锦集》是容易理解的，而排列只是其中的一个表现罢了。当然，俞忠孙《节霞词存》中的词调与朱彝尊《蕃锦集》及其《拾遗》中的词调并不相同，但大同小异。一方面，《蕃锦集》及其《拾遗》使用的55个词调中，《江神子》《春光好》《昭君怨》《杨柳枝》等词调未见于《节霞词存》。另一方面，《节霞词存》中的《梧桐影》《啰贡曲》《怨回纥》等词调亦不见于《蕃锦集》及其《拾遗》。

其二，继承了《蕃锦集》专集唐诗的做法。《蕃锦集》中的作品均是"集唐诗"，即全部采用唐五代诗句写成。《节霞词存》中的作品亦是如此。如《闲中好·泛月》：

悠悠去（韩愈），一雁入高空（杜甫）。发棹清溪侧（储光羲），扣舷明月中（王维）。①

词中"悠悠"句出自韩愈《河之水》，"一雁"句出自杜甫《雨晴》，"发棹"句出自储光羲《泛茅山东溪》，"扣舷"句出自王维《送綦毋校书弃官还江东》，都是出自唐代成句。这种做法，跟朱彝尊《蕃锦集》中的做法毫无二致。不过，由于能力所限，俞忠孙有时也会截取个别诗句。如《捣练子·坐雨浣云潭上作》：

春雨洒（冯著），落花飞（王勃）。曲水飘香去不归（李贺）。惆怅引人还到夜（韩偓），心孤长怯子规啼（李中）。②

---

① 张宏生：《全清词雍乾卷》第5册，南京大学出版社2012年版，第2981页。
② 同上书，第2985页。

第三章　集唐词之一："集唐诗"

词中"春雨"句出自冯著《洛阳道》,"曲水"句出自李贺《河南府试十二月乐词》,"惆怅"句出自韩偓《重游曲江》,"心孤"句出自李中《下蔡春暮旅怀》,皆出自唐人原句;可是"落花"句出自王勃《羁春》,原作"重见落花飞",乃截取而成。只是这种情况比较少见,在更多的时候,词人都努力使用唐人原句。即便在慢词中也是如此。如《金缕曲·别意》:

> 惜别倾壶醑（李白）。行路难（骆宾王）、隔地绝天（顾况），于邦之府（萧颖士）。为问春风谁是主（薛能），黄鸟绵蛮芳树（韩翃）。犹宛转（陆士修）、迩槛近宇（萧颖士）。游子乍闻征袖湿（郑谷），忽分飞（王维）、日暮空愁予（张柬之）。此肠断（李白），杳容与（顾况）。　山高海阔谁辛苦（张籍）。争奈何（薛逢）、言告离衿（宋华），酌醴具举（包佶）。浮世本来多聚散（李商隐），将共两骖争舞（张说）。心相忆（王维）、怨斯路阻（宋华）。从此枕中难有梦（曹唐），启重帏（上官仪）、暂向花间语（韦应物）。莫容易（李咸用），揖君去（李白）。①

词中"惜别"句出自李白《送别》,"行路"句出自骆宾王《从军中行路难》,"隔地"句出自顾况《囝》,"于邦"句出自萧颖士《菊荣》,"为问"句出自薛能《闲题》,"黄鸟"句出自韩翃《送陈明府赴淮南》,"犹宛"句出自陆士修《三言喜皇甫曾侍御见过南楼玩月》联句,"迩槛"句出自萧颖士《菊荣》,"游子"句出自郑谷《鹧鸪》,"忽分"句出自王维《双黄鹄歌送别》,"日暮"句出自张柬之《大堤曲》,"此肠"句出自李白《久别离》,"杳容"句出自顾况《瑶草春》,"山高"句出自张籍《各东西》,"争奈"句出自薛逢《老去也》,"言告"句出自宋华《蝉鸣》,"酌醴"句出自包佶《迎俎酌献》,"浮世"句出自李商隐《七月二十九日崇让宅燕作》,"将共"句出自张说《舞马词》,"心相"句出自王维《新秦郡松树歌》,"怨斯"句出自宋华《蝉鸣》,"从此"

---

① 张宏生：《全清词雍乾卷》第 5 册，南京大学出版社 2012 年版，第 3021 页。

句出自曹唐《送刘尊师祗诏阙庭》，"启重"句出自上官仪《八咏应制》，"暂向"句出自韦应物《相逢行》，"莫容"句出自李咸用《读修睦上人歌篇》，"揖君"句出自李白《下途归石门旧居》，不仅全部出自唐五代诗句，而且皆出自原句，未加裁截。至于"从此"一句中的"难"字，曹唐原作"唯"，应为形近而误；"启重"句中的"帏"字，上官仪原作"帷"，二字意义相近，常常可以通用。

使用唐诗的成句，在必要时又有所截取，既可以看出俞忠孙努力效法朱彝尊的一面，又可以看出其力所不及的一面。在《蕃锦集》中，则没有这样截取诗句的情况。

其三，继承了《蕃锦集》的基本题材。从题材的角度看，俞忠孙效法朱彝尊的特点更加突出。在上一节，笔者指出《蕃锦集》在题材内容上几乎到了无所不适的地步，其中比较重要的有五类：纪游词最多，一共有36首，占总数的27%。其次为题画词14首，接近总数的11%；送行词13首，接近总数的10%；艳情词，亦为13首，接近总数的10%；咏物词不多，仅有8首，占总数的6%。

在《节霞词存》中，以上这些题材都得到了继承，在一定程度上还有所发展：俞忠孙的纪游词多达104首，几乎占其总数（221首）的一半，而且还出现了几组规模较大的组词。题画词有16首，数量不算多，亦有3组组词。这在前文均有所分析。这里再简略分析其余三类：

1. 俞忠孙的送行词有《忆江南·送别章梅湖》2首、《甘州子·送别柳瀛洲》《生查子·与孽子话别》《菩萨蛮·珠江别友》《卜算子·阊门舟次与内兄田大彝重话别》《琴调相思引·别意》《更漏子·别意》《瑞鹧鸪·浈江舟次，送别萃友大倅》《木兰花·与孽子话别》《忆江南·泗水舟次，别老友施姬奕》《归朝欢·鮀浦与柳虚舟姊丈话别》《金缕曲·别意》等13首。除了最长的《金缕曲·别意》前文已经引出，此处再举《卜算子·阊门舟次与内兄田大彝重话别》为例：

酒尽一帆飞（李白），无计留君住（岑参）。愁煞江南离别情（常建），风色萧萧暮（杜甫）。　　雁影聚寒沙（郑愔），且莫乘流去

第三章 集唐词之一："集唐诗"

（卢纶）。相见时难别亦难（李商隐），天下伤心处（李白）。①

远去的白帆和流水，都令词人感受到别情之急促，那"相见时难别亦难"的伤悲强烈地笼罩在他的心头。

2. 俞忠孙的艳情词有《梧桐影·赠歌者小红》《前调·偶忆》《啰贡曲·秋闺夜》2首、《捣练子·偶赠》《小秦王·闺意》4首、《忆王孙·春闺》《甘州子·闺意》《天仙子·有赠》《醉公子·秋闺》《卜算子·偶见》《喜迁莺·月夜别小伶燕儿、鸿儿》《惜分飞·秋闺》《木兰花·晓闺》《楼上曲·春闺》3首、《虞美人·戏赠小伶语花》《小梅花·春闺》等22首。这些作品可以分为两类：一类写偶然见到的歌女、伶人的美丽。如《梧桐影·赠歌者小红》：

歌且讴（李白），面如玉（顾况）。点注桃花舒小红（杜甫），殷勤欲劝宜春曲（韦庄）。②

另一类写男女之间的相思。如《忆王孙·春闺》：

春光懒困倚微风（杜甫）。慢脸娇娥纤复秾（岑参）。尽日愁吟谁与同（杨乘）。碧丛丛（李贺）。绣户窗前花影重（陈羽）。③

写女性的美丽也好，写男女相思也好，都是艳情词中的常见内容。

3. 相对于朱彝尊，俞忠孙的咏物词更少，仅有两首。如《忆王孙·咏柳》：

杨花漠漠暗长堤（刘沧）。春思春愁一万枝（唐彦谦）。尽日飘扬

---

① 张宏生：《全清词雍乾卷》第5册，南京大学出版社2012年版，第3005页。
② 同上书，第2982页。
③ 同上书，第2991页。

无定时（李白）。雨微微（张泌）。絮乱丝繁天亦迷（李商隐）。①

此词摹写柳絮纷飞的情景，写得非常形象。又如《卜算子·听莺》：

  一啭已惊人（钱可复），花落春莺晚（褚遂良）。流尽年光是此声（韩琮），断续随风远（陆痒）。　　更与尽情啼（韩愈），只益胸中乱（孟彦深）。使我伤怀奏短歌（刘禹锡），泪雨南云满（李白）。②

此词上片写莺声的美妙，下片写词人因听到莺啼心中涌起的伤感。

虽然朱彝尊的个别题材，如祝寿，在俞忠孙的集句词中并没有体现出来，但从中不难看出，朱词在题材上对俞词有着极其深刻的影响。

总之，无论是从作品的排列方式，从专集唐五代诗句的做法，还是从主要题材，都可以见出俞忠孙《节霞词存》对朱彝尊《蕃锦集》的继承和接受。当然，俞忠孙亦有创新之处，其在纪游词、题画词两方面取得的成就，固然跟效法朱彝尊有关，也跟他自己的经历和爱好有关。

"集唐诗"之名虽然始于董元恺，但第一个写出"集唐诗"专集的是朱彝尊，其《蕃锦集》以其艺术成就之高代表了清初集句词的成就。在其影响下，出现了一系列"集唐诗"专集，除了俞忠孙《节霞词存》，属于此类的还有周天麟《双红豆词》一卷、李天馥《闺词》一卷、朱襄《织字轩词》一卷和殷如梅《集唐词》一卷等，这里就不再一一分析了。

---

① 张宏生：《全清词雍乾卷》第 5 册，南京大学出版社 2012 年版，第 2991 页。
② 同上书，第 3004 页。

第四章　集唐词之二："集唐句"

由于狭义的"集唐词"没有发展起来，那些不拘唐五代诗句、词句的"集唐句"就成了"集唐诗"外的一种重要类别。不过，就个人创作而言，未见有"集唐句"专集出现，即使一些可以称得上"集唐句"的专集，其中也往往包含了一些"集唐诗"和"集句词"。本章所论的三种别集，无论是徐旭旦的《集唐诗余》、柴才的《百一草堂集唐诗余》，还是石赞清的《钉铛吟词》，都是这样的"集唐句"专集（或卷）。

第一节　一集之中有真伪
——徐旭旦的《集唐诗余》

《集唐诗余》并非专门的集唐词集，而是徐旭旦《世经堂集唐诗词删》的第八卷。除了后面的散曲部分，该卷共有集唐词65首。这些作品，既包括"集唐诗"，也包括一些不拘诗、词之句的"集唐句"。徐旭旦其人，学术品德恶劣。据黄强、申玲燕《徐旭旦〈世经堂初集〉抄袭之作述考》一文，《世经堂初集》诸本皆为徐旭旦生前编订刻印，署"钱塘徐旭旦西泠著"，收入作者各体文章四百九十五篇。其中徐氏或全文或部分抄袭明前文章六篇，明人文章五十九篇，徐氏同时代的文章二十二篇，三者合计共八十七篇。抄袭的手法有替换法、截取法、照录法等。[①] 同样，《世

[①] 黄强、申玲燕：《徐旭旦〈世经堂初集〉抄袭之作述考》，《文学遗产》2012年第1期。

经堂集唐诗词删》各卷下皆署"钱塘徐旭旦西泠著",《集唐诗余》所在的卷八自然也是如此。徐旭旦的不端行为,在他的集唐词中有突出的表现,显示出真伪并存的特征。

一 伪作考

徐旭旦的《集唐诗余》里不仅有多首抄袭自朱彝尊的《蕃锦集》,而且有少数作品原来并非集唐词。现分两方面来分析。

1. 直接抄袭朱彝尊的集唐词。徐旭旦的《集唐诗余》中,有不少作品抄袭自朱彝尊的《蕃锦集》。如《望江南·即席》:

歌宛转,红烛乍迎秋。碧草迷人归不得,蜻蜓飞上玉搔头。娇倚钿筝篌。(郎大家、张仲素、温庭筠、刘禹锡、韩翃)①

此词在《蕃锦集》中题作《望江南·文水席上》。②徐旭旦仅将朱彝尊原注的作者从各句之后移到全词之后,并且简单改动了一下标题,就将其变成自己的"作品"了。又如《重叠金·同人公钱龙山即赋》四首:

遥看一处攒云树。秋花锦石谁能数。一曲遏云歌。相思可奈何。　绿阴生昼静。乱竹开三径。未惜马蹄遥。看余度石桥。(王维、杜甫、卢照邻、李萼、韦应物、王勃、杜甫、宋之问)
幽栖地僻经过少。沙头雨染班班草。随意坐莓苔。清风松下来。　花光晴漾漾。转曲随青嶂。更进酒一杯。红牙度几回。(杜甫、白居易、杜甫、孟浩然、许浑、李嘉祐、李白、晴昼)
万竿烟雨低衣桁。隔林云雾生衣上。森木乱鸣蝉。溪风为飒然。　吏人桥外少。处处闻啼鸟。何必武陵源。都无人世喧。(岑参、王维、杜甫、同上、同上、孟浩然、高适、李白)

---

① (清)徐旭旦:《世经堂集唐诗词删》卷八,康熙五十三年世经堂刻本,第6页。
② (清)朱彝尊:《蕃锦集》,钱仲联《清八大名家词集》,岳麓书社1992年版,第535页。

第四章 集唐词之二:"集唐句"

　　山公醉后能骑马。银鞍却覆香罗帕。回首白云多。依依奈别何。　　可怜游赏地。寂寂深烟里。高筑渭川亭。琅玕万古青。(李白、杜甫、同上、独孤及、姚合、司空文明、周贺、朱庆余)①

　　这组词在《蕃锦集》中题作《菩萨蛮·秋日陪刘增美中丞饮冶源亭子,爱其山水竹树之胜,题壁四首》。跟《望江南·即席》相比,这组词改动的地方要多一些。就标题言,徐旭旦将常见的词调《菩萨蛮》改称其不常见的别名《重叠金》,将朱彝尊的作词背景改成自己的情形,显然是为了掩人耳目。就正文而言,这组词在语句上也有变化,但各首情况又有所不同:其一上片的"一曲"二句,朱彝尊原作"犬吠水声中(李白),回流映似空(卢照邻)";其二上片"沙头"句中的"班班"二字,朱彝尊原作"斑斑";下片4句,朱彝尊原作:"炼金欧冶子(杜甫),但有寒泉水(王维)。临眺独踌躇(杜甫),当看越绝书(高适)。"其三上片"万竿烟雨"4字,朱彝尊原作"数株门柳";"林"字,朱彝尊原作"窗";其四下片"只想"二句,朱彝尊原作"只想竹林眠(杜甫),逍遥不记年(李白)"。

　　以上5首词,正好反映了徐旭旦抄袭《蕃锦集》的基本情形。除了这5首,《集唐诗余》中抄袭自《蕃锦集》的还有15首。两者相加,一共有20首。为了更好地表现这一点,现将二书中的标题对比如下:

《集唐诗余》	《蕃锦集》
望江南·即席	望江南·文水席上
南乡子·伎席	南乡子·上谷观伎
忆王孙·镜湖	忆王孙·镜湖秋思
于中好·虎丘	浣溪沙·虎丘
巫山一段云·石龙晚度	巫山一段云·滇江道中
阮郎归·春闺	阮郎归·春闺

---

① (清)徐旭旦:《世经堂集唐诗词删》卷八,康熙五十三年世经堂刻本,第20—21页。

鹧鸪天·湖舫偶见	鹧鸪天·镜湖舟中
玉楼春·画图	玉楼春·画图
归朝欢·与友村中夜话	归田欢·柯翰周见过村舍夜话，即归朝欢
唐多令·春愁	南楼令·春愁
水调歌头·暮春山居	水调歌头·暮春山居
春光好·惜春	春光好·春恨
蝶恋花·晚春怀友	蝶恋花·春暮
卜算子·春晓	卜算子·早春闺思
天仙子·送春	天仙子·惜春
重叠金·同人公饯龙山即赋	菩萨蛮·秋日陪刘增美中丞饮冶源亭子，爱其山水竹树之胜，题壁四首
满庭芳·暮春云门山访志公禅师	满庭芳·春暮入云门山赠月公

就正文而言，徐旭旦的抄袭方式非常直接，除了《重叠金·同人公饯龙山即赋》一组4首改动比较多外，其余作品几乎都没有改动。就标题而言，从以上的简单对比可以看出，可以分为四种情况：或者直接抄袭原来的词调名称和题目；或者保留原来的词调名称，但改动其题目；或者改用词调的别名，但保留原来的题目；或者不仅改用词调的别名，而且改动其题目。

总之，徐旭旦的这20首词，不论有没有改动，都是抄袭自朱彝尊《蕃锦集》中的作品。这些作品都是切切实实的"伪作"。

2. 将一般词作伪装成集唐词。李东阳《麓堂诗话》在谈到集句诗的时候曾经举过一个极端的例子：

尝观夏宏《联锦集》，有一绝句曰："悬灯照清夜，叶落堂下雨。客醉已无言，秋蚓自相语。"下注高启等四人。因讶之曰："妙一至此乎！"时季迪诗未刻行。既乃见其钞本，则四句固全篇，特以次三句

第四章　集唐词之二："集唐句"

捏写三人名姓耳。其妄诞乃尔，又恶足论哉？①

李东阳所斥责过的这种现象，在徐旭旦的集唐词中又重演了。《集唐诗余》中，有的作品本来只是一般的词作，根本就不是集唐词，可是词人却随意捏造几个姓名注在后面，将其伪装成集唐词。如《苹香·送詹楚望归兰陵》：

> 道路初经湘浦，烟花重下江州。清樽红烛见山楼。一夕匆匆分手。　　明日衡阳峰外，寻君已放归舟。洞庭帆影楚天浮。惆怅夕阳疏柳。（刘眘虚、于鹄、赵彦昭、张子容、刘沧、戴叔伦、崔子向、魏启）②

单看此词，情景交融，如出一手，可以说是一首水平很高的集唐词。可是经过考察，该词所用 8 个句子全部不见于唐诗。词人所注的 8 个作者中，前 7 位虽然是唐人，但并没有这些诗句；最后一位诗人"魏启"，甚至连姓名也不见于《全唐诗》，更别说诗句了。据此完全可以推断，此词根本就不是集唐词。真实情况应该是这样：先有人写了这样一首词，然后徐旭旦捏造了几个所谓的"作者"名单置于其后。这样，一首平常的小词就摇身一变成了集唐词了。从词句的格律看，此处《苹香》应即《西江月》，《西江月》别名之一为《白苹香》。虽然无法判断这首词是徐旭旦本人所作，还是他人的词作，但从集唐词的角度看，则是"伪作"无疑。又如《重叠金（回文）·夏闺（集名媛句）》也是如此：

> 绿波晴泛双凫浴。浴凫双泛晴波绿。长梦午风凉。凉风午梦长。换衣将帐掩。掩帐将衣换。烟柳动鸣蝉。蝉鸣动柳烟。　　见人羞着单衣短。短衣单着羞人见。香汗透肌凉。凉肌透汗香。　　绿窗

---

① （明）李东阳：《麓堂诗话》，丁福保《历代诗话续编》下册，中华书局 1983 年版，第 1391 页。

② （清）徐旭旦：《世经堂集唐诗词删》卷八，康熙五十三年世经堂刻本，第 13 页。

疏映竹，竹映疏窗绿。新恨又何因，因何又恨新。（薛涛、龙成贵主、葛亚儿、杨监真、鱼玄机、李弄玉、姚月华、戚逍遥）①

《重叠金》即《菩萨蛮》之别名。对照词调，此处实为二首。乍看此词，不由人不惊异其集句水平之高，简直太不可思议了！可是仔细考察各句，竟然没有一句能够找到出处。这首词跟上词一样，根本就不是集唐词，更别说"集名媛句"了。又如《金缕曲·和先宜人原韵》也是所谓的"集名媛句"：

肠断徐郎矣。镜台前、香销粉冷，一朝捐弃。尚有遗音还恋恋（余时兼摄惠阳海防，内子怀念，刻不去口），无限丁宁深意（临危，诫子妇曰："汝父处处做清官，历宦三十余载，赔累不赀，家业荡然。常饔飧不继，我脱簪珥佐之。汝等务须节俭，儿辈将次临民，确守清白，毋坠家声。"）。怎忍得、便教忘记。奉倩神伤潘岳痛，看青衫、泪涌春江水。举眉案，谁能比。　　如花娇艳花羞媚。制霞笺、新词皆美（有《永诀词》十首），销魂欲死。采药仙姝犹在筍（自写《采药仙子小影》），对我嫣然堪倚。眼底事、刺人心里。臂上还余鲜墨迹（自涅"愿与徐郎生生世世为夫妻"），问苍天、何困人如是。愿世世、卜佳会。（薛仙姬《回文》、鲍君徽、薛涛、卓英英、姚月华、张红、京兆女子、鱼玄机、武后、龙成贵主、李弄玉）②

此词既称"和先宜人原韵"，即和亡妻之作，当为徐旭旦自作。此词标注了11位作者，但所有词句均不可考，这些作者也是徐旭旦随意拈来的唐代女作家姓名。属于此类的还有一首《满江红·伤逝》：

回首茫茫，只有这、痴情难隔。卿不见、庭前玉树，遗婴啼血。冷暖漫劳慈母念，箜篌岂为孤儿设。想久要、难信薄情郎，

---

① （清）徐旭旦：《世经堂集唐诗词删》卷八，康熙五十三年世经堂刻本，第5页。
② 同上书，第22页。

第四章　集唐词之二："集唐句"

叮咛切。　　离别泪，卿休滴。生死恨，卿休结。算十年知我，杏花明月。别后行踪应自晓，眼前光景如何说。看丈夫、身上旧朝衣，卿亲缀。（罗邺、女郎崔公达、乔知之、孟浩然、元稹、卢纶、武元衡、韩偓、罗隐、张文琮、李义府）[1]

此词所伤，当也是词人亡妻，从最后一句可以看出。由于词中所有的句子查不到出处，同样可以认定为徐旭旦将一般词作伪装成的集唐词。

这样的作品总共只有4首，虽然出处不详，但后2首可以断定是词人自己的作品，皆为悼亡之作；前2首未见出处，也基本可以推断为词人自己的作品。徐旭旦在自己的词作后面随便安上几个作者姓名，就将其伪造成集唐词了。

就集唐词而言，直接抄袭朱彝尊的作品是作伪，在一般词作后面随意捏造几个作者姓名也是作伪。以上两类作品加起来24首，占《集唐诗余》总数的37%。无论是将自己词作伪造成集唐词，还是抄袭他人的集唐词，都是非常恶劣的行径。

二　真作考

在《集唐诗余》的65首作品中，除了以上考出的两类伪作24首，余下的41首不见于朱彝尊的《蕃锦集》，亦不见出自其他人笔下。在没有进一步发现之前，姑且将这些作品认定为真作。

创作集唐词，要求所有的句子都出自唐五代现成的语句。如果能做到这一点，或者基本做到这一点，就是所谓"真"。根据对词中句子的考察，可以将这些作品分为三种情形：

1. 所有的句子皆真实可信。一首集唐词所有的句子都能在唐五代找到出处，且与词人自注的作者吻合或大致吻合，即可认为是"真作"。如《小秦王·赠艳》：

---

[1] （清）徐旭旦：《世经堂集唐诗词删》卷八，康熙五十三年世经堂刻本，第21—22页。

彩翰摇风绛帐鲜。诗家眷属酒家仙。如松匪石盟常在，琴瑟和谐愿百年。（刘禹锡、白居易、鱼玄机、李郢）①

词中"彩翰"句出自刘禹锡《唐秀才赠端州紫石砚以诗答之》（"帐"字，刘诗原作"锦"），"诗家"句出自白居易《重酬周判官》，"如松"句出自鱼玄机《春情寄子安》（"常"字，鱼诗原作"长"），"琴瑟"句出自李郢《为妻作生日寄意》（"和谐"二字，李诗原作"谐和"）。该词使用的4个句子，全部出自所注的唐代4位诗人之手，虽有3处字词跟原文有差异，但没改变句子的意思，因此可以认定为真作。又如《凤栖梧·听美人弹琴》：

罗袖动香香不已。明月清风，缥缈巫山女。先拂商弦后角羽。须臾促轸变宫徵。　下手发声已如此。春思无穷，历历俱盈耳。一抚一弄怀知己。更嗟别调流纤指。（杨贵妃、彝陵女子、白居易、李颀、戎昱、温庭筠、张泌、失名、司马逸客、李白）②

词中"罗袖"句出自杨贵妃《阿那曲》，"明月"句出自夷陵（"彝陵"即夷陵）女郎《空馆夜歌》，"缥缈"句出自白居易《夜闻筝中弹潇湘送神曲感旧》，"先拂"句出自李颀《听董大弹胡笳声兼语弄寄房给事》，"须臾"句出自戎昱《听杜山人弹胡笳（一作琴）》，"下手"句出自白居易《小童薛阳陶吹觱栗歌》（原注作者误），"春思"句出自欧阳炯《凤楼春》（原注作者误），"历历"句出自无名氏《笙磬同音》，"一抚"句出自司马逸客《雅琴篇》，"更嗟"句出自李白《凤笙篇》。中间虽有两句的作者被误注，但所有的句子均可在唐代诗词中找到出处，所以仍然属于真作。

总之，只要作品中的句子都能在唐代诗词中找到出处，即使所注作者有错误，都可认为是真作。

---

① （清）徐旭旦：《世经堂集唐诗词删》卷八，康熙五十三年世经堂刻本，第1页。
② 同上书，第4页。

第四章　集唐词之二："集唐句"

2. 少数句子错误严重，或者被词人有意改动。一首集唐词中，虽然多数正确无误，但个别句子错误严重，甚至可能是故意改动所致。如《减字木兰花·相思曲》：

> 画堂深院。两处茫茫皆不见。记得去年。见倚朱栏咏柳绵。　　柳回青眼。鸂鶒交交塘水满。对景难排。又睹玄禽逼社来。（毛熙震、白居易、牛峤、韩偓、僧皎如、温庭筠、后主、关盼盼）①

词中"画堂"句出自毛熙震《后庭花》，"两处"句出自白居易《长恨歌》，"记得"句出自牛峤《酒泉子》，"见倚"句出自韩偓《寒食日重游李氏林亭有怀》，"鸂鶒"句出自温庭筠《张静婉采莲曲》，"对景"句出自李后主《浪淘沙》，"又睹"句出自关盼盼《燕子楼诗》，皆正确无误；可是"柳回青眼"一句却错误严重：一则唐代未见名"僧皎如"或"皎如"者；二则南宋《草堂诗余》载署名"僧皎如晦"的《高阳台·春思》中有"红入桃腮，青回柳眼"二句。综合以上两条可以断定，词中所谓"僧皎如"的"柳回青眼"，实即宋代"僧皎如晦"的"青回柳眼"句。之所以如此，可能因为词人误把"僧皎如晦"当作了唐代僧人，至于从"青回柳眼"到"柳回青眼"，到底由于词人误记还是有意改动，则难以断定。又如《甘州子·山枕上》：

> 娉娉袅袅胜天仙。人如玉，鬓如蝉。胸前如雪脸如莲。堪羡好姻缘。山枕上，文字孕祥烟。（白居易、李贺、温庭筠、欧阳炯、牛峤、顾敻、胡元范）②

词中"鬓如"句出自温庭筠《女冠子》，"胸前"句出自欧阳炯《南乡子》，"堪羡"句出自牛峤《忆江南》，"山枕"句出自顾敻《荷叶杯》，"文字"句出自胡元范《奉和太子纳妃太平公主出降》，另外的两句则被改

---

① （清）徐旭旦：《世经堂集唐诗词删》卷八，康熙五十三年世经堂刻本，第16页。
② 同上书，第1—2页。

· 111 ·

动了:"娉婷"句出自白居易《邻女》("袅娜"二字,白诗原作"十五")。诗人之所以将"十五"改成了"娉婷",原因可能在于其所写的对象年龄与"十五"悬殊。"人如"句出自温庭筠《定西番》,而非所注作者"李贺"。词人一连使用了温庭筠的两个词句,他不想让人看到这一点,就将前句的作者注为"李贺"。明代以后,诗人在创作集句诗时已将一首诗使用同一诗人的两句诗看作弊病。徐旭旦改动作者的动机,亦当作如是观。

以上两词,尽管少量句子错误严重,甚至被词人有意改动,但多数句子真实可考,亦当看作真作。

3. 多数句子存在错误。有的作品错误太多,未必是词人本身的错误,也可能是抄写者或刻工的错误。如《古调笑·暮雨》:

> 秋雨秋雨,船泛湘流欲暮。日晚却理残妆,南浦莺声断肠。肠断肠断,斜掩金铺一扇。(阎选、孙光宪、温庭筠、王建、薛昭)[1]

对照词中的句子和注释,正确的地方仅有一句,即"秋雨"句出自阎选《河传》;而错误的地方较多:"日晚"句出自李白《清平乐》(原注作者误),"南浦"句出自温庭筠《更漏子》(原注作者误),"斜掩"句出自薛昭蕴《谒金门》(原注作者有脱字),"船泛"句则无考。据笔者推断,错误主要有两个方面:其一是原注遗漏了一个作者姓名。全词明明为6句,却只注出了5个作者,显然遗漏了一个。这个作者就是"日晚"句的作者"李白"。如果在"温庭筠"前加上"李白",不仅可以补全6位作者的姓名,而且后面3句与作者姓名也可以对上了。此外,"薛昭蕴"后脱一"蕴"字,误成了"薛昭"。这样的错误都属于简单的技术错误,可能是词人的疏漏,也可能抄写者或刻工的错误。其二是"船泛"句出处无考。孙光宪现存作品中没有相近的句子,因此很可能为徐旭旦所杜撰。总的说来,这首词中的错误虽然严重,但错误主要在于遗漏了几个字。把这几个

---

[1] (清)徐旭旦:《世经堂集唐诗词删》卷八,康熙五十三年世经堂刻本,第3页。

字补出来，多数错误都能得到改正。所以，此词仍可看作真作。需要特别指出的是，这样的情况很少，只有这一首。

以上这几种情况，无论有错误的句子所占的比例如何，多数句子仍是可信的。从总体看，这些作品都可以看作真诗。

三　真作的价值

从前面分析可以看出，徐旭旦的《集唐诗余》中真假并存，有真作，有伪作，亦有真中有伪，可谓多种多样。不过，如果除去24首伪作，从41首真作来看，仍然存在着一定的价值。

1. 艳情题材继续得到发展。徐旭旦的《集唐诗余》中，表现艳情的作品较多，有《小秦王·赠艳》2首、《甘州子·山枕上》4首、《荷叶杯·艳情》2首、《古调笑·暮雨》《菩萨蛮·偶见》《诉衷情·本意》《凤栖梧·听美人弹琴》《武陵春·赠湘眉》《谒金门·无题》《东坡引·闺情》《卜算子·秋闺》《阮郎归·春思》《减字木兰花·相思曲》《鹤冲天·忆旧》《虞美人·春愁》《玉蝴蝶·含情》《南柯子·艳情》《玉楼春（名媛句）·彩书怨》《虞美人·池上美人》等24首，占其真作的一半以上。这类作品中，有些直接以"艳情"为题，《荷叶杯·艳情》2首即是突出的例子，如其一：

　　半夜闲情深倩。相唤。娇妳索郎饶。背灯初解绣裙腰。娇么娇。娇么娇。（孙光宪、温庭筠、魏承班、韩偓、顾夐、顾况）①

该词所写，乃是一女子夜半时分向丈夫或情郎撒娇的情景，显得憨态十足。又如《南柯子·艳情》：

　　锦帐徒自设，鸳衾谁并头。照花淹竹小溪流。寂寞梧桐深院锁清秋。　　珠弹繁华子，平居翡翠楼。佳期幽会两悠悠。妾拟将身

---

① （清）徐旭旦：《世经堂集唐诗词删》卷八，康熙五十三年世经堂刻本，第2—3页。

嫁与一生休。（韦应物、牛峤、张泌、后主、孟浩然、李商隐、顾敻、韦庄）①

该词所写，乃一女子对情郎的思念以及结成夫妻的渴望。有的作品以"赠艳"为题，即《小秦王·赠艳》2首，如其二：

自矜夫婿胜王昌。莺里花前选孟光。已助宜家成诫勖，汉官题柱忆仙郎。（乔知之、段成式、骆宾王、李颀）②

词中女子不仅深深思念其丈夫，而且忆及婚前的故事。至于以"闺情""春闺""夏闺""秋闺""春思""含情""相思"为题的作品，亦有一些。如《东坡引·闺情》：

阳台隔楚水，忱人中夜起。姮娥捣药无时已。当时心已悔。当时心已悔。　暗地思惟，等闲无语。井边梧叶鸣秋雨。何时斗帐浓香里。半羞还半喜。半羞还半喜。（李白、元稹、李商隐、李建勋、李建勋、顾敻、孙光宪、鱼玄机、韩偓、韦庄、韦庄）③

此词亦是妻子对丈夫的深情思念，她同时还在想象着他日夫妻欢会的情景。不过，有的作品中表现的艳情成分并不多，如《菩萨蛮·偶见》：

粉胸绣臆谁家女。冰蚕薄絮鸳鸯绮。珠箔卷轻寒。银钩倭堕鬟。腕摇金钏响。试出褰罗幌。乘月夜相过。其如阻碍何。（亡名氏、王之涣、薛奇童、李端、徐贤[妃]、郑愔、张说、韩偓）④

---

① （清）徐旭旦：《世经堂集唐诗词删》卷八，康熙五十三年世经堂刻本，第18页。
② 同上书，第2页。
③ 同上书，第14页。
④ 同上书，第3页。

第四章 集唐词之二:"集唐句"

一个偶然遇见的女子,以前并没有交往,可是词人却大力赞美她的美丽,并为欲相访而不得感到无奈。

不论是表现相会的欢乐、别后的思念,还是初见的惊艳,总而言之都是有关艳情的题材。艳情题材的作品数量多,可以看作徐旭旦《集唐诗余》的重要特点。

2. 对时序的敏感是其鲜明特色。徐旭旦的集唐词表现出对时序的高度敏感,其中充满着春夏秋冬等带有四季特征的作品。其中最典型的是《十六字令(四调)》一组,包括《春》《夏》《秋》《冬》4首,依次为:

> 香,旖旎花开次第新。红日永,同入发生辰。(魏承班、张仲素、和凝、曹松)
>
> 卷,罗幕露叶散林光。虚阁上,无风坐亦凉。(薛昭蕴、元稹、温庭筠、孟浩然)
>
> 深,院静蝉声过雨稀。燕鸿苦,思妇问寒衣。(魏承班、耿湋、李白、元稹)
>
> 垂,绣箔温炉向地施。连素穗,尝稻雪翻匙。(温庭筠、白居易、耿湋、杜甫)[①]

这组词以初日赏花、夏日乘凉、秋日愁思和冬日赏雪作为主要内容,紧紧扣住了一年四季的节序特征和文人活动。

在四个季节中,词人对春天最为敏感,写的作品也最多,有《谒金门·游春》《唐多令·春愁》《水调歌头·暮春山居》《春光好·惜春》《蝶恋花·晚春怀友》《卜算子·春晓》《武陵春·桃园日暖》《天仙子·送春》《虞美人·春愁》《少年游·春游》《满庭芳·暮春云门山访志公禅师》。这些作品在感情上主要指向春游的欢乐,如《谒金门·游春》:

[①] (清)徐旭旦:《世经堂集唐诗词删》卷八,康熙五十三年世经堂刻本,第14—15页。

· 115 ·

春风急。燕拂画帘金额。闲上篮舆乘兴出。兴来只自得。　　弱柳好花尽拆。隐映艳红修碧。幽榭名园临紫陌。果然惬所适。（薛昭蕴、韦庄、白居易、张九龄、顾敻、毛熙震、郑谷、王维）①

词人春游的欢乐在这首词中得到了充分的体现。而《武陵春·桃园日暖》更把盎然的春色渲染得热情欢快：

春风也是多情思，花溪绮树妆。间梅遮柳不胜芳。重叠色何香。
每个树边行一匝，空雾拂衣裳。翠钗先取一枝光。留咏日偏长。（韩愈、唐太宗、罗隐、司空曙、朱庆余、吕敞、韩偓、元稹）②

此词上片渲染了桃园春花烂漫的绮丽风光，下片则表现了词人乐在其中并赋诗歌颂的事迹。属于此类的还有《河传·芳春》《少年游·春游》等。

如果说创作艳情题材还可以看作是对此前作品的继承，表现季节的时序特征则具有更多的创新意义。

3. 有些作品专门使用女性作家的语句。在取句范围上，徐旭旦的集唐词还有一个开创——所谓"集名媛句"。前文提到的《重叠金（回文）·夏闺（集名媛句）》和《金缕曲·和先宜人原韵》两词都出于伪托，不是真正的"集名媛句"，但这并不意味着他就没有真正的"集名媛句"。如《浣溪沙·对月（集名媛句）》：

月上孤村一树松。闲朝向晚出帘栊。清光似照水晶宫。　　漫把诗情访奇景，休将别调问东风。寂寥满地落花红。（薛仙姬、鲍君徽、薛涛、卓英[英]、鲍月华、京兆女子）③

词中"月上"句出自薛涛《四时》（原注作者"薛仙姬"可能是为了

---

① （清）徐旭旦：《世经堂集唐诗词删》卷八，康熙五十三年世经堂刻本，第5—6页。
② 同上书，第12页。
③ 同上书，第4页。

第四章 集唐词之二:"集唐句"

避免与后面重复,以欺骗读者),"闲朝"句出自鲍君徽《东亭茶燕》,"清光"句出自薛涛《珠离掌》,"漫把"句出自卓英英《锦城春望》,"寂寥"句出自京兆女子《题兴元明珠亭》,只有"休将"句及其作者"鲍月华"皆无所考,可能是词人的杜撰。又如《玉楼春·彩书怨(名媛句)》:

无限烟花不留意。日晚莺啼何所为。玉钩风急响丁东,最是恼人情绪处。　　忽喜叩门传语至。夜得边书字盈纸。看朱成碧思纷纷,烟柳胧瞳鹊飞去。(襄阳妓、薛涛、刘氏妇、李节度姬、鱼玄机、长孙佐辅妻、武后、姚月华)①

词中"无限"句出自襄阳妓《送武补阙》,"日晚"句出自薛涛《棠梨花和李太尉》,"玉钩"句出自刘氏妇《题明月堂》,"最是"句出自李节度姬《会张生述怀》,"忽喜"句出自鱼玄机《左名场自泽州至京使人传语》,"夜得"句出自长孙佐辅妻《答外》,"看朱"句出自武后《如意娘》,"烟柳"句出自姚月华《有期不至》,的确是一首"集名媛句"。此外还有《玉蝴蝶·含情》:

闺中独坐含情。春鸟复哀鸣。岁月令人惊。桃花脸上生。　　男儿不重旧,前事尽虚盈。从此遂韬声。书传写岂能。[鱼玄机、薛涛、田娥、徐贤妃、魏氏求己妹、李冶、上官婉儿、林氏(薛元暧妻)]②

词中"闺中"句出自鱼玄机《寓言》,"春鸟"句出自薛涛《春望词》,"岁月"句出自田娥《寄远》,"桃花"句出自徐贤妃《赋得北方有佳人》,"男儿"句出自魏氏求己之妹《赠外》,"前事"句出自李冶《道意寄崔侍郎》,"从此"句出自上官婉儿《游长宁公主流杯池》,"书传"句出自林氏《送男左贬诗(一作送男彦辅左贬)》。该词虽然没有标出"集名媛句"字样,但的确是集唐代女诗人诗句写成的。

---

① (清)徐旭旦:《世经堂集唐诗词删》卷八,康熙五十三年世经堂刻本,第18—19页。
② 同上书,第18页。

据笔者考察，在徐旭旦以前的集唐词中，还从来没有出现过专门选用女作家语句的作品。从这个意义上说，徐旭旦的《集唐诗余》也是具有创新意义的。

此外，集中还有一首专门集自白居易诗歌的词，即《重叠金·蚤起》：

凉风冷露秋萧索。夜长只合愁人觉。不寝到鸡鸣。通宵不灭灯。晨光上东屋。半卷寒帘幕。霜叶满阶红。蕙香销故丛。（《秋晚》《酬思黯相公感秋见赠》《夜坐》《寒闺夜》《晨兴》《早寒》《秋雨夜眠》《寄远》）[①]

总之，徐旭旦的《集唐诗余》虽然杂有超过三分之一的伪作，但就其中的真作而言，不仅继承了艳情题材，而且表现出对时序的敏感，至于其专用女作家语句的"集名媛句"，都体现出一定的创新意义。不过，对这些作品都不宜评价太高。考虑到徐旭旦的卑劣品格，这些作品也可能是抄袭自他人，只是我们目前还没发现原作罢了。

第二节　本意吟过更体物
——柴杰的《百一草堂集唐诗余》

柴才的《百一草堂集唐诗余》三卷共收"集唐句"129首。跟此前的同类作品相比，这些作品或者侧重对词调本意的追寻，或者强调对物态的描摹，从而显示出自己的鲜明特征。

一　对"本意"的追述

当柴才选用一个词调的时候，即努力吟咏其词牌的本来含义。如《渔父词·本意》：

[①] （清）徐旭旦：《世经堂集唐诗词删》卷八，康熙五十三年世经堂刻本，第15页。

第四章 集唐词之二:"集唐句"

自剪青莎织雨衣(许浑)。小男供饵妇搓丝(李郢)。苹华软(和凝),落花飞(李白)。醉醒多在钓鱼矶(方干)。①

此词使用"渔父词"词调,所咏即渔父蓑衣粗食却乐在其中的隐居生活。这就是《渔父词》这个词调的"本意"。王弈清《历代词话》卷二"唐词多述本意"条引沈际飞之言云:

唐词多述本意,有调无题。如《临江仙》赋水媛江妃也,《天仙子》赋天台仙子也,《河渎神》赋祠庙也,《小重山》赋宫词也,《思越人》赋西子也。有谓此亦词之末端者,唐人因调而制词,故命名多属本意。后人填词以从调,故赋咏可离原唱也。②

沈际飞的说法,揭示了词体发展的一个重要特点。从这个意义上说,后人赋咏"本意",代表的是"复古"。在《百一草堂集唐诗余》中,标明"本意"的作品共有15首,超过其总数的十分之一。从这些词牌的名称亦即是其题材内容看,大体可以分为两类:

1. 多数作品表现爱情,包括《南歌子·本意》《潇湘神·本意》《长相思·本意》《惜分飞·本意》《巫山一段云·本意》《惜分钗·本意》《南歌子·本意》2首、《女冠子·本意》《惜分飞·本意》《酷相思·本意》等11首。在这里,《女冠子·本意》所写是女道士的艳丽飘逸:

风生云起(宋之问)。碧玉搔头斜坠(冯延巳)。坠花翘(韦庄)。羽袖挥丹凤(牟渠平),鸣銮降紫霄(李峤)。　云回逢过雨(马戴),风滥欲吹桃(王贞白)。隔水看来路(杜牧),暗魂销(孙

---

① 张宏生:《全清词顺康卷补编》第4册,南京大学出版社2008年版,第2328页。
② (清)王弈清:《历代词话》,唐圭璋《词话丛编》第2册,中华书局2005年版,第1116页。

光宪）。①

仿佛从天而降的女道士一出场便先声夺人，无论装束还是相貌，都那样令人惊艳。后一首《惜分钗·本意》则重点渲染了男女分别时的难舍难分：

泪脸露桃红色重（李珣）。曾宴桃源深洞（后唐庄宗）。银甲弹筝用（杜甫）。银筝坐久殷勤弄（王涣）。　才喜相逢又相送（韦庄）。残月落花烟重（后唐庄宗）。岚气朝生栋（李德裕）。世人犹作牵情梦（温庭筠）。②

面对着即将到来的分别，女主人想到昔日的恩爱，禁不住珠泪盈颊，于是不停地弹奏银筝，借此诉说自己的伤心。落花缤纷的时节，一对有情人刚刚相逢却又要无奈分别，这是何等的难堪！而《长相思·本意》表现的则是女子的相思之苦：

花参差（苏颋）。星参差（刘方平）。绿惨双蛾不自持（步非烟）。春风能几时（储嗣宗）。　遥相思（王勃）。暗相思（白居易）。只有妆楼明镜知（陈羽）。相思每泪垂（杜甫）。③

在一个春夜里，思夫心切的少妇想到青春易逝，几乎不能自持，于是流下了伤心的泪水。

无论是女性的美貌，情人的离别，还是离别后的相思，都属于爱情的题材。而这些内容，可能并非词人有什么具体的情事，他只是为了演说词调本身的含义而已。

2. 少数作品表现爱情以外的生活，包括《渔父词·本意》《忆江南·本意》

---

① 张宏生：《全清词顺康卷补编》第4册，南京大学出版社2008年版，第2343页。
② 同上书，第2344页。
③ 同上书，第2328页。

第四章 集唐词之二:"集唐句"

《鹤冲天·本意》《缓缓归曲·本意》。跟上引《渔父词·本意》表现渔父的生活一样,《忆江南·本意》表现的就是对江南生活的回忆:

长思忆(韩偓),匝路转香车(郭利正)。步障三千无间断(卢纶),台城六代竞豪华(刘禹锡)。昔树发今花(唐太宗)。①

男主人公记忆中的江南,正值春暖花开时节,美女如云,游人如织,南京城里更是锦绣繁花,富甲一方。《缓缓归曲·本意》所写乃是一次暮春游赏的经历:

三春暮(郎大家),步步惜风花(刘贤友)。幽榭名园临紫陌(郑谷),小桥流水接平沙(刘兼)。芳草引还家(皇甫冉)。②

无论是大路旁边的"幽榭名园",还是与沙岸相连的"小桥流水",都令主人公流连忘返。这正是"缓缓归意"之意。而《鹤冲天·本意》所写对象则是一只鹤:

鹤一只(吴融),倚松根(欧阳炯)。清切仁飞翻(孙逖),水烟沙雨欲黄昏(白居易)。翻飞爱似云(陈子昂)。 旷逍遥(吴融),碧烟上(沈佺期)。春水无风无浪(王建)。忆山长羡鹤归松(罗隐),嘹唳小亭风(张籍)。③

此词紧扣住野鹤的形象,既写其远离尘缘的生活环境,也写出其无拘无束、悠然自得的生活状态。

这些作品虽然不多,内容亦互不相关,但演绎的都是不同词调的"本意"。

---

① 张宏生:《全清词顺康卷补编》第 4 册,南京大学出版社 2008 年版,第 2328 页。
② 同上书,第 2344 页。
③ 同上书,第 2329 页。

总之，不论是爱情题材，还是其他题材，所有以"本意"为题的作品都是演绎词调的"本意"。由于有些词调或者来源不明，或者早期作品已经失传，再加上词人理解上的主观色彩，其所表现出来的"本意"是否正确，也就难说了。

二 描摹花鸟的外在形态

在《百一草堂集唐诗余》中，题咏花木的作品有 14 首之多。这些作品不仅融入了词人的真情实感，而且揭示了几种花木禽鸟所凝聚的文化内涵。

关于桃的有 3 首词，全都洋溢着喜悦之情。如《西江月·看桃》：

闲步浅清平绿（贯休），经过北里南邻（王维）。红霞一抹广陵春（杜牧）。烟里歌声隐隐（鱼玄机）。　　心事数茎白发（顾况），东郊十里香尘（皎然）。桃花深处更无人（羊士谔）。鸟向平芜远近（刘长卿）。①

此词所写主要是桃花开放的艳丽景象，同时伴随着赏花人的喜悦心情。《红窗听·雨后包家山看桃》侧重游人花下宴饮的场面描写，其下片云："山似换来天似洗（裴夷直），眼前有（李白）、莺和蝶到（张南史），环山绕野（白居易）。绿樽翠杓（夷陵女子），草软绵难舍（李中）。"② 而《十六字令·雨后看桃》的内容也大体相近："花（张南史）。最爱红桃竹外斜（薛能）。春雨过（韦庄），映日欲欺霞（沈亚之）。"③ 虽然几首词侧重点不同，但在渲染桃花的艳丽和叙述游人的欢乐两方面都是一致的。桃花与欢乐的结合，最早出现在《诗经·桃夭》里，桃花的盛开与婚礼的喜庆互相映衬。柴才的这 3 首词虽然和婚礼无关，但却继承了《桃夭》以桃花兴发喜悦之情的传统。

---

① 张宏生：《全清词顺康卷补编》第 4 册，南京大学出版社 2008 年版，第 2334 页。
② 同上书，第 2339 页。
③ 同上书，第 2341 页。

第四章　集唐词之二："集唐句"

关于柳的有 3 首词，表达的感情在总体上却偏于悲凉。如《玉楼春·柳花》：

> 春莺啭罢长萧索（元稹）。银线千条度虚阁（韩偓）。繁条偏是着花迟（赵彦昭），云母空窗晓烟薄（温庭筠）。　起来闻到风吹却（司空图）。每个树边行一匝（朱庆余）。悠悠漠漠自东西（姚合），翠羽轻裾承不着（张乔）。①

这首词专门咏柳絮，表达的感情既非喜悦，也非悲伤，而是繁华过后的萧索，还有难以追寻的惆怅。又如《南乡子·柳》：

> 相见也依依（岑参）。枝斗纤腰叶斗眉（韩琮）。肠断锦帆风日好（刘言史），寻溪（严维）。依旧烟笼十里堤（韦庄）。　倒影入涟漪（王维）。绿净春深好染衣（杜牧）。却忆短亭回首处（李商隐），东西（鲍溶）。惟解漫天作雪飞（韩愈）。②

此词在表现柳枝的美丽和柔情的同时，却伴随着一段哀婉的往事回忆。在《减字木兰花·柳》中，词人更强调了对离别之情的渲染，其上片云："柔魂不定（罗隐）。晴日万条烟一阵（孙鲂）。风雨凄凄（杜牧）。欲语离情翠黛低（白居易）。"③

六朝以后，柳因外在形象的婀娜多姿和谐音"留"不仅与分别建立了联系，也就与离愁别绪建立了联系。柴才的 3 首咏柳词，其中也含有因离别而带来的悲凉和感伤。

关于落花的亦有 3 首词，相对于咏柳之作，感情更偏于凄苦。如《荷叶杯·落花》：

---

① 张宏生：《全清词顺康卷补编》第 4 册，南京大学出版社 2008 年版，第 2333 页。
② 同上书，第 2331 页。
③ 同上书，第 2347 页。

何处越娃吴艳（孙光宪）。花片（张南史）。风剪百花残（李商隐）。一片飞来一片寒（清江）。不堪看（李后主）。不堪看（重用）。①

词人不仅描摹了春花飘零时的景象，而且在最后重用两句"不堪看"来表达自己内心的浓重感伤。在《河传·惜花》中，这种伤感化作了泪水，作者甚至需要借酒消愁了。其下片云："清香旋入花根土（李咸用）。泪如雨（沈亚之）。长忆衔杯处（李中）。残春更醉两三场（白居易）。连忙（毛滂）。乘流泛羽觞（宗楚客）。"其中毛滂生活于两宋之际，词人将其语句写入集唐词中，当属于失误。又如《江城梅花引·落花》：

隔烟花柳远濛濛（朱庆余）。笑春风（李白）。醉春风（毛文锡）。一晌贪欢（李后主），惆怅锦机空（施肩吾）。燕子不归花着雨（裴说），春雨过（韦庄），一双飞（毛文锡），惹残红（同上）。　愁红（顾敻）。愁红（重用）。小楼中（欧阳炯）。隔帘栊（薛昭蕴）。透帘栊（张泌）。落早（张籍），落早（重用），留不住（李萼），此去何从（宋之问）。闲倚北窗长叹（韦庄），思无穷（薛昭蕴）。他日未开今日谢（李商隐），剩下了（毛滂），草茫茫（白居易），碧丛丛（李贺）。②

在这首词中，落花的飘零，惜花人的悲苦，都被勾画得更加细腻逼真。落花容易唤起人们心中对时光的感伤，古今都是相同的。柴才笔下的这几首"落花词"，表现的也都是凄凉的感情。

欢乐也好，悲凉也好，凄苦也好，这些感情的兴发虽然都来自花木，但又与花木的外在形象和文化特征有关。其余几首咏花木的词中，《醉花阴·梅》赞美梅花的高洁，《南歌子·竹》称道竹子的清韵，《摘得新·牡丹》表现牡丹的艳丽，《蝴蝶儿·夹竹桃》侧重夹竹桃的奇异，《促拍丑奴儿·菊》突出隐逸的个性，表现的都是几种花木的文化特征。

---

① 张宏生：《全清词顺康卷补编》第 4 册，南京大学出版社 2008 年版，第 2333 页。
② 同上书，第 2347 页。

第四章　集唐词之二："集唐句"

相对于花木，关于禽鸟的集唐词仅有《江南春·莺声》《河传·燕》《一箩金·孤雉》等3首。正如那些花木之作，这些作品侧重的也是对象本身特点的揭示。如《一箩金·孤雉》：

> 锦羽相呼暮沙曲（李群玉）。如诉如言（罗隐），树有羁雌宿（韦应物）。衔得蜻蜓飞过屋（王建）。孤飞还惧鹰鹯搏（刘长卿）。　暮入寒林啸群族（刘长卿）。矫矫无双（卢照邻），栖息期鸾鹭（柳宗元）。但见山青兼水绿（李咸用）。残阳照树明如旭（薛能）。①

此词紧紧扣住"孤雉"的各个方面，其中几乎没有人的感情参与其中，几乎可以说是一首动物词。《河传·燕》的情况与此类似：

> 花片（张南史）。风飐（孙光宪）。画堂深院（毛熙震）。燕燕于巢（顾况）。主人常爱语交交（薛书记）。终朝（温庭筠）。烟晴对语劳（罗隐）。　江云未散东风暖（李建勋）。珠帘卷（孙光宪）。牵花寻紫涧（王勃）。对斜晖（毛熙震）。一双飞（毛文锡）。依依（温庭筠）。主人贫亦归（武瓘）。②

此词的写法与上词一致，全文紧扣双燕，并没有由此生发出多少联想和议论。《江南春·莺声》也是这样的作品：

> 听春鸟（顾况），吹玉笙（毕耀）。绵蛮还作态（崔湜），睍睆自多情（卢纶）。年年来叫桃花月（胡曾），惊破红楼梦里心（蔡京）。③

柴才所咏的对象虽然有孤雉、双燕和莺声的区别，但所用手法是相同的，都是重在外部形态的模拟，即强调体物之工巧。

---

① 张宏生：《全清词顺康卷补编》第4册，南京大学出版社2008年版，第2350页。
② 同上书，第2339页。
③ 同上书，第2336页。

总之，写花木也好，写禽鸟也好，词人重视的都是其外在的形象和模拟的手法。突出所写对象的特征，而忽略至少不强调自己的感情，是这些作品的共同之处。这与上节分析的吟咏"本意"在本质上是一致的。

三 自我形象的写照

如果说词人吟咏"本意"是对词调本来含义的追寻，表现花木禽鸟则偏重外在形象的刻画，他有些作品则偏重对自我形象的表现。

1. 对自己游赏的记载。在柴才的《百一草堂集唐诗余》中，有些作品是对自己游赏经历的记载，如《碧窗梦·复游放鹤亭》：

> 绕砌梅堪折（袁晖），临池鹤对闲（李咸用）。春初携酒此花间（李群玉）。正是去年今日（韦庄），月如弦（李叔卿）。[①]

此词所记，不仅是重游放鹤亭所见的景色，而且包含了对上次游赏的深情回忆。又如《上西楼·游石梁》：

> 前溪漠漠花生（周贺），半山晴（皎然）。晨往东皋（王维）、踏石笋鞋轻（张籍）。　傍岩缝（欧阳炯），盘石罅（吴融），入深林（柳宗元）。习习凉风（萧颖士）、青壁递猿声（徐凝）。[②]

无论是到石梁游览的具体过程，还是游览时感受到的沁人心脾，都在词中得到了反映。诸如此类的作品还有《忆王孙·湖心亭》《江南春·同及门顾若衡、胡绎亭、二儿杰踏青》《春宵曲·登吴山遇雨》《月宫春·秋夜游虎丘》《十六字令·游春》《浣溪沙·春游》《荷叶杯·邗江秋夜对月有怀》《中兴乐·别扬州》《蝶恋花·宿瓜州》等。这些作品表明，词人不仅曾在家乡附近的西湖等地游赏，而且足迹到达苏州、扬州一带。

2. 对自己交游的反映。柴才的社会地位较低，交游不广，但在他的词

[①] 张宏生：《全清词顺康卷补编》第4册，南京大学出版社2008年版，第2330页。
[②] 同上书，第2335页。

第四章 集唐词之二:"集唐句"

作中,仍然得到一定的反映。如《临江仙·同张北岩先生春游皋亭》:

> 酌酒会临泉水(王维),赏花要及清明(喻凫)。看花携酒几人行(羊士谔)。日长知节近(孟浩然),风暖觉衣轻(温庭筠)。　小艇垂纶初罢(李珣),犹闻薄暮钟声(皇甫冉)。任他朝市自营营(白居易)。烟霞朝晚聚(卢照邻),鱼鸟去来迎(李峤)。①

"张北岩"不知何人。此词写词人与"张北岩"一起春游的情景,二人不仅赏花、泛舟,而且共同吟赏烟霞,彼此关系非常亲近。又如《踏莎行·寄怀周太史琡大、王进士景邸》:

> 柳拂浮桥(韩偓),莺啼残月(韦庄)。今朝独自山前立(元稹)。金兰投分一何坚(徐铉),碧云飘断音书绝(红绡妓)。　春思无穷(欧阳炯),春愁无力(唐玄宗)。风光冉冉东西陌(李商隐)。友声遥听柳莺儿(李远),此时闻者头应白(羊士谔)。②

与上词表现朋友的游乐不同,此词表现的则是对朋友的深深思念。面对着美好的春光,词人却陷入了对朋友的思念中,以至于悲从中来。它如《踏莎行·郭外看桃,简陆敏叔不赴,作此寄意》《菩萨蛮·寄怀会稽陈征君无波》《画堂春·春日湖上怀陈征君无波、黄明府伦表》《醉落魄·寄怀广陵古慎五》《杏园芳·秋夜怀张广文稚登、程文学于大》《江月晃重山·怀林文学起瞻》《转应曲·怀陈征君无波》《前调·怀应明府昌期》《诉衷情·送外兄钱秀才以成之闽南》《浣溪沙·怀黄明府莱堂》《燕归梁·春日简卢生泛湖》《秦楼月·春日送内兄何县尉赤岷之滇》《转应曲·怀王进士景邸客京口》《蝶恋花·怀叶明经鹤涂、应明府穆堂》《江城梅花引·怀山阴陈征君无波》《蝶恋花·怀金陵张秀才漱石,兼寄同里金观察江声、黄明府莱堂》《忆江南·怀陆高士敏叔》等,都反映出柴才与其各类交游之

---

① 张宏生:《全清词顺康卷补编》第 4 册,南京大学出版社 2008 年版,第 2330 页。
② 同上书,第 2331 页。

间的深情厚谊。此外,《千秋岁·祝程秀才于大七秩》《鹧鸪天·挽包文学即山》两首,一为祝寿,一为悼亡,都是与交游之间深厚感情的反映。

3. 对自己艺术才能的展示。在自己的作词中,柴才有意无意之间也对其艺术才能有所显露,主要包括文学和音乐才能。先看文学才能。柴才有的作品可能是在宴席上写成的,如《点绛唇·赋得"残梦关心懒下楼"》:

为问新愁(冯延巳),耳闻眼见为君说(元稹)。四月十七(韦庄),梦去湖山阔(岑参)。　觉坐而思(韩愈),绣阁香灯灭(韦庄)。烟波隔(孙光宪)。恨郎抛掷(牛希济),不着鸦头袜(李白)。①

"赋得"本来跟分题或分韵联系密切,后来又成为试帖诗的命题方式。现在无法确定该词是宴席上分题所作还是参照试帖诗的要求模拟而成,但如果属于前者,则跟文人宴集有很大的关系。另一首《生查子·赋得"三月正当三十日"》也是如此。柴才还有一首次韵词,即《满江红·酬兰江张文学企曾见赠原韵》:

终日谁来(李后主),闲徙倚(吴融)、有竿斯竹(萧颖士)。著窗外(刘得仁)、骇绿纷红(韩偓),异香芳馥(和凝)。草木尽能酬雨露(王维),风骚未肯忘雕琢(齐己)。荷先生(裴休)、光顾野人门(薛能),情何笃(朱庆余)。　感君惠(白居易),篆书朴(吴融)。饮君酒(元稹),葡萄熟(周贺)。爱君才若此(高适),东西南北(贯休)。野戍岸边留画舸(刘禹锡),茅山顶上携诗簏(皮日休)。莫蹉跎(皇甫冉)、辜负好时光(秦系),歌相续(武瓘)。②

次韵写词虽然在柴才之前的集句词中早就出现,但由于非常艰难,所

---

① 张宏生:《全清词顺康卷补编》第4册,南京大学出版社2008年版,第2344页。
② 同上书,第2339页。

第四章 集唐词之二:"集唐句"

以作品一直很少。从这个意义上说,柴杰次韵和答他人的《满江红》,也是对其才能的一种炫耀。

再看音乐才能。柴才的音乐造诣较高,他自己能够抚琴。其《阮郎归·秋夜花下弄琴,寄内》就是明证:

> 庭花露湿渐更阑(杨监贞。案《全唐诗》作杨监真)。朦胧吐玉盘(李群玉)。满楼明月碎琅玕(崔道融)。有花谁共看(朱庆余)。　人寂寞(卢仝),倚栏杆(李中)。相思写亦难(李后主)。七条弦上五音寒(崔珏)。清商劳一弹(王昌龄)。①

凭借自己的音乐造诣,柴才在欣赏别人演奏琵琶时也能将其感受描摹得深入骨髓。其《月宫春·听琵琶》云:

> 美人为我弹五弦(韦应物)。凝情自悄然(杜牧)。江云断续草连绵(李绅)。浔阳何处边(孟浩然)。　杳杳依依清且切(常建),晚风萧飒学幽泉(李中)。弹到昭君怨处(牛峤),当空泪脸悬(杜甫)。②

词人发挥联想的长处,把抽象的琵琶声写得形象悠然,仿佛要把读者带入一个遥远的艺术世界之中。

文学才能也好,音乐才能也好,都是柴才艺术才能的体现。

4. 对自己内心世界的流露。在一些作品中,柴才还对自己的形象直接加以刻画。其中最典型的是《十六字令·丙寅六十初度》:

> 吾(卢仝),不得君王丈二殳(杜牧)。三个字(李白),为著者之乎(卢延逊。案《全唐诗》作卢延让)。
>
> 吾(卢仝),乐事难逢岁易徂(白居易)。丙寅岁(陆龟蒙),冉

---

① 张宏生:《全清词顺康卷补编》第4册,南京大学出版社2008年版,第2338—2339页。
② 同上书,第2349页。

冉近桑榆（李绅）。

吾（卢仝），欲老始知吾负吾（张泌）。归太素（李咸用），时论太诬吾（元稹）。①

由于《十六字令》词体太短，宜于表现比较简单的内容。年届六十的词人，对自己的一生进行了认真的审视。这组词每首表现一个方面的内容：其一感叹报国无门，不得已退而成文人；其二感慨人生苦短，乐事无多；其三感伤一生虚度，未能建立令名。结合起来考察，可以看作词人对自己一生的总结。

柴才还有一首题写自己画像的作品，从中也可以看出他对自己的认识。其《十六字令·自题清江垂钓小照》云：

吾（卢仝），帆楫衣裳尽钓徒（陆龟蒙）。敲酒盏（薛逢），舟系岸边芦（贾岛）。②

柴才屡困科场，终生布衣，一直靠设帐授徒为生，算不得真正的隐士。可是在这首词中，他却把自己描绘成与张志和一类的"烟波钓徒"了。

相对于他人的作品，柴才的《百一草堂集唐诗余》最重视形象的描绘，无论是对词调"本意"的揣摩，对咏物对象的刻画，还是对自己形象的表现，都显得细腻生动，感情动人。

第三节　梦里依依西蜀韵
——石赞清的《饤饾吟词》

跟柴才的《百一草堂集唐诗余》不同，石赞清的《饤饾吟词》一卷虽也有复古的倾向，但主要是追寻花间词的风韵。"词为艳科"不仅是花间词的特点，在石赞清的《饤饾吟词》中也有突出的体现。

---

① 张宏生：《全清词顺康卷补编》第4册，南京大学出版社2008年版，第2341—2342页。
② 同上书，第2341页。

第四章 集唐词之二："集唐句"

一 艳情词具有性别特征

《钉饳吟词》一卷的作品总数虽然不多，只有68首，但其中艳情词并不少，有《十六字令·闺词》《阮郎归》《浣溪沙》2首、《喝火令·怀人》《蝶恋花》《荷叶杯九首》《长相思》2首、《南乡子·秋夕怀人》《又·代答》《忆王孙·本意代答》《又·有赠》《相见欢·代人送别》《转应曲》2首、《虞美人》《减字木兰花》3首、《临江仙·宫怨》《添字昭君怨》《更漏子四首·代寄》《唐多令·感旧》《又·闺词》《浪淘沙》《满庭芳·怀人》《虞美人》《阮郎归》《又》《蝶恋花》《又》《菩萨蛮》《苏幕遮》《又·七夕和作》《鹊桥仙》《又》《丑奴儿·有赠》《满江红》《如梦令》3首等，共53首，占总数的78%。《钉饳吟词》中的艳情词不仅数量多，在内容上亦表现出明显的性别特征。

其一，表现妻子对丈夫的思念。这类作品有时带有"闺"字标志。如《十六字令·闺词》：

> 花。暖日闲窗映碧纱。春欲暮，郎去未归家。（"花"，王起《一字至七字诗送白乐天》，一作张籍，又一作张南史句；"暖日"，欧阳炯《定风波》；"春欲"，温庭筠《更漏子》；"郎去"，殷七七《阳春曲》）①

词中的女主人公看到春花飘零，春光渐远，可自己的丈夫却一直没有回来，不由得伤心起来。又如《唐多令·闺词》：

> 齿冷越梅酸。琵琶月下弹。算归程，花落春残。一夜雨声多少事，千万恨，两蛾攒。　强饮亦无欢。相逢几许难。鹧鸪啼，春意阑珊。指点牡丹初绽朵，独自个，倚阑干。（"齿冷"，韩偓《幽窗》；"琵琶"，僧寒山诗；"算归"，毛文锡《诉衷情》；"花落"，冯延巳

---

① （清）石赞清：《钉饳吟词》，《黔南丛书》第四集第四册，民国间铅印本，第1页。

《采桑子》;"一夜",崔道融《秋夕》;"千万",温庭筠《忆江南》;"两蛾",顾敻《虞美人》;"强饮",白居易《东园玩菊》;"相逢",刘长卿《宝剑篇》;"鹧鸪",皇甫松《竹枝》;"春意",南唐后主李煜《浪淘沙》;"指点",韦庄《浣溪沙》;"独自",欧阳炯《更漏子》;"倚阑",南唐嗣主李璟《摊破浣溪沙》)①

相对于上词,此词中的女主人公感情更加凄苦。花落春残的季节,又是一夜的雨声,令她无法入睡,她悲叹人间相逢竟然是如此之难!又如《更漏子四首·代寄》一组也是这样的作品。

在这类作品中,《荷叶杯九首》最为杰出。关于创作缘由,其小序云:"唐人诗余,韦庄、温庭筠均有《荷叶杯》名,为一体。惟顾敻九首,独是此体。余深喜之,适有代寄之作,因仿顾敻九首,即用其句。"②组词所写乃思妇对过去幸福生活的回忆。如其一:

正是破瓜年几。潜喜。眼色暗相钩。几回抬眼又低头。羞么羞。羞么羞。("正是",和凝《何满子》;"潜喜",李珣《定风波》;"眼色",李后主煜《菩萨蛮》;"几回",韩偓《复偶见》;"羞么",顾敻《荷叶杯》)③

此词写女主人公第一次见到自己丈夫时满心欢喜,既急于偷看,却又羞涩难当的复杂心理活动。又如其四:

记取钗横鬓乱。肠断。含笑问檀郎。风流争似旧徐娘。狂么狂。狂么狂。("记取",白居易《如梦令》;"肠断",欧阳炯《定风波》;"含笑",无名氏《菩萨蛮》;"风流",刘禹锡《梦扬州乐妓和诗》;

---

① (清)石赞清:《饤饾吟词》,《黔南丛书》第四集第四册,民国间铅印本,第15—16页。
② 同上书,第3—4页。
③ 同上书,第4页。

第四章　集唐词之二："集唐句"

"狂么"，顾夐《荷叶杯》）①

女主人公与丈夫恩爱之后，向丈夫撒娇，问他自己长得漂亮吗？如今回忆这段往事，她感到非常伤心。又如其九：

欲表伤离情味。谁寄。但见雁南飞。芷汀南望雁书稀。归么归。归么归。（"欲表"，尹鹗《何满子》；"谁寄"，李珣《定风波》；"但见"，白居易《和元诗晨兴因报问龟儿》；"芷汀"，李群玉《恼从兄》；"归么"，顾夐《荷叶杯》）②

很长时间没有收到远在他乡的丈夫寄来的书信，女主人公心里非常悲伤，他殷切地盼望着丈夫能早日归来。这样的写法深受顾夐原作的影响。对于顾夐的《荷叶杯》九首，沈祥源、傅生文注释时说：

顾夐这九首《荷叶杯》，很像是写的一个女子的相思全过程。其一写盼佳期将成病，其二写闻别家欢歌更愁，其三写见少年郎更动春情，其四回忆当年幽会之情，其五继续回忆幽会忘归的深情，其六写她只有写诗寄给对方表深情，其七写自己还是那样美丽，其八写春浓之日，自己更加娇美，其九写春已尽而情人还是未至，与第一首"春尽"相呼应，从第二首到第八首，都是春尽人未归时失望中的回忆。《栩庄漫记》评曰："顾夐以艳词擅长，有浓有淡，均极形容之妙。其淋漓真率处，前无古人。如《荷叶杯》九首，已为后代曲中《一半儿》张本。"③

将两组作品略加对比即可看出，石赞清不仅借鉴了顾夐的联章体式，

---

① （清）石赞清：《饤饾吟词》，《黔南丛书》第四集第四册，民国间铅印本，第4页。
② 同上书，第5—6页。
③ （五代后蜀）赵崇祚编，沈祥源、傅生文注：《花间集新注》，江西人民出版社1997年版，第309—310页。

而且借鉴了其内容，甚至每词的最后一句都借用顾复之句来概括其意。当然，石赞清的发展之处也很明显。在顾复原作中，有些词在内容上的联系并不密切，可是石赞清的作品却按照故事发生的顺序依次摹写，条理清晰，叙事性很强。因此，可以说这组作品代表了石赞清《钉饸吟词》的艺术成就。

其二，表现丈夫对妻子的思念。如《喝火令·怀人》：

宿雾开花坞，闲云挂竹篱。晓莺啼断绿杨枝。寂寞芳菲暗度，心事竟谁知。　濡翰生新兴，回灯检旧诗。巴山夜雨涨秋池。正是西窗，正是忆山时。正是去年今日，南陌送佳期。（"宿雾"，僧贯休《送友生入越投知己》；"闲云"，钱起《过裴长官新亭》；"晓莺"，金车美人《与谢朝赠答诗》；"寂寞"，毛熙震《何满子》；"心事"，温庭筠《菩萨蛮》；"濡翰"，皇甫冉《和李右相书壁画山水》；"回灯"，元微之《初寒夜寄卢子蒙》；"巴山"，李商隐《夜雨寄北》；"正是"，冯延巳《忆江南》；"正是"，杨衡《竹亭送侄偶》；"正是"，韦庄《女冠子》；"南陌"，徐晶《赠温驸马汝阳王》）[1]

仔细品味全词，所写正是一个男主人公对于家中妻子的思念，而且这个男主人公应该不是别人，正是词人自己。又如《南乡子·秋夕怀人》：

拥膝独长吟。黄叶秋风蝉一林。只恐流年暗中换，沾襟。鬓雪欺人忽满簪。　别鹤怨瑶琴。路远山长水复深。苦是适来新梦见，伤心。明月芦花何处寻。（"拥膝"，骆宾王《夏夜忆张二》；"黄叶"，僧齐己《遣怀》；"只恐"，蜀主孟昶《避暑摩诃池上作》；"沾襟"，孙光宪《河传》；"鬓雪"，张怀《吴江别王长史》；"别鹤"，陈季卿《别妻》；"路远"，徐铉《有所思》；"苦是"，鹿虔扆《思越人》；"伤心"，杜光庭《怀古今》；"明月"，李归唐《失鹭鸶》）[2]

---

[1] （清）石赞清：《钉饸吟词》，《黔南丛书》第四集第四册，民国间铅印本，第3页。
[2] 同上书，第6页。

第四章 集唐词之二:"集唐句"

落叶缤纷时,流落他乡的词人感叹岁月无情,更加想念家中的妻子,甚至形之于梦,于是非常伤心。不过,有的作品所写内容与前两首不同。如《丑奴儿·有赠》:

忆昔花间初识面,日映纱窗。日映纱窗。青黛点眉眉细长。 今日相逢花未发,月正中央。月正中央。指点银瓶索酒尝。("忆昔",欧阳炯《贺圣朝》;"日映",温庭筠《酒泉子》;"青黛",白居易《上阳白发人》;"今日",冯延巳《忆江南》;"月正",裴潾《寄前相国赞皇公》;"指点",杜甫《少年行》)①

此词所写并非男子思念之情,乃是男女相见之乐事,而且所赠之女子,似乎并非词人之妻室。这样的作品在数量上不如表现思念的作品多。

除了上面这样两类,有时词人还会采用对话的方式,让男女在不同的作品中分别出场。如《相见欢·代人送别》:

晚窗斜界残晖。采菱归。谁信东风吹散彩云飞。 天明去。留不住。抚郎衣。慎莫愁思憔悴损容辉。("晚窗",孙光宪《清平乐》;"采菱",李珣《南乡子》;"谁信",冯延巳《虞美人》;"天明",白居易《花非花》;"留不",韦庄《江城子》,一作鱼又玄,又一作李萼句;"抚郎",和凝《江城子》;"慎莫",王维《黄雀痴》)②

显而易见,此词中的主人公为女性。早晨送别丈夫的时候,她拉着他的衣襟,依依不舍,却只能无奈地提醒他不要太想家以免损害健康。又如《又·代答》:

断肠一捻腰肢。送金卮。说尽人间天上两心知。 银缸背。相留醉。立多时。不似五陵狂荡薄情儿。("断肠",尹鹗《清平乐》;

---

① (清)石赞清:《钉饳吟词》,《黔南丛书》第四集第四册,民国间铅印本,第23页。
② 同上书,第7—8页。

"送金",牛峤《江城子》;"说尽",韦庄《思帝乡》;"银釭",顾敻《献衷心》;"相留",李后主煜《相见欢》;"立多",欧阳炯《更漏子》;"不似",孙光宪《南歌子》)[1]

这是男子回忆分别之前的情景。想到分别之夜夫妻的恩爱缠绵,特别是想到妻子的美貌多情,男主人公无比伤感。两首词互相对应,真切地表达出夫妻之间的深厚感情。

总之,无论是妻子思念丈夫,丈夫思念妻子,还是夫妻之间互诉衷肠,这些作品都属于艳情题材,反映了《钉饾吟词》的基本题材倾向。

二 其他题材的作品

《花间集》虽以艳情为主,其中也包括了其他的题材。胡国瑞在为沈祥源、傅生文《花间集新注》作序时说:

> 从词的发展方面看来,除了作为"花间"总的倾向的、表达男女悲欢之情的婉约艳丽的词风外,其他各种题材和风格的词,也在这里萌发出它们的幼苗或嫩芽,呈现出特异的姿貌。[2]

《钉饾吟词》也是如此。除了上面分析的艳情题材的作品外,还有一些其他的题材。这也可以分两种情况来分析。

其一,有的题材,本身含有一定的艳情成分。如《念奴娇》序云:"此为蓬仙题便面'忽见陌头杨柳色'画意作也。因两叠收句均不能叶,原未存稿。他日,紫岩见而赏之,谓集句或不在此例也。姑存之。"词云:

> 年年柳色。惹相思、正是销魂时节。惆怅不堪回首望,忽忆去年离别。灞岸分筵,莺歌晓啭,病眼两行血。燕儿来也,青鸟不来愁绝。　　无言独上西楼,翠帘慵卷,门外山重叠。风里落花谁是主,

---

[1] (清)石赞清:《钉饾吟词》,《黔南丛书》第四集第四册,民国间铅印本,第8页。
[2] (五代后蜀)赵崇祚编,沈祥源、傅生文注:《花间集新注》,江西人民出版社1997年版。

第四章　集唐词之二："集唐句"

桥下水流呜咽。春日如年，愁肠欲断，满室虫丝结。莺啼残月，有恨欲凭谁说。（"年年"，李白《忆秦娥》；"惹相"，欧阳炯《三字令》；"正是"，毛熙震《清平乐》；"惆怅"，邵谒《没后降巫诗》；"忽忆"，冯延巳《喜迁莺》；"灞岸"，徐坚《送武员外使嵩山置舍利塔》；"云歌"，褚亮《雍和》；"病眼"，白居易《和元诗晨兴因报问龟儿》；"燕儿"，无名氏《撷芳词》；"青鸟"，昭宗皇帝《巫山一段云》；"无言"，李后主煜《相见欢》；"翠帘"，鹿虔扆《临江仙》；"门外"，皇甫曾《赠沛禅师》；"风里"，南唐嗣主李璟《摊破浣溪沙》；"桥下"，温庭筠《清平乐》；"春日"，花蕊夫人《采桑子》；"愁肠"，孙光宪《清平乐》；"满室"，刘长卿《宿双峰寺寄卢七李十六》；"莺啼"，韦庄《清平乐》；"有恨"，魏承班《谒金门》）①

"忽见陌头杨柳色"出自王昌龄的《闺怨》，原本就是表现少妇的思夫情怀。石赞清此词所题乃扇面上的画意，亦可以说是题画词，推演的正是这种相思的情怀。又如《如梦令·观演〈拜月剧〉》：

画角数声呜咽。蝉鬓美人愁绝。划袜下香阶，万顷金波重叠。明月。明月。偏照悬悬离别。（"画角"，牛峤《定西番》；"蝉鬓"，温庭筠《更漏子》；"划袜"，李后主煜《菩萨蛮》；"万顷"，孙光宪《渔歌子》；"明月"，戴叔伦《调笑令》，一作冯延巳句；"偏照"，李白《清平乐》）②

此处所说《拜月剧》，指的应该就是传奇《拜月亭》，原本就是一部爱情戏。石赞清此词所写，应该就是剧中女主人公王瑞兰对其丈夫蒋世隆的思念。又如《南柯子·酒楼饯别听琵琶》：

聚散纷如此，携壶共上楼。商声一部管弦秋。呼取江南儿女（一

---
① （清）石赞清：《钉铛吟词》，《黔南丛书》第四集第四册，民国间铅印本，第8页。
② 同上书，第7页。

作女儿）歌棹讴。　　屈指论前事，无心忆旧游。正欢惟怕客难留。弹到昭君怨处翠蛾愁。（"聚散"，徐铉《秦州道中却寄东京故人》；"携壶"，李中《都下再会友人》；"商声"，白居易《石尚书绘射鹭鸶画图》；"呼取"，李白《江夏赠韦南陵冰》；"屈指"，高适《别孙䜣》；"无心"，薛逢《凉州词》；"正欢"，李建勋《樽前》；"弹到"，牛峤《西溪子》）①

相对于以上两词，此词中的艳情成分较少。弹琵琶者一般是年轻女性，石赞清所听也是如此。该女子边弹边唱，声情并茂，亦颇有哀艳之处。

这几首作品虽然可以看作题画词、观剧词和听琵琶词，不是真正意义上的艳情词，但其中多少都有一些艳情成分。

其二，有些题材，是词人自己生活和经历的写照，根本没有艳情成分。这也可以分为两类：

一类写对友情的珍重。《钉饳吟词》中的有些词侧重友情，写朋友间的深厚友谊。如《十六字令二首·春日柬东西村诸友》：

东。其间岁岁有花红。沽春酒，好与故人同。（"东"，鲍防《一字至七字诗联句》；"其间"，僧怀濬《上归州刺史代通状》；"沽春"，李珣《南乡子》；"好与"，韩翃《送李中丞赴商州》）

西。其间树树（一作"岁岁"）有莺啼。堪游赏，雅趣赖招携。（"西"，鲍防《一字至七字诗联句》；"其间"，僧怀濬《上归州刺史代通状》；"堪游"，李珣《南乡子》；"雅趣"，僧清江《春游直城西别业》）②

春暖花开，正是好朋友一起游赏、雅集的好时节。石赞清此二词，正是邀请朋友的书柬。其后的《又二首·春晚再柬诸友》也是如此。《临江仙·山居新霁逢友人招引作》表现的则是朋友相聚的欢乐：

---

① （清）石赞清：《钉饳吟词》，《黔南丛书》第四集第四册，民国间铅印本，第16页。
② 同上书，第18页。

第四章　集唐词之二："集唐句"

　　住处近山常足雨,朝朝几度云遮。暗将心事许烟霞。仙人何处在,延首望灵槎。　　花洞路中逢信鹤,霁景淡淡初斜。武陵川径入幽遐。二三物外友,招我饭胡麻。("住处",王建《新晴后》;"朝朝",皇甫冉《问李二司直所居云山》;"暗将",陆龟蒙《自遣》;"仙人",王绩《赠学仙者》;"延首",则天皇后《赠胡天师》;"花洞",沈彬《麻姑山》;"霁景",皮日休《胥口即事》;"武陵",武元衡《桃源行送友》;"二三",骆宾王《冬日宴》;"招我",李白句)①

词人跟几个"物外友"一起在世外桃源里相聚,不受世俗的拘牵,于是觉得心境澄明透彻,悠然自得。

正因为非常珍重友情,所以当朋友遭遇不幸时,他总是充满同情。如《南柯子·送张尧阶同年下第南游》:

　　教我如何说,催君不自由。江南江北为君愁。恰似一江春水向东流。　　插架几(平声)万轴,读书凡几秋。人间不解重骅骝。我且为君捶碎黄鹤楼。("教我",僧寒山诗;"催君",罗隐《商驿与于韫玉话别》;"江南",崔涂《读庾信集》;"恰似",李后主煜《虞美人》;"插架",陆龟蒙《奉和二游·徐诗》;"读书",岑参《送薛弁归河东》;"人间",杜甫《存殁口号》;"我且",李白《江夏赠韦南陵冰》)②

对于同年张尧阶的落第,石赞清深深感到"人间不解重骅骝"的悲哀。

总之,无论写相聚的欢乐,还是写对朋友的同情,都表现出词人对友情的重视。

另一类是写自己的天涯沦落之感。《饤饾吟词》中的有些词主要写自己的漂泊经历和感受。如《丑奴儿·楚南道中》表现的是旅途的艰辛:

---

① (清)石赞清:《饤饾吟词》,《黔南丛书》第四集第四册,民国间铅印本,第11—12页。
② 同上书,第16页。

今夜不知何处宿，秋雨连绵。秋雨连绵。云接苍梧水浸天。　今夜只应还寄宿，杨柳桥边。杨柳桥边。空见芦花一钓船。（"今夜"，岑参《碛中作》；"秋雨"，李珣《酒泉子》；"云接"，僧齐己《寄武陵贯微上人》；"今夜"，高适《寄宿田家》；"杨柳"，冯延巳《采桑子》；"空见"，僧栖一《武昌怀古》）①

秋雨连绵的天气，词人仍然在旅途奔波。天黑了，好不容易走到一座桥边，周围却没有人家，芦花旁边仅有一只钓船而已。又如《十六字令·感旧二首》是对过去漂泊生活的回顾：

　　愁。到处销魂感旧游。无限意，明月满西楼。（"愁"，魏扶《一字至七字诗送白乐天》，一作僧义净句；"到处"，李后主煜《赐宫人庆奴》；"无限"，李珣《西溪子》；"明月"，白居易《城上对月期友人不至》）

　　游。倚遍江南寺寺楼。多少恨，谁与问东流。（"游"，僧义净《在西国怀王舍城》；"倚遍"，杜牧《昔游》；"多少"，李后主煜《忆江南》；"谁与"，薛莹《秋日湖上》）②

过去的漂泊之苦，即便在多年之后回忆起来，还是令人伤心满怀，难以平静。相比较而言，有的作品表现的则是一种乡思，如《满庭芳·岳州夜泊有怀》：

　　岸远沙平，萍疏波荡，君山一点凝烟。寸心千里，孤舫鸟联翩。世事漫随流水，无处说、离恨绵绵。独自坐、西风残照，十二晚峰前。　吴江连楚甸，星高月午，雨止云旋。且脱衣沽酒，杨柳桥边。芳草落花无限，还酩酊、轻拨朱弦。空相忆、风摇雨散，一只木兰船。（"岸远"，欧阳炯《南乡子》；"萍疏"，高球《三月三日宴王

---

① （清）石赞清：《饤饾吟词》，《黔南丛书》第四集第四册，民国间铅印本，第22—23页。
② 同上书，第2页。

第四章 集唐词之二："集唐句"

明府山亭》；"君山"，牛希济《临江仙》；"寸心"，无名氏《鱼游春水》；"孤舫"，张九龄《江上使风呈裴耀卿》；"世事"，李后主煜《锦堂春》；"无处"，魏承班《渔歌子》，一作韦庄句；"离恨"，花蕊夫人《采桑子》；"独自"，僧寒山诗；"西风"，李白《忆秦娥》；"十二"，毛文锡《巫山一段云》；"吴江"，钱珝《江行无题》，一作钱起诗；"星高"，李珣《女冠子》；"雨止"，裴潾《寄前相国赞皇公》；"且脱"，于邺《长安逢隐者》，一作于武陵诗；"杨柳"，冯延巳《采桑子》；"芳草"，邱丹《忆长安·四月》；"还酹"，刘言史《放萤怨》；"轻拨"，和凝《江城子》；"空相"，韦庄《谒金门》；"风摇"，李纾《明德兴圣庙乐章·送神》；"一只"，孙光宪《菩萨蛮》）[①]

风物景色的惨淡，漂泊他乡的孤独，借酒消愁的无奈，几种内容交织在一起，共同揭示出词人对家乡及亲人的无尽思念。

旅途的辛苦也好，回忆的凄苦也好，还是乡思的痛苦也好，总体上都可看作词人自己漂泊生活的写照。

正如《花间集》一样，《钉铛吟词》中的题材并不广泛，但也不限于艳情一体。这虽与《花间集》中的题材并不一致，但由于作品不多，故不足以改变整体上以艳情为主的基本特征。

三 继承清初的集句方式

在选择唐五代人的诗句上，《钉铛吟词》也有自己的特点。董元恺曾将自己的集唐词分为"集唐诗""集唐词"和"集唐句"三类，《钉铛吟词》中也有这样三种情况：

1. "集唐诗"4首。如《十六字令·箧中偶拣得鲁修畲先生书》：

书。曾辱明公荐子虚。风和雨，掩泪对双鱼。（"书"，范尧佐

[①] （清）石赞清：《钉铛吟词》，《黔南丛书》第四集第四册，民国间铅印本，第9—10页。

《一字至七字诗送白乐天》;"曾辱",罗隐《新安投所知》;"风和",吕洞宾《豆叶黄》;"掩泪",白行简《李陵重阳日得苏武书》)①

词中的4个句子,分别出自唐代范尧佐、罗隐、吕洞宾和白行简的4首诗。又如《临江仙·田家社日》:

> 人事转新花烂漫,年华逼近清明。帘外闲云重复轻。山中无历日,水旱卜蛙声。　闲读道书慵未起,茅檐日午鸡鸣。里社时逢野酘清。偶然值林叟,樽酒畅生平。("人事",温庭筠《却归商山寄昔同行人》;"年华",韩翃《送陈明府赴淮南》;"帘外",徐铉《和陈表用员外求酒》;"山中",太上隐者《答人》;"水旱",章孝标《长安秋夜》;"闲读",元微之《离思》;"茅檐",顾况《过山农家》;"里社",权德舆《送殷卿罢举归淮南旧居》;"偶然",王维《终南别业》;"樽酒",岑文本《冬日宴于庶子宅》)②

词中的10个句子,亦出自唐五代人的10首诗。这样的作品还有《临江仙·山居新霁逢友人招引作》和《菩萨蛮》二首。只是由于作品数量少,不足以代表《钉饳吟词》的特色。

2."集唐词"6首。即《荷叶杯九首》其三、《如梦令·观演〈拜月剧〉》《相见欢·代答》《转应曲二首》其一、《如梦令三首》其一和其二。如《荷叶杯九首》其三:

> 笑靥嫩疑花折。倾国。宿酒未全销。含情不语自吹箫。娇么娇。娇么娇。("笑靥",毛熙震《何满子》;"倾国",韦庄《荷叶杯》;"宿酒",尹鹗《菩萨蛮》;"含情",牛希济《临江仙》;"娇么",顾夐《荷叶杯》)③

---

① (清)石赞清:《钉饳吟词》,《黔南丛书》第四集第四册,民国间铅印本,第1页。
② 同上书,第12页。
③ 同上书,第4页。

第四章　集唐词之二："集唐句"

词中的5个句子，分别出自唐五代毛熙震、韦庄、尹鹗、牛希济、顾敻等人的5首词。又如《转应曲二首》其一：

春色春色。新睡觉来无力。可能更理丝簧。南浦莺声断肠。肠断。肠断。写得鱼笺无限。（"春色"，冯延巳《三台令》；"新睡"，韦庄《谒金门》；"可能"，李珣《中兴乐》；"南浦"，温庭筠《清平乐》；"肠断"，王建《调笑令》；"写得"，和凝《何满子》）①

词中的6个句子，分别出自唐五代冯延巳、韦庄、李珣、温庭筠、王建、和凝等人的6首词。又如《如梦令》其一：

罨画桥边春水。夹岸绿阴千里。暝色入高楼，几曲阑干遍倚。告你。告你。莫信彩笺书里。（"罨画"，韦庄《归国谣》；"夹岸"，毛文锡《柳含烟》；"暝色"，李白《菩萨蛮》；"几曲"，无名氏《鱼游春水》；"告你"，白居易《如梦令》；"莫信"，牛峤《应天长》）②

此词的6个句子，亦全部出自唐五代词人的5首词。这样的词虽然比上类略多，但在全部作品中所占的比重亦不大。

3. "集唐句"58首。相对于上面两类，兼集唐五代诗词之句的作品最多，有《十六字令·闺词》《阮郎归》《十六字令·感旧二首》《浣溪沙二首》《喝火令·怀人》《蝶恋花》《荷叶杯九首》其一、其二、其四、其五、其六、其七、其八、其九、《长相思二首》《南乡子·秋夕怀人》《忆王孙·本意代寄》《又·有赠》《相见欢·代人送别》《念奴娇》《转应曲二首》其二、《满庭芳》《虞美人》《减字木兰花三首》《临江仙·宫怨》《添字昭君怨》《更漏子四首·代寄》《唐多令·感旧》《又·闺词》《南柯子·送张尧阶同年下第南游》《又·酒楼饯别听琵琶》《浪淘沙》《满庭芳·怀人》《虞美人》《十六字令二首·春日柬东西村诸友》《又二首·春

---

① （清）石赞清：《钉饺吟词》，《黔南丛书》第四集第四册，民国间铅印本，第9页。
② 同上书，第14页。

晚再柬诸友》《阮郎归》《又》《蝶恋花》《又》《菩萨蛮》《苏幕遮》《又·七夕和作》《鹊桥仙》《又》《丑奴儿·楚南道中》《又·有赠》《满江红》《如梦令三首》其三等58首。这些作品又可分三种情况：

第一种，有的作品中诗句多、词句少。这样的作品很多，如《十六字令·箧中偶拣得鲁修畬先生书》《又·闺词》《十六字令·感旧二首》《浣溪沙二首》《喝火令·怀人》等皆是。这里举一首《减字木兰花·宫怨》：

行拾落花比容色，妆成不整金钿。秋声长在七条弦。那堪闻凤吹，广乐奏钧天。　汉家离宫三十六，宸衷教在谁边。中间消息两茫然。岂知赵飞燕，是配凤凰年。（"行拾"，王翰《春女行》；"妆成"，韦庄《清平乐》；"秋声"，曹邺《听刘尊师弹琴》；"那堪"，王维《班婕妤》；"广乐"，太宗皇帝《春日玄武门宴群臣》；"汉家"，骆宾王《帝京篇》；"宸衷"，李白《清平乐》；"中间"，杜甫《送路六侍御入朝》；"岂知"，于濆《里中女》；"是配"，贾岛《送李校书赴吉期》）①

此词的10个句子，其中8个句子分别出自王翰、曹邺、王维、太宗皇帝、骆宾王、杜甫、于濆、贾岛等人的8首诗，只有2句出自韦庄《清平乐》、李白《清平乐》两词。

第二种，有的作品则词句多，诗句少。这方面的作品也很多。如《蝶恋花》：

六曲阑干偎碧树。深掩房栊，离念纷难具。独上小楼春欲暮。南园满地堆轻絮。　袅袅翠翘移玉步。舞蝶惊花，梁燕双来去。门对长安九衢路。人间没个安排处。（"六曲"，冯延巳《蝶恋花》；"深掩"，欧阳炯《凤楼春》；"离念"，权德舆《江西路上以诗代书寄内》；"独上"，韦庄《木兰花》；"南园"，温庭筠《菩萨蛮》；"袅

---

① （清）石赞清：《饤饾吟词》，《黔南丛书》第四集第四册，民国间铅印本，第12页。

第四章 集唐词之二："集唐句"

裒"，顾敻《应天长》；"舞蝶"，韩仲宣《三月三日宴王明府山亭》；"梁燕"，魏承班《生查子》；"门对"，武元衡《长安叙怀寄崔十五》；"人间"，李后主煜《蝶恋花》）①

此词中，冯延巳、欧阳炯、韦庄、温庭筠、顾敻、魏承班、李后主煜名下的 7 句出自词句，只有权德舆、韩仲宣、武元衡名下的 3 句出自唐诗。又如《添字昭君怨》8 句，有 6 句出自词，仅有 2 句出自诗。特别是《荷叶杯九首》中，除了其三专集词句外，其余 8 首皆以词句为主。

第三种，有的作品中诗句、词句数量相当。如《唐多令·感旧》：

江色碧玻璃。潮冲钓石移。几多情，风月相知。曾与玉人桥上别，芳菲节，百花时。　　永日望佳期。安仁鬓欲丝。对斜晖，暗地思维。蓦上心来消未得，秋风冷，斑竹枝。（"江色"，岑参《与鲜于庶子泛汉江》；"潮冲"，李洞《下第送张霞归江南》；"几多"，魏承班《渔歌子》；"风月"，上官昭容《游长宁公主流杯池》；"曾与"，白居易《板桥路》；"芳菲"，柳氏《杨柳枝》；"百花"，温庭筠《南乡子》；"永日"，李颀《不调归东川别业》；"安仁"，孟浩然《晚春卧病寄张八》；"对斜"，毛熙震《木兰花》；"暗地"，顾敻《献衷心》；"蓦上"，殷尧藩《寄太仆田卿》；"秋风"，吕洞宾《梧桐影》；"斑竹"，刘禹锡《潇湘神》）②

此词中，岑参、李洞、上官昭容、白居易、李颀、孟浩然、殷尧藩名下的 7 句出自诗，而魏承班、柳氏、温庭筠、毛熙震、顾敻、吕洞宾、刘禹锡名下的 7 句则出自词。又如《长相思二首》其一：

深画眉。浅画眉。带风杨柳认蛾眉。生来未扫眉。　　浦南归。浦北归。长歌哀怨采莲归。王孙归不归。（"深画"二句，白居易《长

---

① （清）石赞清：《钉铰吟词》，《黔南丛书》第四集第四册，民国间铅印本，第 3 页。
② 同上书，第 15 页。

相思》;"带风",鱼玄机《代人悼亡》;"生来",王建《贻小尼师》;"浦南"二句,温庭筠《河传》;"长歌",徐玄之《采莲》;"王孙",王维《送别》)①

此词总共 8 句,其中诗、词各 4 句,分别占了一半。又如《阮郎归》9 句中,4 句出自诗,5 句出自词,二者亦大致相当。

这些情况表明,《钉饾吟词》中虽然有专集诗句或专集词句的作品,也有以诗句为主、以词句为主或者诗词之句各占一半的作品,可见石赞清对彼此并没有轩轾。他只是随手拿来,为我所用,只要稳妥即可,并没有考虑其原本是诗句还是词句。

相对于此前的集句词,《钉饾吟词》中的作品沿袭多,而创新少。不过,他能将唐五代的诗、词之句组合得如此稳妥,也非常难得。故聂树楷在 1936 年所作的题跋中说:

《钉饾吟》附《诗余》一卷,亦系集唐而成。小令、长调稳协宫商,尤难能可贵。少司空(石赞清)经猷志节,彪炳一代,而偶出余绪,亦能于词坛别树一帜。今收入《黔南丛书》第四集《词部》中,欲使读者知王介甫所谓百衲衣,不独诗家有之也。②

前面分析的三种词集中,虽然"集唐句"所占的比例不同,但都包括了一定数量的"集唐诗"或"集唐词"。徐旭旦、柴杰和石赞清或者发展出专用女作家语句的"集名媛句",或者重视对词调"本意"的揣摩、对花木禽鸟的刻画和对自己形象的表现,或者注重对《花间集》的继承,虽然成就高低不一,都显示出一定的特色。

---

① (清)石赞清:《钉饾吟词》,《黔南丛书》第四集第四册,民国间铅印本,第6页。
② (清)石赞清:《钉饾吟词》卷后,《黔南丛书》第四集第四册,民国间铅印本。

第五章　集唐词之三:专集一家唐诗

在集唐词中,除了"集唐诗"和"集唐句",另一个发展得较好的类别是专集一家唐诗,先后出现了耿浵《雪村集杜词》和杨芳灿《拗莲词》《移筝语》三种专集。其中《雪村集杜词》专集杜甫的诗句,《拗莲词》专集温庭筠的诗句,而《移筝语》则专集李商隐的诗句。

第一节　专集杜诗作小令
——耿浵的《雪村集杜词》

集杜词虽然始于南宋杨冠卿的《卜算子·秋晚集杜句吊贾傅》,但此后似乎并没有得到继承。作为今知仅有的一种集杜词专集,耿浵《雪村集杜词》有幸保存到今天,实在是非常难得!《雪村集杜词》的作品虽然不多,只有30首,但在一些方面仍然显示出自己的特点。

一　反映文人生活雅趣

坦率地说,《雪村集杜词》的题材内容并不鲜明,大致是其日常生活的写照。不过,他并不是不加选择地记录自己的生活,而是专门表现文人的生活雅趣。就作品题材看,可以分为以下几类:

1. 咏物词4首。《雪村集杜词》中的咏物词只有4首,都用《醉公子》一个词调,分别咏鸿雁和小燕子。咏燕子的有两首,如《醉公子·燕》:

帘幕旋风燕（《哭韦大夫》）。花密藏难见（《百蛇》）。依旧已衔泥（《春日梓州》）。阴阴桃李蹊（《水宿遣兴》）。　来往皆茅屋（《自瀼西》）。到此应尝（原注"常"，通）宿（《重过何氏》）。于汝定无嫌（《送张十二》）。鸟窥新卷帘（《入宅》）。①

此词上片侧重表现春燕在林木间盘旋和衔泥的情态，下片借燕子"来往皆茅屋"的生活表现自己甘于平淡的生活态度。咏鸿雁的亦有两首，如《前调·归雁》：

湖雁双双起（《宿青草湖》）。响下清虚里（《听杨氏歌》）。行断不堪闻（《归雁》二首）。寒深北渚云（《舟中》）。　影着啼猿树（《第五弟》）。莫辨望乡路（《雨》）。一一背人飞（《归雁》第一首）。山高客未归（《秦州》）。②

双飞的湖雁在云中清唳，声音时断时续，令行人感到深深的寒意向自己袭来。在这里，鸿雁的形象与游子的形象紧密结合，反映出浓重的思乡情绪。另外两首《前调·归燕》和《前调·雁》在内容和艺术上也大体一致。

2. 表现文人集会的词有 5 首。有的词赞叹宴席上的音乐之美，如《望江南·湖滨席上听曲有赠》：

歌始放（《七歌》二首），幽处欲生云（《天宝初》）。锦席淹留还出浦（《重泛郑监前湖》），人间能得几回闻（《赠花卿》）。应共尔为群（《晓望》）。③

---

① （清）耿沄：《雪村集杜词》，张宏生《全清词雍乾卷》第 11 册，南京大学出版社 2012 年版，第 6260 页。
② 同上书，第 6260—6261 页。
③ 同上书，第 6259 页。

第五章　集唐词之三：专集一家唐诗

有的词表现宾主的宴饮之乐，如《菩萨蛮·客至小饮》：

> 相逢苦觉人情好（《戏赠阌乡秦少公》）。百壶且试开怀抱（《苏端》）。心息酒为徒（《台州郑司户》）。匡床竹火炉（《观李固》）。　眼边无俗物（《漫成》）。何事拘形役（《立秋后题》）。不得慢陶潜（《东津》）。杯干自可添（《晚晴》）。①

从"眼边无俗物，何事拘形役"二句可以看出，来客也是一位甘守贫贱与词人志趣相投的人，所以二人的相聚才能如此率真和不拘形迹。

有的词则写出送别时的不舍之情，如《卜算子·送李颖若归灵璧》：

> 寥落寸心违（《送何侍御》），不见李生久（《不见》）。忽漫相逢是别筵（《送路六侍御》），帐下罗宾友（《将适吴楚》）。　君子意如何（《天末怀李白》），秀气冲星斗（《奉赠李八》）。横笛短箫悲远天（《城西陂泛舟》），驻马更搔首（《九成官》）。②

离别已经很久，偶然相逢却又是在一次送别的宴席上，这令词人非常惆怅。它如《浣溪沙·送友人南归》《菩萨蛮·同人有携泛江》虽然具体内容不同，风格也不一致，但表现的都是朋友之间的亲密友情。

3. 与节日有关的作品有 4 首。有的作品是清明节所写，如《卜算子·客中清明》：

> 春色是他乡（《江亭》），寒食江村路（《寒食》）。万里秋千习俗同（《清明》二首），花远重重树（《涪江泛舟》）。　把剑觅徐君（《别房太尉墓》），漂泊难相遇（《章梓州》）。实藉君平卖卜钱（《清

---

① （清）耿汸：《雪村集杜词》，张宏生《全清词雍乾卷》第 11 册，南京大学出版社 2012 年版，第 6264 页。
② 同上书，第 6262 页。

明》一首），名岂文章著（《旅夜书怀》）。①

清明节是祭祀扫墓的日子。漂泊他乡的词人遇到清明，深感知音难觅。满腹经纶却又无用武之地，这是何等的不幸啊。有的词写的是重阳节，如《前调·重九》：

  高浪蹴天浮（《江涨》），淅淅风生砌（《薄游》）。羞见黄花无数新（《九日》），白首不相弃（《送顾八分》）。　忍泪已沾衣（《九日诸人》），感叹亦歔欷（《羌村》）。老去悲秋强自宽（《九日蓝田》），空里愁书字（《送卢十四》）。②

重阳节是登高怀远的日子，词人看到无数菊花盛开，自己却已满头白发，不由得悲从中来，望空兴叹。它如《巫山一段云·清明日与农人饮》《忆余杭·晦日江边》也都是与节日相关的作品。

《雪村集杜词》中的题材比较广泛，除了以上三类，还有一些赠别、寄怀、纪游、抒怀甚至悼亡的作品，虽然数量都不多，但在情趣上都偏向文人的生活雅趣。

二　采用五七言构成的小令

耿沄《雪村集杜词》在词调选择上也有明显的特点，不仅全部使用小令，而且这些小令有一个共同点，即都是由五七言句子组成的词调。现具体加以分析：

标题	句数	二言	三言	四言	五言	六言	七言
望江南·湖滨席上听曲有赠	5	0	1	0	2	0	2

---

① （清）耿沄：《雪村集杜词》，张宏生《全清词雍乾卷》第11册，南京大学出版社2012年版，第6261页。

② 同上书，第6262页。

第五章 集唐词之三：专集一家唐诗

前调·怀月波上人挂锡山	5	0	1	0	2	0	2
忆王孙·客中忆友之蜀	5	0	1	0	0	0	4
前调·候席山人不至	5	0	1	0	0	0	4
醉公子·燕	8	0	0	0	8	0	0
前调·归燕	8	0	0	0	8	0	0
前调·雁	8	0	0	0	8	0	0
前调·归雁	8	0	0	0	8	0	0
浣溪沙·送友人南归	6	0	0	0	0	0	6
前调·江南访故人	6	0	0	0	0	0	6
前调·重过友人幽居，闻其远游未归，寄之	6	0	0	0	0	0	6
卜算子·客中清明	8	0	0	0	6	0	2
前调·江上闻歌	8	0	0	0	6	0	2
前调·水亭即事	8	0	0	0	6	0	2
前调·重九	8	0	0	0	6	0	2
前调·送李颖若归灵璧	8	0	0	0	6	0	2
巫山一段云·清明日农人留饮	8	0	0	0	6	0	2
前调·登楼独酌	8	0	0	0	6	0	2
前调·客感	8	0	0	0	6	0	2
前调·舟行对月	8	0	0	0	6	0	2
前调·送人从军	8	0	0	0	6	0	2
菩萨蛮·过湖晚泊	8	0	0	0	6	0	2
前调·林下独酌	8	0	0	0	6	0	2
前调·春日泛舟有访	8	0	0	0	6	0	2
前调·客至小饮	8	0	0	0	6	0	2

集句词研究

前调·同人有携泛江	8	0	0	0	6	0	2
前调·宿山寺	8	0	0	0	6	0	2
忆余杭·晦日江边	8	0	0	0	2	0	6
前调·江村独酌	8	0	0	0	2	0	6
前调·哭金悔余	8	0	0	0	2	0	6
总计	222	0	4	0	138	0	80

从以上统计可以看出，在总数222个句子中，五言句138个，占总数的62%；七言句80个，占总数的36%；三言句4句，不到总数的2%；至于其余的句子，则一个也没有。不仅全部使用小令，而且专门使用由五七言句子组成的词调，这是很有特色的。词的别名叫长短句，虽然有齐言的，但总体上句式长短多样，从一言到十一言，富于变化。耿浤专门选择五七言诗句写作小令，在词调使用上具有鲜明的选择性。

三 主要集自杜甫之近体诗句

杜甫作诗，古体与近体并重，可是耿浤的《雪村集杜词》却主要使用杜甫的近体诗句，而很少使用古体诗句。根据宋人郭知达《九家集注杜诗》中的分类，《雪村集杜词》使用的杜甫诗句，按照原诗所属的类别，可以排列如下：

标题	句数	五古	七古	五律	七律	七绝	五排	七排
望江南·湖滨席上听曲有赠	5	0	1	2	1	1	0	0
前调·怀月波上人挂锡山	5	0	1	2	2	0	0	0
忆王孙·客中忆友之蜀	5	0	2	0	3	0	0	0
前调·候席山人不至	5	0	2	0	1	2	0	0
醉公子·燕	8	0	0	6	0	0	2	0

第五章 集唐词之三:专集一家唐诗

前调·归燕	8	3	0	4	0	0	1	0
前调·雁	8	4	0	2	0	0	2	0
前调·归雁	8	2	0	6	0	0	0	0
浣溪沙·送友人南归	6	0	0	0	3	2	0	1
前调·江南访故人	6	0	0	0	3	3	0	0
前调·重过友人幽居,闻其远游未归,寄之	6	0	1	0	3	1	0	1
卜算子·客中清明	8	1	0	5	0	0	0	2
前调·江上闻歌	8	1	0	5	2	0	0	0
前调·水亭即事	8	1	0	5	2	0	0	0
前调·重九	8	2	0	3	2	0	1	0
前调·送李颖若归灵璧	8	3	0	3	2	0	0	0
巫山一段云·清明日农人留饮	8	1	0	5	2	0	0	0
前调·登楼独酌	8	0	0	6	2	0	0	0
前调·客感	8	0	0	5	2	0	1	0
前调·舟行对月	8	0	0	5	2	0	1	0
前调·送人从军	8	0	0	3	1	1	3	0
菩萨蛮·过湖晚泊	8	1	1	5	1	0	0	0
前调·林下独酌	8	0	0	5	1	1	1	0
前调·春日泛舟有访	8	1	0	5	1	1	0	0
前调·客至小饮	8	1	2	4	0	0	1	0
前调·同人有携泛江	8	0	0	6	0	2	0	0
前调·宿山寺	8	0	2	3	0	0	3	0
忆余杭·晦日江边	8	0	0	1	2	2	1	2
前调·江村独酌	8	0	1	1	4	1	1	0

· 153 ·

| 前调·哭金悔余 | 8 | 0 | 0 | 0 | 5 | 1 | 2 | 0 |
| 总计 | 222 | 21 | 13 | 97 | 47 | 18 | 20 | 6 |

由以上表格可以看出，在全部222个句子中，出自杜甫古体诗的仅34句（其中五古21句，七古13句），仅占总数的15%；而出自杜甫近体诗的多达188句（包括五律97句，七律47句，七绝18句，五排20句，七排6句），占总数的85%。《雪村集杜词》主要集自杜甫的近体诗句，这一点容易理解。耿湋专门选择五七言句子创作小令，自然要求词中的五七言句子都符合近体诗的格律。耿湋之所以大量使用杜甫的近体诗句，原因即在这里。当然，古体诗里也并非没有合乎近体诗格律的律句，这也是杜甫的少数五七言古体诗句被耿湋用在词中的原因。

总之，耿湋的《雪村集杜词》不仅在内容上专写文人的生活雅趣，在体式上也专门选择五七言句组成的小令，而且其中的句子大都出自杜甫的近体诗，出自古体诗的很少。这些特点，不仅在集唐词中非常独特，而且也是他人集句词集所不具备的。

第二节　倾心温李铸芳词
——杨芳灿的《拗莲词》和《移筝语》

杨芳灿有两种集句词集，其中《拗莲词》专集温庭筠诗句，而《移筝语》则专集李商隐诗句。温庭筠与李商隐都是晚唐的重要作家，诗文风格接近，同属"三十六体"，后人亦往往"温李"并称。元好问《论诗绝句》其三云："邺下风流在晋多，壮怀犹见缺壶歌。风云若恨张华少，温李新声奈尔何？"[1] 温、李二人的诗歌都偏于婉丽，在一定程度上接近词的风格。杨芳灿专集二人的诗句分别创作一种集句词集，不仅表现男女情思，而且仅用《菩萨蛮》同一个词调，也是很有特色的。

---

[1] （金）元好问著，姚奠中主编，李正民增订：《元好问全集》上册，山西古籍出版社2004年版，第268页。

第五章　集唐词之三：专集一家唐诗

一　拗莲作寸丝难绝

作为目前仅知的一种专集温庭筠诗句的集句词集，《拗莲词》32 首全用《菩萨蛮》一个词调。该集主要体现出以下几个方面的特点。

1. 专集温诗。温庭筠是晚唐重要的诗人，但其在词史上的地位更加崇高。相对于其诗，其词也许更适合创作集句词，可是杨芳灿却弃其词句不取，而专门使用诗句。如《菩萨蛮·集飞卿句》其一：

清歌响断银屏隔。寒丝七柱香泉咽。素手直凄清。萧萧故国情。旧词翻白纻。定得郎相许。听破复含颦。黛蛾攒艳春。①

词中"清歌"句出自温庭筠《湘东宴曲》，"寒丝"句出自《水仙谣》，"素手"句出自《西州曲》，"萧萧"句出自《细雨》，"旧词"句出自《洞户二十二韵》，"定得"句出自《江南曲》，"听破"句出自《观舞伎》，"黛蛾"句出自《咏颦》，全都是温庭筠的诗句，没有一个词句。又如其十：

兰芽出土吴江曲。门前春水年年绿。鸂鶒自浮沉。方疏隐碧浔。南楼登且望。白雪调歌响。花压李娘愁。帘寨玳瑁钩。②

词中"兰芽"句出自《晚归曲》，"门前"句出自《苏小小歌》，"鸂鶒"句出自《江南曲》，"方疏"句出自《洞户二十二韵》，"南楼"句出自《西州曲》，"白雪"句出自《开成五年秋，以抱疾郊野，不得与乡计偕至王府。将议遐适，隆冬自伤，因书怀奉寄殿院徐侍御、察院陈李二侍御、回中苏端公、鄠县韦少府，兼呈袁郊、苗绅、李逸三友人一百韵》，"花压"句出自《春野行》，"帘寨"句出自《过华清宫二十二韵》。这些

---

① （清）杨芳灿：《拗莲词》，张宏生《全清词雍乾卷》第 13 册，南京大学出版社 2012 年版，第 7429 页。
② 同上书，第 7431 页。

句子也全都是温庭筠的诗句,没有一个词句。又如其二十九:

> 芙蓉力弱应难定。晶帘片白摇翻影。晴日照湘风。花宜插髻红。流苏持作帐。绣户香焚象。疑粉试何郎。宝梳金钿筐。①

词中"芙蓉"句出自温庭筠《舞衣曲》,"晶帘"句出自《偶题林亭》,"晴日"句出自《握柘词》,"花宜"句出自《海榴》,"流苏"句出自《江南曲》,"绣户"句出自《长安寺》,"疑粉"句出自《题翠微寺二十二韵》,"宝梳"句出自《鸿胪寺有开元中锡宴堂,楼台池沼,雅为胜绝。荒凉遗址,仅有存者。偶成四十韵》,亦全是诗句。

从以上考察可以看出,《拗莲词》专门选用温庭筠的诗句,而不用其词句。这是《拗莲词》的一个突出特点。

2. 语句绮丽。《拗莲词》虽然集自温庭筠的成句,但最终使用哪些句子,跟杨芳灿的选择和艺术爱好有很大关系。从具体作品看,杨芳灿显然偏爱那些比较绮丽的诗句。如其五:

> 鸳鸯艳锦初成匹。满楼明月梨花白。人事出门多。青春奈怨何。蜡珠攒作蒂。夜半东风起。因梦寄江淹。翘翻翠凤参。②

此词虽然是集温庭筠诗句而成,但其中如"鸳鸯""蜡珠"和"翘翻"等几句都非常浓艳,很适合用在爱情词中。又如其十五:

> 红丝穿露珠帘冷。阶前岁月铺花影。朔雁度云迟。窗闲度暗期。理钗低舞髻。却略青鸾镜。相顾复沾巾。花题照锦春。③

---

① (清)杨芳灿:《拗莲词》,张宏生《全清词雍乾卷》第 13 册,南京大学出版社 2012 年版,第 7434 页。
② 同上书,第 7430 页。
③ 同上书,第 7431 页。

第五章 集唐词之三：专集一家唐诗

相对于上词，此词中绮丽的词语更多，几乎所有的句子里都带有金玉锦绣的成分。再如其二十四也是如此：

> 蜡烟如纛新蟾满。浓阴似帐红薇晚。筝语玉纤纤。卢姬逗十三。曲琼垂翡翠。荡漾春风里。此别已凄然。无媒窃自怜。①

除了最后两句侧重于抒情外，其余的句子都可谓绮丽浓艳，色彩非常鲜明。

从以上所举三首词可以看出，使用温庭筠的绮丽诗句创作集句词，也是杨芳灿《拗莲词》的鲜明特征。

3. 皆写情思。从题材内容看，杨芳灿的《拗莲词》专写男女恋情。虽然全集并没有一个统一的故事中心，但所有的作品都是爱情题材。如其三：

> 春风几许伤情事。江头欲种相思子。歌转断难寻。谁知历乱心。门前乌白树。妾住金陵步。云水是天涯。开帆到曙霞。②

此词从"伤情事"写起，表现女子对远方丈夫的相思和因相思而带来的深深的伤感。又如其七：

> 青楼二月春将半。吴姬怨思吹双管。昨夜梦长安。连娟眉绕山。别情无处说。有伴年年月。岑寂掩双扉。回文空上机。③

春暖花开的时节，女主人公在梦中见到了自己的丈夫，醒来后觉得分外凄凉。彼此分别已经很久，只有天上的明月朝朝暮暮跟她做伴。可是，

---

① （清）杨芳灿：《拗莲词》，张宏生《全清词雍乾卷》第 13 册，南京大学出版社 2012 年版，第 7433 页。
② 同上书，第 7429—7430 页。
③ 同上书，第 7430 页。

即使关上门扉，即使织成回文锦，也无法消释她心中的思念之情。再如其三十二：

> 李娘十六青丝发。回鬟笑语西窗客。扇薄露红铅。歌愁敛翠钿。
> 画楼初梦断。屏上吴山远。风暖觉衣轻。香多夜雨晴。①

词中的女子非常年轻，她的一颦一笑都那么美丽动人。可是分离的痛苦使得她愁眉不展，珠泪滚滚。特别是在做了一场春梦之后，梦中的温馨与现实的无情对比是那么强烈。尽管外面春风骀荡，春花烂漫，她却没有心情去欣赏。

以上三词，表现的都是女子对男子的相思。虽然在表达的感情强度上有所不同，但在指向男女相思上都是一致的。

专集温庭筠的艳丽诗句，表现男女之间的情爱相思，是杨芳灿《拗莲词》的基本特点。《拗莲词》之名出自温庭筠《达摩支曲》："捣麝成尘香不灭，拗莲作寸丝难绝。"② 杨芳灿以"拗莲"作为词集之名，既能概括出该集以男女相思为主的内容特色，也能够反映出该集在语言上的绮丽色彩。

二 秦筝弹出宫商调

李商隐虽然和温庭筠齐名，但是不像温庭筠那样兼工诗词，而是专注于诗歌创作。杨芳灿的《移筝语》是专集李商隐的集句词集，该集的特点可从以下几个方面来认识。

1. 全部集自李商隐的诗句。《移筝语》中所有的句子都可在李商隐的诗歌中找到出处。如《菩萨蛮·集玉溪句》其一：

> 罗屏但有空青色。蟾蜍夜艳秋河月。堂静桂森森。疏萤怯露深。

---

① （清）杨芳灿：《拗莲词》，张宏生《全清词雍乾卷》第13册，南京大学出版社2012年版，第7434页。

② （唐）温庭筠著，刘学锴校注：《温庭筠全集校注》，中华书局2007年版，第126页。

第五章 集唐词之三：专集一家唐诗

蜡花长递泪。镜拂铅华腻。私忓咏牵牛。侬今定莫愁。①

词中"罗屏"句出自李商隐《河阳诗》，"蟾蜍"句出自《河内诗》，"堂静"句出自《自桂林奉使江陵途中感怀寄献尚书》，"疏萤"句出自《摇落》，"蜡花"句出自《独居有怀》，"镜拂"句出自《杏花》，"私忓"句出自《拟意》，"侬今"句出自《灯》，都是李商隐的诗句，没有一句例外。又如其十八：

西园碧树今谁主。清声不远行人去。一树碧无情。寒溪晓更清。画楼终日闭。秋蝶无端丽。又见鹧鸪飞。烟中结响微。②

词中"西园"句出自《十字水期韦潘侍御同年不至，时韦寓居水次故郭汾宁宅》，"清声"句出自《出关宿盘豆馆对丛芦有感》，"一树"句出自《蝉》，"寒溪"句出自《淮阳路》，"画楼"句出自《清夜怨》，"秋蝶"句出自《属疾》，"又见"句出自《桂林路中作》，"烟中"句出自《如有》，亦全部出自李商隐的诗歌。再如其二十九：

荻花村里鱼标在。旧山万仞青霞外。柳自不胜烟。愁情相与悬。西风吹白芷。缓逐烟波起。山晚更参差。蝉休露满枝。③

词中"荻花"句出自《赠从兄阆之》，"旧山"句出自《偶成转韵七十二句赠四同舍》，"柳自"句出自《晓坐》，"愁情"句出自《李花》，"西风"句出自《和郑愚赠汝阳王孙家筝妓二十韵》，"缓逐"句出自《齐梁晴云》，"山晚"句出自《送丰都李尉》，"蝉休"句出自《凉思》，同样都是李商隐的诗句。

---

① （清）杨芳灿：《移筝语》，张宏生《全清词雍乾卷》第13册，南京大学出版社2012年版，第7434页。
② 同上书，第7437页。
③ 同上书，第7439页。

集句词研究

从以上三词可以看出，其中所有的句子都出自李商隐的诗作，杨芳灿标榜的"集玉溪句"是真实可信的。不仅这三首词如此，其余作品也都是如此。

2. 重视对弹筝的描写。筝是起源于秦地的乐器，所以又称秦筝。"移筝"即是弹筝，演奏者一般为女性。杨芳灿以"移筝语"命名词集，其中包含了他对筝这种乐器的重视。如其二十一：

> 樱花永巷垂杨岸。未容言语还分散。空解赋天台。如何更独来。花将人共笑。裙衩芙蓉小。筝柱镇移心。中心自不平。①

词中的女主人公和所想之人长期分别，偶然相逢却又匆匆离散，她想用弹筝来排遣心中的愁苦，可是效果却很不理想。又如其二十四：

> 身无彩凤双飞翼。人生岂得轻离别。含泪坐春宵。相思正郁陶。锁香金屈戌。半展龙须席。甲冷想夫筝。湘兰怨紫茎。②

词中的思妇恨不能飞到丈夫身边，以至于在漫漫长夜里以泪洗面。香炉里的香料还在袅袅燃烧，龙须席仅展开一半，女主人公甚至已无心弹筝，沉浸在一片哀怨之中。再如其二十八：

> 蓬山此去无多路。王昌宜在墙东住。十二学弹筝。青楼有美人。锁门金了鸟。翠带花钱小。孤蝶小徘徊。青楼人未归。③

此词中的女子也善于弹筝，也在用筝声表达自己对丈夫的思念之情。除了写筝，有的作品还写到瑟。如其三十：

---

① （清）杨芳灿：《移筝语》，张宏生《全清词雍乾卷》第 13 册，南京大学出版社 2012 年版，第 7438 页。
② 同上。
③ 同上书，第 7439 页。

第五章　集唐词之三：专集一家唐诗

幽兰泣露新香死。空留暗记如蚕纸。小阁锁飞蛾。新欢借梦过。红楼三十级。凤女弹瑶瑟。翠幕自黄昏。墙高月有痕。①

瑟是与筝相近的乐器，不仅据说起源相同，演奏时的声音也比较接近。由此推断，写"凤女弹瑶瑟"跟前几首所写的女子弹筝，其实都是一回事。当然，也有的作品没有点名乐器，如其四：

柔肠早被秋眸割。此情可待成追忆。歌唱落梅前。青楼自管弦。岂能抛断梦。旧作琴台凤。别夜对银釭。含情双玉珰。②

虽然词中女子演奏的"管弦"难以判断究竟是哪种乐器，但根据杨芳灿对词集的名称判断，亦当与筝有关。与此类似的还有其三，词中有"拨弦惊火凤"之句，亦可作如是观。

总之，重视对弹筝的描写，使得杨芳灿的《移筝语》不仅跟他的《拗莲词》不同，也明显区别于他人的集句词集。

3. 绮丽与朴素共存。可以分两个方面来说。一方面，跟《拗莲词》一致，《移筝语》中的不少作品同样是由绮丽的句子组成的。如其二：

舞鸾镜匣收残黛。香肌冷衬琤琤佩。簟卷已凉天。前墀思黯然。暗楼连夜阁。银箭催摇落。眉细恨分明。频抽翡翠簪。③

秋天已经到来，天气已经转凉，女主人公却因为相思而神情黯然。此词所有的语句都很绮丽，整体上如同一位浓妆艳抹的青春佳人。又如其六：

---

① （清）杨芳灿：《移筝语》，张宏生《全清词雍乾卷》第13册，南京大学出版社2012年版，第7439页。
② 同上书，第7435页。
③ 同上。

浣花笺纸桃花色。黄陵别后春涛隔。不奈寸肠何。心酸子夜歌。彩鸾空自舞。浦冷鸳鸯去。池阔雨萧萧。荷敧正抱桥。①

铺开粉红的信笺，女主人公心里波涛滚滚，肝肠寸断，唱起了凄凉的《子夜歌》。此词所有的句子都来自李商隐诗中的丽句。再如其十九：

兰回旧蕊缘屏绿。何当共剪西窗烛。回照下帏羞。帘烘不隐钩。枕寒庄梦去。旧镜鸾何处。其余落花朝。珠啼冷易销。②

即使撇开内容单看语言，此词亦可谓绮缋满眼，光彩夺目。这样的作品很多，通过以上所举，已经能够反映出这样的特点了。另外，《移筝语》中也有不少作品以抒情为主，语言相对朴素。如其八：

扇裁月魄羞难掩。星沉海底当窗见。旧好隔良缘。难忘复可怜。水亭吟断续。假寐凭书簏。自是有乡愁。来风贮石邮。③

除了首句有些绮丽的意味外，此词其余的句子虽然感情饱满，但所用词语都偏于素净。又如其二十：

今朝相送东流后。金鞍忽散银壶漏。从此抱离忧。长眉惟是愁。柔情终不远。客去波平槛。柳色欲侵江。伤离适断肠。④

与上词类似，此词中的丽句亦仅有"金鞍"一句，其余的句子算不上艳丽，都以抒情为主。再如其二十五：

---

① （清）杨芳灿：《移筝语》，张宏生《全清词雍乾卷》第 13 册，南京大学出版社 2012 年版，第 7435 页。
② 同上书，第 7437 页。
③ 同上书，第 7436 页。
④ 同上书，第 7438 页。

第五章 集唐词之三：专集一家唐诗

> 轻衫薄袖当君意。更无人处帘垂地。只是近黄昏。星河压故园。香桃如瘦骨。预想前秋别。相望不应迷。经寒且少啼。①

此词中最艳丽的词语，不过是"香桃"而已，其余所有的句子和词语都以朴素为基本特点。

《移筝语》中虽然同时存在着艳丽和朴素两种风格，但总的说来，辞藻艳丽的作品较多，而语言朴素的作品较少一些。

从以上分析可以看出，《移筝语》作为专集李商隐诗句的词集，不仅有意重视对弹筝的描写，而且在保持绮丽风格的同时，也存在一种比较朴素的风格。

关于美人弹筝，顺康时期的词人陆求可有一首《一丛花·佳人弹筝》：

> 呼鬟花下扫莓苔。玉几更安排。秦筝弹出宫商调，正林际、好月初来。柱促分明，弦多宛转，风露落闲阶。　　遥看北斗挂城隈。击缶共徘徊。曲成虚忆青蛾敛，更调急、玉指堪哀。娇入曼声，怨凝繁手，传得美人怀。②

借用此词所写，也许正可以揭示出杨芳灿《移筝语》的内容因素。

《拗莲词》和《移筝语》是杨芳灿的两种集唐词集，二者既有相同之处，也有明显的差异。就差异之处而言，前者专集温庭筠诗句，后者专集李商隐诗句；前者偏重于形貌描写，后者偏重于感情抒发；前者语言绮丽，后者同时存在一种朴素的风格。就相同之处而言，二者都是专集一家唐诗的集句词集，都使用《菩萨蛮》一个词调，内容上都表现男女相思，语言都比较绮丽。总之，《拗莲词》和《移筝语》虽然有明显的差异，相同之处亦复不少，彼此关系非常亲近。

---

① （清）杨芳灿：《移筝语》，张宏生《全清词雍乾卷》第 13 册，南京大学出版社 2012 年版，第 7438 页。
② 南京大学中文系全清词编纂研究室：《全清词顺康卷》第 3 册，中华书局 2002 年版，第 1425 页。

据笔者所知，专集一家唐诗的集唐词数量不多，结成的专集仅有以上三种。从理论上说，专集一家唐诗跟兼集诸家诗句并没有本质的不同。不过，由于同一作者的诗句往往有其相近之处，这种专集一家唐诗的作品本来就是"出自一手"，所以风格上显得更加浑融。

第六章 集宋词

在专集某一朝代语句的集句词中，固然以集唐词数量最多。除了集唐词，集宋词也达到一定的规模，出现了一些专集。正如集唐词可以分为不同的小类，集宋词亦可分为若干不同的小类，可惜的是专集宋代诗句和兼集宋人诗词之句两类都没有发展起来，发展得相对充分的仅有专集宋人词句的狭义"集宋词"和专集一家宋词两类。与其相适应，先后出现了以下三部专集：播花居士的《燕台集艳二十四花品》一卷专集宋人的词句，江昉的《集山中白云词句》专集张炎的词句，顾文彬的《百衲琴言》则是由集欧阳修词、集苏轼词、集周邦彦词、集辛弃疾词、集范成大词、集姜夔词、集吴文英词、集周密词、集张炎词、集王沂孙词、集史达祖词等众多作品组成的词集。

第一节 赞歌一曲颂梨园
——播花居士的《燕台集艳二十四花品》

狭义的"集宋词"最早出现在明代。汪廷讷的《坐隐先生集》卷七有标明"集宋诗余"的《踏莎行》词一首，是今知最早的"集宋词"。清代何采《蝶恋花·送春，集句俱用本调》其一、其二和《蝶恋花·后送春集句禁用本调》其三，或专集宋人的同调之作，或不用宋人的同调之作，但都属于"集宋词"。直到播花居士创作《燕台集艳二十四花品》一卷，"集宋词"专集才得以出现。

一 奇特的题材内容

就题材内容而言，《燕台集艳二十四花品》非常奇特。此前的集句词所写题材不外乎景物、艳情、叙事、纪游、题画等几类，《燕台集艳二十四花品》却另辟蹊径，专门评论梨园艺人。如其中《调寄蝶恋花》：

宝髻双垂烟缕缕（扬无咎）。艳溢香融（宋徽宗），点点臙支污（真德秀）。看到嫣红浑漫与（陈从古）。海棠半圻难禁雨（周密）。

锦瑟年华谁与度（贺铸）。笑里移春（张炎），无限春情绪（谢懋）。垂柳不萦裙带住（吴文英）。客星容到天孙渚。[①]

此词所咏对象为四喜班的张五福，词人将其列为"华品"，主要赞美其扮相的美丽和演艺的高明。不仅此词如此，另外二十三首词也是分别评论一位梨园艺人。根据其内容，可以将全部作品排列如下：

品名	艺人	别号	所属戏班	籍贯	住处	年龄
灵品	王小庆	情云、云卿	春台	安庆	余庆堂	20岁以下
仙品	杨发林	薰卿、韵香	四喜	扬州	明立堂	同上
素品	汪双林	霞卿	三庆	安庆	敦素堂	同上
高品	张全保	蓉初、小玉	春台	顺天	鸿雪堂	同上
逸品	邹福寿	晚香	四喜	苏州	传经堂	同上
生品	汪鸿保	宾秋	三庆	安庆	宝晋堂	同上
能品	席秀林	珍卿、丽香	嵩祝	扬州	松茂堂	同上
清品	项松寿	文涛	四喜	苏州	松韵堂	同上

[①] （清）播花居士：《燕台集艳》，张次溪《清代燕都梨园史料续编》，台湾学生书局1986年版，第169页。

第六章　集宋词

殊品	汪三林	秋白、妙云	四喜	安庆	福寿堂	同上
静品	丁春喜	梅卿、小蓉	四喜	安庆	三和堂	同上
精品	吴双喜	婉兰	四喜	苏州	德云堂	同上
幽云	许玉芳	晼香	嵩祝	苏州	槐荫堂	同上
新品	王德喜	蓉卿	三庆	扬州	敦素堂	同上
乐品	许兰秀	佩秋	嵩祝	苏州	永和堂	同上
佳品	张心香	妙卿	四喜	苏州	青慎堂	同上
异品	汪玉兰	澧香	三庆	安庆	敦厚堂	同上
选品	杨玉环	韵珊	春台	安庆	国香堂	同上
华品	张五福	似莲、嬿侬	四喜	苏州	福寿堂	同上
画品	周小凤	竹香	春台	安庆	余庆堂	同上
寒品	沈三顺	云仙	嵩祝	顺天	锦春堂	同上
奇品	胡发庆	云卿、湘筠	四喜	苏州	光裕堂	20岁以上
妙品	王四喜	花农、荔香	四喜	深州	三和堂	同上
名品	郑小翠	凤卿	春台	安庆	余庆堂	同上
情品	杨全喜	念农	春台	安庆	日新堂	同上

就所属戏班而言，这24人中，春台班6人，四喜班10人，三庆班4人，嵩祝班4人；就艺人籍贯而言，安庆籍10人，扬州籍3人，顺天籍2人，苏州籍8人，深州1人。以梨园人物作为吟咏对象，这在所有的集句词集中都是非常独特的。

二　独特的艺术方式

播花居士的《燕台集艳二十四花品》在结构方式上也非常奇特。从大处说，借鉴了唐代司空图《二十四诗品》的体例。对于这一点，词人说得很清楚：

集句词研究

自唐司空表圣撰《二十四诗品》，嗣是仿其例作《续诗品》者有人，广其例作《书品》《画品》者亦有人，辞各美丽，余读而爱之。兹值雨窗无事，爰于四喜、春台、三庆、嵩祝四部中，就耳目之所及，戏拈二十四人，以伎艺优劣为高下，小变体裁，用成《花品》。至于臆见之私，遗珠之憾，则在所不免焉。道光癸未（1823）乞巧节播花居士迦罗奴识。①

近年关于司空图《二十四诗品》的真伪问题有许多争论，但这个问题与本节所论内容关系不大。司空图将诗歌分为雄浑、冲淡、纤秾、沉着、高古、典雅、洗练、劲健、绮丽、自然、含蓄、豪放、精神、缜密、疏野、清奇、委曲、实境、悲慨、形容、超诣、飘逸、旷达、流动等24种风格，每种下面用一首四言诗进行描述。如"清奇"下面的诗歌是这样的："娟娟群松，下有漪流。晴雪满竹，隔溪渔舟。可人如玉，步屟寻幽。载瞻载止，空碧悠悠。神出古异，淡不可收。如月之曙，如气之秋。"②

播花居士的《燕台集艳二十四花品》仿效司空图的《二十四诗品》之体例，共分灵品、仙品、素品、高品、逸品、生品、能品、清品、殊品、静品、精品、幽品、新品、乐品、佳品、异品、选品、华品、画品、寒品等20品，其后附录奇品、妙品、名品、情品等4品，亦为24品。每品之下，都有具体内容，这一点正好与司空图的《二十四诗品》一致。

从小处看，播花居士对每一品的表述都很具体。如"灵品（见江淹《菖蒲赞》）"：

春台部王小庆，号情云，又号云卿，安庆人，寓余庆堂。
　　[评]转秋波，调眼色，灵犀一点。酸溜溜心儿里，埋没着聪明。
　　横波眼溜春溪碧（王文甫《回文》）。海棠染就胭支色（杨炎）。飞燕蹴红英（秦观）。流莺两三声（晏几道）。　　帕罗香自满（史达

---

① （清）播花居士：《燕台集艳》，张次溪《清代燕都梨园史料续编》，台湾学生书局1986年版，第147页。
② （清）何文焕：《历代诗话》上册，中华书局1981年版，第42页。

第六章 集宋词

祖)。拂袖东风软(谢逸)。娇极不成狂(方乔)。斜窥秋水长(向子諲)。——《调寄菩萨蛮》①

从上面的引文可以看出,词人对"灵品"的介绍包括三个组成部分:其一,介绍艺人王小庆,包括所属戏班、姓名及别号、籍贯、居处等几个方面。其二,对王小庆的演艺水平进行点评。其三,用一首集宋词赞美王小庆。对于其余的20品,词人也都采用同样的结构。又如附录中的"奇品(见《癸辛杂识》)":

四喜部胡发庆,号云卿,又号湘筠,苏州人,寓光裕堂。

[评]好模好样忒莽憨,斩钉截铁当居一,窃玉偷香上用心。

轻罗团扇掩微羞(吕渭老)。倦鬟理还休(蒋捷)。出群标格(杨无咎),天然窈窕(舒亶),算也风流(于真人)。 芭蕉不展丁香结(贺铸),何处合成愁(吴文英)。花边柳际(谢逸),眉间心上(范仲淹),情思悠悠(史达祖)。——《调寄秋波媚》②

对于胡发庆的介绍,这里同样包括了以上所说的几个方面。附录中的其余3品也是如此。这样的结构,与司空图《二十四诗品》每品下面仅有一首诗又有明显的不同。

总之,播花居士的《燕台集艳二十四花品》虽然采用司空图《二十四诗品》的体例,但具体到每一品则结构更加复杂,与《二十四诗品》又有明显的不同。

三 多种集句文体的结合

《燕台集艳二十四花品》不是单纯的集句词集,同时包括了多种集句文体,是"集宋词"、集句诗与集句文的结合。

---

① (清)播花居士:《燕台集艳》,张次溪《清代燕都梨园史料续编》,台湾学生书局1986年版,第159页。

② 同上书,第173页。

其一,"集宋词"。之所以将《燕台集艳二十四花品》看作"集宋词"专集,主要原因即在于"集宋词"在其中居于最重要的地位。前面所举的例子已经可以看出这样的特点,这里再举"素品"中的《调寄七娘子》一词:

> 湾湾眉黛长长眼(张先)。屏山翠入江南远(毛滂)。罗带轻分(秦观),舞腰低软(张景修)。天然玉貌铅华浅(晁补之)。　花间隔雾遥相见(吕渭老)。轻妆谁写崔徽面(周密)。醉脸春融(苏轼),涂腮粉艳(陈允平)。芳心只共丝争乱(欧阳修)。①

词中"湾湾"句出自张先《卜算子慢》(前三字,张词原作"惜弯弯浅"),"屏山"句出自毛滂《踏莎行》,"罗带"句出自秦观《满庭芳》,"舞腰"句出自张景修《选冠子》,"天然"句出自晁补之《调笑》,"花间"句出自吕渭老《薄幸》,"轻妆"句出自周密《疏影》,"醉脸"句出自苏轼《采桑子》,"涂腮"句出自陈允平《念奴娇》,"芳心"句出自欧阳修《蝶恋花》。这里所有的句子均出自宋词,是一首合格的集宋词。又如"名品"中的《调寄解珮令》:

> 璚楼十二(葛郯)。银屏十二(洪瑹)。更关情(李莱老),画栏十二(苏过)。一曲春风(曹良史),觉身在广寒宫里(杨无咎)。想桃源路通人世(张炎)。　明眸似水(吕渭老)。柔情似水(秦观)。怎禁他(蒋捷),轻寒似水(王沂孙)。玉暖酥凝(陆游),都化作凄凉云气(冯应锡[瑞])。算只有江梅可比(卢炳)。②

此词所有句子亦均出自宋词。这样,《燕台集艳二十四花品》一共"品"了24位艺人,也就有24首这样的"集宋词"。

---

① (清)播花居士:《燕台集艳》,张次溪《清代燕都梨园史料续编》,台湾学生书局1986年版,第160—161页。
② 同上书,第174页。

第六章 集宋词

其二，集句文。《燕台集艳二十四花品》中的集句文分为两类：第一类是各品中的"评"，都是集王实甫《西厢记》中的句子而成。如"华品"中的评语："粉颈低垂，烟鬟全堕。未语人，先腼腆。尽人调戏，只将花笑拈。"①"粉颈"二句出自《西厢记》第二本第三折莺莺的唱词（文前原有"我这里"三字），"未语"二句出自第一本第一折张生的唱词（原有"未语人前先腼腆"），"尽人"二句亦出自第一本第一折张生的唱词（原作"他那里尽人调戏，軃着香肩，只将花笑拈"）。又如"妙品"中的评语："娇羞花解语，温柔玉有香。笑呵呵！果是风清月朗。"②"娇羞"二句出自第一本第二折张生的唱词，"笑呵"句出自第二本第三折莺莺的唱词（原作"恰才个笑呵呵"），"果是"句出自第一本第二折张生的唱词。这些句子虽与《西厢记》原句不尽相同，但出自该书都是无疑的。

第二类是卷前的词人自序，乃是集《文选》句而成的骈文。如开头一段云：

> 高唐渫雨（谢希逸《宋孝武宣贵妃诔》），飞阁干云（何平叔《景福殿赋》）；芳草被堤（班孟坚《西都赋》），长杨映沼（潘安仁《闲居赋》）。日下壁而沉彩（江文通《别赋》），月水幌而通晖（谢惠连《雪赋》）。华酌既陈（宋玉《招魂赋》），秘舞更奏（张平子《西京赋》）。从逸游于角觝（潘安仁《西征赋》），托末契于后生（陆士衡《叹逝赋》）。惟彼狡童（张［任］彦升《宣德皇后令》），此郊之姝（宋玉《登徒子好色赋》）。生于蒿莱之间（张茂先《鹪鹩赋》），长于蓬茨之下（王子渊《圣主得贤臣颂》）。冠五行之秀气（王元长《三月三日曲水诗序》），流千载之英声（王仲宝《褚渊碑文》）。美貌横生（宋玉《神女赋序》），妙思天造（陆士衡《叹逝赋》）。荣其文身（左太冲《魏都赋》），则音徽自远（陆士衡《演连珠》之七）；丐其文论（刘孝标《广绝交论》），则延誉自高（任彦升《宣德皇后

---

① （清）播花居士：《燕台集艳》，张次溪《清代燕都梨园史料续编》，台湾学生书局1986年版，第169页。

② 同上书，第173页。

令》)。霞驳云蔚（王文考《鲁灵光殿赋》），烟交雾凝（鲍明远《舞鹤赋》）。鸾凤之文奋矣（吴季重《答魏太子笺》），钧天之乐张焉（王元长《三月三日曲水诗序》）)[1]

此段所写乃是梨园艺人的生活情境和生活方式，为其后正文分写24位艺人奠定了基调。该序很长，全是集《文选》句而成，属于集选文。

相对于专用宋代词句写成的"集宋词"，不论是集《西厢记》写成的各品评论，还是集《文选》写成的自序，都是与集句词不同的集句文。

其三，集唐诗。在自序之后，还有词人的4首题诗，全是采集唐人诗句创作而成。它们依次为：

舞腰新染麹尘罗（牛峤），灯下妆成月下歌（刘禹锡）。瑶瑟玉箫无意绪（关盼盼），繁华浓艳竟如何（陈宫嫔妃）。人间定有崔罗什（李商隐），时俗犹传晋永和（刘长卿）。从此不知兰麝贵（裴思谦），一生惆怅为伊多（李郢）。

万态千情料可知（裴夷直），风流不减杜陵时（韩翃）。但经春色还秋色（李山甫），莫遣佳期更后期（李商隐）。越女沙头争拾翠（孙光宪），桃花纸上待吟诗（张蠙）。司空见惯浑闲事（刘禹锡），醉杀长安轻薄儿（贾至）。

但凭春梦访天涯（广利王女），扑手新诗片片霞（薛涛）。不是相如怜赋客（李群玉），惟教宋玉擅才华（李商隐）。纤萝自合依芳树（江陵士子），宫体何曾为杏花（温庭筠）。纵使笔精如逸少（陆龟蒙），一分难减亦难加（吴融）。

行香天乐羽衣新（王建），消息佳期在此春（韩偓）。弱柳未胜寒食雨（张泌），花笺好作断肠人（皮日休）。漫夸书剑无知己（许浑），别有诗名出世尘（翁洮）。过客不须频问姓（翁承赞），东方曼

---

[1] （清）播花居士：《燕台集艳》，张次溪《清代燕都梨园史料续编》，台湾学生书局1986年版，第147—148页。

第六章　集宋词

倩是前身（徐铉）。①

这一组集唐诗所写的内容，跟自序大体一致，但用集句方式创作七律显然比骈文更为艰难。

除了以上三个方面，就连各品的品目也皆有出处。根据词人自注，如"仙品"一名，"见《宣和画谱》"②；"高品"一名，"见《宋书·羊元宝传》"③。其余诸品，都是如此，亦颇有集句的意味。

总之，《燕台集艳二十四花品》虽以24首"集宋词"为主，同时还有众多的集句文（包括24篇集《西厢记》的评语和集《文选》的自序）和一组集唐诗，可以说已经涵盖了集句的几种主要文体。

一部书中，竟然包括了如此众多的集句文体，其艰难可想而知。正因为如此，词人对其中的甘苦感触很深。其自跋云：

> 都中伶人之盛，由来久矣。而文人学士为之作《花谱》《花榜》者，亦复汗牛充栋，名作如林。续貂非易，余何人斯？自知才力不逮，敢蹈覆瓿之诮？不得不求味于兼采，取制于群狐。惟是既格陈言，又拘声调，浮辞满纸，慊意多端。友人未俟修饰，遽付剞厥[剧]，贻笑大方，希阅者谅之，则幸甚。播花居士又识。④

作为仅有的一部"集宋词"专集，播花居士的《燕台集艳二十四花品》具有非常独特的意义。就题材言，词人专写梨园艺人，在集句作品中独树一帜；就结构言，词人采用司空图《二十四诗品》的形式，在集句作品中另辟蹊径；就体裁论，词人以"集宋词"为主，但同时创作集句文和集唐诗，将几种集句文体结合在一起，亦是非常别致的。

---

① （清）播花居士：《燕台集艳》，张次溪《清代燕都梨园史料续编》，台湾学生书局1986年版，第158页。
② 同上书，第159页。
③ 同上书，第161页。
④ 同上书，第175页。

第二节　寻思往事依稀梦
——江昉的《集山中白云词句》

在为数不多的集宋词集中，江昉的《集山中白云词句》一卷专集南宋张炎的《山中白云词》，也是很有特色的。该集虽然作品不多，仅26首，但大都表现往事如梦的感慨，且风格清空高雅，与张炎词具有一定的一致性。

一　专集张炎《山中白云词》

江昉的《集山中白云词句》最突出的特点，就是其26首词全部集自南宋词人张炎的《山中白云词》。这些作品总共使用了19个词调，其中属于小令的有《忆王孙》《少年游》《浣溪沙》《感恩多》《清平乐》等5个；属于中调的有《探芳信》《御街行》《瑞鹧鸪》《一剪梅》等4个；属于慢词的有《壶中天》《满庭芳》《摸鱼儿》《八声甘州》《醉蓬莱》《南浦》《高阳台》《疏影》《凤凰台上忆吹箫》《念奴娇》等10个。由此不难看出，在词调的选择上，江昉明显表现出对慢词的偏爱。现依次加以考察。

1. 小令。江昉使用的5个小令词调，共有作品8首，即《忆王孙》《少年游·朱喜娘，壬午见之，匆匆十年矣。金秋重过姑苏，泛月枫桥，舍舟就岸，轻扉乍启，犹能识前度人也。因歌四阕，即书其所居之暖翠楼》4首、《浣溪沙·过七里滩》《感恩多·辛卯岁，自秋至冬，五月不雨，岩滩上下，几成陆地。舟中戏成此调》《清平乐·春感》。其中《忆王孙》最为短小：

　　　　老来犹是柳风流。老去寻诗苦未休。犹未忘情是酒筹。倚危楼。不到秋凉不信愁。[1]

词中"老来"句出自张炎《烛影摇红·西浙冬春间，游事之盛，惟杭

---

[1]　（清）江昉：《集山中白云词句》，张宏生《全清词雍乾卷》第3册，南京大学出版社2012年版，第1628页。

第六章　集宋词

为然。余冉冉老矣，始复归杭，与二三友行歌云舞绣中，亦清时之可乐，以词写之》，"老去""犹未"二句出自《南乡子·杜陵醉归手卷》，"倚危"出自《甘州·题赵药牖山居。见天地心、怡颜、小柴桑，皆其亭名》，"不到"句出自《减字木兰花·寄车秀卿》，全都出自《山中白云词》中的成句；唯一的差别是"老来"句中的"是"字，张词原作"似"，可能是音近而误。又如《清平乐·春感》：

水窗慵凭。未了清游兴。门掩新阴孤馆静。数日更无花影。　几回听得啼鹃。看花又是明年。一夜瘦添多少，愁怜镜雪惊寒。①

词中"水窗""数日"二句出自张炎《琐窗寒·旅窗孤寂，雨意垂垂，买舟西渡未能也。赋此为钱塘故人韩竹闲问》，"未了"句出自《忆旧游·新朋故侣，诗酒迟留，吴山苍苍，渺渺兮余怀也。寄沈尧道诸公》，"门掩"句出自《渔家傲·病中未及过毘陵》，"几回"句出自《祝英台近·与周草窗话旧》，"看花"句出自《高阳台·西湖春感》，"一夜"句出自《摸鱼子·春雪客中寄白香岩、王信父》，"愁怜"句出自《木兰花慢·赵鹤心问余近况，书以寄之》。跟《山中白云词》比较，这些句子不仅都出自张炎的成句，而且跟原文一字不差。除了这两首，其余6首作品也是如此。

2. 中调。江昉使用的中调不多，仅有4个，写出的作品也仅有《探芳信·友人有探梅之约，余未及偕行，来日问讯，犹未破萼也》《御街行·寄怀陈春渠武林》《瑞鹧鸪·秋阴》《一剪梅·题蔡凤溪词后》等4首。这里仅举《瑞鹧鸪·秋阴》为例：

云隐山晖。销凝处，烟村翠树离离。羽音辽邈，江雁初飞。应是不胜清怨，醉里眼都迷。拥一片、穿萝误晚，又被愁知。　翠影湿行衣。正极目空寒，燕燕才归。更清润，秋事正满东篱。脉脉霏霏未

---

① （清）江昉：《集山中白云词句》，张宏生《全清词雍乾卷》第3册，南京大学出版社2012年版，第1632页。

了,都是可怜时。门半掩、危栏慢抚,淡薄相依。①

词中"云隐"句出自《法曲献仙音·席上听琵琶有感》,"销凝"句出自《满庭芳·小春》,"烟村"句出自《清平乐·题倦耕图》,"羽音"句出自《暗香·海滨孤寂有怀秋江竹间二友》,"江雁"句出自《新雁过妆楼·赋菊》,"应是"句出自《探春慢·雪霁》,"醉里"句出自《南乡子·忆春》,"拥一"句出自《一萼红·束季博园池在平江文庙前》,"穿萝"句出自《台城路·游北山寺》,"又被""燕燕"二句出自《浪淘沙》,"翠影"句出自《塞翁吟·友云》,"正极"句出自《忆旧游·登蓬莱阁》,"更清"句出自《疏影·梅影》,"秋事"句出自《新雁过妆楼·赋菊》,"脉脉"句出自《摸鱼子·春雪客中寄白香岩、王信父》,"都是"句出自《渡江云·怀归》,"门半"句出自《祝英台近·寄陈直卿》,"危栏"句出自《台城路·为湖天赋》,"淡薄"句出自《湘月·赋云溪》,虽然所有的句子均出自《山中白云词》中的成句,但彼此之间仍有一些差别。其差别可分为三种情况:其一,"销凝"句中的"销"字,张词原作"消";"正极"句中的"极目"二字,张词原作"目极";"危栏"句中的"栏慢"二字,张词原作"阑漫"。这些字与原文的差别很小,有的不仅同音,而且字形相近;有的仅仅是前后颠倒。这些应该属于词人误记或误用。其二,"烟村"句中的"翠"字,张词原作"草"。江昉改为"翠",应该是为了切合对秋景的描写;"秋事"句中的"秋"字,张词原作"清"。江昉改动,应是为了避免和前面"更清润"句中的"清"字重复。其三,"更清"句中的"润"字,张词原作"绝"。据此难以判断江昉是误用,还是有意改动。从此词可以看出,由于中调所用的句子更多,江昉有时难以做到直接使用张炎的成句,于是不得不略加改动。

3. 慢词。江昉不仅使用了最多的慢词词调,其作品也最多,有《壶中天·遣兴》《满庭芳·素兰》《摸鱼儿·月夜登金山》《摸鱼儿·岁暮病起柬诸同社》《满庭芳·题黄小松秋影庵图》《八声甘州·代答》

---

① (清)江昉:《集山中白云词句》,张宏生《全清词雍乾卷》第 3 册,南京大学出版社 2012 年版,第 1629 页。

第六章　集宋词

《醉蓬莱·桐江舟次》《南浦·送易恬村之彝陵》《高阳台·上巳红桥迟索兰不至》《前调·落梅》《满庭芳·白菊》《疏影·红桥赋绿阴》《凤凰台上忆吹箫·将之新安留别月香》《念奴娇·题〈有正味斋词〉，吴谷人太史著》等14首，超过总数的一半。如最后一首：

琪花采采，引生香不断，分付吟笺。润处似沾筼谷雨，和云流出空山。色展天机，香寻古字，都在卧游边。瑶台月下，珠光出海犹寒。　　底须拍碎红牙，挥毫赋雪，丘壑伴云烟。吟思更添清绝处，凌虚试一凭阑。飞入秋冥，醉招黄鹤，游冶未知还。相逢一笑，依然只在人间。①

词中"琪花"句出自《踏莎行·咏汤》，"引生"句出自《忆旧游·过故园有感》，"分付"句出自《忆旧游·新朋故侣，诗酒迟留，吴山苍苍，渺渺兮余怀也。寄沈尧道诸公》，"润处"句出自《浣溪沙·双笋》，"和云"句出自《南浦·春水》，"色展"句出自《踏莎行·跋伯时弟抚松寄傲诗集》，"香寻"句出自《甘州·赵文叔与余赋别十年余。余方东游，文叔北归，况味俱寥落。更十年观此曲，又当何如耶》，"都在"句出自《木兰花慢·书邓牧心东游诗卷后》，"瑶台"句出自《壶中天·养拙园夜饮》或《华胥引·钱舜举幅纸画牡丹、梨花。牡丹名洗妆红，为赋一曲，并题二花》，"珠光"句出自《西江月·绝妙好词乃周草窗所集也》，"底须"句出自《意难忘·中吴车氏，号秀卿，乐部中之翘楚者，歌美成曲得其音旨。余每听，辄爱叹不能已，因赋此以赠。余谓有善歌而无善听，虽抑扬高下，声字相宣，倾耳者指不多屈。曾不若春蚓秋蛩，争声响于月篱烟砌间，绝无仅有。余深感于斯，为之赏音，岂亦善听者耶》，"挥毫"句出自《摸鱼子·寓澄江喜魏叔皋至》，"丘壑"句出自《风入松·岫云》，"吟思"句出自《南乡子》，"凌虚"句出自《瑶台聚八仙·千岩竞秀》，"飞入"句出自《忆旧游·登蓬莱阁》，"醉招"句出自《甘州·和袁静春

---

① （清）江昉：《集山中白云词句》，张宏生《全清词雍乾卷》第3册，南京大学出版社2012年版，第1633页。

人杭韵》,"游冶"句出自《浪淘沙·作墨水仙寄张伯雨》,"相逢"句出自《台城路·庚辰秋九月,之北,遇汪菊坡,一见若惊,相对如梦。回忆旧游,已十八年矣。因赋此词》,"依然"句出自《风入松·题蒋道录溪山堂》。这些句子全部出自《山中白云词》中的成句,仅"相逢"句中的"逢"字,张词原作"看",大概因意思接近而误。江昉此词,显然不像上引《念奴娇》中的句子那样与张炎原词差别较多。比较而言,《壶中天·遣兴》甚至所有的句子都与张炎原词一致,就更为难得了。

从以上分析可以看出,无论是小令、中调还是慢词,江昉使用的都是张炎《山中白云词》中的成句,虽然个别地方或因词人误记,或因有意改动而与原作略有不同,但总体上流畅自然,能准确表达出词人的思想和感情。金兆燕《集山中白云词序》云:

> 鲭合五侯之美,葱渫皆调;酒含百末之英,兰馨斯发。珠穿乙乙,遂成璎珞之奇观;锦织层层,全藉组训之妙手。然捋撰诗句,不过五言七言,若排比词家,或易同音调,未有抶百弓之亩浍,另起波澜;卸七宝之楼台,自为榱桷,如橙里词人之集玉田词句者也,盖其好之既专故尔。[1]

金兆燕所云,正是对江昉《集山中白云词句》创新意义的肯定。江昉的《集山中白云词句》不仅全部集自张炎的《山中白云词》这一种别集,而且以慢词为主,难度很高。

二 往事如梦的感慨

江昉的《集山中白云词句》26首,题材不算狭窄,但贯穿在其中的最突出内容却是往事如梦的感慨。先看集中第一首《壶中天·遣兴》:

> 岁华空老,抱孤琴思远,白云谁侣。花艳烘春曾卜夜,散尽黄金

---

[1] (清)江昉:《集山中白云词句》,民国石印本,卷前序。

第六章 集宋词

歌舞。海国轻车，长河饮马，盘礴那堪数。鬓边白发，不知来自何处。　　逸兴纵我清狂，引瓢孤酌，壶内藏今古。紫绶金章都莫问，试托醉乡分付。懒赋长杨，闲扶短策，心事已迟暮。倚兰声歇，月明摇碎江树。①

词中"岁华"句出自《长亭怨·为任次山赋驯鹭》或《征招·答仇山村见寄》，"抱孤"句出自《暗香·送杜景斋归永嘉》，"白云"句出自《三姝媚·送舒亦山游越》，"花艳"句出自《减字木兰花·寄车秀卿》，"散尽"句出自《甘州·赵文叔与余赋别十年余。余方东游，文叔北归，况味俱寥落。更十年观此曲，又当何如耶》，"海国"句出自《声声慢·别四明诸友归杭》，"长河"句出自《甘州·庚寅岁，沈尧道同余北归，各处杭、越。逾岁，尧道来问寂寞，语笑数日，又复别去。赋此曲，并寄赵学舟》，"盘礴"句出自《清波引·横舟是时以湖湘廉使归》，"鬓边"句出自《踏莎行·卢仝啜茶手卷》，"不知"句出自《摸鱼子·寓澄江喜魏叔皋至》，"逸兴"句出自《声声慢·重过垂虹》，"引瓢"句出自《台城路·游北山寺》，"壶内"句出自《摸鱼子·为卞南仲赋月溪》或《青玉案·闲居》，"紫绶"句出自《满江红·澄江会大初李尹》，"试托"句出自《探春·己亥客阊间，岁晚江空，暖雨夺雪，篝灯顾影，依依可怜。作此曲，寄戚五云。书之，几脱腕也》，"懒赋"句出自《凄凉犯·北游道中寄怀》，"闲扶"句出自《庆清朝·韩亦颜归隐两水之滨，殆未逊王右丞茱萸沜。予从之游，盘花旋竹，散怀吟眺，一任所适。太白去后三百年，无此乐也》，"心事"句出自《祝英台近·与周草窗话旧》，"倚兰"句出自《暗香·送杜景斋归永嘉》，"月明"句出自《还京乐·送陈行之归吴》。词中的句子虽然出自张炎的二十多首词，但词人将它们组织在一起，表现的却是自己因怀才不遇而放浪形骸的生活和人生如梦、借酒消愁的暮年心态。作为集中的第一首词，此词具有开宗明义的性质，反映了该集的主要内容取向。

---

① （清）江昉：《集山中白云词句》，张宏生《全清词雍乾卷》第 3 册，南京大学出版社 2012 年版，第 1627 页。

从前文所列的标题可以看出,《集山中白云词句》中的题材有抒怀、咏物、赠答、纪游、题画、题词等。不过,这些作品在不同程度上都体现出那种往事如梦的感慨。

就抒怀词来说,如《摸鱼儿·岁暮病起柬诸同社》:

掩重门、江空岁晚,萧萧倦听风雨。好怀渐向中年减,说与当时歌舞。吟思苦。但春蚓秋蚓,一字无题处。危阑慢抚。怜我鬓先华,少陵愁老,心事已迟暮。　休忘了,明月闲延夜语。野云松下无数。一杯清为嘉宾共,犹倚梅花那树。深院宇。看静里闲中,如把相思铸。寒汀古溆。甚酿得春来,蕙香波暖,多为买春去。①

此词上片从"江空岁晚"写起,继写年岁渐老,吟思更苦,最后感叹自己不仅老迈,连心态也已经老了;下片回忆年轻时风流清雅的文士生涯,归结到目下的借酒消愁。此词在结构和内容上,都几乎与前引《壶中天·遣兴》如出一辙。

就咏物词来说,如《高阳台·落梅》:

玉籁无声,苍云息影,孤山山下人家。枝上飘空,泉分冷淡生涯。梦随蝴蝶飘零后,向西湖、重隐烟霞。正凄迷、水国春空,换却繁华。　不愁抱石疑非玉,对荒台茂苑,酒醒啼鸦。带月曾过,涓涓野水晴沙。最愁人是黄昏近,想依然、竹外横斜。又西东,影散香消,窈窕纹纱。②

梅花的凋零,正如一日的黄昏,抑或人生的暮年,都代表着一种美好的逝去,以及给人留下的不甘和追忆。"最愁人是黄昏近,想依然、竹外横斜"几句,何尝仅仅是对梅花盛时美丽的留恋,也是词人对自己盛年生

---

① (清)江昉:《集山中白云词句》,张宏生《全清词雍乾卷》第3册,南京大学出版社2012年版,第1628页。
② 同上书,第1631页。

第六章　集宋词

活的留恋，亦是往事如梦的意思。

就赠答词来说，如《御街行·寄怀陈春渠武林》：

> 共饮风月西湖醉。回首梦、悠然意。小楼昨夜雨声浑，落叶与愁俱碎。故人何处，玉樽别后，叹行云流水。　　相逢懒问盈亏事。最无据、人间世。潮生潮落海门东，一笑生涯如此。远天淡云，驿传梅信，折一枝聊寄。①

在一首寄赠朋友的作品中，回忆彼此的交往是自然的事情，可是词人却反复感叹"回首梦、悠然意""落叶与愁俱碎""最无据、人间世"，甚至只好以苦笑来自解。

在赠给妓女的作品里，也有这样的内容。如《少年游·朱喜娘，壬午见之，匆匆十年矣。金秋重过姑苏，泛月枫桥，舍舟就岸，轻扉乍启，犹能识前度人也。因歌四阕，即书其所居之暖翠楼》其一：

> 小乔横路转三叉。那处认纹纱。明月妆楼，香凝翠暖，帘影浪花斜。　　十年前事翻疑梦，怜我鬓先华。曾湿衫青，歌桡唤玉，一见又天涯。②

往事依稀人已老。"十年前事翻疑梦，怜我鬓先华"两句，和以上所引那些作品中的主题都是一致的。

除了以上这些完整的作品，表现往事如梦的语句在其他一些作品中也很常见。如"拥一片，蕉间梦醒，花落石床平"（《满庭芳·题黄小松秋影庵图》）、"隔水悬灯，银桥散影，都是旧曾游"（《少年游·朱喜娘，壬午见之，匆匆十年矣。金秋重过姑苏，泛月枫桥，舍舟就岸，轻扉乍启，犹能识前度人也。因歌四阕，即书其所居之暖翠楼》其二）、"已信仙缘较

---

① （清）江昉：《集山中白云词句》，张宏生《全清词雍乾卷》第3册，南京大学出版社2012年版，第1628页。

② 同上书，第1629页。

浅,叹十年不见,流水青苹"(《八声甘州·代答》)、"犹识疏狂,认旧时鸥鹭"(《醉蓬莱·桐江舟次》)等都是。

五代李珣《酒泉子》下片云:"寻思往事依稀梦。泪脸露桃红色重。鬓欹蝉,钗坠凤,思悠悠。"李珣所写,是女主人对过去生活的深情回忆。笔者借用"寻思往事依稀梦"一句,正好能够概括出江昉《集山中白云词句》的内容主题。

三 清空高雅的风格

江昉的《集山中白云词句》明显呈现出清空高雅的风格,这可以从内容、语言等几个方面去认识。

1. 从内容的角度看,《集山中白云词句》虽然以表现往事如梦的伤感为主,但并不浓重,远远没有达到悲哀的地步。前文所举的作品已经能够反映出来这样的特点,这里再举《疏影·红桥赋绿阴》为例:

> 穿幽透密。看方壶拥翠,风弄晴碧。杨柳湾头,扶过溪沙,清润图书琴瑟。不教枝上春痕闹,回首梦、无边香色。甚近来、树底行吟,闲了凄凉赋笔。　　都被楼台占取,锦香缭绕地,还记游历。水国春空,弄影牵衣,惟有歌声消得。惜春休问花多少,但寂寞、冷光流入。趁踏青、门巷悄悄,闲倚栏杆斜日。①

此词所赋对象为扬州红桥的绿阴,但绿阴浓郁说明春天已经逝去,夏天已经到了。这让惜春的词人感到凄凉,"回首梦、无边香色""惜春休问花多少,但寂寞、冷光流入",都流露出这样的情感。即便是描写美女,词人也不以装束的艳丽和感情的浓郁为主。如《满庭芳·素兰》:

> 绾绿梳云,波明香远,和春带出芳丛。闲情潇雅,不与世间同。湘泽无人吊楚,愁日暮、水国春空。细看取,镂花镌叶,约略玉玲

---

① (清)江昉:《集山中白云词句》,张宏生《全清词雍乾卷》第3册,南京大学出版社2012年版,第1632页。

第六章 集宋词

珑。　　飘飘步回雪，洗妆犹湿，绝去尘红。把冰弦弹断，一笑难逢。自有移来蓬岛，花开处、白月千峰。林壑静，从教净冶，犹占古春风。①

对于素兰的容貌和装束，江昉虽然一一写到，但他更强调的是其品性的高雅和飘逸，"闲情澹雅，不与世间同""飘飘步回雪，洗妆犹湿，绝去尘红"。

2. 从语言的角度看，专用张炎的词句，使江昉《集山中白云词句》先天具有清空高雅的特点。如《探芳信·友人有探梅之约，余未及偕行，来日问讯，犹未破萼也》：

醉吟处。待唤起清魂，暗香千树。领一天清气，寄情在谈麈。云多不记山深浅，结屋中间住。想前村、积雪初晴，斜阳归路。　　孤艇且休去。见玉冷闲坡，苔根抱古。竹外横枝，隔浦正延伫。最愁人是黄昏近，怨鹤来何暮。倚高寒、落落奇花未吐。②

在这首咏梅词中，出自张炎咏物词的有6句，其中咏梅词的有4句："暗香""结屋"二句出自《清平乐·赠处梅》，"苔根"句出自《壶中天·白香岩和东坡韵赋梅》，"竹外"句出自《一枝春·为陆浩斋赋梅》；另有"领一"句出自《征招·听袁伯长琴》，"斜阳"句出自《绮罗香·红叶》。出自张炎交游词的有5句，"醉吟"句出自《还京乐·送陈行之归吴》，"寄情"句出自《清波引·横舟是时以湖湘廉使归》，"孤艇""隔浦"二句出自《摸鱼子·寓澄江喜魏叔皋至》，"最愁"句出自《梅子黄时雨·病后别罗江诸友》。出自张炎纪游词的有4句，"云多"句出自《台城路·游北山寺》，"积雪""见玉"二句出自《忆旧游·大都长春宫，即旧之太极宫也》，"倚高"句出自《声声慢·西湖》（或《大圣乐·华春堂

---

① （清）江昉：《集山中白云词句》，张宏生《全清词雍乾卷》第3册，南京大学出版社2012年版，第1627页。

② 同上书，第1628页。

分韵同赵学舟赋》)。出自张炎题画词的有2句,"想前"句出自《法曲献仙音·题姜子野雪溪图》,"落落"句出自《西江月·前题(作墨水仙寄张伯雨)》。其余两句,"待唤"句出自张炎的悼亡词《霜叶飞·悼澄江吴君立斋,南塘、不碍、云山,皆其亭名》,"怨鹤"句出自张炎的咏史词《蝶恋花·邵平种瓜》。咏物也好,写友情也好,纪游也好,题画也好,由于张炎原作具有清空高雅的特点,江昉将这些词句组织而成的新作也继承了这样的特点。即便是他写妓女的那组《少年游》,词句的出处也与此词大同小异。

3.《集山中白云词句》清空高雅风格的形成,跟江昉接受张炎的词学思想有关。张炎在南宋大力提倡雅词,其所著《词源》关于"清空"是这样陈述的:

  词要清空,不要质实;清空则古雅峭拔,质实则凝涩晦昧。姜白石词如野云孤飞,去留无迹。吴梦窗词如七宝楼台,眩人眼目,拆碎下来,不成片段。此清空质实之说。梦窗《声声慢》云:"檀栾金碧,婀娜蓬莱,浮云不蘸芳洲。"前八字恐亦太涩。如《唐多令》云:"何处合成愁。离人心上秋。纵芭蕉不雨也飕飕。都道晚凉天气好,有明月,怕登楼。　年事梦中休。花空烟水流。燕辞归客尚淹留。垂柳不萦裙带住,漫长是,系行舟。"此词疏快却不质实。如是者集中尚有,惜不多耳。白石词如《疏影》《暗香》《扬州慢》《一萼红》《琵琶仙》《探春》《淡黄柳》等曲,不惟清空,且又骚雅,读之使人神观飞越。[1]

张炎的评述不仅有助于理解其《山中白云词》的特点,对理解江昉的《集山中白云词句》清空高雅的风格也有明显的帮助。

江昉《集山中白云词句》清空高雅之风格的形成,还跟当时的文学环境和他的个人修养有关。江昉生活于雍乾两朝,正是浙西派盛行的时期。

---

[1] (宋)张炎著,夏承焘校注:《词源注》,人民文学出版社1963年版,第16页。

第六章 集宋词

浙西派在理论上标举姜夔和张炎，尚醇雅，主清空，以致形成了"家白石而户玉田"的局面。江昉是安徽歙县人，距离浙西派的大本营很近，受到浙西词风的影响是很自然的事情。如果没有这种影响，他就不可能写出专集张炎词句的《集山中白云词句》；即使写了，也很难具有清空高雅的风格。同时，江昉不仅长于诗词，而且工于绘画，高雅的艺术趣味对形成《集山中白云词句》清空高雅的风格也有一定的帮助。

作为第一种专门使用一位宋代词人作品的集宋词专集，江昉《集山中白云词句》在表现往事如梦的伤感和清空高雅的风格上，都具有突出的特点。不仅如此，该集对推动同类作品的发展，尤其是对顾文彬《百衲琴言》的产生具有一定的启发意义。

第三节　专取各家为题画
——顾文彬的《百衲琴言》

顾文彬的《百衲琴言》有七编本、一卷本两种文本。七编本是稿本，全由"集宋词"组成。据笔者统计，第一编237首，第二编137首，第三编152首，第四编134首，第五编224首，第六编171首，第七编11首，共1066首作品。这个数量，使得七编本《百衲琴言》成为历史上收录作品最多的集句词集。一卷本是刻本，为光绪十年（1884）所刻《眉绿楼词》8种词集中的第七种，收录87首。二书所收作品互有参差，并没有分合关系。此处依据七编本来分析。

一　专集各家宋词

就选句范围论，《百衲琴言》的最大特点是每一首作品皆专集宋代某一位词人的词句。七编本数量太大，此处仅以第一编为例分析。该编作品虽多达237首，分别集自12位词人的词句。按数量多少排列，依次为：

1. 集辛弃疾词92首，包括《水龙吟·题孙芝房苍筤谷图集辛稼轩》《望江南·前题（题鹤来堂消夏图从施岳体）集稼轩》12首、《临江仙·又题其（伊漪君）荆南策蹇图集稼轩》《南浦·钱萍矼同年集朱竹垞词句题余春水词，复和六阕见贻，赋此答之，即送还都集稼轩》4 首、《风入松·题张仲远诗集集稼轩。今春同舟赴黄，故末句及之》《临江仙·为史干甫题疑似桃源图集稼轩》《宴清都·题刘彦冲山水卷集稼轩》《清平乐·题文南云画山水册十二页集稼轩》12 首、《浪淘沙·题王石谷恽南田范艺园三家合作渔隐图册》中"樵话集稼轩""夜雪集稼轩" 2 首、《木兰花慢·题无可山水册集稼轩》《行香子·题沈子居山水卷集稼轩从许道真体》6 首、《好事近·题程序伯山水册集稼轩》8 首、《减字木兰花·题序伯山水册集稼轩》12 首、《菩萨蛮·题奚铁生山水册集稼轩》10 首、《一落索·题王石谷山水册》其中 4 首、《清平乐·题梅渊公山水卷集稼轩》《烛影摇红·题蓬蓬然画罗饭牛买驴图集稼轩》《八声甘州·题王耕南富春山图集稼轩》《绮罗香·春雨集稼轩》《卜算子·题陈眉公梅花册》其中 5 首、《声声慢·秋声》《芳草·春草》《贺新凉·荷花》《瑶草·雪》《南浦·题周眠卿梅花鹦鸹图集稼轩》《忆故人·为汪子用题东轩吟社图》等。关于其选句特点，可以《水龙吟·题孙芝房苍筤谷图集辛稼轩》为例来分析：

> 杜鹃欲劝谁归，苍梧云外湘妃泪。洞庭春晚，钧天梦觉，月明千里。黄鹄高飞，翠岩谁削，冥冥天际。问斜阳犹照，君诗好处，琅玕湿，相思字。　　湖海平生豪气，病维摩、未堪憔悴。满怀空碧，佳人日暮，岁寒相对。剪竹寻泉，看花索句，此时风味。问北窗高卧，漫劳车马，为苍生起。①

词中"杜鹃"句出自辛弃疾《新荷叶·和赵德庄韵》，"苍梧"句出自《最高楼·送丁怀忠教授入广。渠赴调都下，久不得书，或谓从人辟置，或谓复归闽中矣》，"洞庭"句出自《念奴娇》，"钧天"句出自《满庭芳·游豫章东湖再用韵》，"月明"句出自《西河·送钱仲耕自江西漕移守婺州》，"黄鹄"句出自《沁园春·送赵景明知县东归再用前韵》，"翠岩"句出自《满江红·游南岩和范先之韵》，"冥冥"句出自《哨遍·用前韵》，"问

---

① （清）顾文彬：《百衲琴言》第 1 编，苏州图书馆所藏稿本，第 1 页。

第六章 集宋词

斜"句出自《沁园春·期思旧呼奇狮，或云碁狮，皆非也。余考之荀卿书云：孙叔敖，期思之鄙人也。期思属弋阳郡。此地旧属弋阳县，虽古之弋阳、期思，见之图记者不同，然有弋阳则有期思也。桥坏复成，父老请余赋，作〈沁园春〉以证之》，"君诗"句出自《念奴娇·用韵答傅先之提举》，"琅玕"句出自《满江红·冷泉亭》，"相思"句出自《满江红》（风卷庭梧），"湖海"句出自《念奴娇·和赵国兴知录韵》，"病维"句出自《江神子·闻蝉蛙戏作》，"未堪"句出自《满江红》，"满怀"句出自《满江红·再用前韵》，"佳人"句出自《沁园春·弄溪赋》，"岁寒"句出自《念奴娇·赋傅岩叟香月堂两梅》，"剪竹"句出自《念奴娇·赋雨岩效朱希真体》，"看花"句出自《念奴娇·和赵国兴知录韵》，"此时"句出自《贺新郎·邑中园亭，仆皆为赋此词。一日，独坐停云，水声山色竟来相娱。意溪山欲援例者，遂作数语，庶几仿佛渊明思亲友之意云》，"问北"句出自《水龙吟》，"漫劳"句出自《沁园春·和吴子似县尉》（"漫"字，辛词原作"谩"），"为苍"句出自《水龙吟》。这些句子，都出自辛弃疾的成句，是标准的集辛弃疾词。

2. 集吴文英词75首，包括《清平乐·题鹤来堂消夏图从施岳体集吴梦窗》10首、《贺新凉·前题（题鹤来堂消夏图从施岳体）集梦窗》《念奴娇·黄州雪堂毁于兵火，中丞胡公葺而新之，赋此落成，集梦窗》《水龙吟·题汤雨生采石酬诗图集梦窗》《极相思·为伊漪君题桐阴调鹤图集梦窗》《高阳台·为张晓峰题采兰仕女集梦窗》《忆旧游·昙花岭刘氏蔼园枕郭襟江，亦幽亦旷，郡集觞咏，比于南楼。壬子以来，频经劫火，颓垣断础，满目荒凉。暇日登临，不胜故家乔木之感。主人索赋，为集梦窗句题壁》《江南好·题顾大年山水册十二页集梦窗》12首、《浪淘沙·题王石谷恽南田范艺园三家合作渔隐图册》中"雨泊集梦窗""晚唱集梦窗""渔火集梦窗""霜笛集梦窗"4首、《朝中措·题程序伯山水册》中"六君子图集梦窗""松阴滩响集梦窗""溪庐图集梦窗""夜山图集梦窗""西兴夜泊集梦窗""潇湘白云集梦窗""少陵诗意集梦窗""江亭闻雁集梦窗"8首、《行香子·题沈石田画卷集梦窗》4首、《一落索·题王石谷山水册》其中4首、《绮罗香·春雨》《声声慢·秋声》《解连环·春柳》

《芳草·春草》《贺新凉·荷花》《瑶草·雪》《卜算子·梅花》其中4首、《忆旧游·题西山纪游图集梦窗》《柳梢青·题孙雪庵桃花卷》《西子妆·题费晓楼仕女图十二帧集梦窗》12首、《高阳台·后园蜡梅一丛，繁英密缀，折枝插胆瓶中。小窗晴暖，已著数花。集梦窗句赋之》《忆故人·为汪子用题东轩吟社图》《瑞鹤仙》。如《极相思·为伊漪君题桐阴调鹤图集梦窗》：

> 平生秀句清樽。凉与素怀分。臞仙风举，还依不忍，甘卧闲云。月向井梧梢上挂，蘸平烟，萦断秋魂。翠阴蒙密，霜红舞罢，清瘦黄昏。①

词中"平生"句出自吴文英《沁园春·送翁宾旸游鄂渚》，"凉与"句出自《极相思·题陈藏一水月梅扇》，"臞仙"句出自《水龙吟·寿梅津》，"还依"句出自《瑞鹤仙·春感》，"甘卧"句出自《沁园春·送翁宾旸游鄂渚》，"月向"句出自《龙山会·陪毘陵幕府诸名胜载酒双清赏芙蓉》，"蘸平"句出自《贺新郎·为德清赵令君赋小垂虹》，"萦断"句出自《夜飞鹊·蔡司户席上南花》，"翠阴"句出自《满江红》，"霜红"句出自《齐天乐·与冯深居登禹陵》（"舞罢"二字，吴词原作"罢舞"），"清瘦"句出自《瑞鹤仙·饯郎纠曹之严陵分韵得直字》，都是吴文英的原句。

3. 集周密词24首，包括《朝中措·题程序伯山水册》中"竹堂观梅集周草窗""溪楼延月集草窗""春湖烟雨集草窗""山城春晚集草窗""云壑图集草窗""天寺晓月集草窗""大痴溪山集草窗""松壶诗意集草窗"8首、《烛影摇红·题王廉州山水册》中4首、《三姝媚·题赵文度山水卷集草窗》《绮罗香·春雨》中2首、《解连环·春柳》《瑶草·雪》《卜算子·梅花》《柳梢青·题孙雪庵桃花卷》《忆故人·为汪子用题东轩吟社图》《珍珠帘》《玉漏迟》《声声慢》《江南好》。

---

① （清）顾文彬：《百衲琴言》第1编，苏州图书馆所藏稿本，第9页。

第六章 集宋词

4. 集苏轼词20首，包括《江城子·题汤秋司词稿即送之还蜀集苏东坡》《浪淘沙·题王石谷恽南田范艺园三家合作渔隐图册》中"故港集苏东坡""濯足集东坡"2首、《减字木兰花·题朱青立山水册集东坡》6首、《烛影摇红·题王廉州山水册》中4首、《卜算子·题陈眉公梅花册》中3首、《贺新凉·荷花》《瑶草·雪》《柳梢青·题孙雪庵桃花卷》《忆故人·为汪子用题东轩吟社图》。

5. 集张炎词7首，包括《浪淘沙·题王石谷恽南田范艺园三家合作渔隐图册》中"狎鸥集张玉田"、《绮罗香·春雨》《声声慢·秋声》《解连环·春柳集张玉田》《芳草·春草》《贺新凉·荷花》《瑶华·雪》。

6. 集周邦彦词7首，包括《解连环·春柳》《芳草·春草》《贺新凉·荷花》《瑶草·雪》《潇潇雨·题钱叔美画册八帧》其中1首、《渡江云》《探芳信》。

7. 集王沂孙词3首，包括《绮罗香·春雨》《声声慢·秋声》《柳梢青·题孙雪庵桃花卷》。

8. 集史达祖词3首，包括《解连环·春柳》《贺新凉·荷花》《瑶草·雪》。

9. 集范成大词3首，即《卜算子·梅花》3首。

10. 集姜夔词2首，即《声声慢·秋声》和《贺新凉·荷花》。

此外，还有集陈允平词1首，即《浪淘沙·题王石谷恽南田范艺园三家合作渔隐图册》中"晴钓集陈君衡"；集仇远词1首，即《绮罗香·春雨》。

从以上排列可以看出，第一编的237首词，分别集自宋代的12位词人，但彼此众寡悬殊。集辛弃疾词91首，占总数的38%；集吴文英词75首，占总数的32%；集周密词24首，占总数的10%；集苏轼词20首，占总数的8%；至于其余的作品，数量都很少。由此可以看出，顾文彬并不像此前的沈传桂那样独宗周邦彦、姜夔一系列词人，而是苏、辛与周、姜并重。这跟常州词派的词学观点和词学影响是一致的。

其余几编中的"集宋词"虽然情况有所差别，即各编中所集词句的范围不完全相同，所集诸作的比例也有变化，但就其总体特征而言，跟第一编都是一致的。

二 以题画为主

跟以前所有的集句词不同，《百衲琴言》在题材上最大的特点是其中绝大多数都是题画之作，其余的作品很少。这在上面所引第一编的标题中已经可以看出，这里再以第二编为据来分析。第二编共有集词137首，包括《念奴娇·题文衡山长江万里图》4首（包括集辛稼轩、集姜白石、集吴梦窗、集张玉田各1首）、《蓦山溪·题文衡山古柏图集稼轩》《忆故人·题文衡山茶具图》2首（集梦窗、玉田各1首）、《潇潇雨·题明五贤朱竹图》2首（集梦窗、玉田各1首）、《江南好·题沈石田虎丘图》2首（集梦窗、玉田各1首）、《前调·题费廉卿笠泽渔隐图集稼轩》《烛影摇红·题明人合作药草山房图》2首（集稼轩、玉田各1首）、《前调·题文衡山深翠图》2首（集梦窗、玉田各1首）、《一枝春·题方方壶云林钟秀图集玉田》《高阳台·题沈石田吴江图》2首（集梦窗、玉田各1首）、《前调·题徐幼文石涧书隐图集玉田》《西子妆·题王友石寿朴堂图》2首（集稼轩、玉田各1首）、《夜行船·题仇十洲秋江独钓图》4首（集东坡、稼轩、梦窗、玉田各1首）、《壶中天·题文衡山天台图集玉田》《壶中天·题仇十洲蓬莱仙弈图》2首（集玉田、梦窗各1首）、《江南好·题程清溪卧游图集张玉田》《一枝春·题汪穗生载鹤探梅图集张玉田》《风入松·题王石谷听松图》2首（集稼轩、玉田各1首）、《贺新凉·题采白仙子小像。采白姓许氏，吴邑洞庭山人，朱和羲之姬。庚申之变，姬骂贼不屈死。著有〈和漱玉词〉》（集稼轩）、《凤凰台上忆吹箫·题劳镜香女史绿云山房遗稿集周草窗句》《壶中天·题吴渔山浔阳琵琶图》4首（集周草窗、玉田、梦窗、周美成各1首）、《摸鱼儿·题李龙眠渊明醉休图集张玉田》《忆故人·前题集稼轩》《渡江云·题沈石田云冈小隐图》2首（集玉田、稼轩各1首）、《蕙兰芳引·题陈古白墨兰卷梦窗》《减字木兰花·题钱磬室兰竹卷》4首（集东坡、稼轩、梦窗、玉田各1首）、《清平乐·题徐贯时牡丹卷集辛稼轩》《浪淘沙·题某小照集玉田》《西江月·题铁琴女史花卉册集草窗》《望仙楼·题项孔彰五牛图集张玉田》《青玉案·题朱子鹤万竹楼图集玉田》《南浦·题顾符稹画少陵诗意集张玉田句赋得"云

第六章 集宋词

嶂宽江北，春耕破瀼西"》《潇潇雨·集吴梦窗句赋得"江国逾千里，山城近百层"》《真珠帘·集辛稼轩句赋得"高江急峡雷霆斗，古木苍藤日月昏"》《扫花游·集玉田句赋得"山连越巂蟠三蜀，水散巴渝下五溪"》《江南好·集玉田句赋得"石出倒听枫叶下，橹摇背指菊花开"》《高阳台·集梦窗句赋得"青惜峰峦过，黄知橘柚来"》《江南好·题金子春东篱采菊图集辛稼轩句》《高阳台·题金静知花溪伴梅图集玉田句》《扫花游·题文衡山石湖花游图》4首（集吴梦窗、周草窗、张玉田、史梅溪各1首）、《壶中天·题石涛江上新绿图集张玉田句》《洞仙歌·题刘松年蓬莱仙居图》2首（集玉田、稼轩各1首）、《浪淘沙·题元人闲止斋图集玉田》《琐窗寒·题姚云东山水集稼轩》《好事近·题沈石田送行图》2首、《夏初临·题文衡山永日茅堂图》2首（集稼轩、玉田各1首）、《春从天上来·自题花天跨蝶图。作于戊申，距今癸亥十六年矣。残花幺蝶，都付前尘，落叶哀蝉，怕翻旧曲。补题四阕，言愁欲愁》4首（集东坡、稼轩、梦窗、玉田各1首）、《木兰花慢·题陆包山虎丘图》2首（集梦窗、玉田各1首）、《木兰花慢·题文衡山西爽草堂图集稼轩》《眼儿媚·题杜东原沈石田刘完庵山水卷》5首（集东坡、草窗、梦窗、稼轩、玉田各1首）、《水龙吟·题张云樵云龙卷集稼轩》《极相思·题文衡山落花诗卷后》10首（集东坡、稼轩、梦窗、玉田、草窗各2首）、《渔歌子·题吴小仙渔乐图集稼轩》10首、《好事近·题钱玉潭山居图》4首（集白石、稼轩、玉田、草窗各1首）、《绿盖舞风轻·题张小峰藕花香里填词图集梦窗》《眼儿媚·题唐六如书画卷集玉田》2首、《湘春夜月·题王蓬心潇湘卧游图集玉田》《木兰花慢·题蒋恒轩邓尉图》2首（集梦窗、玉田各1首）、《多丽·题沈石田吴山草堂图集玉田》《多丽·题萧尺木青山高隐图集玉田》《木兰花慢·题新罗山人山水册》12首（集玉田8首、集梦窗4首）、《忆故人·题仇实父试茗图集玉田》2首、《眼儿媚·题沈石田有竹邻居图集玉田》2首、《减字木兰花·题胡玮醉番图集稼轩》2首。非常值得注意的是，在这137首作品中，题画词有136首之多。特别是其中"题顾符稹画少陵诗意"一组6首，依次为：

空谷覆流泉，绕平畴，渺渺烟波无际。渔屋岸西头，沙汀冷，知有钓船闲舣。当初伴侣，绿蓑青笠玄真子。落落岭头云尚在，一片野怀幽意。　　蒙茸数亩春阴，看长松落荫，晴峦暖翠。隔水动春锄，孤村路，却笑牧童遥指。盟鸥某水，浮踪自感今如此。一似浣花溪上路，收入篷窗深里。（《南浦·题顾符稹画少陵诗意集张玉田句赋得"云嶂宽江北，春耕破瀼西"》）

乱云生古峤，瞰沧波，江碧远山青。断江楼望睫，新漪涨翠，蘸影西城。城外湖山十里，湘水一春平。连樯东西岸，岸压邮亭。　　还泊邮亭唤酒，傍危阑醉倚，翠嶂围屏。对女墙山色，多黟镜华明。渺征槎，沧波千顷去匆匆，斜日落渔汀。天风嫋，数声钟暮，一叶舟轻。（《潇潇雨·集吴梦窗句赋得"江国逾千里，山城近百层"》）

江山病眼昏如雾。翻沉陆，咫尺蛟龙云雨。汹涌到崔嵬，笑挂瓢风树。谁信天峰飞在地，又却怕、再三遮住。记取。似三峡风涛，湘灵来去。　　天上绛阙清都，待燃犀下看，半空鸥鹭。野碧涨荒莱，望青葱无路。更觉元龙楼百尺，但笑指、舳舻翔舞。何处。怅雪浪粘天，风波平步。（《真珠帘·集辛稼轩句赋得"高江急峡雷霆斗，古木苍藤日月昏"》）

悬厓小槛，溯万里天风，半空飞露。异乡倦旅。但危峰缥缈，马蹄何处。古道依然，多少骅骝老去。漫延伫。任一路白云，飞梦湘楚。　　问径松不语。自窈窕寻源，再盟鸥鹭。巴山夜雨。过千岩万壑，江涛如许。匹练秋光，炯炯近天尺五。照苔树。映参差，断霞千缕。（《扫花游·集玉田句赋得"山连越巂蟠三蜀，水散巴渝下五溪"》）

吟老丹枫，待题红叶，也知不做花看。半江摇碧，石影倒悬山。还胜飘零多少，霜风劲，飞过前滩。斜阳外、中峰壁立，何用跻攀。　　更将秋共远，楚芳难赠，蕊佩珊珊。甚江蓠摇落，空对婵娟。篱下白衣来否，漫遥指、浣锦溪边。留连意，扁舟欲换，啸咏白鸥前。（《江南好·集玉田句赋得"石出倒听枫叶下，橹摇背指菊花开"》）

雾锁林深，蓝浮野阔，西风先到岩扃。一叶寒涛，沙鸥不似身

第六章 集宋词

轻。湘波山色青天外，翠参差，秋与云平。试回头、岫敛愁蛾，只隔烟屏。　　冰滩鸣佩舟如箭，对沧江斜日，一水盈盈。坠叶销红，冷枫频落江汀。黄包先著风霜劲，暝堤空，望眼愁生。载清尊、桥下相逢，纤手香凝。（《高阳台·集梦窗句赋得"青惜峰恋过，黄知橘柚来"》）①

由这组词可知，清初画家顾符稹曾经依据杜甫诗意绘了6幅图画。"云嶂"二句出自杜甫《卜居》，"江国"二句出自《泊岳阳城下》，"高江"二句出自《白帝》，"山连"二句出自《野望》，"石出"二句出自《送李八秘书赴杜相公幕》，"青惜"二句出自《放船》，都是杜甫的诗句。后来这6幅图画流传到顾文彬手中，他分别集张炎、吴文英、辛弃疾之句写了这组作品。这样的作品，是非常独特的。

在第二编为数众多的作品中，仅有一首不属于题画词，即《凤凰台上忆吹箫·题劳镜香女史绿云山房遗稿集周草窗句》：

玉镜尘昏，危弦调苦，凤箫怨彻清商。想绮疏空掩，曲曲回廊。闲展绣鸳残谱，爱露笺、洗尽时妆。应难写，临流瘦影，连理秋房。　　明珰。琼扉十二，奈草色迷云，仙影悬霜。比人间春别，何似唐昌。自是萧郎飘泊，念旧游、都是思量。凄凉句，年芳易失，蝶梦空忙。②

此词是顾文彬为已故女词人劳镜香的词集《绿云山房遗稿》所写的题词。作为唯一的例外，此词的存在远不足以改变第二编中的作品以题画为主的结论。其余各编的题材虽有所不同，但在以题画为主这一点上都是一致的。

三　大量使用组词

从外在形式看，《百衲琴言》最突出的特点是以组词为主，且结构方式

---

① （清）顾文彬：《百衲琴言》第2编，苏州图书馆所藏稿本，第31—35页。
② 同上书，第21页。

集句词研究

多样。前引第一编、第二编的标题已经能够反映出这方面的特点，此处再以第三编为例进行考察。第三编共有 152 首词，其中以单篇形式存在的只有《南浦·题王石谷清閟阁图集稼轩》《疏影·题姚梅伯墨梅卷集张玉田》《壶中天·题倪鸿宝仿米家山水卷集稼轩》（原注："删"）、《雨中花·题顾眉生范双玉兰卷集周草窗句》《锦堂春·题沈石田思谖图集稼轩》《锦堂春·题石田思萱图集玉田》《氐州第一·题金冬心马卷集玉田》《庆清朝·题改七芗提鞋图集梦窗》《前调（眼儿媚）·题倪鸿宝山水卷集玉田》《满江红·题朱子鹤照集稼轩》《烛影摇红·题蒋卓如梦归图集稼轩》《孤馆深沉·题金芷衫旅馆孤吟图集东坡》《如此江山·又题空山独往图集稼轩》《罗敷媚·题陈培之词稿集玉田》等 14 首，不到总数的 10%。如最后一首：

薛涛笺上相思字，蕊佩珊珊。持寄应难。心似游丝飏碧天。　销魂忍说铜驼事，重听湘弦。得似当年。百万军声戾齿前。①

比较而言，不但组词数量非常多，而且结构方式多样。大致说来，可以分为以下几种情况：

1. 题目相同、词调相同，且集同一人之词。这又可以分为两种情况：第一种比较简单，作品也不多。仅有《减字木兰花·题沈揖甫师琴友酒图集稼轩句》2 首：

相如庭户。一见萧然音韵古。空抚余徽。留和南风解愠诗。　阳春白雪。流水高山弦断绝。千载襟期。此意须教鹤辈知。
一杯深劝。却道达人须饮满。风月追陪。指点芳尊特地开。　坐中豪气。三万六千排日醉。美景良辰。尊俎风流有几人。②

"沈揖甫"即沈维裕，生卒年不详，字益甫，号揖甫，又号颒琴，上海人。清代书画家。根据沈维裕的《师琴友酒图》，顾文彬写了这两首词。

---
① （清）顾文彬：《百衲琴言》第 3 编，苏州图书馆所藏稿本，第 18 页。
② 同上书，第 7 页。

第六章 集宋词

两词上片写琴，下片写鹤，正是对沈维裕画意的阐释。

第二种则在第一种的基础上又分出若干小题目。这样的作品亦不多，仅有《浪淘沙·题薛慰农烟云过眼图集辛稼轩》一组8首和《前调（眼儿媚）·文伯仁为顾汝和画〈芳园十五景〉》一组15首，共计23首。与第一种不同的是，这两组词虽然有共同的题目，如第一组的题目是"题薛慰农烟云过眼图"，但其下又依次分为"椿庭侍读""棣萼谈经""滁山村学""淮水秋风""燕市红尘""鸳湖春梦""章门载酒""沪滨从军"等一些具体的小题目。如第一首：

> 万卷致君人。少日尝闻。更无一字不清真。记取小窗风雨夜，鸡晓钟昏。　　富贵不须论。达则青云。看公冠佩玉阶春。莫向蕉庵追笑语，几树灵椿。（椿庭侍读）①

"薛慰农"即薛时雨（1818—1885），字慰农，又字澍生，号桑根老人，安徽全椒人。薛时雨所绘《烟云过眼图》，当是其一生经历的写照，其中"椿庭侍读"当是少时陪其父读书的情景。顾文彬此词，不仅题写画意，而且对薛时雨的富贵地位和文学成就表示赞赏。两种类别的作品相加，一共10首，仅占第三编总数的7%。

2. 题目相同、词调相同，但分别集自不同词人之词。这样的作品最多，有《减字木兰花·题董思翁琵琶行图》2首（集东坡、稼轩各1首）、《多丽·题杜陵内史百美图》2首（集吴梦窗、周草窗各1首）、《扫花游·题文衡山落花诗卷》6首（集辛稼轩、周美成、史梅溪、吴梦窗、周草窗、张玉田各1首）、《南浦·题钱淑宝处林图》2首（集稼轩、玉田各1首）、《烛影摇红·题唐六如椿树秋霜图》2首（集稼轩、玉田各1首）、《浪淘沙·题王石谷西斋图》4首（集稼轩、尧章、梦窗、玉田各1首）、《烛影摇红·题杨龙友王烟客恽道生张尔唯画卷》2首（集稼轩、玉田各1首）、《渡江云·题吴渔山春村图》2首（集稼轩、玉田各1首）、

---

① （清）顾文彬：《百衲琴言》第3编，苏州图书馆所藏稿本，第2页。

《眼儿媚·题沈石田江云溪月图》4首（集东坡、玉田、梦窗、稼轩各1首）、《前调·题潘顺之纪事册》12首（"西圃种蔬集辛幼安""香雪编茅集张玉田""莲峰访道集玉田""篛岭望湖集玉田""琴台揽胜集吴梦窗""南山枕流集幼安""石楼访僧集幼安""病榻卧游集幼安""山楼读画集玉田""草堂避难集幼安""海天觅句集玉田""焚香宴坐集幼安"各1首）、《浪淘沙·题刘彦冲摹文衡山惠山茶会图》2首（集玉田、梦窗各1首）、《朝中措·题程垢区秋岩耸翠图》2首（集苏东坡、玉田各1首）、《眼儿媚·题周东村听秋图》2首（集稼轩、玉田各1首）、《南楼令·题沈石田溪楼舡月图》4首（集周草窗、辛稼轩、吴梦窗、张玉田各1首）、《壶中天·题沈石田缥缈峰图》5首（集稼轩、梅溪、梦窗、范石湖、玉田各1首）、《瑶华·文衡山关山积雪图》5首（集东坡、稼轩、梅溪、梦窗、玉田各1首）、《清平乐·题沈石田春游图》6首（集史梅溪、东坡、稼轩、梦窗、草窗、玉田各1首）、《水调歌头·乙丑人日何子贞、吴平参饮潘玉泉斋中，各用东坡原韵，翌日余亦沿声》4首（第一首为创作，其余为集稼轩、白石、玉田、梦窗各1首）、《清平乐·题沈石田春游曲后》4首（集稼轩、梦窗、草窗、玉田各1首）、《忆旧游·题王蓬心烟江叠嶂图》2首（集玉田、梦窗各1首）、《瑞鹤仙·文衡山芝庭图》2首（集梦窗、玉田各1首）、《好事近·题张大风山水卷》2首（集东坡、玉田各1首）、《浪淘沙·题唐六如梦仙草堂图》6首（集东坡、稼轩、梅溪、梦窗、草窗、玉田各1首）等83首，占总数的一半。如《清平乐·题沈石田春游图》一组6首：

    又骑驴去。绿障城南树。几点落花饶柳絮。苒苒细吹香雾。 此情老去须休。更须整顿风流。谁与细倾春碧，便愁醺醉青虬。（集史梅溪）

    问公何事。深入芳菲里。拍手欲嘲山简醉。顾问同来稚子。 停骖访古踟蹰。且教红粉相扶。且愿花枝长在，秋原何处携壶。（集东坡）

    行歌不住。自在寻诗去。宝马雕车香满路。谁似先生高举。 绮罗陌上芳尘。赏心乐事良辰。与客携壶且醉，春归似欲留人。（集稼轩）

第六章 集宋词

　　蹇驴吟影。石径幽云冷。净洗绿杯牵露井。应有缃桃千顷。　　御黄堤上重盟。软红深处闻莺。强作酒朋花伴,争如小队春行。(集梦窗)

　　箫声巷陌。漠漠香尘隔。花满翠壶熏砚席。眼缬醉迷朱碧。　　春风一路闻莺。芳堤十里新晴。载酒倦游何处,归鞚困倚芳醒。(集草窗)

　　小桥流水。野径通村市。童子策驴人已醉。无复清游如此。　　薄游也是忺人。何妨款曲行春。多少骅骝老去,春衫惯染京尘。(集玉田)①

根据明代书画家沈周(1427—1509)所绘的《春游图》,顾文彬使用史达祖、苏轼、辛弃疾、吴文英、周密、张炎的词句,创作一组《清平乐》。除了这组,其余作品也是如此,略有不同的是《前调(眼儿媚)·题潘顺之纪事册》一组12首,由"西圃种蔬集辛幼安""香雪编茅集张玉田""莲峰访道集玉田""箬岭望湖集玉田""琴台揽胜集吴梦窗""南山枕流集幼安""石楼访僧集幼安""病榻卧游集幼安""山楼读画集玉田""草堂避难集幼安""海天觅句集玉田""焚香宴坐集幼安"组成。

3. 仅大标题相同,不仅词调不同,所集词人不同,而且下有不同的小标题。这样的作品虽然仅有一组,即《杂题画册》,但作品多达30首,包括《人月圆·集稼轩·月城吹角》《眼儿媚·集稼轩·顺逆风帆》《夜行船·集稼轩·纸鸢》《减字木兰花·集稼轩·渔樵问答》《江南春·集稼轩·猴戏》《三字令·集稼轩·耕溪图》《清平乐·集稼轩·缘橦》《南乡子·集稼轩·虎》《清平乐·集稼轩·献花》《醉花阴·集东坡·黄粱梦》《清平乐·集稼轩·寒山拾得》《前调·集稼轩·黄粱梦》《江南春·集稼轩·张果骑驴》《霜天晓角·集东坡·蝇》《眼儿媚·集玉田·荷锄牵牛》《忆故人·集稼轩·达摩》《诉衷情·集稼轩·庄子》《忆故人·集稼轩·庄子》《朝中措·集稼轩·蓝采和》《江南春·集稼轩·扯淡》《朝中措·集玉田·牛》《忆故人·集稼轩·猪争食》《望江南·集东坡·狗》《望江南·集稼轩·信天翁》《前调·集稼轩·鸥》《前调·集稼轩·鹬蚌相争》

---

① (清)顾文彬:《百衲琴言》第三编,苏州图书馆所藏稿本,第21页。

《昭君怨·集稼轩·庄子》《眼儿媚·题汪仲安元治烟村集诗稿·集玉田》《诉衷情·集玉田·黄粱梦》《眼儿媚·集玉田·鸥》。如其中《忆故人·集稼轩·猪争食》：

> 割肉怀归，鸡豚旧日渔樵社。丰狐文豹罪因皮，谁是强梁者。　　风景怎生图画。气凭陵、凭阑却怕。掉头冷去，长忍饥难，又何廉也。①

看到他人所画"猪争食"的画面，顾文彬想到有的猪虽然看似"强梁"，但最终也难免成为他人的肉食。

从以上分析可以看出，第三编中的作品以组词为主，其构成有三种不同的方式。不仅第三编如此，其余各编也有相同的特征。

这里顺便谈谈一卷本的情况。该卷由《南浦·春水》36首（包括集张先1首、集柳永1首、集苏轼1首、集黄庭坚1首、集晁补之1首、集周紫芝1首、集周邦彦2首、集赵师侠1首、集张元干1首、集侯置1首、集辛弃疾2首、集范成大2首、集张孝祥1首、集程垓1首、集赵彦端1首、集姜夔1首、集陆游1首、集高观国1首、集史达祖3首、集吴文英4首、集陈允平2首、集周密1首、集石孝友1首、集仇远1首、集张翥2首、集张雨1首）、《绮罗春·春雨》4首（集辛弃疾、吴文英、张炎、仇远各1首）、《解连环·春柳》4首（集周邦彦、史达祖、张炎、周密各1首）、《芳草·春草》4首（集辛弃疾、周邦彦、吴文英、张炎各1首）、《贺新凉·荷花》5首（集苏轼、史达祖、姜夔、吴文英、张炎各1首）、《声声慢·秋声》5首（集辛弃疾、王沂孙、吴文英、周密、张炎各1首）、《瑶华·雪》7首（集苏轼、辛弃疾、周邦彦、史达祖、吴文英、张炎、周密各1首）、《水龙吟·孙芝房苍筤谷图集辛稼轩句》《念奴娇·黄州雪堂毁于兵火，中丞胡公葺而新之，赋此落成。集吴梦窗句》《南浦·钱萍矼（宝青）同年典试来鄂，撤闱后集朱竹垞词句题余〈春水词〉，复和六阕，书小册见贻。赋此答之，即送还朝。集辛稼轩句》4首、《贺新凉·题

---

① （清）顾文彬：《百衲琴言》第三编，苏州图书馆所藏稿本，第27页。

第六章 集宋词

采白仙子小像。采白，姓许氏，吴邑洞庭山人朱和羲之侧室。庚申之变，骂贼不屈而死。著有〈和漱玉词〉。集辛稼轩句》《水调歌头·乙丑人日，何子贞、吴退楼饮潘养闲斋中，各用东坡原韵赋盆梅。翌日出示，余亦继声》4首（集辛弃疾、姜夔、吴文英、张炎各1首）、《齐天乐·自题小影》2首（集辛弃疾、张炎各1首）、《极相思·无题》6首（集辛弃疾、周邦彦、周密、苏轼、张炎、吴文英各1首）、《忆故人·与友约往邓尉看桂，宿司徒庙。山楼坐雨，花事已阑，闷拈此解。集苏东坡句》《烛影摇红·李香岩五十寿，赠以采芝图，并媵此词。集辛稼轩句》和《忆旧游·题潘伯寅极乐寺看花图集张玉田句》等，共87首。跟七编本相比，一卷本虽然在专集各家、以组词为主方面都是一致的，但亦有两个明显的不同：其一是该卷中题画作品数量不多，所占比例较低。其二是《南浦·春水》组词中有专集元人张翥、张雨的两首词，跟七编本中全是集宋词有一定的差异。

集宋词的数量虽然比集唐词少得多，但个性比较分明，几乎全部采用宋人的词句，而很少选用他们的诗句，其差别仅在于兼集诸家或者专集一家而已。集宋词的发展，进一步增加了集句词的类别，推动了集句词题材内容的开拓和艺术水平的提高。

第七章 集词词

跟集宋词全部使用宋人词句不同，集词词虽然使用词句，但突破了宋代的限制，即不仅大量使用宋人词句，而且使用唐五代、金、元、明甚至清人的词句。这样的作品，在数量上甚至比集宋词还多，仅笔者见到的专集就有殷如梅的《集词》、沈传桂的《霏玉集》、汪渊的《麝尘莲寸集》和邵曾鉴的《香屑词》四种。

第一节 不薄今人爱古人
——殷如梅的《集词》

集词词的出现可以追溯到明代，汪廷讷的"集宋诗余"《踏莎行》不仅是最早的集宋词，也是最早的集词词。至清初，董元恺的13首"集唐词"也都是集词词。迨至殷如梅写出《集词》一卷，集词词才第一次形成了规模。相对于汪廷讷和董元恺的作品，殷如梅的《集词》具有以下几个方面的发展意义。

一 标举"集词"

在殷如梅之前，专门使用词句写成的集词词很少。明代汪廷讷仅有一首，清初董元恺亦不过13首。跟它们相比，殷如梅的集词词不仅多达34首，而且明确以"集词"名集，从而成为第一部集词词专集。

除了数量多，殷如梅的集词词还明显表现出对慢词的重视。清代毛先

第七章 集词词

舒认为，五十八字以内为小令，五十九字至九十字为中调，九十一字以上为长调，也即慢词。按照这样的标准，汪廷讷使用的词调《踏莎行》58字，属于小令。董元恺使用了9个词调，其中《定西番》35字，《浣溪沙》42字，《更漏子》46字，《三字令》48字，《满宫花》50字，《应天长》50字，《虞美人》56字，这7个词调属于小令；《临江仙》60字，《天仙子》68字，这两个词调属于中调。也就是说，殷如梅之前的集词词全为小令和中调，没有一首慢词。

跟他们二人相比，殷如梅的"集词"不仅使用更多的词调，而且开创了使用慢词的新形式。殷如梅《集词》中使用的词调多达19个，远远超过汪廷讷、董元恺所用词调的总和。这些词调中，属于小令的有9个，即《浪淘沙》，54字；《采桑子》，44字；《相见欢》，36字；《点绛唇》，41字；《极相思》，49字；《减兰》，44字；《菩萨蛮》，44字；《春光好》，40字；《卜算子》，44字。属于中调的有5个，即《一剪梅》，60字；《簇水》，85字；《渔家傲》，62字；《蝶恋花》，60字；《唐多令》，60字。属于慢词的有5个，即《满庭芳》，95字；《三姝媚》，94字；《凤凰台上忆吹箫》，97字；《念奴娇》，100字；《多丽》，139字。如果说使用小令、中调已见于汪廷讷、董元恺二人，使用慢词则是殷如梅的新创。特别是对于其中《念奴娇》一调，词人表现出明显的偏爱，一共写了6首词，即《念奴娇·柳》《念奴娇·春日同沙白岸吴竹屿游山塘》《念奴娇·贺毛介峰举曾孙》《念奴娇·同陆映奎过贝氏园》《念奴娇·秋海棠》《前调·老少年》。如《念奴娇·春日同沙白岸吴竹屿游山塘》：

山桥野岸（曹溶），任东风吹转（邹祗谟），画船无数（刘克庄）。过雨春波浮鸭绿（凌云翰），点破漫烦轻絮（蒋捷）。松作虬龙（赵维烈），水如衣带（张雨），总是牵情处（王彦泓）。来寻苏小（林枚），时时花径相遇（周邦彦）。　　闻道绮陌东头（辛弃疾），茶亭井湿（范纾），何似休归去（僧皎如）。听得提壶沽美酒（马庄父），也解暂留人住（曹贞吉）。翠玉楼前（黄孝迈），绿珠帘畔（周稚廉），唱彻《黄金缕》（秦观）。浓阴听久（陈恕可），倚栏终日凝伫（张埜）。①

虽然此词所用词句跨越几个朝代，但全词如出一手，自然流畅，丝毫没有割裂的痕迹。再如文字最多的《多丽·夏景》：

困人天（宋泰渊），晴晖称拂吟笺（吴文英）。燕交飞凤帘露井（陆子逸），午阴嘉树清圆（周邦彦）。洗尘襟（陆游），寄愁天上（程垓），却画扇（吴棠祯），长啸风前（陈继儒）。独倚胡床（苏轼），闲寻旧谱（徐允贞），此中幽趣向谁传（张锡怿）。最好是初残小雨（姚鉴），衰柳数声蝉（顾夐）。纱窗外几番摇曳（冯瑞），总为情牵（程光禋）。　忽思量时光如剑（商景兰），栏杆徙倚俄延（张蘩）。镇无聊（姜志），凄迷如此（蒋捷），难消受（曹垂灿），景趣天然（刘过）。润逼衣香（姜夔），寒生纨素（张埜），玉人纤手弄清泉（苏轼）。荐碧藕轻丝细雪（赵彦瑞），对酒竟留连（柳永）。惟醉写来禽青李（张雨），竹叶倾全（万锦雯）。②

此词比上词篇幅更长，亦写得委婉摇曳，如诗如画。除了上面提到的6首《念奴娇》和1首《多丽》，其他三个慢词词调的使用的情况是：《满江红》2首，《三姝媚》3首，《凤凰台上忆吹箫》1首，总计为13首。这个数字，已经占到总数的38%，比例非常之高，实属罕见。

总之，殷如梅的集词词不仅数量多，使用的词调也多，尤其是大力创作慢词的做法，在同类作品中具有明显的创新意义。

二　选句范围广泛

殷如梅的集词词尽管专用词句，但在时间上不拘古今，而且由于追求同一首词中"人不重见"，且篇幅更长，所以选句范围也更加广泛。现从几个方面来分析其选句的特点。

---

① （清）殷如梅：《绿满山房集》丁部卷九，《清代诗文集汇编》第438册，第806页。
② 同上。

第七章 集词词

1. 在时间上不分古今。殷如梅的集词词虽然仅用词句，但既不是集唐词，也不是集宋词；既不是集古词，也不是集今词。现以小令为例来分析。一般来说，由于小令体制短小，句子不多，并不需要宽广的选句范围，可是殷如梅却有意突破了朝代的限制。如《相见欢·有意》：

> 垂杨暗锁青楼（欧阳修）。惹春愁（王晔）。忽地有人和小夏帘钩（顾琦坊）。　无消息（吴绮），添烦恼（吴秉仁），恨悠悠（白居易）。别是一般滋味在心头（李后主）。①

就各句作者所属的朝代看，白居易是唐人，李后主是后唐人，欧阳修是宋人，王晔、顾琦坊、吴绮、吴秉仁等是清人。一首只有7句的小词，却用到4个朝代7位诗人的词句，范围不可谓不广泛。又如《浪淘沙·董半舫赠画》：

> 雨过水明霞（文天祥）。曲岸回沙（徐釚）。晚山一半被云遮（石孝友）。历历武陵如在目（凌云翰），只欠桃花（刘过）。　烟暝酒旗斜（秦观）。堤畔人家（邹祗谟）。柳梢残日带归鸦（袁揆燮）。再画一驴驮我去（沈周），逗得些些（顾仲从）。②

此词中出自宋词的有4句："雨过"句出自文天祥《唐多令》（一作邓剡词），"晚山"句出自石孝友《临江仙》，"只欠"句出自刘过《行香子·山水扇面》，"烟暝"句出自秦观《望海潮·洛阳怀古》；出自明词的有3句："历历"句出自凌云翰《蝶恋花》，"再画"句出自沈周《唐多令·题画》，"逗得"句出自顾仲从《柳梢青·萤》；出自清词的有3句："曲岸"句出自徐釚《柳梢青·题画》，"堤畔"句出自邹祗谟《偷声木兰花·红桥即事》，"柳梢"句出自袁揆燮《望江南·晚步》（一作史惟圆词）。这首10句的小令，总共使用了宋代、明代和清代三个朝代10位词人

---

① （清）殷如梅：《绿满山房集》丁部卷九，《清代诗文集汇编》第438册，第806页。
② 同上。

的词句，但彼此却能够浑化无迹地融合在一起，具有较高的艺术价值。这两个例子表明，即使在小令中，殷如梅的集词词在选句上不拘古今的特点也很突出。至于那些中调和慢词，不但都能反映出不拘古今的一面，而且涉及的作者范围更大。

2. 尽量追求一首词中"人不重见"。为了体现出选句范围的广泛，殷如梅在创作时通常遵照了"人不重见"的原则，即在每一首词中同一位词人的词句仅使用一次。因此，词体长度的增加，也就意味着选句范围的扩大。相对于小令，中调涉及的词句作者就更多了。如《唐多令·贺毛上舍合卺》其一：

> 今夕是何年（苏轼）。云轻映碧天（毛文锡）。礼双星（顾贞观），学步随肩（沈树荣）。轻揭罗巾红烛照（彭延祐），箫鼓试（蔡方炳），画屏前（周稚廉）。　卷幔且留连（丁炜）。芙蓉帐底眠（尤侗）。故娇痴（汪懋麟），慵整珠钿（张蘩）。玉貌蛾眉年正少（徐士俊），秦楼月（李白），好姻缘（陶谷）。①

就词中各句的作者论，李白是唐人，毛文锡是五代时后蜀人，苏轼、陶谷是宋人，沈树荣、徐士俊是明人，顾贞观、蔡方炳、周稚廉、丁炜、尤侗、汪懋麟、张蘩是清人。"彭延祐"不知何人，据《全清词顺康卷》第17册考察，其名下的词句实出自汪灏《贺新郎·为程汉宫广文纳妾偕赴武昌，用陈检讨"钿盒同心镂"词韵》，因此作者亦可断为清人。此词共14个句子，作者就有14人，而且涉及唐五代、宋、明、清四个朝代。又如《一剪梅·无题》：

> 溪北溪南出画桥（邹祗谟）。人在东郊（宋征舆），门掩秋宵（周邦彦）。兰汤浴罢倦无聊（王晫），恁不魂销（陈崿），愁绝魂销（王绍）。　花不知名分外娇（辛弃疾）。暗握荑苗（史达祖），寄与兰

---

① （清）殷如梅：《绿满山房集》丁部卷九，《清代诗文集汇编》第438册，第811页。

第七章 集词词

翘（马浩澜）。几时容我夜吹箫（宋褧），料得明朝（辛弃疾），贴近裙腰（钱芳标）。①

此词各句的作者中，周邦彦、史达祖、辛弃疾是宋人，宋褧是元人，马浩澜是明人，邹祗谟、宋征舆、王晫、陈嶷、王绍、钱芳标是清人，亦涉及四个朝代。跟上词不同，此词的 12 个句子只有 11 位作者，因为词中使用了辛弃疾的两句词。考察殷如梅的集词词，除了该词，在一首词中使用同一词人两个词句的情况还见于以下 7 首：《满庭芳·经旧游》使用了清代朱彝尊的 2 个词句，《三姝媚·蟹》分别使用了宋代唐珏和清代曹贞吉的 2 个词句，《满庭芳·月》使用了宋代蒋捷的 2 个词句，《念奴娇·同陆映奎过贝氏园》分别使用了宋代姜夔和元代张埜的 2 个词句，《三姝媚·石榴》分别使用了宋代周密和王沂孙的 2 个词句，《念奴娇·老少年》使用了清代朱彝尊的 2 个词句，《唐多令·贺葛上舍新婚》使用了五代顾夐的 2 个词句。在殷如梅的 34 首作品中，只有 8 首词中出现了使用同一位作者两个词句的情况，不到总数的四分之一，所占比例不高。这些现象的存在，表明殷如梅虽然力求每一首词中"人不重见"，但由于集词词创作的艰难，所以执行起来并不严格。这种追求，进一步推动了词人的选句范围走向广泛。

3. 慢词的选句范围最为广泛。使用他人现成的词句创作慢词是殷如梅的新创。受上面所说的两个因素的影响，慢词的选句范围更加广泛，因为相对于小令和中调，慢词需要的句子更多。如前所举的《念奴娇·春日同沙白岸吴竹屿游山塘》用了宋代以来 20 位词人的词句，《多丽·夏景》用了五代以来 28 位词人的词句，范围都非常广泛。这里再举《念奴娇·柳》：

鹅黄初染（宋荦），正千丝万绪（高观国），数枝争发（杜安世）。转侧自怜娇影好（佟世南），正是雨晴时节（黄子行）。方解开眉（吕渭老），化为飞絮（黄之隽）。最恨东风急（朱彝尊），碧纤青

---

① （清）殷如梅：《绿满山房集》丁部卷九，《清代诗文集汇编》第 438 册，第 808 页。

袅(陈允平),闲门昼掩凄恻(王沂孙)。　长记歌酒阑珊(王彦泓),马嘶芳草(姜垚),动是消魂别(史惟圆)。愁绪不随烟缕断(张渊懿),暗惹翠鹅千结(陈维崧)。难画难描(陈崿),无拘无管(王士禄),舞困腰肢怯(章谦亨)。风流依旧(曹垂灿),又随昨夜羌笛(阙名)。①

此词中的句子,分别出自宋代以后的20位词人之手("又随"句实出自宋代无名氏《万年欢》),亦可见选句范围之广泛。其余几首慢词也有共同的特征。

总之,无论从词人选择词句时不拘古今,还是从其在每一首词中追求"人不重见",都可见他在拓展选句范围方面的努力。特别是他用慢词创作的集词词中,这方面的特点更加鲜明。

三　偏爱宋代、清代词句

殷如梅创作集词词时,虽然在选择词句上不拘古今,但他显然更加偏爱清代和宋代的词句。为了说明这一点,现在对殷如梅集词词的出处分布进行不同角度的统计。词句所属的朝代,以作者的朝代归属为准,依次分为唐代、五代、宋代、金代、元代、明代、清代7个阶段。对于一些跨越两个朝代的作者,其归属以普遍接受的观点为标准进行统计。

1. 词句所属朝代的分布状况。殷如梅的集词词在选用词句时不拘古今,但具体到不同的阶段,被选用的词句数量是不同的。现排列如下:

篇目	句数	唐代	五代	宋代	金代	元代	明代	清代	不详
念奴娇·柳	20	0	0	8	0	0	1	11	0
浪淘沙·董半舫赠画	10	0	0	4	0	0	3	3	0
采桑子·感梦	8	0	0	2	0	0	3	3	0

---

① (清)殷如梅:《绿满山房集》丁部卷九,《清代诗文集汇编》第438册,第806页。

第七章 集词词

念奴娇·春日同沙白岸吴竹屿游山塘	20	0	0	9	0	2	2	7	0
相见欢·有意	7	1	1	1	0	0	0	4	0
满庭芳·经旧游	19	0	0	11	0	2	0	6	0
点绛唇·村居	9	0	0	0	0	1	2	6	0
极相思·闻笛	10	0	0	4	0	0	2	4	0
三姝媚·凤仙	21	0	0	5	0	3	1	12	0
凤凰台上忆吹箫·藕	19	0	0	6	0	1	0	12	0
一剪梅·无题	12	0	0	4	0	1	1	6	0
减兰·郑冀良饷橘	8	0	1	1	0	1	0	5	0
簇水·钱景开六十寿	15	0	1	6	0	0	0	7	1
菩萨蛮·燕	8	0	0	6	0	0	1	1	0
点绛唇·尝茶	9	0	1	2	0	0	1	4	1
念奴娇·贺毛介峰举曾孙	20	0	1	4	1	1	1	12	0
春光好·不碍云山榭晚眺	9	0	1	1	0	0	0	6	1
多丽·夏景	28	0	1	11	0	2	2	10	2
三姝媚·蟹	21	0	0	10	0	1	0	9	1
渔家傲·渔父	10	0	0	3	0	0	1	6	0
满庭芳·月	19	0	1	8	0	0	3	7	0
念奴娇·同陆映奎过贝氏园	20	0	0	9	0	2	2	7	0
三姝媚·石榴	21	0	0	8	0	2	1	10	0
卜算子·独酌	8	0	0	3	0	0	2	3	0
蝶恋花·蟋蟀	10	0	1	3	0	0	2	4	0

念奴娇·秋海棠	20	0	0	9	0	0	0	11	0
前调·老少年	20	0	0	8	0	0	2	10	0
唐多令·贺毛上舍合卺	14	1	1	2	0	0	2	7	1
其二	14	1	0	4	0	0	3	6	0
减兰·题月波楼	8	0	0	3	1	0	1	3	0
唐多令·自题麻姑进酒图	14	1	0	3	0	1	3	4	2
相见欢·春晚	7	0	1	3	0	0	0	3	0
唐多令·贺葛上舍新婚	14	0	2	3	0	0	2	7	0
其二	14	0	3	4	0	0	1	6	0
总计	486	4	16	168	2	20	45	222	9

从以上排列可以看出，殷如梅选用词句时虽然不拘古今，但具体到每一个阶段，中间的差别很大。其中使用的最多的是清代词句，多达222句，考虑到时代不详的9句应该大都是清代词句，则这个数字还会增加，接近总数的一半；其次是宋代词句，亦多达168句，超过总数的三分之一；至于其余阶段的词句，数量都很少，依次为明代45句、元代20句、五代16句、唐代4句、金代2句，加起来只有87句，仅为总数的六分之一。从这些数据可以看出，殷如梅最喜欢选择清代和宋代词句，至于其余阶段的词句，他虽然并不排斥，但使用的数量都很少。

2. 词句作者所属朝代的分布情况。其中有些标明"阙名"的词句虽然作者无考，但有些时代可考；有些则不可考。此处按照每个"阙名"作为一个作者的方式进行统计。由于存在同一作者的词句在不同作品中被多次使用的现象，所以其作者分布情况跟词句所属朝代的分布会有明显的不同。

第七章 集词词

唐代3人：白居易、李白、温庭筠。

五代7人：李后主、冯延巳、薛昭蕴、韦庄、顾夐、毛文锡、牛峤。

宋代76人：高观国、杜安世、黄子行、吕渭老、陈允平、王沂孙、阙名、文天祥、石孝友、刘过、秦观、柳永、刘克庄、蒋捷、周邦彦、辛弃疾、僧皎如、马庄父、黄孝迈、陈恕可、欧阳修、史达祖、阙名、洪咨夔、陆子逸、李清照、曾觌、阙名、萧允之、周紫芝、何籀、赵以夫、周密、萧允之、程垓、李邴、刘天迪、张炎、苏轼、赵善扛、吴文英、黄升、朱淑真、真德秀、毛滂、王从叔、谢逸、章谦亨、张元干、张先、陆游、赵彦瑞、唐珏、叶梦得、葛长庚、姜夔、王安礼、苏过、黄庭坚、韩驹、洪瑹、姚云文、张辑、李彭老、章楶、张镃、阙名（一作欧良词）、王禹偁、阙名、朱敦儒、赵德仁、潘希白、陶谷、阙名、孙和仲、万俟雅言。

金代1人：高士谈。

元代8人：张雨、张埜、张翥、倪瓒、刘因、吴澄、曾允元、宋褧。

明代28人：王彦泓、凌云翰、沈周、顾仲从、杨基、葛震甫、陈继儒、阙名（明小说《玄妙洞天记》）、刘基、文征明、马浩澜、汤传楹、王世懋、吴兆元、商景兰、沈树荣、陈道复、沈兰英、阙名（明小说《玄妙洞天记》）、王行、邵亨贞、阙名、叶小鸾、徐士俊、钱应金、屠隆、施绍华、叶盛。

清代96人：宋荦、佟世南、黄之隽、朱彝尊、姜垚、史惟圆、张渊懿、陈维崧、陈崿、王士禄、曹垂灿、徐釚、邹祗谟、袁揆燮、梁清标、曹溶、赵维烈、林枚、范缵、曹贞吉、周稚廉、王晫、顾琦坊、吴绮、吴秉仁、姚期颖、曹亮武、钱芳标、陈玉璂、王庭、吴亮中、顾景文、彭孙遹、高层云、林云铭、曹尔堪、叶寻源、李良年、陆次云、蒋景祁、路鹤征、钮琇、王顼龄、毛先舒、万锦雯、朱尊、沈皥日、张锡怿、吴伟业、宋征舆、王绍、顾有孝、曹鉴平、陆进、徐洪基、邵斯扬、史夔、陈枋、王概、宋琬、狄亿、王著、丁澎、司旭、赵进美、宋泰渊、吴棠祯、徐允贞、姚鉴、程光桎、张鼒、顾贞观、汪森、李石、吴骐、陆树骏、徐允哲、龚翔麟、尤侗、焦元熹、李符、沈谦、魏坤、厉鹗、高士奇、蔡方炳、丁炜、汪懋麟、汪鹤孙、马铨、吴梅鼎、潘宗洛、毛奇龄、魏学渠、毛际可、黄鸿。

时代不详7人：阙名、陈鹤翔、陈茹伦、冯瑞、姜志、彭延祎、顾瑞祥。

将以上数据加起来，共得作者226人。其中清代96人，占总数的42%；其次是宋代76人，占总数的34%；其后依次是明代28人、元代8人、五代7人、唐代3人、金代1人。无论就其排列顺序还是各阶段词人数量所占的比例，都跟上面按照词句数量统计的结果一致。

3. 选用作者词句的数量统计。殷如梅所用的486个词句，如果以作者为单位进行统计，选用3句以上的一共有63人。其中使用最多的是清代朱彝尊的11句；其后依次是宋代辛弃疾的8句；宋代蒋捷、周邦彦、张炎、苏轼和清代黄之隽、钱芳标的7句；宋代周密，元代张雨、张埜，清代张锡怿的6句；宋代陈允平、王沂孙、秦观、柳永、史达祖、姜夔和清代宋荦、张渊懿、陈维崧、邹祇谟、曹尔堪的5句；五代李后主、冯延巳，宋代刘过、李清照，清代陈崿、曹贞吉、叶寻源、蒋景祁、丁澎、张鼒、尤侗的4句；五代顾敻，宋代杜安世、欧阳修、萧允之、程垓、吴文英、唐珏，元代张翥，明代凌云翰、沈周、顾仲从、沈树荣，清代史惟圆、曹垂灿、曹溶、王晫、姚期颖、陈玉璂、王庭、吴亮中、李良年、路鹤征、沈皞日、王绍、陆进、徐洪基、吴棠祯、顾贞观、汪鹤孙的3句。这63人中，五代3人，宋代20人，元代3人，明代4人，清代33人。为了更清晰地说明这个差别，现排列如下：

朝代	11句	8句	7句	6句	5句	4句	3句	2句	1句
唐	0	0	0	0	0	0	0	1	2

第七章 集词词

五代	0	0	0	0	0	2	1	2	3
宋	0	1	4	1	6	2	6	16	38
金	0	0	0	0	0	0	0	1	0
元	0	0	0	2	0	0	0	5	
明	0	0	0	0	0	0	4	10	13
清	1	0	2	1	5	7	17	22	43

需要说明的是，没有统计在上面排列中的尚未考知年代的陈鹤翔、姜志各2句，陈茹伦、冯瑞、彭延祎、顾瑞祥、阙名等各1句。

以上分析表明，无论从所用词句的朝代分布看，从词句作者所属的朝代分布看，还是从作者所有的词句看，其结论都是一致的。也就是说，虽然殷如梅创作时不拘古今，但他显然更喜欢宋、清两代的词句，其中尤以清代词句为最多。有时甚至整首词都是由宋、清两代词句写成的。如《念奴娇·秋海棠》：

> 秋棠几朵（钱芳标），傍雕栏璧砌（路鹤征），北窗消息（李符）。芳草有情怜荡子（曹亮武），泪湿胭脂红心（朱敦儒）。招得芳魂（周密），娇盈啼靥（王顼龄），挥断柔肠寸（苏轼）。飘零如许（张炎），日长初扫三径（李良年）。　还忆翠阁佳人（沈谦），妖娆侧倚（黄之隽），春睡何曾稳（赵德仁）。料得新来魂梦里（程垓），曾被秋风唤醒（唐珏）。一点芳心（魏坤），千枝媚色（王沂孙），笑记香肩并（刘过）。幽姿欲舞（厉鹗），夜闻无限清兴（姚期颖）。[①]

此词一共20句，分别使用了宋人朱敦儒、周密、苏轼、张炎、赵德仁、程垓、唐珏、王沂孙、刘过的9个词句和清人钱芳标、路鹤征、李符、曹亮武、王顼龄、李良年、沈谦、黄之隽、魏坤、厉鹗、姚期颖的11个词

[①] （清）殷如梅：《绿满山房集》丁部卷九，《清代诗文集汇编》第438册，第810—811页。

句。这首词尤其突出地反映了殷如梅对宋、清两代词句的偏好。

杜甫在《戏为六绝句》其五中说："不薄今人爱古人，清词丽句必为邻。"殷如梅不仅喜爱古人的词句，而且更喜爱当代人的词句，所以才能不拘古今，写出如此众多的集词词来。无论就其采用慢词词调创作集词词来说，还是就其选句时不拘古今来说，殷如梅的做法都可谓独树一帜。

需要补充的是，在《集词》之外，殷如梅还有专集唐诗的《集唐》一集，内收作品49首。殷如梅创作《集唐》，应该是受到了清初"集唐"风气的影响；而其创作《集唐》的经历，显然对创作《集词》具有积极的推动作用。

第二节　瑶琴弹泪满霜袍
——沈传桂的《霏玉集》

沈传桂的《霏玉集》共有作品32首。从表面看，《霏玉集》跟殷如梅的《集词》在选用词句上都不拘古今，甚至作品数量也非常接近；但该集不但具有浓重的感伤情调，而且开创了专集一家宋词的做法，即使其他作品也以宋句为主，具有自己的鲜明特点。

一　浓重的感伤情调

阅读《霏玉集》中的作品，令人感触最深的是洋溢其中的浓重伤感。这种伤感贯穿在所有的作品中，没有一首能够例外。为了便于说明问题，现按照题材的不同来分析。

1. 季节变换的伤感。春花烂漫是一年中最美丽的风景，可是花开易落，总令人联想到美丽的短暂。这样的内容，在《霏玉集》中得到了充分的反映。如《雨中花·集周草窗句》：

梦隔屏山飞不去（《南楼令》）。叹转眼岁华如许（《长亭怨》）。玉镜尘昏（《三姝媚》），琼窗夜暖（《一枝春》），小小闲庭宇（《蝶

第七章 集词词

恋花》）。 睡起折枝无意绪（《解语花》）。但罗袖轻沾飞絮（《大圣乐》）。怨蝶迷花（《秋霁》），啼鹃暗碧（《宴清都》），春在无人处（《点绛唇》）。①

此词主要表现女主人公"叹转眼岁华如许"的伤感。由于无法梦到所思之人，思妇看到怨蝶迷花，飞絮沾袖，不由得伤心起来。这样的作品较多，如《清平乐》《忆故人·集周草窗句》《踏青游·集吴梦窗句》等都有类似的内容。除了暮春的落花，秋天的景物同样能给人带来悲伤的情绪。他有一首《菩萨蛮·寒夜》：

藜床香篆横轻雾（葛胜仲《点绛唇》）。闭门日日听风雨（邵亨贞《虞美人》）。风雨五更头（司马昂父《最高楼》）。离人心上秋（吴文英《唐多令》）。 砌虫终夜语（李莱老《齐天乐》）。总是销魂处（吴潜《青玉案》）。孤影小窗灯（陈克《临江仙》）。萧萧败叶声（李祁《南歌子》）。②

自宋玉之后，中国人逐渐形成了根深蒂固的悲秋传统。沈传桂此词，即写孤居之人在寒夜里听到萧萧的落叶声后心头涌起的凄凉情绪。春秋景物的特点，在敏感的词人那里唤起的都是深深的悲伤。

2. 男女相思的眼泪。在人类的各种情感中，爱情是最美丽动人的；而男女离别带来的愁绪，又总是悲悲切切的。《霏玉集》中，表现男女离别和相思的作品较多。如《减兰》：

绿阴门掩（王沂孙《长亭怨》）。池上碧苔三四点（晏殊《破阵子》）。曲曲屏山（姜夔《齐天乐》）。独倚西楼第几栏（周密《鹧鸪天》）。 轻寒帘影（王沂孙《高阳台》）。宿粉残香随梦冷（杨恢《倦寻芳》）。舞榭歌台（辛弃疾《清平乐》[《永遇乐》]）。一样东风

---

① （清）沈传桂：《霏玉集》，《清梦庵二白词》卷五，道光二十五年刻本，第10页。
② 同上书，第3页。

两样吹（吴元可《采桑子》）①

绿荫掩住了门扉，春花逐渐凋零。面对着此情此景，闺中少妇的思夫之感逐渐强烈起来。她一个人独倚栏杆，想象着一样的春风吹到她与远方的丈夫身上产生的不同感受。如果说此词中的感情还比较温婉，有些词中的感情则要强烈得多。如《苏幕遮》：

翠帘垂（欧阳炯《三字令》），香阁掩（顾夐《诉衷情》）。飏尽东风（何可视《蝶恋花》），绛雪飞千片（李廷忠《生查子》）。十二阑干闲倚遍（朱淑真《谒金门》）。雾湿云鬟（曾允元《齐天乐》），雨湿梨花面（王特起《喜迁莺》）。　敛愁眉（牛峤《感恩多》），搵泪眼（吴文英《玉漏迟》）。倦出犀帷（史达祖《三姝媚》），拂晓停针线（寇准《点绛唇》）。为是玉郎长不见（魏承班《玉楼春》）。鬟怯琼梳（周邦彦《过秦楼》），瘦觉妆痕浅（元好问《清平乐》）。②

此词中的女主人"雨湿梨花面""搵泪眼"，原因都只有一个，即"为是玉郎长不见"，于是相思的悲苦在这首词中得到了尽情宣泄。《霏玉集》中表现相思的作品还有《临江仙》《渔家傲》《蝶恋花》《如梦令》《荷叶杯》《诉衷情·集姜白石句》等。这些作品抒发情感的强度虽然不同，但在表现爱情上则是一致的。

3. 友情引发的悲苦。友情也是沈传桂重视的内容之一，作品有《探春慢·寄曹艮甫三河》《台城路·寄朱酉生山阴》《水调歌头·送孙子和之扬州》《点绛唇·送邵子山归沔上集张玉田句》《玉蝴蝶·夜窗孤坐，云雁不来，书此为天末故人问集张玉田句》等5首。无论是寄赠也好，还是送别也好，表现的都是悲伤的感情。这里聊举一首《台城路·寄朱酉生山阴》：

相思一夜苹花老（王沂孙《踏莎行》），离声送君南浦（贺铸《下

---

① （清）沈传桂：《霏玉集》，《清梦庵二白词》卷五，道光二十五年刻本，第3页。
② 同上书，第6页。

第七章 集词词

水船》)。小径吹衣（史达祖《万年欢》），残沙拥沫（马应瑞《天香》），酒醒不知何处（彭元逊《子夜歌》）。书空独语（陆游《珍珠帘》）。正宿雨初收（马庄父《孤鸾》），数峰清苦（姜夔《点绛唇》）。云锁吴山（邵亨贞《满江红》），暮帆零乱向何许（姜夔《长亭怨》）。　余寒犹掩翠户（周密《解语花》）。想文君望久（姜夔《八归》），惟有高树（王沂孙《扫花游》）。路转溪斜（吴琚《浪淘沙》），屏遥梦冷（李莱老《高阳台》），尽是愁边新句（高观国《喜迁莺》）。伤春倦旅（陈允平《摸鱼子》）。向柳外停桡（张翥《木兰花慢》），浩歌归去（冯去非《喜迁莺》）。绿暗长亭（吴文英《祝英台》），落花空细数（张榘《绮罗香》）。①

沈传桂将他对朋友曹艮甫的思念，都倾注在此词中。如果不看题目，单看正文，会让人觉得这是一首男女相思之词。词人借常见的男女相思题材，写出了他与朋友之间的深厚感情和深切思念。

4. 家乡阻隔的思念。沈传桂表现思乡的作品不多，有《风入松》《声声慢·客处殊乡，景物凄冷，欢沉梦杳，言愁黯然》《调笑·集周清真句》和《醉落魄·集张玉田句》等4首。如《声声慢·客处殊乡，景物凄冷，欢沉梦杳，言愁黯然》：

情随佩冷（高观国《永遇乐》），梦似飞花（蔡松年《尉迟杯》），更无人为吹箫（张翥《风入松》）。水曲飘香（吕渭老《梦玉人》），月明独上溪桥（孙光宪《思越人》）。旧游不堪回首（周孚先《木兰花》），尽孤城落木萧萧（彭元逊《疏影》）。珠泪滴（皇甫松《天仙子》），试临鸾一展（邵亨贞《沁园春》），尚染鲛绡（吴文英《莺啼序》）。　脉脉朱栏静倚（柳永《诉衷情近》），怅江南望远（周密《水龙吟》），红豆都消（王沂孙《三姝媚》）。座上琴心（周邦彦《氐州第一》），新愁未肯相饶（高观国《临江仙》）。离人鬓华将换（晏

---

① （清）沈传桂：《霏玉集》，《清梦庵二白词》卷五，道光二十五年刻本，第2页。

几道《碧牡丹》),送春归客尚蓬飘(蒋捷《行香子》)。烟漠漠(李珣《南乡子》),被东风吹上柳梢(陈允平《恋绣衾》)。①

漂流他乡的词人,到了落木萧萧的秋天,思乡的情绪喷薄而出,以至于"珠泪滴""尚染鲛绡"。想到江南的故乡,想到家乡的妻子,想到自己"鬓华将换",他的思绪如春天的游丝,被东风吹上家乡的柳梢。在其余几首思乡题材的词作中,这种乡思之悲都得到不同程度的体现。

5. 追忆往事的凄凉。在几首以回忆往事为主的词作中,词人往往通过今昔对比抒发世事如梦的凄凉感情。其中以《惜余春慢·丝柳始碧,放舟山塘,水边画楼,曾醉芎泽,今燕巢空矣。夕阴如梦,惘然于怀》最为突出:

急雨收春(贺铸《踏莎行》),低篷护冷(王亿之《高阳台》),节物又催寒食(卢炳《谒金门》)。寻寻觅觅(李易安《声声慢》),点点疏疏(赵汝尧《汉宫春》),轻把杏钿狼藉(周密《解语花》)。长记那里西楼(吕渭老《念奴娇》),隔水悬灯(张炎《忆旧游》),倚栏横笛(黄子行《西江月》)。奈年华渐晚(高观国《解连环》),青骢归去(刘镇《水龙吟》),十分孤寂(杨炎《满江红》)。　迎醉面暮雪飞花(吴文英《二郎神》),游丝度柳(陈允平《水龙吟》),谁顾采香仙客(陶宗仪《露华》)。平波卷絮(张炎《高阳台》),断浦沉云(史达祖《绮罗香》),只共钓竿相识(朱敦儒《好事近》)。无复商量管弦(王建《转应词》),翠箔凉多(萧东父《齐天乐》),玉徽尘积(张野《夺锦标》)。问那人在否(周邦彦《垂丝钓》)?唯有池塘自碧(姜夔《淡黄柳》)。②

在上片,词人从眼前的柳丝写起,想到水边曾经存在的画楼,想到自己年轻时的潇洒生活,都一去不返了,而今留下的只有"十分孤寂";在

---

① (清)沈传桂:《霏玉集》,《清梦庵二白词》卷五,道光二十五年刻本,第7页。
② 同上书,第6页。

第七章 集词词

下片,词人感慨今日的凄凉,不仅没有了昔日的繁华,旧时相识也无影无踪,"唯有池塘自碧"而已。像这样通过今昔对比表现盛衰之感的词作还有几篇,即《忆旧游·云阴弄寒,冶梦孤醒。去年此日,方置酒枇杷花下,听翠鸟双啼也》忆旧日与朋友歌妓相娱之乐,而今却只有"山遥水远空断魂";《洞仙歌》回忆少年的一段艳遇,而今却只剩"一梦轻回";《醉垂鞭》忆旧日男女欢会,今日亦只有"泪痕衣上重";《探春慢·春日泛舟青黛湖集张玉田句》从昔日的画船载酒写起,最后归结到今日的"一夜瘦添多少"。

除了以上几类,《霏玉集》的其余作品抒发的也是悲哀的感情。集中有两首题画词,即《玉漏迟·代人题津桥忆旧图卷》和《踏莎行·秦淮打桨图集吴梦窗句》。如前者:

> 玉纤弹旧怨(辛弃疾《东坡引》)。单衣伫立(周邦彦《琐窗寒》),小防幽院(吴文英《绛都春》)。拂面东风(吴琚《柳梢青》),困倚画屏娇软(赵师侠《永遇乐》)。长记曾携手处(姜夔《暗香》),系彩舫龙船遥岸(柳永《破阵乐》)。还送远(周密《声声慢》)。楚香罗袖(史达祖《玉蝴蝶》),向谁舒展(吴文英《绕佛阁》)。　愁云恨雨难忘(柳永《临江仙》),误几度凭阑(王沂孙《无闷》),玉绳低转(洪瑹《月华清》)。雪写香笺(晁补之《斗百草》),一看一回肠断(张翥《陌上花》)。寂寞朝朝暮暮(毛滂《惜分飞》),但托意焦琴纨扇(刘过《贺新郎》)。帘半卷(张翥《摸鱼子》),无言泪珠凌乱(何籀《宴清都》)。[1]

代人题写一幅画,本当写得欢快才合乎常情,可是词人却将画中的美人写成思妇,以至于"无言泪珠凌乱"。题画如此,赠给女性的词也是如此。如《柳梢青·书邻女宛珠扇集张玉田句》:

---

[1] (清)沈传桂:《霏玉集》,《清梦庵二白词》卷五,道光二十五年刻本,第6—7页。

柳下东邻（《石州慢》）。筹花斗草（《台城路》），绝似桃根（《三姝媚》）。谱拍新声（《八声甘州》），梦回旧曲（《瑶台聚八仙》），箫鼓黄昏（《烛影摇红》）。　　轻衫厌扑游尘（《风入松》）。忍不住低低问春（《庆春宫》）。露粉风香（《长亭怨》），云窗雾阁（《朝中措》），几点啼痕（《忆旧游》）。①

邻家女子求题扇面，理当写些吉祥祝福的话语，可是词人竟然完全置别人感情于不顾，写得人家"几点啼痕"。它如《定风波·漫云阁即事有赠》和《诉衷情》也是如此。

总之，虽然《霏玉集》中有不同的题材，但在抒发悲哀的情感上却是惊人的一致。沈传桂有《自题词卷》一诗："瑶琴弹泪满霜袍，阵阵天风鹤背高。吟遍湘江兰杜句，并收山鬼入《离骚》。"② 此诗中"瑶琴弹泪满霜袍"一句，正好可以用来概括《霏玉集》的主题。

二　发展专集一家宋词

专集一家宋词的集词词，最早见于清初何采的《浣溪沙·早秋山行见田父泥饮集东坡本调句》。至江昉《集山中白云词句》一卷，则表明专集一家宋词已经结成了专集。此外，方成培有《清平乐·集玉田句》和《生查子·集玉田句》两首集张炎词；仇梦远有《摸鱼子·集山中白云词。黄秋盦客游京洛，以此寄赠，写别怨焉》《偷声木兰花·怀黄秋盦，集山中白云词》《南乡子·集山中白云词。乙未，明府春巌出示汪孝廉剑潭近寄来书翰十数束，多失意语。才人落魄，乃如是耶？长夜有怀，集词寄赠，以见余之同调也。词成黯然》《八声甘州·集山中白云词题储玉琴画溪春泛图》《解连环》《浪淘沙·题储大玉琴东亭感旧图，集白云词》4首、《醉花阴·题郑大廉夫小照图，取"万事不如杯在手，一年几见月当头"。集白云词》《月下笛》《三姝媚·客游漂泊，有怀汪剑潭、汪绣客、黄小松，集白云词》《渡江云·九日舟泊丁溪闸，对月怀归，集玉田词》等13

---

① （清）沈传桂：《霏玉集》，《清梦庵二白词》卷五，道光二十五年刻本，第11页。
② 同上书，第12页。

第七章 集词词

首集张炎词。

受前人集张炎《山中白云词》风气的影响,沈传桂也写了《点绛唇·送邵子山归泖上集张玉田句》《玉蝴蝶·夜窗孤坐,云雁不来,书此为天末故人问,集张玉田句》《探春慢·春日泛舟青黛湖集张玉田句》《柳梢青·书邻女宛珠扇集张玉田句》《醉落魄·集张玉田句》等5首集张炎词。前文已引出《柳梢青·书邻女宛珠扇集张玉田句》,这里再举一首《探春慢·春日泛舟青黛湖集张玉田句》:

镜槛移春(《忆旧游》),歌桡唤玉(《台城路》),好怀无限欢笑(《霜叶飞》)。雨屋深灯(《声声慢》),烟篷断浦(《长亭怨》),犹忆那时曾到(《南浦》)。梦醒方知梦(《八声甘州》),浑未省谁家芳草(《渡江云》)。几回听得啼鹃(《祝英台近》),总被诗愁分了(《清平乐》)。 醉里不知何处(《庆清朝》),任蹴踏芳草(《木兰花慢》),飞下孤峭(《扫花游》)。载酒船空(《念奴娇》),争棋墅冷(《湘月》),行人野畔深窈(《壶中天》)。隔坞闲门闭(《西子妆》),满烟水东风残照(《徵招》)。独柳禁寒(《水龙吟》),一夜瘦添多少(《摸鱼子》)。①

上片从词人回忆中的欢笑写起,写到眼前的景色,然后再转入回忆;下片再次从词人的回忆写起,最后归结到往事如梦的悲哀。全词不仅意思顺畅,而且叙事手法也相当高明。

如果说集张炎词可以看作对他人的继承的话,那么他专集宋代另外一些词家的作品就带有更多的创新意义了。这些作品有:

1. 一首集周邦彦词,即《调笑·集周清真句》:

迟暮(《琐窗寒》)。空回顾(《点绛唇》)。今夜长亭临别处(《苏幕遮》)。桃溪不作从容住(《玉楼春》)。心逐片帆轻举

---

① (清)沈传桂:《霏玉集》,《清梦庵二白词》卷五,道光二十五年刻本,第11页。

(《荔枝香近》)。绿芜凋尽台城路(《齐天乐》)。杜宇催归声苦(《一落索》)。①

2. 一首集姜夔词,即《诉衷情·集姜白石句》：

剪灯心事峭寒时(《浣溪沙》)。惟有玉阑知(《暮山溪》)。渐为寻花来去(《清波引》),绿萼更横枝(《卜算子》)。　慵对客(《鹧鸪天》),且裁诗(《阮郎归》)。梦依依(《小重山令》)。小帘通月(《献仙音》),衰草愁烟(《探春》),泪洒单衣(《秋宵引》)。②

3. 两首集吴文英词,即《踏青游·集吴梦窗句》《踏莎行·秦淮打桨图集吴梦窗句》。如后者：

流水凝酥(《柳梢青》),暮帆挂雨(《倦寻芳》)。桃根桃叶当时渡(《桃源忆故人》)。啼莺声在绿阴中(《望江南》),载花不过西园路(《点绛唇》)。　倦蝶慵飞(《扫花游》),垂杨慢舞(《西子妆》)。晴烟冉冉吴宫树(《莺啼序》)。夕阳长是坠疏钟(《满江红》),凄凉谁吊荒台古(《霜叶飞》)。③

4. 两首集周密词,即《忆故人·集周草窗句》《雨中花·集周草窗句》。后者已见前引,这里再举前者：

立尽斜阳(《三姝媚》),东风又入江南岸(《齐天乐》)。闭门空自惜花残(《鹧鸪天》),羞见看花伴(《祝英台近》)。　数点杏钿香浅(《谒金门》)。叹如今才消量短(《秋霁》)。晴丝系燕(《水龙吟》),

---

① (清)沈传桂：《霏玉集》,《清梦庵二白词》卷五,道光二十五年刻本,第8页。
② 同上书,第9页。
③ 同上。

第七章 集词词

暖蜜酣蜂（《解语花》），一春过半（《宴清都》）。[①]

且不论这些作品的内容和艺术，但就其选择词句的范围来看，就有着非常独特的价值。因为就笔者所知，无论是集周邦彦词，还是集姜夔词，以及集吴文英词和集周密词，在沈传桂之前都没有出现过。

三 以宋句为主

沈传桂《霏玉集》中的作品，使用的全是明朝以前的词句，没有一句出自清词。从这个意义上说，《霏玉集》可以说是专门使用古人词句写成的词集。其具体情况如下。

1. 选句出处以宋代为主。从选句范围考虑，《霏玉集》中的作品可以分为两类：一类是专集一家宋词的作品，即上面已经分析的 11 首；另一类是兼集若干朝代不同词人的作品，有 21 首。现根据其自注作者的姓名考察，可以排列如下：

标题	句数	唐代	五代	宋代	金代	元代	明代
清平乐	8	0	2	5	1	0	0
临江仙	10	1	4	5	0	0	0
台城路	21	0	0	19	0	1	1
忆旧游	22	1	0	17	0	3	1
洞仙歌	17	0	0	15	0	1	1
渔家傲	10	0	0	8	0	1	1
减兰	8	0	0	8	0	0	0
菩萨蛮	8	0	0	6	0	1	1
探春慢	20	1	0	16	0	2	1

[①] （清）沈传桂：《霏玉集》，《清梦庵二白词》卷五，道光二十五年刻本，第 10 页。

水调歌头	19	1	1	15	0	2	0
蝶恋花	10	0	1	8	0	1	0
如梦令	6	2	3	1	0	0	0
风入松	12	0	0	11	0	1	0
惜余春慢	23	1	0	20	0	2	0
诉衷情	11	2	8	1	0	0	0
苏幕遮	14	0	4	7	2	1	0
玉漏迟	19	0	0	17	0	2	0
声声慢	19	0	3	13	1	1	1
荷叶杯	6	0	4	1	0	1	0
醉垂鞭	10	1	5	3	0	1	0
定风波	22	0	3	17	1	1	0
总计	295	10	38	213	5	22	7

从以上排列可以看出，在总数295个词句中，宋代有213句，占总数的72%，优势地位非常突出。与其相比，五代有38句，占总数的13%；元代22句，占总数的7%；唐代10句，明代7句，金代5句，所占比例更小。如果将专集一家宋词的11首词的134句算上，即《调笑》7句，《诉衷情》10句，《踏青游》18句，《踏莎行》10句，《忆故人》9句，《雨中花》10句，《点绛唇》9句，《玉蝴蝶》20句，《探春慢》20句，《柳梢青》11句，《醉落魄》10句，则词句总数为429句，宋代词句为347句，所占比例上升为81%。这样的数据说明，沈传桂所用词句虽然涉及唐、五代、宋、金、元、明6个时期，但宋代词句居于绝对的优势地位。

2. 选用宋句以周、姜一系为主。还以上面分析过的21首词的295句统计，共涉及宋代词人84家。按照句数的多少，可以排列如下：

第七章 集词词

吴文英 18 句；

周密 14 句；

姜夔 13 句；

王沂孙 10 句；

周邦彦 9 句；

史达祖、陈允平、张炎各 8 句；

高观国 7 句；

吕渭老 6 句；

晏几道 5 句；

贺铸、李莱老、蒋捷、柳永 4 句；

李清照、吴琚、汤恢（原误作"杨恢"）、李珏、蔡伸、李彭老、王易简、杨炎正（原误作"杨炎"）、吴潜、葛胜仲、辛弃疾、吴元可、周紫芝、黄子行、彭元逊、陆游、晁补之、朱敦儒、刘过、刘镇、洪瑹、张先 2 句；

谢逸、郑觉斋、朱服、冯应瑞、马庄父、冯去非、张磻、萧列、杨樵云、彭泰翁、罗椅、孙惟信、黄孝迈、杜旟、刘澜、谢懋、韩元吉、晏殊、陈克、李祁、许棐、尹焕、邓剡、查荎、宋高宗、李天骥、王雱（原误作"王雰"）、程垓、王安中（原误作"王安千"）、晁冲之、杨泽民、卢祖皋、王亿之、卢炳、赵汝茪、萧东父、李廷忠、朱淑真、曾允元、寇准、赵师侠、毛滂、何籀、周孚先、赵与仁、杨无咎、李元膺 1 句。

从以上名单可以看出，排列在前 9 位的是吴文英、周密、姜夔、王沂孙、周邦彦、史达祖、陈允平、张炎和高观国，共有 95 句，占总数的 32%。这 9 人中，除了周邦彦，其余 8 人都生活在南宋后期甚至宋亡以后，且均是以周邦彦词为宗尚的。这就意味着，尽管沈传桂使用宋人词句的范围比较宽广，但其最喜爱的还是周邦彦、姜夔一系词人的作品。加上前面提到 5 首集张炎词、2 首集吴文英词、2 首集周密词、1 首集周邦彦词和 1 首集姜夔词，则这方面的特色更加突出。

从以上两个方面的分析可以看出，沈传桂的《霏玉集》不仅主要选用宋代词句，而且侧重于周、姜一系词人的作品。杜文澜《憩园词话》卷五"沈闰生孝廉词"条云：

> 吴中七子词以二生为巨擘，谓朱酉生、沈闰生也。酉生词已摘录，今从顾子山观察处得闰生词刊本。小传云：名传桂，字隐之，一字闰生，苏府庠生。嘉庆己卯（1819）副榜，道光壬辰（1832）举人。两赴礼闱，荐而未售。遂绝意进取，闭户著书。兼工填词，直与南宋诸老争席。词中爱用"夕阳"字，又有"沈夕阳"之名。阅其词，无一字不凝练，无一句不雕琢，却无一毫斧凿痕。张叔夏谓姜白石词"如野云孤飞，去留无迹"，正堪移赠。所著曰《莺天笛夜新声》，曰《今雪雅余》，曰《兰骚剩谱》，曰《小临邛琴弄》。又集宋词，仿朱竹垞《蕃锦集》之例，曰《霏玉集》。总名曰《清梦庵二白词》，盖瓣香于太白、白石也。（"二白"者，白石、白云，盖言姜、张也。非太白之谓。钟瑞注。）①

杜文澜将《霏玉集》称为"集宋词"虽然不够准确，但他关于沈传桂"工填词，直与南宋诸老争席"的评价，和钟瑞对于"二白"含义的解释，对于揭示其词特点都具有积极的意义。

总之，无论在表现伤感的情怀方面，在发展专集一家宋词的形式方面，还是在侧重宋代周邦彦、姜夔、吴文英一系词人的词句等方面，都可以发现沈传桂《霏玉集》的特点和价值。

第三节　夫妻携手赋春情
——汪渊的《麝尘莲寸集》

汪渊的《麝尘莲寸集》分正集四卷、补遗一卷，共收词156调284

---

① （清）杜文澜：《憩园词话》，唐圭璋《词话丛编》第3册，中华书局2005年版，第2954—2955页。

第七章 集词词

首。在本书论及的集句词集中,《麝尘莲寸集》是当代学者点校、评订出版过的唯一一种。1978年台湾联经出版社出版了萧继宗的评订本,1989年安徽文艺出版社出版了许振轩、林志术的点校本。相对于其余的集句词集,《麝尘莲寸集》在当代受到的重视程度是绝无仅有的。

一 鲜明的春季特色

《麝尘莲寸集》中的作品具有明显的季节特征,即绝大多数都作于春天,很少例外。就其作品而言,大致有以下三种情况:

1. 有些作品,标题中带有春天的季节痕迹。如卷一有《柳梢青·清明风雨》《喝火令·送春同内子绣桥集》《念奴娇·春晚》《永遇乐·残春》《风流子·春思》等5首。"送春""春晚""残春""春思"固然直接点出了"春"字,"清明"也是春季特有的节气,因此都直接表现出春天的季节特点。如《柳梢青·清明风雨》:

> 时霎清明。梨花雨细,杨柳风轻。润笔衣篝,寒侵枕障,冷隔帘旌。　　起来一饷愁萦。听隔水谁家卖饧。最是黄昏,伤春病思,中酒心情。(笺注:"时",吴文英《点绛唇》;"梨",谢逸《踏莎行》;"杨",冯延巳《蝶恋花》;"润",张辑《疏帘淡月》;"寒",周邦彦《大酺》;"冷",胡翼龙《徵招》;"起",尹济翁《木兰花慢》;"听",张炎《庆宫春》;"最",晏几道《两同心》;"伤",陆游《沁园春》;"中",詹玉《渡江云》。)[①]

此词不仅在题目中点出"清明"的时令特征,而且正文所写的气候和景物也是清明时期特有的。在《麝尘莲寸集》中,这样的作品还有卷二的《木兰花·饯春》《扫花游·春情》《多丽·春暮有怀》,卷三的《浣溪沙·竹西春望》《琐窗寒·春宵》《琵琶仙·寒食》,卷四的《朝中措·春望》《鹧鸪天·元夜》《玉漏迟·惜春》《长亭怨慢·春草》《疏影·落梅》,以及

[①] (清)汪渊集、程淑注,许振轩、林志术点校:《麝尘莲寸集》,安徽文艺出版社1989年版,第19页。

《补遗》中的《暗香·残梅》等 12 首。两者相加，一共 17 首。总之，不论是清明、寒食、元夜等具体节气，还是春、晚春等笼统称谓，以及落梅、残梅等春日特有之景象，都表明这些作品带有鲜明的春日特色。

2. 有些咏物作品，虽然标题中没有季节因素，但词人却努力突出其春天特色。这样的作品有卷一的《忆秦娥·柳》2 首，卷二的《西地锦·新柳》，卷三的《少年游·草色》，卷四的《昭君怨·梅花》《忆少年·梅》《忆少年·柳》和《补遗》中的《望江南·柳》等 8 首。无论是柳、梅，还是草，并不仅仅属于春天，可是汪渊表现这些对象时，所写的都是春柳、春梅和春草。如《望江南·柳》：

> 长亭柳，何事苦颦眉。不奈金风兼玉露，更看绿叶与青枝。消瘦有谁知。　　芳菲歇，楚客惨将归。鹦鹉洲边鹦鹉恨，杜鹃花里杜鹃啼。愁绪暗萦丝。（笺注："长"，黄庭坚《蓦山溪》；"何"，赵令畤《小重山》；"不"，欧阳修《玉楼春》；"更"，苏轼《定风波》；"消"，方千里《少年游》；"芳"，向子諲《秦楼月》；"楚"，周邦彦《风流子》；"鹦"，陈允平《望江南》；"杜"，晏几道《鹧鸪天》；"愁"，秦观《一丛花》。）[①]

此词中之柳，主要是暮春时节之柳，因为"芳菲歇""杜鹃花里杜鹃啼"都是暮春时节的景象。不仅此词如此，上面提及的另外 7 首词也是如此。

3. 跟上面两类相比，《麝尘莲寸集》中的大多数作品或者没有标题，或者标题中没有春天的印记，但所写为春日景象。以卷一为例，这样的作品很多。如《海棠春》：

> 崇桃积李无颜色。煞憔悴、墙根甚惜。时节欲黄昏，院宇明寒食。　　楼高目断南来翼。强载酒、细寻前迹。花径款残红，池水凝

[①]（清）汪渊集、程淑注，许振轩、林志术点校：《麝尘莲寸集》，安徽文艺出版社 1989 年版，第 233 页。

第七章 集词词

新碧。（笺注："祟"，曹原《兰陵王》；"煞"，姜个翁《霓裳中序第一》；"时"，温庭筠《菩萨蛮》；"院"，施岳《曲游春》；"楼"，黄公度《菩萨蛮》；"强"，周邦彦《应天长》；"花"，李之仪《谢池春慢》；"池"，吴潜《南歌子》。）[①]

虽然没有标题，但从"祟桃积李无颜色""院宇明寒食""花径款残红，池水凝新碧"这些句子不难推断，此词无疑是春日所写，且所写是春日境况。这样的春季特征在卷一随处可见，如"梅子青时，杨花飞处"（《碧玉箫》）、"满庭花绽"（《贺圣朝》）、"燕语莺啼"（《柳梢青》）、"满楼飞絮一筝尘"（《鹊桥仙》）、"柳悬悬且留春住，花可可只怕春深"（《玉蝴蝶》）等是明显的例子。卷一共有66首，这样的作品至少有《苍梧谣》《赤枣子》《三台令》《薄命女》2首、《点绛唇》3首、《菩萨蛮》4首、《谒金门》《忆秦娥》前4首、《海棠春》《碧玉箫》《贺圣朝》《柳梢青》其一、其三、其四、其五、其六、《南歌子》《鹊桥仙》2首、《虞美人》4首、《一剪梅》2首、《喝火令》其一、《行香子》《献衷心》《祝英台近》《金人捧露盘》2首、《烛影摇红》《八声甘州》《锦堂春·送别》《玉蝴蝶》《念奴娇》其一、其三、《东风第一枝·夜思》《木兰花慢》《喜迁莺》《永遇乐》其二、《苏武慢》《一萼红》《大圣乐》《大酺》等54首，占总数的82%。

仅在卷一中，具有春季特征的作品就有61首，占该卷总数的92%。不仅卷一如此，另外几卷也有相同的特征。这表明，《麝尘莲寸集》中的多数作品均具有明显的春季特征。

二 浓重的男女春情

《麝尘莲寸集》不仅具有明显的春季特征，而且绝大多数作品表现的都是男女的恋情和相思，即所谓"春情"。这可以从以下几个方面来分析：

1. 具有春季特征的作品，基本上表现的都是男女春情。自古以来，春天都是爱情最容易萌生的季节，也是最容易勾起离人相思的季节，所以爱

[①] （清）汪渊集、程淑注，许振轩、林志术点校：《麝尘莲寸集》，安徽文艺出版社1989年版，第16页。

情通常被称为春情。李商隐《无题》诗云："春心莫共花争发，一寸相思一寸灰。"这两句诗反映出男女爱情即"春心"与春天最典型的景物"花"之间的密切关系。在《麝尘莲寸集》中，这样的关系也得到很好的阐释。如卷四的《清平乐》其一：

青楼春晚。流水天涯远。小字银钩题欲遍。一看一回肠断。　月边满树梨花。花边蝴蝶为家。弹到琴心三叠，底须拍碎红牙。（笺注："青"，吕渭老《薄幸》；"流"，蔡伸《点绛唇》；"小"，李邴《玉楼春》；"一"，张矞《陌上花》；"月"，周紫芝《朝中措》；"花"，毛滂《西江月》；"弹"，马庄父《朝中措》；"底"，张炎《意难忘》。）①

暮春时间，女主人更加思念远方的丈夫，不得不借弹琴来平定自己的心绪。如果说此词中的相思情调还比较温婉，卷三《江城子》中的情感则要浓重得多：

落红深处乳莺啼。日迟迟。漏迟迟。坐久花寒、香雾湿人衣。有意迎春无意送，倾绿醑，玉东西。　琵琶弦上说相思。恨依依。梦依依。记得那人、模样旧家时。病起心情终是怯，愁满眼，髻云低。（笺注："落"，陈允平《浣溪沙》；"日"，欧阳炯《三字令》；"漏"，韦庄《定西番》；"坐"，洪皓《江城梅花引》；"有"，李肩吾《清平乐》；"倾"，许有壬《摸鱼儿》；"玉"，王澡《祝英台近》；"琵"，晏几道《临江仙》；"恨"，韩元吉《六州歌头》；"梦"，姜夔《小重山》；"记"，赵君举《虞美人》；"病"，陈克《浣溪沙》；"愁"，谢逸《鹧鸪天》；"髻"，张先《定西番》。）②

---

① （清）汪渊集、程淑注，许振轩、林志术点校：《麝尘莲寸集》，安徽文艺出版社1989年版，第179页。
② 同上书，第146页。

第七章 集词词

像上引《清平乐》《江城子》这样的作品在《麝尘莲寸集》可谓俯拾即是，极为常见，代表了其作品的基本特色。

2. 表现秋景的作品，也以相思为主要内容。《麝尘莲寸集》在突出春季特征的同时，还有少量作品抓住了秋季特征。最明显的是卷一《满庭芳·秋思》、卷四的《鹧鸪天·秋闺》《沁园春·秋宵》等3首。如最后一首：

> 落日登楼，横竹吹商，怆然暗惊。正凄凉望极，水荭飘雁，徘徊步懒，露草流萤。羽扇微摇，翡帏低揭，梦远春云不散情。添离索，想绮窗今夜，为我销凝。　　凄清。枕簟凉生。又怎奈西风吹恨醒。怅旧欢无据，斜搴珠箔，乱愁无际，独唤瑶筝。凤绣犹重，兽香不断，雨歇花梢月正明。阑干凭，漫寻寻觅觅，廊叶秋声。（笺注："落"，刘克庄《满江红》；"横"，王月山《齐天乐》；"怆"，秦观《八六子》；"正"，施岳《水龙吟》；"水"，翁元龙《水龙吟》；"徘"，江致和《五福降中天》；"露"，王沂孙《金盏子》；"羽"，赵汝钠《水龙吟》；"翡"，无名氏《红窗睡》；"梦"，赵君举《忆王孙》；"添"，吴潜《满江红》；"想"，岳珂《满江红》；"为"，王亿之《高阳台》；"凄"，姚云文《紫萸香慢》；"枕"，邓剡《浪淘沙》；"又"，陈允平《八宝妆》；"怅"，萧东父《齐天乐》；"斜"，谢懋《解连环》；"乱"，郭从范《瑞鹤仙》；"独"，韩疁《浪淘沙》；"凤"，毛滂《踏莎行》；"兽"，周邦彦《少年游》；"雨"，黄时龙《浣溪沙》；"阑"，黄机《摸鱼儿》；"漫"，戴山隐《满江红》；"廊"，吴文英《八声甘州》。）[①]

秋夜时分，词人不仅思念家乡的妻子，而且想象妻子正在夜不能寐地思念着自己。有些作品没有标题，但从内容判断所写为秋天或冬天。这样的作品有卷一的《怨回纥》，卷二的《行香子》其一、《庆宫春》其二，

[①] （清）汪渊集、程淑注，许振轩、林志术点校：《麝尘莲寸集》，安徽文艺出版社1989年版，第226—227页。

卷三的《捣练子》其一、《酒泉子》《浣溪沙》其二、《少年游》其三、《南乡子》其二、《凤凰台上忆吹箫》，卷四的《忆少年》其四、《补遗》中的《一剪梅·用东浦词体》《齐天乐》等12首。如《捣练子》其一：

  松露冷，竹风清。楼外凉蟾一晕生。残梦不成离玉枕，倚阑闻唤小红声。（笺注："松"，司马光《阮郎归》；"竹"，无名氏《解红慢》；"楼"，万俟咏《长相思》；"残"，欧阳炯《木兰花》；"倚"，李石《临江仙》。）①

随着秋风渐紧，秋意更浓，独守闺中的女主人从温馨的鸳梦中醒来，觉得分外凄凉，以至于夜不能寐。以上两词代表了《麝尘莲寸集》中秋景词的一般特征。

3.《麝尘莲寸集》中还有少量抒情作品，虽然季节特征不明显，但也以表现男女相思为主。卷一的《抛球乐》《桃源忆故人》，卷二的《南歌子》其一、《如梦令》其一、《三奠子》《水调歌头·追昔游》，卷三的《浣溪沙》其一、《眼儿媚》其二、《少年游》其一，卷四的《梦江南》其二、《清平乐》其二、《惜分钗》等，都没有明显的季节特征。如《抛球乐》：

  偷眼暗形相。纤腰束素长。浅妆眉晕软，私语口脂香。把酒来相就，温柔和醉乡。（笺注："偷"，温庭筠《南歌子》；"纤"，尹鹗《江城子》；"浅"，李肩吾《风流子》；"私"，周邦彦《意难忘》；"把"，吕本中《生查子》；"温"，孙惟信《阮郎归》。）②

此词没有涉及外在的景色，但内容香艳，主要是对女性形象的描摹和男女欢会的叙述。又如卷四的《梦江南》其二：

---

 ① （清）汪渊集、程淑注，许振轩、林志术点校：《麝尘莲寸集》，安徽文艺出版社1989年版，第115页。
 ② 同上书，第2页。

第七章 集词词

金屋静，长忆个人人。香在衣裳妆在臂，眼如秋水鬓如云。微笑自含春。（笺注："金"，陈允平《鹧鸪天》；"长"，柳永《少年游》；"香"，苏轼《浣溪沙》；"眼"，韦庄《天仙子》；"微"，牛希济《临江仙》。）[1]

此词所写，全是对一个美丽女子的回忆。这两首作品表明，即使与季节无关的作品，同样表现男女春情。

如果以第二卷为例，共有作品65首，属于此类的作品有《梦江南》4首、《相见欢》《昭君怨·梅花》《抛球乐》《春光好》《减兰》3首、《清平乐》4首、《忆少年》3首、《阮郎归》《茅山忆故人·愁诉》《朝中措》4首、《添字采桑子》《极相思》《太常引》《东坡引》《望江南·夜怨》《江月晃重山》《鹧鸪天》前3首、《夜行船》《梅花引》《惜分钗》《小重山》《临江仙》2首、《苏幕遮》3首、《小桃红》《风入松》《明月引》2首、《玉漏迟·惜春》《倦寻芳》《声声慢》《长亭怨慢·春草》《翠楼吟》《齐天乐》4首、《水龙吟》3首、《绮罗春》《疏影·落梅》《沁园春》3首、《莺啼序·别绪》等64首，仅有的例外是《鹧鸪天·元夜》。该词写元宵观灯，与春情毫无关系。另外几卷与此卷大同小异，都以表现春情为主。

三 难中见巧，灭尽针线

《麝尘莲寸集》中的作品，虽然所有的句子出自他人，但经过汪渊的妙手组合，不仅如出一手，而且达到了天衣无缝的高妙境地。现从三个方面来分析。

1. 严格遵守了一首词中"人不重见"的原则。在《麝尘莲寸集》的所有词作中，同一作者的词句仅出现一次。集中篇幅最长的作品是卷四的《莺啼序·别绪》：

汀洲渐生杜若，渺苍茫何许。漫过却、歌夕吟朝，断魂分付潮

---

[1] （清）汪渊集、程淑注，许振轩、林志术点校：《麝尘莲寸集》，安徽文艺出版社1989年版，第172—173页。

集句词研究

去。醉乍醒、一庭春寂,闲窗尽日将愁度。问此愁、还有谁知,夕阳无语。　　绣户珠帘,暝霭向敛,倩东风约住。襟袖上、空惹啼痕,啼痕犹溅纨素。遍天涯、寻消问息,更多少无情风雨。梦半阑、欹枕初闻,凄凉酸楚。　　市桥系马,宫柳招莺,又别君南浦。便怕有、踏青期误,拾翠沙空,芳信不来,锦书难据。思和云积,梦和香冷,此时无限伤春意,送孤鸿、目断千山阻。画阑凭遍,无端又敛双眉,关心去年情绪。　　簟波零乱,屏影参差,但黯然凝伫。甚年年、共怜今夕,筝谱慵看,怕说当时,酒杯慵举。双螺未合,双鸳细蹙,臂宽条脱添新瘦,怅玉容、寂寞春知否。要知欲见无因,记取盟言,自今细数。(笺注:"汀",周邦彦《解连环》;"渺",张辑《徵招》;"漫",黄廷璹《解连环》;"断",郭从范《念奴娇》;"醉",施岳《曲游春》;"闲",袁去华《东坡引》;"问",王沂孙《高阳台》;"夕",张耒《风流子》;"绣",晏殊《玉楼春》;"暝",李甲《吊严陵》;"倩",程过《谒金门》;"襟",秦观《满庭芳》;"啼",陈允平《摸鱼儿》;"遍",李玉《贺新郎》;"更",宋徽宗《宴山亭》;"梦",僧晦《高阳台》;"凄",汪元量《水龙吟》;"市",尹焕《眼儿媚》;"宫",翁元龙《水龙吟》;"又",严仁《好事近》;"便",彭元逊《玉女迎春慢》;"拾",贺铸《献金杯》;"芳",黄孝迈《水龙吟》;"锦",张镃《宴山亭》;"思",吴文英《解连环》;"梦",孙惟信《风流子》;"此",张先《八宝妆》;"送",叶梦得《金缕曲》;"画",王月山《齐天乐》;"无",石瑶林《清平乐》;"关",胡翼龙《徵招》;"簟",赵善扛《贺新凉》;"屏",方君遇《风流子》;"但",柳永《鹊桥仙》;"甚",奚㴲《华胥引》;"筝",吕渭老《选冠子》;"怕",张炎《国香》;"酒",卢炳《点绛唇》;"双",姜夔《少年游》;"双",史达祖《步月》;"臂",张端义《倦寻芳》;"怅",黄机《摸鱼儿》;"要",周格非《多丽》;"记",黄庭坚《减字木兰花》;"自",黄繁《一枝春》。)[①]

[①]（清）汪渊集、程淑注,许振轩、林志术点校:《麝尘莲寸集》,安徽文艺出版社1989年版,第227—228页。

第七章　集词词

在所有的词调中,《莺啼序》的篇幅最长,多达240个字。汪渊此词,共使用了45位词人的词句,每人一句,但组合得自然妥帖,如出一人之手。在高明的词人笔下,《莺啼序》尚能如此,其余篇幅较短的词调自然更加容易操作了。对于这个特点,许振轩在给《麝尘莲寸集》所作的《后记》中称之为"一人一句"。①

2. 禁用本调。跟一首词中同一作者的词句仅用一次相比,禁用本调词句是《麝尘莲寸集》中更为鲜明的特点。如上面所举的《莺啼序》一词,出处虽多,但没有一句出自前人的同调词。又如《念奴娇·春晚》：

若耶溪路,怅行云梦断,水边楼阁。楼上东风春不浅,莺去乱红犹落。绿树成阴,青苔满地,忘了前时约。危阑倚遍,斜阳又满东角。　　闻到花底花前,翠娥如画,别后新梳掠。尽日相思罗带缓,应是素肌瘦削。芳草连云,暖香吹月,病起情怀恶。等闲孤负,重重绣帘珠箔。（笺注："若",康与之《洞仙歌》；"怅",韩元吉《水龙吟》；"水",辛弃疾《瑞鹤仙》；"楼",张先《蝶恋花》；"莺",宋祁《好事近》；"绿",李莱老《高阳台》；"青",刘克庄《摸鱼儿》；"忘",张元干《点绛唇》；"危",蔡伸《苏武慢》；"斜",张榘《应天长》；"闻",王嵒《祝英台近》；"翠",王庭珪《点绛唇》；"别",朱敦儒《点绛唇》；"尽",严仁《玉楼春》；"应",潘元质《花心动》；"芳",张震《蝶恋花》；"暖",刘镇《水龙吟》；"病",韩淲《金缕曲》；"等",程垓《水龙吟》；"重",万俟咏《尉迟杯》。)②

《念奴娇》有《无俗念》《百字谣》《百字令》《大江东去》《酹江月》《酹月》《赤壁谣》《壶中天慢》《杏花天》《大江西上曲》《太平欢》《寿南枝》《古梅曲》《湘月》《淮甸春》《白雪词》《千秋岁》《庆长春》等很多别名。对照词后的笺注不难看出,这些别名也没有在其中出现。这足以

---

① （清）汪渊集、程淑注,许振轩、林志术点校：《麝尘莲寸集》,安徽文艺出版社1989年版,第248页。

② 同上书,第44页。

表明此词也是禁用本调词句完成的词作。对于《麝尘莲寸集》的这个特点，许振轩称之为"同调不集"：

> 所谓"同调不集"，是说用某一词牌集词时，不从同一词牌的词中集句。如用《沁园春》调集词，就不再从《沁园春》词中选取句子。细读全集，280多首词，似乎只有《补遗》中的《望湘人》一阕从同调词中取了一句，即从贺铸《望湘人》词中取了"几许伤春春晚"一句。《补遗》本是残稿，原是不拟收入集子的，偶有违例，是可以理解的。①

如果在同调词中集句，平仄、句式皆符合要求，组合起来自然容易一些。从这个意义上说，汪渊禁用本调词句是为了追求难中见巧的艺术效果。

3. 多种修辞手法结合使用。相对于一般的集句词，汪渊不仅大量使用各种修辞手法，而且喜欢将对仗、排比、黏连、反复等手法结合起来，使全词语意极其妥帖。有的词作中，同时使用了对仗与黏连两种修辞。如《碧玉箫》：

> 凤枕鸾帷，燕帘莺户。玉容寂寞谁为主。倦绣人闲，闲倚秋千柱。　梅子青时，杨花飞处。纱窗几阵黄昏雨。无语销魂，魂断金钗股。（笺注："凤"，柳永《驻马听》；"燕"，张炎《朝中措》；"玉"，史达祖《玉楼春》；"倦"，陈策《满江红》；"闲"，周紫芝《生查子》；"梅"，晏几道《好女儿》；"杨"，苏茂《祝英台近》；"纱"，秦观《蝶恋花》；"无"，周密《法曲献仙音》；"魂"，洪瑹《蓦山溪》。）②

---

① （清）汪渊集、程淑注，许振轩、林志术点校：《麝尘莲寸集》，安徽文艺出版社1989年版，第248—249页。
② 同上书，第16—17页。

第七章 集词词

在这首词中,"凤枕"二句、"梅子"二句,都是很好的对仗句;而"倦绣"二句、"无语"二句,都使用了黏连的手法。这几个句子加起来,超过全词句子总数的一半。有的作品同时使用排比与对仗两种修辞,如《柳梢青》其一:

燕语莺啼。蝶随蜂趁,鸿怨蛩悲。过了黄昏,闲窗灯暗,深院帘垂。　断肠一搦腰肢。瘦损也、知他为谁。宝镜慵拈,瑶琴慵理,素壁慵题。(笺注:"燕",潘元质《丑奴儿慢》;"蝶",陈允平《点绛唇》;"鸿",冯去非《八声甘州》;"过",张炎《国香》;"闲",柳永《慢卷袖》;"深",晁端礼《水龙吟》;"断",尹鹗《清平乐》;"瘦",葛立方《沙塞子》;"宝",刘天迪《蝶恋花》;"瑶",危复之《永遇乐》;"素",罗志仁《风流子》。)①

词中"燕语"三句、"宝镜"三句都是排比,而"闲窗"二句是对仗。这几个句子加起来,亦超过全词句子总数的一半。有的作品体现出反复与排比的结合,如卷四的《水龙吟·归思》:

归期莫数芳晨,今年自是清明晚。梅花雪冷,杏花风小,桃花浪暖。半掬羁心,一襟离绪,几番娇怨。把红炉对拥,翠尊双饮,分别后,思量遍。　帘影参差满院。正斜阳、澹烟平远。日长人瘦,路长信杳,天长梦短。旧阁尘封,吟笺泪渍,明珰声断。怅香销麝土,恨凝蛾岫,病多依黯。(笺注:"归",张元干《柳梢青》;"今",史达祖《杏花天》;"梅",周密《夜合花》;"杏",蒋捷《解佩令》;"桃",柳永《柳初新》;"半",史深《玉漏迟》;"一",陈以庄《水龙吟》;"几",杨无咎《雨中花》;"把",李亿《徵招》;"翠",姜夔《八归》;"分",徐照《阮郎归》;"思",张榘《摸鱼儿》;"帘",周邦彦《秋蕊香》;"正",翁元龙《倦寻芳》;"日",孙惟信《烛影

---

① (清)汪渊集、程淑注,许振轩、林志术点校:《麝尘莲寸集》,安徽文艺出版社1989年版,第18页。

摇红》;"路",袁去华《垂丝钓》;"天",黄孝迈《湘春夜月》;"旧",李演《声声慢》;"吟",黄机《水龙吟》;"明",柴望《祝英台近》;"怅",张翥《扫花游》;"恨",张炎《探芳信》;"病",高观国《齐天乐》。)①

除了"半掬"三句、"旧阁"三句、"怅香"三句是排比,而"梅花"三句、"日长"三句则同时具有排比和反复两种特征。有的作品体现出对仗与反复的结合,如《补遗》中的《一剪梅·用东浦词体》:

短烛荧荧射碧窗。冰轮转影,玉枕生凉。深秋不寐漏初长。枫叶飘红,梧叶飘黄。　一曲危弦断客肠。小莺捎蝶,归凤求凰。佳期难会信茫茫。松雪飘寒,梅雪飘香。(笺注:"短",陈克《浣溪沙》;"冰",杨无咎《曲江秋》;"玉",赵令畤《满庭芳》;"深",阎选《虞美人》;"枫",吕渭老《倾杯令》;"梧",王诜《行香子》;"一",严仁《鹧鸪天》;"小",李肩吾《风流子》;"归",杨冠卿《蝶恋花》;"佳",孙光宪《浣溪沙》;"松",周密《法曲献仙音》;"梅",赵长卿《烛影摇红》。)②

在这首词中,"冰轮"二句、"小莺"二句是对仗,而"枫叶"二句、"松雪"二句是反复。还有的作品体现出排比、反复与黏连的结合,如卷一的《金人捧露盘》其一:

待春来,送春去,锁春愁。记伴仙、曾倚娇柔。娇柔懒起,酒酣眠折玉搔头。倩谁传语,万千事、欲说还休。　花如雪,香如雾,人如玉,月如钩。便无情、也自风流。风流谁与,一溪春水送行舟。彩笺不寄,空惆怅、相见无由。(笺注:"待",陈允平《祝英台近》;

---

① (清)汪渊集、程淑注,许振轩、林志术点校:《麝尘莲寸集》,安徽文艺出版社1989年版,第220—221页。
② 同上书,第235页。

第七章 集词词

"送",刘辰翁《兰陵王》;"锁",李珣《酒泉子》;"记",张枢《风入松》;"娇",张先《归朝欢》;"酒",无名氏《捣练子》;"倩",严仁《一落索》;"万",冯艾子《春风袅娜》;"花",苏轼《满江红》;"香",韩元吉《六州歌头》;"人",周邦彦《忆秦娥》;"月",冯延巳《芳草渡》;"便",张炎《声声慢》;"凤",高观国《喜迁莺》;"一",宋丰之《小重山》;"彩",洪瑹《蓦山溪》;"空",徐君宝妻《满庭芳》。)[1]

在这首词中,"待春"三句、"花如"四句已同时具有排比和反复的性质,而"记伴"二句、"便无"二句都使用了黏连的手法。

在《麝尘莲寸集》中,不仅像这样同时使用两种以上修辞手法的作品数量多,体现修辞的句子在作品中所占的比例高,而且艺术效果也非常好,已经完全达到了灭尽针线的程度。

同一首词中"一人一句"也好,禁用本调也好,大量使用多种修辞方法也好,都体现出汪渊为了提高艺术水平而有意增加创作难度的艰苦努力。也正因为如此,出自不同词人笔下的众多词句才能如此天衣无缝地融合在一起。

四 夫妻携手,形式完备

跟他人相比,汪渊创作集词词有一个得天独厚的条件,他的继室程淑也是一位富有才华的女词人。《麝尘莲寸集》中的作品主要表现男女之情,在很大程度上即是他们夫妻之间恩爱与相思的生活写照。

1. 夫妻同作。作为妻子,程淑不仅喜爱汪渊所写的集词词,而且自己也动手创作。《麝尘莲寸集》中附录了程淑的三首作品,其一即卷一的《喝火令》:

婀娜笼松鬓,连娟细扫眉。含情无语倚楼西。正是销魂时节,双

---

[1] (清)汪渊集、程淑注,许振轩、林志术点校:《麝尘莲寸集》,安徽文艺出版社1989年版,第35—36页。

燕说相思。　　芳树阴阴转，林莺恰恰啼。夜阑分作送春诗。生怕春知，生怕踏青迟。生怕黄昏疏雨，春被雨禁持。（笺注："婀"，徐俯《南柯子》；"连"，温庭筠《南歌子》；"含"，张泌《浣溪沙》；"正"，毛熙震《清平乐》；"双"，史达祖《风流子》；"芳"，陈克《虞美人》；"林"，赵摅《南歌子》；"夜"，陈德武《浣溪沙》；"生"，周密《倚风娇近》；"生"，陈允平《少年游》；"生"，美奴《如梦令》；"春"，方君遇《风流子》。）①

程淑此词所写，显然是对丈夫的思念。汪渊《喝火令·送春，同内子绣桥集》是同时同题之作。这样作品的存在，显示出他们夫妻携手创作集词词的情景。其二是卷二的《三字令》：

珠帘侧，绣屏前。小楼边。天似水，夜如年。雨霏微，云淡薄，月婵娟。　　春去也，景依然。重流连。花滴露，柳垂烟。敛愁眉，凝泪眼，悄无言。（笺注："珠"，方千里《迎春乐》；"绣"，张先《庆金枝》；"小"，周紫芝《江城子》；"天"，何光大《谒金门》；"夜"，于立《水调歌头》；"雨"，温庭筠《诉衷情》；"云"，王庭筠《诉衷情》；"月"，苏轼《江城子》；"春"，刘禹锡《望江南》；"景"，无名氏《捣练子》；"重"，元好问《江城子》；"花"，欧阳炯《春光好》；"柳"，张元干《春晓曲》；"敛"，牛峤《感恩多》；"凝"，延安夫人《更漏子》；"悄"，赵雍《江城子》。）②

程淑此词，与汪渊的《三字令》也是同时同题之作。其三即卷四的《苏幕遮》：

柳阴凉，兰棹举。南北东西，南北东西路。恰是去年今日去。芳

---

① （清）汪渊集、程淑注，许振轩、林志术点校：《麋尘莲寸集》，安徽文艺出版社1989年版，第32页。
② 同上书，第74页。

第七章 集词词

草连天，芳草连天暮。　燕初归，莺正语。似说相思，似说相思苦。梦断彩云无觅处。门掩黄昏，门掩黄昏雨。（笺注："柳"，朱用之《意难忘》；"兰"，卢祖皋《谒金门》；"南"，吕本中《采桑子》；"南"，林逋《点绛唇》；"恰"，江开《玉楼春》；"芳"，刘辰翁《兰陵王》；"芳"，余桂英《小桃红》；"燕"，赵彦端《芰荷香》；"莺"，顾敻《酒泉子》；"似"，吴文英《江城梅花引》；"似"，沈端节《虞美人》；"梦"，秦观《蝶恋花》；"门"，李甲《八宝妆》；"门"，贺铸《点绛唇》。）[①]

汪渊有《苏幕遮·花帘词有此格。内子绣桥集句效之，余亦继声》一词，由此可以看出，汪渊的有些作品乃是受到程淑的启发后写成的。汪渊在程淑词后跋云：

内子从余校注久，所见词集多，因有所得，效香雪庐堆絮体成《苏幕遮》一阕。索余和，余卒未有应也。久之，始得"柳供愁"云云一首。戏语云："甘拜下风久矣！女相如幸勿相窘也。"[②]

从以上三首词可以看出，程淑的词作不仅全写男女相思，艺术上也非常精致。这当然不能排除这样一种可能：程淑的集词词可能经过汪渊的润色和修改。也不排除另外一种可能：汪渊创作某些集词词时，应该曾与程淑一起讨论和参详。他们夫妻的作品具有近似的风格特征，原因可能即在于此。

2. 夫集妻注。相对于亲自参加创作，程淑对《麝尘莲寸集》的最大贡献在于为集中全部作品都做了详细的笺注。《麝尘莲寸集》有近三百首词，由于在同一首词中一位作者的词句仅使用一次，也必将涉及大量的词人和

[①] （清）汪渊集、程淑注，许振轩、林志术点校：《麝尘莲寸集》，安徽文艺出版社1989年版，第203页。

[②] 转引自许振轩《后记》，（清）汪渊集、程淑注，许振轩、林志术点校：《麝尘莲寸集》，安徽文艺出版社1989年版，第247页。

词作。即使考虑到重复的因素，为这么多的词句一一注明出处，这是一份非常艰辛的工作。前文所举的例子已经反映出这个特点，这里再举卷二的《多丽·春暮有怀》：

　　晓寒轻，春云暗宿空庭。又一番、阑风伏雨，那堪此夕新晴。漫回头，斜晖脉脉；空凝睇，流水泠泠。蕉叶窗纱，柳眠池阁，凉波不动簟纹平。叹薄幸、抛人容易，寻尽短亭长亭。难重觅，买花芳事，载酒春晴。　　记年时、荔支香里，暗教愁损兰成。见无缘，鸾笺象管；题欲遍，燕几螺屏。翠被笼香，青绫牵梦，更深犹唤玉靴笙。悄不顾、斗斜三鼓，残月下帘旌。相思极，几番幽怨，一枕余醒。（笺注："晓"，卢祖皋《江城子》；"春"，翁元龙《西江月》；"又"，周端臣《清夜游》；"那"，王沂孙《锦堂春》；"漫"，周邦彦《晚梅春近》；"斜"，毛滂《七娘子》；"空"，杜安世《鹤冲天》；"流"，朱翌《点绛唇》；"蕉"，姜夔《念奴娇》；"柳"，陆游《解连环》；"凉"，欧阳修《临江仙》；"叹"，刘学箕《贺新郎》；"寻"，晏几道《少年游》；"难"，吴渊《满江红》；"买"，李彭老《一萼梅》；"载"，高观国《齐天乐》；"记"，王同祖《摸鱼儿》；"暗"，张炎《清平乐》；"见"，刘拟《江城子》；"鸾"，柳永《定风波》；"题"，谢懋《蓦山溪》；"燕"，王恽《水龙吟》；"翠"，曾允元《水龙吟》；"青"，方君遇《风流子》；"更"，李莱老《西江月》；"悄"，吕渭老《祝英台近》；"残"，皇甫松《梦江南》；"相"，杨炎正《秦楼月》；"几"，陈亮《水龙吟》；"一"，元好问《满江红》。）①

　　这么多的句子，如果不做注释，读者可能对其中的一些句子非常漠然，也难以体会到词人创作集词词的匠心。汪渊和程淑夫妻，一人集词，一人作注，共同完成了《麝尘莲寸集》的全部创作工作。

　　3. 形式完备。尽管此前陈朗在专集汉魏六朝诗句的《六铢词》中已经

---

① （清）汪渊集、程淑注，许振轩、林志术点校：《麝尘莲寸集》，安徽文艺出版社1989年版，第113—114页。

第七章　集词词

注释到每一个句子原来的作者和标题,但这样的做法在当时毕竟不常见。尤其是专就集词词这个类别而言,汪渊、程淑夫妻的做法对形式的完善具有积极的意义。关于这一点,程淑自己说得很清楚:

> 我诗圃夫子心嗛焉,因就所见诸词,掇其菁英,比其节奏,成《麝尘莲寸集》四卷。今观其句偶之工,声律之巧,气格之浑成,一一如自己出,殆所谓人巧极而天工错者乎?淑来归夫子,时见所刊自著《藕丝词》,喜洛诵之。而于是编尤爱不忍释,爰为详订出处,务使撰者不欺,读者有考。庶是集一出,得竟坡、谷诸贤未竟之绪,而为古今集词之大观也。①

这样集、注结合的方式,不仅"使撰者不欺,读者有考",即词人使用每一个句子时都说明渊源所出,读者阅读每一个句子时也便于核查其是非正误,而且使得这些集词词在形式上更加完善。

当然,受到各种条件的限制,程淑的注释也有不够正确和不够精致的地方。以卷一《忆秦娥》其一为例:

> 情难托。梨花一树人如削。人如削。眼波微注,鬓云慵掠。　春寒恻恻春阴薄。落红填径东风恶。东风恶。珠帘隔燕,画檐闻鹊。(笺注:"情",赵长卿《思越人》;"梨",无名氏《踏莎行》;"人",张元干《满江红》;"眼",周必大《满江红》;"鬓",王安礼《点绛唇》;"春",顾瑛《青玉案》;"落",袁易《齐天乐》;"东",陆游《钗头凤》;"珠",晏殊《踏莎行》;"画",王泳祖《风流子》。)

在这首词之后,许振轩所作两条《校勘》云:

> "情",《思越人》一作《朝天子》《鹧鸪天》。查现存赵长卿词,

---

① (清)汪渊集、程淑注,许振轩、林志术点校:《麝尘莲寸集》,安徽文艺出版社1989年版,序第2页。

无《思越人》，亦无《朝天子》；有《鹧鸪天》二十阕，但无此句。应亦出自王安国《点绛唇》。

"鬓"，此词为王安国词，见《皇朝事实类苑》卷三十五引《倦游杂录》。《花草粹编》卷一误作王安礼词。又误作赵抃词，见《历代诗余》卷五。[①]

然此处《校勘》亦不够精当。原注"情难托"出自赵长卿《思越人》并无错误，《惜香乐府》卷五、《历代诗余》卷二十三、《御定词谱》卷九和《词律》卷六所录赵长卿《思越人》均有此句。《校勘》以为出自王安国《点绛唇》并不正确，该词中仅有"情无托"，而并非"情难托"。原注"鬓云慵掠"句出自王安礼《点绛唇》是错误的，许振轩的《校勘》是正确的。

虽然汪渊和程淑夫妻携手完成的《麝尘莲寸集》难免有些许失误，但这并不影响其形式完善的特色。

《麝尘莲寸集》能够屡开今人之青眼，竟然有两种整理本先后在台湾和安徽出版，不仅跟其艺术价值之高、形式之规范有关，还跟其夫集妻注的独特创作方式有关。

除了前面分析的三种词集，邵曾鉴的《香屑词》也是集词词专集。不过该集创新不足，似乎带有浓重的复古色彩。这里就不再专门论述了。

虽然在数量上尚不及集唐词，但集词词比集宋词要多得多。如果考虑到狭义的"集宋词"在本质上属于集词词，则集词词的总量还要更多。按照这样的理解，集词词和集唐词实已构成了集句词的主流。

[①] （清）汪渊集、程淑注，许振轩、林志术点校：《麝尘莲寸集》，安徽文艺出版社1989年版，第10—11页。

第八章　集曲词

如果说集宋词、集词词已经能够体现出集句词与集句诗之不同，个性特色较为鲜明，集曲词的创新意义则更加突出。集曲词不多，目前仅见陈钟祥的《集牡丹亭词》一卷和悔道人的《西厢词集》二卷两种专集。前者集自明代汤显祖的《牡丹亭》，后者集自元代王实甫的《西厢记》。

第一节　初开集曲惊人目
——陈钟祥的《集牡丹亭词》

陈钟祥的《集牡丹亭词》一卷，虽然仅有 8 首词，却开创了使用戏曲语言创作集句词的新风尚。关于该集的创作原因，词人自跋云：

> 《玉茗堂四梦》传奇脍炙人口，《牡丹亭》尤极幽艳。舟中无事，偶检原曲句，依谱集成慢词八阕。虽游戏之作，而一时兴到，或亦偶得之耶？咸丰壬子（1852）九月并识于楚江舟次。[①]

由自跋可知，词人创作这些集句词，一方面是因为特别喜欢汤显祖的"《牡丹亭》尤极幽艳"，另一方面则是因为"舟中无事"，借游戏以消磨时光。现从几个方面加以分析。

[①]（清）陈钟祥：《集牡丹亭词》，《黔南丛书》第四集第二册，贵阳交通书局，民国间铅印本，第3页。

集句词研究

一 词句出自《牡丹亭》

《牡丹亭》是汤显祖最杰出的戏曲作品,也是明代最杰出的传奇作品,不仅在当时即获得巨大的名声,在后世亦深受喜爱。作为集句词集,《集牡丹亭词》最鲜明的特征莫过于所有的词句均出自《牡丹亭》这样一部戏曲作品。这里选两首词为例进行考察。先看第三首《春风袅娜》:

> 春归恁寒峭,幽姿暗怀。偷元气,艳楼台。做十分颜色,雨香云片,一时闲望,泥渍金钗。芍药阑前,牡丹亭畔,花影萧萧转翠苔。两度春游忒分晓,展将春色闹场来。 姹紫嫣红开遍,三生一梦,才酸转人面桃腮。休惊恍,尚疑猜。名花易殒,伤春便埋。有恨徘徊,无言窨约,如烟入抱,似影投胎。妒花风雨,叹情丝不断,欢眠自在,梦境重开。①

以词中的句子与《牡丹亭》对照,"春归"句出自第十四出《写真》中杜丽娘的唱词,"幽姿"句出自第三十六出《婚走》中杜丽娘的唱词,"偷元"二句出自第二十三出《冥判》中判官的唱词(原文前有"眨眼儿"三字),"做十"句出处同前(原文前有"你要"二字),"雨香"句出自第十出《惊梦》中杜丽娘的唱词(原文后有"才到梦儿边"五字),"一时"句出自第十二出《寻梦》中杜丽娘的唱词("闲"字,《牡丹亭》原作"间"),"泥渍"句出自第三十六出《婚走》中杜丽娘的唱词,"芍药"句出自第十出《惊梦》中柳梦梅的唱词(原文前有"转过这"三字),"牡丹"句出自第十二出《寻梦》中杜丽娘的唱词(原文前有"这一答似"四字),"花影"句出自第三十六出《婚走》中陈最良的唱词,"两度"句出自第十四出《写真》中春香的唱词(原文前有"这"字),"展将"句出自第二十三出《冥判》中判官的唱词(原文前有"则教你翅膀儿"六字),"姹紫"句出自第十出《惊梦》中杜丽娘的唱词(原文前

---

① (清)陈钟祥:《集牡丹亭词》,《黔南丛书》第四集第二册,贵阳交通书局,民国间铅印本,第1—2页。

第八章 集曲词

有"原来"二字),"三生"句出自第三十六出《婚走》中柳梦梅的唱词,"才酸"句出处同前(原文中无"转"字),"休惊"句出自第二十七出《魂游》中石道姑的唱词,"尚疑"句出自第三十六出《婚走》中杜丽娘与石道姑合唱的唱词,"名花"句出自第二十五出《忆女》中春香的唱词,"伤春"句出自第三十六出《婚走》中杜丽娘的唱词,"有根"二句出自第二十八出《幽媾》中柳梦梅的唱词,"如烟"二句出自第三十六出《婚走》中杜丽娘与石道姑合唱的唱词(原文前有"怕"字),"妒花"句出自第二十出《闹殇》中杜丽娘和老夫人合唱的唱词,"叹情"句出自第三十六出《婚走》中杜丽娘的唱词,"欢眠"句出自第三十六出《婚走》中柳梦梅的唱词,"梦境"句出自第三十六出《婚走》中杜丽娘的唱词(原文前有"这"字)。虽然有些句子跟《牡丹亭》原文略有差异,但皆出自该剧中的曲词则是无疑的。又如第六首《贺新郎》:

赚了多情泥。晕情多,如愁欲语,幽期密意。怎划尽助愁芳草?打不破愁魂谜。又不是困人天气。等把风光丢抹早,悔当初一觉留春睡。心儿悔,全无谓。 未知他生焉知死。伤感煞,断垣荒径,偏陪了你。小小香闺,伤情重、魆魆地常如醉。香泥弄影钩帘内。如此夜深花睡罢,魂魄香,不是人间世。看他长眠短起。①

词中"赚了"句出自第十八出《诊祟》中杜丽娘的唱词,"晕情"二句出自第二十六出《玩真》中柳梦梅的唱词,"幽期"句出自第三十三出《秘议》中柳梦梅的唱词,"怎划"句出自第十四出《写真》中杜丽娘的唱词,"打不"句出自第十八出《诊祟》中杜丽娘的唱词,"又不"句出自第十八出《诊祟》中春香的唱词,"等把"句出自第十四出《写真》中杜丽娘的唱词,"悔当"句出自第十八出《诊祟》中杜丽娘的唱词,"心儿"句出处同前,"全无"句出自第十八出《诊祟》中春香的唱词,"未知"句出自第三十三出《秘议》中柳梦梅的唱词(原文前有"俺"字),

---

① (清)陈钟祥:《集牡丹亭词》,《黔南丛书》第四集第二册,贵阳交通书局,民国间铅印本,第2—3页。

"伤感"二句出自第二十七出《魂游》中杜丽娘的唱词,"偏陪"句出自第三十三出《秘议》中柳梦梅的唱词,"小小"句出自第十八出《诊祟》中陈最良的唱词,"伤情"句出自第二十出《闹殇》中春香的唱词,"魆魆"句出自第十八出《诊祟》中春香的唱词,"香泥"句出自第二十三出《冥判》中判官的唱词(原文前有"斩"字),"如此"句出自第二十八出《幽媾》中柳梦梅的唱词,"魂魄"句出自第二十七出《魂游》中众人合唱的唱词,"不是"句出自第三十三出《秘议》中柳梦梅的唱词,"看他"句出自第十六出《诘病》中老夫人的唱词。

不仅以上两词,其余各词中的句子也都出自《牡丹亭》。专集一部传奇作品中的曲词来写集句词,是此前没有的新现象,开创意义非常明显。

二 依傍《牡丹亭》的情节

陈钟祥的《集牡丹亭词》在内容上也有独特之处,就是各词所写均紧紧依傍《牡丹亭》的情节,总体上构成了一个大致完整的故事叙述。如第一首《换巢鸾凤》:

> 偶尔来前。你如花美眷,似水流年。去小庭深院,在幽闺自怜。春心无处不飞悬。小立在垂垂花树边。闲凝盼,人心上有啼红怨。 腼腆。游赏倦。意软鬟偏,纱窗睡不便。云霞翠轩,烟丝醉软,和春光暗流转。良辰美景奈何天,赏心乐事谁家院。锦屏人,忒看的这韶光贱。①

此词主要写杜丽娘的年轻美貌和敏感多情。杜丽娘游赏了自家的后花园,看到了春花烂漫的美景,于是春心飞悬起来,开始顾影自怜。这大致和《牡丹亭》第十出《惊梦》的前部分内容吻合。

第二首《水调歌头》(词见下文)写杜丽娘游园时做了一场春梦,醒来时梦境依稀,如在目前。她一方面不停地追忆,另一方面感叹青春虚

---

① (清)陈钟祥:《集牡丹亭词》,《黔南丛书》第四集第二册,贵阳交通书局,民国间铅印本,第1页。

第八章 集曲词

度。这大致相当于《牡丹亭》第十出《惊梦》后部分的内容。

第三首《春风袅娜》（已见前引）所写即是《牡丹亭》第十二出的《寻梦》。

第四首《风入松》与《牡丹亭》第十四出《写真》的内容相合。其词云：

> 世间何物似情浓。几点落花风。含情自把春容画，甚西风吹梦无踪。骨冷怕成秋梦，匆匆为着谁侬。　雾和烟雨不玲珑。风剪玉芙蓉。情根一点无生债，不分明再不惺忪。影随形风沈露，多娇多病愁中。①

该词所写内容，正是杜丽娘自感生命无多，于是自绘形象以传世，此后便一直郁郁寡欢。

第五首《天仙子》（词见下文）写杜丽娘死后多年，其画像为柳梦梅所得。柳千般爱惜，令杜丽娘的鬼魂非常感动。此词大致结合了《牡丹亭》第二十四出《拾画》和第二十六出《玩真》两部分的内容。

第六首《贺新郎》（已见前引）写杜丽娘的鬼魂冲破了礼教的束缚，大胆地与柳梦梅结合了。此词以《牡丹亭》第二十八出《幽媾》的内容为依托，又大力渲染了杜丽娘的感受。

第七首《瑶台聚八仙》（词见下文）写杜丽娘起死回生后嫁给了柳梦梅。这大致相当于《牡丹亭》第五十五出《圆驾》的内容。至此，杜丽娘和柳梦梅的故事已经比较完整了。

第八首《鹧鸪天》则跳出《牡丹亭》故事，转而写词人自己泊舟秋江的感受：

> 一点香销万点情。冷惺忪红泪飘零。春心迸出湖山罅，断鼓零钟金字经。　云暗斗，月勾星。望中何处鬼灯青。拈花闪碎红如片，

---

① （清）陈钟祥：《集牡丹亭词》，《黔南丛书》第四集第二册，贵阳交通书局，民国间铅印本，第2页。

人到秋风病骨轻。①

此词所写，是词人读《牡丹亭》的感受。《牡丹亭》具有强烈的艺术魅力，吸引着词人为之动情，为之憔悴。

总的说来，这八首词中不但有词人对《牡丹亭》基本情节的叙述，也有他的阅读感受，既能入乎其内，又能出乎其外，从而构成一个有机的艺术整体。

三　与《牡丹亭》语句之关系

作为已知最早的集曲词集，陈钟祥的《集牡丹亭词》虽然所有的句子均出自《牡丹亭》中的曲词，但在使用时并没有照搬原来的成句，而是进行了一定的改动。前文的考察已经反映出这方面的特点。又如第二首《水调歌头》：

摇漾春如线，关情似去年。是答儿闲寻遍，想幽梦谁边。不住的柔肠转，一会分明，美满幽香不可言。为甚轻憔悴，猜做谎桃园。　　想内成，因中见，景上缘。春情难遣，花似人心好处牵。一丢丢榆荚钱，一丝丝垂杨线，红绽雨肥天。眉梢青未了，爱煞昼阴便。②

此词使用《牡丹亭》曲词的情况可以分为三类，第一类：使用原文未作改动。属于此类的有 12 句，即"摇漾"句出自第十出《惊梦》中杜丽娘的唱词，"是答"句出自第十出《惊梦》中柳梦梅的唱词，"想幽"句出自第十出《惊梦》中杜丽娘的唱词，"不住"句出自第十二出《寻梦》中杜丽娘的唱词，"美满"句出自第十二出《寻梦》中杜丽娘的唱词，"为甚"句出自第十八出《诊祟》中杜丽娘的唱词，"想内"三句出自第十出《惊梦》中花神的唱词，"一丢"二句出自第十二出《寻梦》中杜丽娘的

---

① （清）陈钟祥：《集牡丹亭词》，《黔南丛书》第四集第二册，贵阳交通书局，民国间铅印本，第 3 页。
② 同上书，第 1 页。

第八章 集曲词

唱词，"眉梢"句出自第十四出《写真》中杜丽娘的唱词。第二类：原文较长，从前面删去若干字。属于此类的有 6 句，即"关情"句出自第十出《惊梦》中春香的唱词（原文前有"恁今春"三字），"一会"句出自第十二出《寻梦》中杜丽娘的唱词（原文前有"好"字），"猜做"句出自第十二出《寻梦》中杜丽娘的唱词（原文前有"把护春台都"五字），"春情"句出自第十出《惊梦》中杜丽娘的唱词（原文前有"没乱里"三字），"花似"句出自第十二出《寻梦》中杜丽娘的唱词（原文前有"恰便是"三字），"红绽"句出自第十二出《寻梦》中杜丽娘的唱词（原文前有"他趁这春三月"六字）。第三类：原文较长，从中间删去某些字。属于此类的仅有一句："爱煞"句出自第十二出《寻梦》中杜丽娘的唱词（"煞"字后原有"这"字）。总计 19 句中，虽然有 12 句都直接使用原文未作改动，但也有多达 7 句从前面或中间删去了某些字词。再看《天仙子》：

死里淘生情似海。又挣出这烟花界。花容那个玩花亡？春无赖。天无碍。采芙蓉回生并载。　他杜鹃花魂魄洒。被雨打风吹日晒。谁曾挂圆梦招牌？情儿迈。眉横黛。感一片志诚无奈。[1]

此词较短，但改动原文的情况比上词更加严重。总共 12 个句子中，未做改动的仅有 6 句，即"又挣"句出自第三十六出《婚走》中柳梦梅的唱词，"采芙"句出自第三十六出《婚走》中柳梦梅的唱词，"谁曾"句出自第二十三出《冥判》中判官的唱词，"情儿"句出自第三十六出《婚走》中杜丽娘的唱词，"眉横"句出自第三十六出《婚走》中柳梦梅的唱词，"感一"句出自第三十六出《婚走》中杜丽娘的唱词，正好占了一半。而从前面删去若干字词的亦有 6 句，即"死里"句出自第三十六出《婚走》中柳梦梅的唱词（原文前有"俺和你"三字），"花容"句出自第二十三出《冥判》中花神的唱词（原文前有"你道"二字），"春无"句出

---

[1] （清）陈钟祥：《集牡丹亭词》，《黔南丛书》第四集第二册，贵阳交通书局，民国间铅印本，第 2 页。

自第二十三出《冥判》中花神的唱词（原文前有"禁烟花一种"五字），"天无"句出自第二十三出《冥判》中花神的唱词（原文前有"望椿萱一带"五字），"他杜"句出自第二十三出《冥判》中花神的唱词（原文前有"又把"二字），"被雨"句出自第二十三出《冥判》中判官的唱词（原文前有"不可"二字），亦占了一半。比较而言，《瑶台聚八仙》中使用原文的情况最为复杂：

烟雾飘萧。闲厮调，熏香独坐无聊。牡丹虽好，打迸着梦魂飘。小行乐，十分容貌，笔花尖淡扫轻描。转心焦。红颜易老，福分难消。　　又似被春愁着，待垂杨风袅，点活心苗。阴雨梅天，闺深佩冷魂销。喜的明妆俨雅，动春蕉，春归红袖招。要润笔，倚湖山梦晓，眉月双高。①

此词使用《牡丹亭》曲词原文的情况可以分为五类：第一类：直接使用原文，未作改动。属于此类的有10句。"牡丹"句出自第十出《惊梦》中杜丽娘的唱词，"笔花"句出自第十四出《写真》中杜丽娘的唱词，"又似"句出自第十四出《写真》中春香的唱词，"阴雨"句出自第十二出《寻梦》中杜丽娘的唱词，"闺深"句出自第十四出《写真》中杜丽娘的唱词，"喜的"句出自第十四出《写真》中杜丽娘的唱词，"动春"句出自第二十六出《玩真》中柳梦梅的唱词，"春归"句出自第十四出《写真》中杜丽娘的唱词，"要润"句出自第二十三出《冥判》中判官的唱词，"倚湖"句出自第十四出《写真》中杜丽娘的唱词。第二类：原文较长，从前面删去若干字。属于此类的有8句。"闲厮"句出自第十四出《写真》中杜丽娘的唱词（原文前有"拈青梅"三字），"熏香"句出自第十四出《写真》中杜丽娘的唱词（原文前有"竟妆成"三字），"打迸"句出自第十四出《写真》中杜丽娘的唱词（原文前有"泪花儿"三字），"小行"句出自第十四出《写真》中杜丽娘的唱词（原文前还有一"小"字），

---

① （清）陈钟祥：《集牡丹亭词》，《黔南丛书》第四集第二册，贵阳交通书局，民国间铅印本，第3页。

第八章　集曲词

"转心"句出自第十四出《写真》中杜丽娘的唱词（原文前有"心喜"二字），"红颜"句出自第十四出《写真》中杜丽娘的唱词（原文前有"可甚的"三字），"点活"句出自第十四出《写真》中杜丽娘的唱词（原文前有"甚法儿"三字），"眉月"句出自第十四出《写真》中杜丽娘的唱词（原文前有"待画出西子湖"六字）。第三类：原文较长，从后面删去若干字。属于此类的仅有一句，即"十分"句出自第十四出《写真》中春香的唱词（原文后有"怕不上九分瞧"六字）。第四类：改动原文的字词。属于此类的仅有一句，即"待垂"句出自第十四出《写真》中杜丽娘的唱词（"待"字，原文作"对"字）。第五类。删减和改动同时存在。属于此类的有句，即"烟雾"句出自第十四出《写真》中杜丽娘的唱词（原文前有"渲云鬟"三字。"雾"字，原文作"霭"），"福分"句出自第十四出《写真》中杜丽娘的唱词（原文前有"不因他"三字。"消"字，原文作"销"）。除了第一类是直接使用原文外，其余四类都改动了原文。在总计 22 个句子中，未改动的有 10 句，不到总数的一半；被改动的有 12 句，超过总数的一半。

以上三首词反映的情况，在其余五首词中也很常见。不仅如此，还有在原文中间增加字词的情况。如第三首《春风袅娜》中有"才酞转人面桃腮"句出自第三十六出《婚走》中柳梦梅的唱词（原文中无"转"字）。

将所有的 8 首词结合起来考察可以看出，除了使用《牡丹亭》曲词原文不加改动这一种情况外，陈钟祥还采用了六种方式改动《牡丹亭》的曲词，即从前面删去若干字、从后面删去若干字、从中间删去若干字、从中间增加若干字、改动个别字，以及删减和改动同时并存的情况。陈钟祥对《牡丹亭》的曲词进行这么多改动，表明集曲词的艺术水平还处在低级阶段。

陈钟祥创作《集牡丹亭词》时大量改动《牡丹亭》的原句，显示出不成熟的特征。作为今知最早的集曲词集，《集牡丹亭词》不仅使用《牡丹亭》的语句，而且紧紧依傍《牡丹亭》的基本故事，最早显示出该类作品的一些特征。

第二节　奇外更奇是此书
——悔道人的《西厢词集》

元代王实甫的《西厢记》是一部奇书,晚清悔道人专集《西厢记》的《西厢词集》二卷也是一部奇书。万雨生序云:

> 悔叟能集诗,吾知之不为奇也,人尽能之耳。悔叟能集词,吾知之不为奇也,人亦能之耳。悔叟今且集《西厢》以为词,吾知之不能不以为奇矣。夫《西厢》者,天下古今第一奇文也。人孰不读《西厢》? 人孰不知《西厢》为奇文? 乃读《西厢》而能以《西厢》之奇文作己之奇文,用如悔叟者,伊其谁何? 噫! 悔叟之能用奇也,诚奇矣,得无谲乎? 虽然吾非奇其谲也,所奇者《西厢记》一书,阅今千百年;此今千百年中,即无一人如悔叟之谲,先悔叟施其谲,让其谲于千百年下之一悔叟之为奇之又奇耳。奇哉悔叟! 谲哉悔叟! 吾知悔叟必能以蠖子之言为能振其奇而破其谲也。光绪甲辰岁中秋节前一日蠖子万雨生题。①

据笔者统计,《西厢词集》二卷共有作品 228 首,其中卷上 159 首,卷下 69 首。该书之"奇",不仅表现为所有语句出自《西厢记》一书,而且表现为内容上涵盖了《西厢记》故事和词人自己的情感经历,并且突破了一般词的格律和风格。

一　词句出自《西厢记》

上引万雨生序称赞《西厢词集》为"奇之又奇",最主要的原因就是因为该集乃"集《西厢》以为词"。如卷上第一首《沁园春》:

---

① （清）悔道人:《西厢词集》卷上,温州新瓯印刷公司,光绪刻本,第 1 页。

第八章　集曲词

　　风静帘闲，云敛晴空，万籁无声。奈玉人不见，柳遮花映，银缸犹灿，雾障云屏。黄犬音乖，绿窗人静，月朗风清恰二更。谁能觳、将言词说上，通个殷勤。　　难禁一寸眉心。我是个多愁多病身。将回廊绕遍，凄凉情绪；彩云何在，美满恩情。送暖偷寒，翻来覆去，妙药难医断肠人。从今后、如何是可，你再思寻。①

　　词中"风静"句出自《西厢记》第三本第二折张生的唱词，"云敛"句出自第二本第四折莺莺的唱词，"万籁"句出自第一本第三折张生的唱词，"奈玉"句出自第一本第一折张生的唱词（原文前有"奈"字），"柳遮"句出自第一本第三折张生的唱词（原文前有"有一日"三字），"银缸"句出自第三本第二折张生的唱词，"雾障"句出自第一本第三折张生的唱词，"黄犬"句出自第四本第一折张生的唱词，"绿窗"句出自第二本第二折莺莺的唱词，"月朗"句出自第一本第三折张生的唱词，"谁能"句出自第四本第二折张生的唱词（"谁"字，原作"既"），"将言"句出自第一本第二折张生的唱词，"通个"句出自第二本第一折莺莺的唱词（原文前有"向东邻"三字），"难禁"二字出自第三本第四折红娘的唱词，"一寸"四字出自第五本第一折莺莺的唱词（原文前有"大都来"三字），"我是"句出自第一本第四折张生的唱词（"我是个"三字，原文作"小子"），"将回"句出自第一本第一折张生的唱词，"凄凉"句出自第三本第二折红娘的唱词，"彩云"句出自第四本第一折张生的唱词，"美满"句出自第一本第三折张生的唱词，"送暖"句出自第三本第二折红娘的唱词，"翻来"句出自第三本第一折红娘的唱词（通行本中无此句），"妙药"句出自第三本第四折红娘的宾白，"从今"句出自第三本第二折红娘的唱词，"如何"句出处无考，"你再"句出自金圣叹的改本。总的说来，虽有个别句子出处无考，或者出自他人改本，但绝大多数句子无疑都出自王实甫《西厢记》中的曲词（仅有一句出自宾白），只是略作了一些删减或改动。又如《两同心》：

---

① （清）梅道人：《西厢词集》卷上，温州新瓯印刷公司，光绪刻本，第7页。

相思滋味，那更残春。门掩了、梨花深院，幽僻处、可有人行。心娇怯，坐又不安，半晌抬身。　　空青万里无云。柳影花阴。助人愁、纸窗风裂，扑剌剌、宿鸟飞腾。冷清清，倚遍西楼，残月犹明。①

词中"相思"句出自第四本第三折莺莺的唱词（原文前有"我谂知这几日"六字），"那更"句出自第二本第一折莺莺的唱词，"门掩"二句出自第一本第一折张生的唱词，"幽僻"二句出自第二本第二折红娘的唱词，"心娇"句出自第四本第四折莺莺的唱词（原文前有"把不住"三字），"坐又"句出自第二本第一折莺莺的唱词（原文前有"这些时"三字），"半晌"句出自第三本第二折红娘的唱词，"空青"句出自第三本第二折张生的宾白（"空青"二字，通行本作"碧天"），"柳影"句出自第三本第四折红娘的唱词（原文前有"梦不离"三字），"助人"二句出自第四本第四折张生的唱词（"愁"与"纸"之间原有"的是"二字），"扑剌"二句出自第一本第三折张生的唱词（原文前有"元来是"三字），"冷清"句出自第一本第四折张生的唱词（原文前有"倚着扇"三字，后有"旧帏屏"三字），"倚遍"句出自第五本第一折莺莺的唱词，"残月"句出自第四本第四折张生的宾白。比较而言，此词虽有两个句子出自宾白而非曲词，但所有的句子均可从《西厢记》中找到出处，只是有些句子被略加删改。

以上两词，一为慢词，一为中调，可以代表《西厢词集》卷上使用《西厢记》语句的基本情况。卷下的情况也差不多。如《长相思》：

晚风前。碧云天。谁想这里遇神仙。春光在眼前。　　霎时间。并头莲。双悬日月照华筵。只将花笑拈。②

词中"晚风"句出自第一本第一折张生的唱词（原文前有"似垂柳"

---

① （清）梅道人：《西厢词集》卷上，温州新瓯印刷公司，光绪刻本，第7页。
② （清）梅道人：《西厢词集》卷下，温州新瓯印刷公司，光绪刻本，第1页。

第八章 集曲词

三字),"碧云"句出自第四本第三折莺莺的唱词,"谁想"句出自第一本第一折张生的唱词(前四字,原文作"谁想着寺里"五字),"春光"句出自第一本第一折张生的唱词,"霎时"句出自第四本第三折莺莺的唱词(原文后有"杯盘狼藉"四字),"并头"句出自第四本第三折莺莺的唱词(原文前有"但得一个"四字),"双悬"句出自第二本第三折莺莺的宾白,"只将"句出自第一本第一折张生的唱词。这是一首小令,仅有 8 句,各句出处皆可考。这里再举一首《幔卷绸》:

梦里南轲,画中爱宠,便是言辞赚。掉不下思量,教人怎飏,不恨西江,瞒着鱼雁。赤紧夫妻,尤云殢雨,出点风流汗。成就了、温存娇婿,分明是你过犯。 长呼短叹。早晚怕、夫人行破绽。揭起海红罗软帘偷看,我是晓夜将佳期盼。衣宽带松,天生是敢,做了偷花汉。叹鳅生不才,有限姻缘,担饶轻慢。①

词中"梦里"句出自第二本第三折莺莺的唱词(原文前有"便做了"三字),"画中"句出自第二本第四折莺莺的唱词(原文作"我做了个画儿里的爱宠"),"便是"句出自第二本第二折惠明的唱词(原作"我将不志诚的言词赚"),"掉不"句出自第四本第四折莺莺的唱词(原作"撇不下的相思"),"教人"句出自第一本第二折张生的唱词(原文前有"待飏下"三字),"不恨"句出自第二本第一折张生给杜确的书信中(通行本无,见金圣叹改本),"瞒着"句出自第三本第三折红娘的唱词(原文前有"几曾见寄书的颠倒"八字),"赤紧"句出自第三本第三折红娘的唱词(原作"赤紧的夫妻们"),"尤云"句出自第三本第三折红娘的唱词(原作"晴干了尤云殢雨心"),"出点"句出自第三本第二折红娘的唱词(原文作"只除是出几点风流汗"),"成就"句出自第一本第二折张生的唱词(原作"成就了会温存的娇婿"),"分明"句出自第三本第二折红娘的唱词,"长呼"句出自第一本第二折张生的唱词(原作"少可有一万声长吁

---

① (清)梅道人:《西厢词集》卷下,温州新瓯印刷公司,光绪刻本,第 7 页。

短叹"），"早晚"句出自第三本第二折红娘的唱词（原作"早共晚夫人见些破绽"），"揭起"句出自第三本第二折红娘的唱词（原作"先揭起这梅红罗软帘偷看"），"我是"句出自第三本第二折红娘的唱词（原文无"我是"二字），"衣宽"句出自第二本第四折莺莺的唱词（原文前有"一声声"三字），"天生"句出自第二本楔子中惠明的唱词（原文前有"打熬成不厌"五字），"做了"句出自第三本第三折红娘的唱词，"叹鳜"句出自第四本第一折张生的唱词，"有限"句出自第四本第四折莺莺的唱词，"担饶"句出自第三本第二折红娘的唱词。此词较长，虽然改动和删减之处较多，但所有的句子都能在《西厢记》中找到出处。

以上从卷上、卷下各举了两个例子，从中可以看出悔道人《西厢词集》使用《西厢记》文句的基本情况：主要使用曲词，但使用原文成句的比例不高，大都进行了删减或改动；使用宾白的现象也有，但数量很少。最后补充说明的是，虽然《西厢词集》中的不少句子相对于通行的《西厢记》文本改动较大，却基本与金圣叹的改本保持了一致。这表明，悔道人创作《西厢词集》时，使用的并不是王实甫的文本，而是金圣叹的所谓评点本。

二 寄情《西厢》内外

《西厢词集》出现在陈钟祥的《集牡丹亭词》之后。虽然悔道人及其周围的朋友似乎都不知道《集牡丹亭词》的存在，但《西厢词集》的内容却比《集牡丹亭词》广泛得多。大致说来，主要有以下两个方面：

1. 词人本身的情事。关于这点，从《西厢词集》的《自序》中可以窥测出一些可贵的信息：

> 余好集古人句为诗词，积有若干卷。偶读《西厢记》，爱其情辞绵□，集成一阕以示人，都称可。遂大喜，即集小令、长调数十阕，以律合之，尚无舛错。惟限于《西厢记》，曲语无多，其通韵不能不稍有假借。且前曲与续曲妍媸不同，间亦不能不择其佳者而通用之，不过随时游戏，以消遣世虑耳。余老矣，灯前酒后，追念少年情事，

第八章 集曲词

如泡影幻梦，时慨怆不能已。将以此为忏除文字，又恐重造口孽障也。思焚弃之，或曰："此《西厢》之文，非子之文也，何必焚？"乃书数语以存。悔道人自识。①

词人说"灯前酒后，追念少年情事，如泡影幻梦，时慨怆不能已"，也就是说回忆自己年轻时的恋情经历，是《西厢词集》的主要内容。就具体内容而言，这些作品大致可以分为四类：

第一类，主要表现女性的美貌。如《红娘子》：

春色横眉黛。兰麝香仍在。金雀鸦鬟，尽人调戏，柳腰款摆。是步摇得、宝髻玲珑，我又惊又爱。②

此词中的女孩不但面容美丽、体态风流，而且衣饰华美，难怪词人看到后心中感到一种强烈的震撼。又如《金人捧露盘》：

满头花，乌云髻，小梅香。穿一套，缟素衣裳。千般袅娜，业身虽是立回廊。半天风韵，他脸儿，是淡淡妆。　　白襕净，娇模样，庞儿整，杜韦娘。全不见半点轻狂。柳腰款摆，鹊冷渌老不寻常。性儿温克，不教你，叠被铺床。③

此词不仅突出了女性之美貌，而且写出词人心中的无限爱惜之情。像这样以表现女性美貌为主的作品，还有卷上的《甘州曲》《诉衷情》《声声慢》《滚绣球》《朝中措》《更漏子》，卷下的《长相思》《江南春》《忆真妃》等多首词。

第二类，女性对男性的思念。这样的作品最多。如《沁园春》：

---

① （清）悔道人：《西厢词集》卷上，温州新瓯印刷公司，光绪刻本，第6页。
② 同上书，第16页。
③ 同上书，第9页。

可意冤家，倾国倾城，细骨轻肌。自别离以后，香消玉减，寒暄再隔，坐想行思。昨夜分明，孤眠况味，翠被生寒有梦知。愁无奈、似石沉大海，心内成灰。　寻思彩笔题诗。叠做个同心方胜儿。他相思为我，自鸣情抱，可憎得别，去后何迟。星眼朦胧，芳心无那，阁泪汪汪不敢垂。从今罢，没颠没恼，自去扶持。①

词中的少妇虽然有倾国倾城的美貌，却因为丈夫久去不归而度日如年，以致坐想行思，香消玉减。表现女性相思的作品里，最有趣的是那种少女盼望嫁人的篇章。如《十六字令》三首：

　　哈。倚定门儿手托腮。窗儿外，疑是玉人来。（其一）
　　呵。不想姻缘想甚么。长吁气，闷煞没头鹅。（其二）
　　哈。谨奉新诗可当媒。真心耐，管教那人来。（其三）②

其一写女孩儿手托香腮，若有所思；其二写女孩儿企盼姻缘，神情恍惚；其三写女孩儿希望所思之人早日托媒，以便成就一段姻缘。像以上这样表现女性思念男性或渴望嫁人的作品在《西厢词集》中比比皆是，就不再多举例了。

第三类，男性对女性的相思。如《秦楼月》：

　　你看天际秋云卷，朦胧。不是云山几万重。　并无繁冗真幽静。旅馆欹单枕。难禁。月朗风清恰二更。③

身在他乡的旅馆中，词中的男主人公感到孤枕难眠，更加思念家中的妻子。又如《恋绣衾》：

---

① （清）悔道人：《西厢词集》卷上，温州新瓯印刷公司，光绪刻本，第7页。
② 同上书，第17页。
③ 同上书，第10页。

第八章 集曲词

  鹘冷渌老不寻常。大人家，举止端详。要看过，十分饱，他脸儿，是淡淡妆。　牙儿衬着衫儿袖，无倒断，晓夜思量。咫尺间，天样阔，着小生，挂肚牵肠。①

  此词所写，更像是一种单相思。男主人公因为爱慕一位女孩，所以不断地想着她的美貌和好处，并且不断地思念她。不过，这样的作品不多，总共仅有几篇。
  第四类，表现男女欢爱。这样的作品有多首，如《拨棹子》：

  望得人。想得人。今夜出个志诚心。请先生，切勿推称。绛台高，翠被香浓熏兰麝。　第一夜。似一夏。女孩儿，花枝又低亚。那里叙，寒温打话。我又惊又爱，脸儿厮揾者。②

  此词所写是男女第一次欢会的情景。与此内容相同的还有《恋情深》：

  展放从前眉儿皱。你偷香手。金小端的云雨来。早安排。　软玉温香抱满怀。鱼水得和谐。恭敬不如从命，至心捱。③

  表现此类内容的作品还有《忆故人》其二、《喜团圆》其三、《一剪梅》《隔溪梅令》，卷下的《忆少年令》《霜天晓角》《少年游》等多篇。
  在《西厢词集》中，以上这些作品占大多数，可以说代表了该集在内容题材方面的基本特征。这些作品，虽不敢说全是词人自己的"少年情事"，但至少跟他自己的感情经历有关。
  2. 赋咏《西厢记》中的故事。《西厢词集》中有不少作品，可以说是对《西厢记》故事的赋咏和评论。这些作品亦可分为两类：
  第一类，赋咏《西厢记》中的故事。除了零星作品外，一些组词更值

---

① （清）梅道人：《西厢词集》卷上，温州新瓯印刷公司，光绪刻本，第19页。
② 同上书，第24页。
③ 同上书，第27页。

得注意。如卷上的《满江红》3首：

宝鼎香浓，颤巍巍，花梢弄影。又不见，轻云薄雾，闹中取静。粉蝶乍沾飞絮雪，落花满地胭脂冷。镇日价，情思睡昏昏，谁偢问。

心娇怯，我已省。相思事，还有甚。将回廊绕遍，闲行又困。一递一声长吁气，玉堂人物难亲近。隔墙儿，酬和到天明，厮觑定。（其一）

自恨生平，怎生般，雕虫刻篆。我曾经，这般磨灭，担饶轻慢。云路鹏程九万里，脚跟无线如蓬转。怎因而，有美玉于斯，真调淡。

前已是，踏着犯。你自审，谁曾惯。向诗书经传，黄昏清旦。二十颗珠藏简帖，时乖不遂男儿愿。至今留，四海一空囊，休辞惮。（其二）

夜去明来，调眼色，已经半载。成就了，幽期密约，今宵相待。倒凤颠鸾百事有，霎时不见教人怪。带围宽，过了瘦腰肢，小奶奶。

你赤紧，真心耐。措支里，不自在。意悬悬业眼，九分不快。料想春娇厌拘束，何时重解香罗带。教别人，颠倒恶心烦，愁无奈。（其三）①

将三词结合起来考察，第一首写崔莺莺的爱情愁思，第二首写张生的怀才不遇，第三首写二人的私下结合和思念。这三首词放在一起，就具有了一定的故事脉络。

这样的作品在《西厢词集》卷下中更为常见，规模也更大。特别值得注意的是《上林春》七首：

泥塑的僧伽样。可正是、长老方丈。面如少年得内养。　做道场，有心听讲。怎生唤作打参，问你个法聪和尚。（其一）

小子只身独自。折鸳鸯、坐两下里。黄莺夺了鸿鹄志。　不移

---

① （清）悔道人：《西厢词集》卷上，温州新瓯印刷公司，光绪刻本，第18—19页。

第八章 集曲词

时,翻来覆去。着他鱼水难同,看你个相思样子。(其二)

为了莺莺身分。一家儿、区区微命。孤孀母子无投奔。急偎亲,秀才来尽。只他这笔尖儿,张君瑞便当钦敬。(其三)

一个文章魁首。博得个、鸾交凤友。画堂箫鼓鸣春昼。好事儿,天长地久。将何郎粉去掺,只为你胸中锦绣。(其四)

一个絮絮答答。元来是、小姐小姐。他今背立湖山下。那更叙,寒温打话。是他女孩儿家,休猜做来学骗马。(其五)

有梦也难寻觅。眼见得、恩断义绝。不如不遇倾城色。热劫儿,对面抢白。不图浪洒闲茶,知你的青衫更湿。(其六)

你硬着头皮上。恣情的、汤他一汤。好模好样忒莽戆。烦恼也,钟儿早响。其间我觑意儿,好和歹慢慢的想。(其七)①

将这几首词联系在一起,可以看出其跟《西厢记》的关系更近。其一写和尚做法事,这是张生和莺莺正式见面的场所;其二写张生因为爱慕莺莺而暂时将赶考之事弃之脑后;其三写莺莺家遭遇孙飞虎之难,赖张生解救;其四赞美张生才华,写他得到莺莺的喜爱;其五写莺莺之多情而又腼腆;其六写老夫人赖婚后张生的无奈和痛苦;其七写莺莺的烦恼和对张生的劝慰。这些作品的内容,虽然和《西厢记》并不完全一致,但总体上还是依傍《西厢记》立意的。属于这类的作品在卷下还有很多。如《万里春》二首,前首写莺莺听说张生病了,在夜里前去相会;后首写张生长吁短叹,等待莺莺前来。又如《红娘子》二首,前首写老夫人赖婚后张生的苦恼,后首写张生和莺莺隔墙酬诗。再如《采桑子》三首,第一首写赖张生书信,莺莺一家和寺中僧人得以保全;其二写张生期待莺莺家履行婚约;其三写老夫人赖婚,让张生、莺莺兄妹相称,令二人无比伤怀。即使在单篇中,也有这样的内容,如《眼儿媚》写莺莺、张生私下里做夫妻,《玉团儿》写惠明杀出重围替张生传递书信的情景,都是如此。

第二类,赞美了《西厢记》中所宣扬的"有情人终成眷属"的婚姻理

---

① (清)悔道人:《西厢词集》卷下,温州新瓯印刷公司,光绪刻本,第10—11页。

想。这样的作品不多,但很值得珍视。如卷下的《一叶落》:

> 张殿试。五瘟使。绣衾奇暖留春住。愿言配德兮。放心波学士。休言语。休言语。万古常团聚。①

此词不但赞美了张生与莺莺的结合,而且祝愿他们能够"万古常团聚"。又如同卷的《玉堂春》:

> 大开东阁。卷起东风帘幕。不请街坊,正待传幽客。绣户风开鹦鹉知。　为了莺莺身分,五言八韵诗。愿与英雄,万古常团聚,才子佳人信有之。②

此词所写,也是对英雄与佳人婚姻模式的赞美。再如最后一首《喜团圆》:

> 快哉倚玉,天长地久,许配雄雌。孟光接了,梁鸿案,永老无离别。　玉堂学士,多情小姐,姐姐呼之。满心满意,妻荣夫贵,举案齐眉。③

此词不仅是对张生、莺莺美满婚姻的歌颂和祝福,也是对天下所有"有情人终成眷属"的良好祝愿。

《西厢集词》中的这些作品,紧紧依傍《西厢记》的基本故事,从一个侧面体现出《西厢集词》与《西厢记》之间的密切关系。

除了表现自己的情事和《西厢记》故事两方面的内容,《西厢词集》中还有少量其他题材的作品,如《凤凰台上忆吹箫》写对家乡的思念,《喜团圆》其一、其二写对佛家虚空境界的体认等,但数量都很少。

---

① (清)悔道人:《西厢词集》卷下,温州新瓯印刷公司,光绪刻本,第12页。
② 同上。
③ 同上。

第八章 集曲词

三 突破词体的限制

《西厢记》是文学史上著名的"奇书"之一,王实甫不仅在书中提出了"愿天下有情的皆成眷属"的进步主张,而且突破了元杂剧的体制,建立了"四折一楔子"的结构和每本一人独唱的形式。相对于一般的集句词,悔道人的《西厢词集》作为专集《西厢记》的另一种"奇书",也有一些明显的突破。

1. 语言俚俗。关于词的语言,沈义父在《乐府指迷·论词四标准》中明确指出:"下字欲其雅,不雅则近乎缠令之体。"① 悔道人之前的集句词人进行创作时,虽然使用他人现成的句子,但都坚守了这样的标准。悔道人则不然,他在一些作品里较多使用浅俗的句子。如《长相思》:

> 花有阴。月有阴。紫燕双飞寂寂春。应怜长叹人。 你有心。他有心。巧为襄王送雨云。常时且自亲。②

这是一首表现相思的小令。单看上片,仍可以说符合"雅"的标准,可是下片写得如此通俗,丝毫没有留下咀嚼的空间。即使以佳人为主人公的作品,也可以写得比较浅俗。如《祝英台近》:

> 望将穿,涎欲咽。我亦休疑难。似等辰勾,空把佳期盼。如今是你无缘,把奴拖犯。只待觅、别人破绽。 可怜咱。便如凤去秦楼,珮环声渐远。近来面颜,瘦得实难看。寻思怎不伤嗟,一声长叹。早寻个、酒阑人散。③

此词中亦不缺少高雅的句子,如"空把""便如""珮环"等,但更多通俗句子的使用,使整首词呈现出一种谐俗之趣。又如《㜑人娇》:

---

① (宋)沈义父著,蔡嵩云笺释:《乐府指迷笺释》,人民文学出版社1963年版,第43页。
② (清)悔道人:《西厢词集》卷上,温州新瓯印刷公司,光绪刻本,第9页。
③ 同上书,第15页。

只近西厢，门儿相向。猛见了、可憎模样。语言的当，忒丰韵，都撮在眉尖心上。　　杏脸桃腮，休言偎傍。我有意、汤他一汤。须臾对面，特来参访，要看个、眼皮儿上供养。①

相对于以上两词，此词几乎全由浅俗的句子组成，但语言活泼，情思浓郁，极有趣味。再如《春光好》：

甚妹妹，拜哥哥，笑呵呵。你看没查没脑荒偻科。　　要算主人情重，知他福命如何。陪酒陪茶倒揎就，难捉摸。②

此词全由活泼生动的俚语组成，亦是妙趣横生。

以上这些作品的存在，使《西厢词集》具有他人集句词所不具备的浅俗之味。这也就是前引沈义父所不屑的"缠令之体"。在大家都追求"雅"的背景下，悔道人着意发展"俗"的一面，是有其新奇之处的。

当然，《西厢词集》中并非仅有俚俗这一种风格，其中多数作品仍然比较高雅，可以说高雅与通俗同在。王实甫的《西厢记》素来以曲词华美著称，但元杂剧毕竟是面向民众的通俗文学，所以其曲词中仍然杂有大量的通俗、俚俗的句子。面对着这样的情景，悔道人如何选择取舍，就更能体现出他的艺术爱好了。

2. 突破词韵的规定。词是音乐文学，音韵可以说是它的生命。沈义父曾说："音律欲其协，不协则成长短之诗。"③可是，悔道人却在《自序》中明确地说："惟限于《西厢记》，曲语无多，其通韵不能不稍有假借。"说白了，就是创作时没有严格遵守词韵的规定。如《解佩令》：

小生薄命，安排着害。说来的话儿，不应口。秋水凝眸，怎容得许多颦皱。并泪斑，宛然依旧。　　黄昏清旦，翻来覆去。忘了时，

---

① （清）悔道人：《西厢词集》卷上，温州新瓯印刷公司，光绪刻本，第26页。
② 同上书，第21页。
③ （宋）沈义父著，蔡嵩云笺释：《乐府指迷笺释》，人民文学出版社1963年版，第43页。

第八章 集曲词

依然还又。会少离多，糊涂了胸中锦绣。你元来、苗而不秀。①

这首词所用韵，根据《词林正韵》应该属于第十二部的仄声，即包括了平水韵中的上声二十五有部和去声二十六宥部，二者通用。可是以其中的几个韵脚看，属于有部的仅有"口"一个字，属于宥部的有"皱""旧""又""绣""秀"五个字。另外两个字中，"害"字属于第五部的仄声，属于平水韵去声的九泰部；"去"字属于第四部的仄声，具体是平水韵去声六御部，都不是第十二部。由此不难看出，此词在用韵上的确是"稍有假借"，而且已涉及《词林正韵》的三个韵部。又如《望海潮》：

湖海相随，一身如寄，只为蜗角虚名。此处栖迟，异乡花草，一是去住无因。不去跳龙门。向诗书经传，三楚精神。笔下幽情，新诗和得忒应声。　　里边幽室灯青。强风情措大，风欠酸丁。忙里偷闲，雕虫篆刻，能消几个黄昏。诗对会家吟。语句又轻。真是文章有用，横扫五千人。②

此词所用韵部，总体上似乎属于《词林正韵》第十一部的平声，即包括了平水韵下平声的八庚、九青、十蒸三部。具体分析，属于八庚部的有"名""声"二字，属于九青部的有"青""丁""轻"三字；而另外六个字中，"因""神""人"三字属于平水韵上平十一真，"门""昏"两字属于上平十三元，在《词林正韵》中属于第六部；而"吟"字属于下平十二侵，在《词林正韵》中属于第十三部。总共11个韵字，同样跨越了《词林正韵》的三个大部，而且这恐怕已经不是"稍有假借"，而是大胆突破了。再如卷下的《淡黄柳》：

传书递简，自古文风盛。不意当时完妄行。要算主人情重，休使红娘再来请。　　真奚幸。主人专意等。排酒果，拖地锦。友情的都

---

① （清）悔道人：《西厢词集》卷上，温州新瓯印刷公司，光绪刻本，第15页。
② 同上。

成了眷属。玉液金波，凤箫象板，恭敬不如从命。①

对照词谱，此词共 8 个韵脚，其中"盛""行""命"属于平水韵去声二十四敬部，"请""幸"属于上声二十三梗部，"等"属于上声二十四迥部，在《词林正韵》属第十一部；"锦"属于上声二十六寝部，在《词林正韵》属第十三部；"属"属于入声二沃部，在《词林正韵》属第十五部；亦是跨越了《词林正韵》的三个韵部。

从以上三个例子可以看出，悔道人在创作集曲词时，能够大胆地突破用韵的规定，这在词学高度发达的晚清时期是非常奇特的。

3. 突破词调的形制。相对于词韵，悔道人对词调的突破更加明显。虽然他在《自序》里说"以律合之，尚无舛错"，其实并非如此。如《帝台春》：

愁得陡峻。枕头是孤另。心内成灰，老夫人、拘系得紧。牙尺剪刀声相送，倒教俺、低垂粉颈。絮叨叨，把我摧残，指头儿恁。　　肆奚幸。谁俶问。拖地锦。无干净。母亲，你送了人呵，恨匆匆缝合，一言难尽。陪酒陪茶倒擱就，把个书生来跌窨。害不倒愁怀，又来回顾影。②

《帝台春》最早出自宋代李甲手下，且宋代仅有词一首：

芳草碧色。萋萋遍南陌。暖絮乱红，也知人、春愁无力。忆得盈盈拾翠侣，共携赏、凤城寒食。到今来，海角逢春，天涯为客。　　愁旋释。还似织。泪暗拭。又偷滴。谩伫立、遍倚危阑，尽黄昏，也只是、暮云凝碧。拚则而今已拚了，忘则怎生变忘得。又还问麟鸿，试重寻消息。③

---

① （清）悔道人：《西厢词集》卷下，温州新瓯印刷公司，光绪刻本，第 12 页。
② 同上书，第 6—7 页。
③ 唐圭璋：《全宋词》第 1 册，中华书局 1965 年版，第 490 页。

第八章 集曲词

两相对照不难看出,虽然悔道人的作品大多遵照了李甲的旧制,但有些句子,尤其是下片的中间几句,跟李甲之作差别较大,很值得注意。再如《丑奴儿》:

> 人间良夜静复静。月皎皎,月筛花影。晚风寒峭透窗纱,碧澄澄,苍苔露冷。 快书快友快谈论。两首诗,分明互证。才高难入俗人机,一任你、六朝金粉。①

《丑奴儿》名下有几个不同的词调。其一为《丑奴儿令》,又名《采桑子》《罗敷媚》,双调44字。其二为《摊破丑奴儿》,即《摊破采桑子》,亦有不同的词调,如或为60字;或为62字。其三为《丑奴儿慢》或《丑奴儿近》,双调89字或90字。对照以上各种词调,悔道人的作品皆不合,明显可以看出对词调的突破。又如其《烛影摇红》:

> 可意冤家怎流连,睡不着如翻掌。漏声长滴响。壶铜只道金佩响。②

《烛影摇红》源自王诜笔下的《忆故人》,为单片50字,经周邦彦损益,成双调96字,始定今名,后人遂以为定式。悔道人的作品仅有25字,不仅与《烛影摇红》完全不同,即使与王诜的《忆故人》亦差别巨大。

以上这些例子表明,悔道人《西厢词集》中的作品不合格律之处甚多,远非他自己标榜的"尚无舛错"。

无论从语言的俚俗看,从突破词韵的规定看,还是从突破词调的形制看,悔道人的《西厢词集》都显得有些奇特。这样的特点,使得《西厢词集》更接近散曲的风格,而与他人的集句词形成鲜明的区别。

总之,悔道人的《西厢词集》不仅全部使用王实甫《西厢记》的语句,用来赋咏《西厢记》故事和词人自己的情事,而且突破了词的体制和风格,的的确确是一部难得的"奇书"。

---

① (清)悔道人:《西厢词集》卷上,温州新瓯印刷公司,光绪刻本,第16页。
② 同上书,第31页。

跟前面分析的集唐词、集宋词、集词词相比，集曲词具有自己的突出特征：其一，对原作的依傍程度更高。《牡丹亭》《西厢记》是叙事作品，《集牡丹亭词》《西厢词集》在很大程度上继承了它们的基本故事情节。其二，发展出俚俗的新风格。在集曲词之前，所有的集句词都以雅丽为基本风格，正是由于集曲词的出现，集句词中才有了俚俗这种新风格。其三，集曲词中截取或删改原文的现象非常普遍，不像集句诗或其余类别的集句词那样通常直接使用他人现成的语句。

第九章 集古词

前面几章讨论的集唐词、集宋词、集词词、集曲词中，除了少量作品包括了一些当代语句外，绝大多数都属于集古词的范畴。虽然标明"集古"的作品并不罕见，如宋代苏轼《定风波·元丰六年七月六日，王文甫家饮酿白酒，大醉，集古句作墨竹词》、辛弃疾《忆王孙·秋江送别集古句》，明代张旭《喜迁莺·集古送欧阳令君考迹之京》、夏旸《忆王孙·集古秋意》，清代陈玉璂《生查子·见采桑女，集古无名氏句》、傅燮詷《捣练子·戏集古句》二首、葛秀英《生查子·集古赠双妹兼以送别》《浪淘沙·集古送张湘兰之湖南》等都是，但标明"集古"的词集却没有出现。有鉴于此，笔者把既包含了一定数量的集古词，同时又包括了若干集唐词、集宋词等在内的词集都作为集古词集来进行探讨。本章所谓集古词只有一个标准，即使用古人之句，至于这些句子是诗句还是词句，是唐人之句还是宋人之句，就不加区别了。

第一节 集唐宋外更开法
——何采的《南涧词选》

何采的《南涧词选》二卷并非集句词专集，然其中有集句词64首之多，而且这些作品使用的都是古人之句，所以皆可以称为集古词。在这些集古词中，标明"集唐"的数量最多。此外，还有少量集宋词和"集本调词"。

一 集唐词使用七、五言为主的词调

《南涧词选》中的集唐词共 45 首,约占总数的四分之三。这些作品涉及的词调并不多,仅有《阳关曲》《浣溪沙》《卜算子》《巫山一段云》《武陵春》《鹧鸪天》《惜春容》7 个。这些词调在句式上可以分为三种情况:

1. 全由七言句子构成的词调。何采在集唐词中使用了《阳关曲》《浣溪沙》《惜春容》和《瑞鹧鸪》4 个词调。《阳关曲》词调由 4 个七言句子组成,如《阳关曲·中秋秦靖生招饮慧山,集唐用东坡中秋韵》:

> 疏钟声出慧山寒(罗隐)。渡口多呈白角盘(王建)。每到月圆思共醉(张蠙),泼醅新酒试尝看(白居易)。[1]

同一词调的作品还有《前调·寄临洮鲁将军,集唐用东坡紫髯郎韵》《前调·赠张校书,集唐用东坡雪溪女韵》《前调·送倪闇公入都,集唐用摩诘渭城韵》《前调·咏黄莺集唐》2 首、《前调·咏鹧鸪集唐》2 首和《前调·咏牡丹集唐》2 首,一共 10 首。

《浣溪沙》词调由 6 个七言句子组成,如《浣溪沙·招别峰上人结邻南磵集唐》:

> 世路风波仔细谙(白居易)。把诗吟去入嵌岩(李洞)。门垂碧柳似陶潜(李白)。　明月自来还自去(崔鲁),行云归北又归南(鱼玄机)。便来兹地结茅庵(胡曾)。[2]

同一词调的作品还有《前调·月夜宿牛首寺集唐》《前调·寻秋白水塘集唐》《前调·芍药将谢集唐》《前调·秋日登八仙台集唐》《前调·白水

---

[1] 南京大学中文系《全清词》编纂研究室:《全清词顺康卷》第 8 册,中华书局 2002 年版,第 4610 页。

[2] 同上书,第 4615 页。

第九章 集古词

塘渔家集唐》2首、《前调·题鲈庄渔隐图集唐,俱叶渔翁》4首、《前调·南村闲步集唐》《前调·饮车敏州怀园集唐》《前调·自题心太平斋集唐》《前调·南郊送春集唐》4首和《前调·秦靖生、安期、留仙招饮寄畅园集唐》,一共19首。

《惜春容》词调由8个七言句子组成,如《惜春容·人面桃花落有感集唐》:

东风一阵黄昏雨(崔涂)。人面不知何处去(崔护)。晓来和泪葬婵娟(韦庄),颜色却还天上女(李山甫)。 百回看着无花树(王建)。手把玉箫头不举(曹唐)。相逢又说向天台(刘复),山口断云迷旧路(崔鲁)。①

同一词调的还有《前调·清明感逝集唐》2首,一共只有3首。

《瑞鹧鸪》词调亦由8个七言句子组成,仅有《瑞鹧鸪·寒玉道人为顾与治画梅花便面集唐》一首:

南村晴雪北村梅(薛逢)。先后花分几番开(李频)。闲倚晚风生怅望(张泌),强欺寒色尚低徊(陆龟蒙)。 林香酒气元相入(沈佺期),越岭吴溪免用栽(罗邺)。惟有诗人应解爱(白居易),教人扇上画将来(罗隐)。②

这4个词调相加,一共有33首词。其所用词调虽然不同,但每个七言句子都是合乎标准的律句,所以使用唐人诗句非常方便。

2. 全由五言句子构成的词调。仅有《生查子》一种,由8个句子组成。如《生查子·农谈集唐》:

---

① 南京大学中文系《全清词》编纂研究室:《全清词顺康卷》第8册,中华书局2002年版,第4645页。
② 同上。

一径入荒陂（于鹄），住处名愚谷（王维）。但喜稼如云（白居易），白露黄粱熟（杜甫）。　鸡犬满桑间（储光羲），野雉声咿喔（刘禹锡）。开户望平芜（韦应物），落日多樵牧（柳宗元）。①

同一词调的作品还有《前调·渔唱集唐》，一共只有2首。

3. 以五言句子为主的词调，有《卜算子》和《巫山一段云》两个。《卜算子》词调仅有一首，即《卜算子·山居和沈石田韵集唐》：

独向白云归（王维），结宇依青壁（宋之问）。树色参差隐翠微（苏颋），野竹疏还密（杜牧）。　泉石且娱心（唐太宗），词赋工无益（杜甫）。不读书来老更闲（白居易），尽日看山立（同上）。②

总共8个句子里，五言句子有6个，七言句子仅2个。《巫山一段云》词调也是如此。如《巫山一段云·咏柳集唐》其一：

映水疑分翠（刘遵古），临堤软胜丝（方干）。全身无力向人垂（韩偓）。是处好风吹（李建勋）。　幸遇芳菲日（白居易），来当婀娜时（李商隐）。人言柳叶似愁眉（白居易）。眉意入春闺（温庭筠）。③

同属《巫山一段云》词调的尚有《巫山一段云·咏柳集唐》其二和《前调·禊日集唐》2首，一共4首。

4. 以七言句子为主的词调，仅有《鹧鸪天》一种。包括2首词，即《鹧鸪天·渔父词》2首。如其一：

季如篪云：张志和《渔父词》，以《鹧鸪天》歌之极入律，但少

---

① 南京大学中文系《全清词》编纂研究室：《全清词顺康卷》第8册，中华书局2002年版，第4613页。
② 同上书，第4618页。
③ 同上书，第4619页。

第九章　集古词

数句耳。黄山谷遂足成之。前云："朝廷尚觅玄真子，何处如今更有诗？"后云："人间欲避风波险，一日风波十二时。"虽以翻案为佳，觉上下承接处气韵稍格，且唐音宋调微有间也。余采唐人句增入，而结句又志和所作，皆咏渔父者，不旁溢一语，未审与山谷孰是？俟知音者商之。

　　西塞山边白鹭飞。桃花流水鳜鱼肥（原词）。波摇岸影随桡转（武平一诗），月上江平放溜迟（陆龟蒙诗）。　青箬笠，绿蓑衣。斜风细雨不须归（原词）。翻嫌四皓曾多事，出为储皇定是非（张志和诗）。①

5. 七言、五言句子各占一半的词调。仅有《武陵春》一个词调，包括《武陵春·题垂柳钓船图集唐》《前调·寒食集唐》2首和《前调·涧上落花集唐》，一共4首。如《武陵春·题垂柳钓船图集唐》：

　　春尽絮飞留不得（刘禹锡），孤棹也依依（严维）。白首沧浪空自知（刘长卿）。惆怅暮潮归（李嘉祐）。　夜夜澄波连月色（李颀），月出钓船稀（张籍）。拍水沙鸥湿翅低（白居易）。不去为无机（耿湋）。②

词中8个句子，七言句子4个，五言句子也是4个，各占一半。

6. 同时使用五言、七言以外句子的词调，仅有2个，即《临江仙》和《江城子》。《临江仙》仅有一首词，即《临江仙·白水山庄集摩诘句》：

　　厌见千门万户，天边独树高原。居人共住武陵源。开畦分白水，极浦映苍山。　官府鸣珂有底，莺啼山客犹眠。不如高卧且加餐。

---

① 南京大学中文系《全清词》编纂研究室：《全清词顺康卷》第8册，中华书局2002年版，第4641页。

② 同上书，第4631页。

婆娑依里社，艺植老丘园。①

此词全部使用王维的诗句，包括 4 个六言句、4 个五言句和 2 个七言句，句式比前面几类显得更加复杂。

从以上分析可以看出，何采的集唐词基本采用五言和七言两种句式，很少例外。五言和七言是唐诗中最常见的诗句，何采选用这样的词调，所有的句子可以直接取自唐人，而不需要进行加工和改造。

二 开创次韵和集体性创作

除了全部使用唐人诗句这一特点，何采的集唐词在题材内容和艺术形式上都具有明显的发展意义。其表现主要有以下几个方面：

1. 发展了咏物题材。何采明显表现出对咏物题材的侧重，共有 10 首词，几乎占其集唐词总数的四分之一。其中咏黄莺的 2 首，即《阳关曲·咏黄莺集唐》，如其一：

暖风迟日早莺归（韩喜）。度陌临流不自持（李商隐）。紫殿红楼觉春好（李白），麻姑乞与女真衣（郑谷）。②

此词紧扣黄莺的外在形象，刻画得那样逼真贴切。咏鹧鸪的 2 首，即《前调·咏鹧鸪集唐》，如其二：

刺桐毛竹待双栖（罗邺）。秋入池塘风露微（崔涂）。游子乍闻征袖湿（郑谷），汨罗池畔吊残晖（韦庄）。③

此词不仅描摹出鹧鸪的外在形象，而且渲染了其给游子带来的相思之

---

① 南京大学中文系《全清词》编纂研究室：《全清词顺康卷》第 8 册，中华书局 2002 年版，第 4647 页。
② 同上书，第 4610—4611 页。
③ 同上书，第 4611 页。

第九章 集古词

苦。咏牡丹的2首,即《前调·咏牡丹集唐》,如其二:

> 细腰争舞郁金裙(李商隐)。任是无情也动人(罗隐)。图把一春皆占断(秦韬玉),王侯家为牡丹贫(王建)。①

此词虽然写到牡丹的形象,但主要还是突出其独占春风的魅力。咏柳树的亦2首,即《巫山一段云·咏柳集唐》,如其二:

> 嫩叶随风散(崔绩),长条踠地垂(沈佺期)。流莺百啭最高枝(温庭筠)。应借一枝栖(同上)。　日暮偏愁望(李端),春来识别离(李商隐)。不堪将入笛中吹(滕迈)。一首断肠诗(白居易)。②

此词从柳丝随风飘散写起,借黄莺为寄托,表达出浓重的哀伤感情。咏芍药的仅一首,即《浣溪沙·芍药将谢集唐》:

> 云想衣裳花想容(李白)。红灯烁烁绿盘龙(韩愈)。桃时杏日不争浓(韩琮)。　寂寞闲庭春欲晚(刘方平),离披破艳散随风(白居易)。真禅元喻色为空(张蠙)。③

看到如此艳丽的芍药行将凋谢,诗人竟然从中悟出了"色即是空"的禅理。咏不知名的落花的亦仅有一首,即《武陵春·涧上落花集唐》:

> 暖艳动随莺翅落(李建勋),洞户白云飞(上官昭容)。细草新花踏作泥(岑参)。留步惜芳菲(宋之问)。　宝盖雕鞍金勒马(骆宾王),谁向此倾杯(朱庆余)。独自闲行独自归(元稹)。流水语相随

---

① 南京大学中文系《全清词》编纂研究室:《全清词顺康卷》第8册,中华书局2002年版,第4611页。
② 同上书,第4619页。
③ 同上书,第4615页。

（释贯休）。①

纷飞的落花无人爱惜，甚至被踏作泥土，令诗人惋惜不已。在集唐词发展的过程中，咏物题材出现得很早。如王安石有集句词《菩萨蛮》可以看作咏海棠词，苏轼的集句词《阮郎归》是一首咏梅词。可是在王、苏二人之后，咏物题材一直没有得到发展。因此，何采的这些作品具有重要的发展意义。

2. 开创了次韵创作。自宋至明，集句词在艺术上得到长足的发展，但未见次韵的情况出现。即便是与何采同时的董元恺写了那么多集句词，也没有次韵之作。何采的次韵词不多，仅有 5 首。其中《阳关曲》3 首乃次苏轼词韵，如《阳关曲·寄临洮鲁将军集唐，用东坡紫髯郎韵》：

> 虬髯憔悴羽林郎（李郢）。破阵功成百战场（僧清江）。风送孤城临晚角（杜牧），征人陇上尽思乡（翁绶）。②

此词所次韵的原作是苏轼的《阳关曲·中秋作。本名小秦王，入腔即阳关曲》：

> 受降城下紫髯郎。戏马台南古战场。恨君不取契丹首，金甲牙旗归故乡。③

两者相比较，可以看出何采之作与苏轼之作的韵脚不仅相同，连顺序也完全一致，这正是次韵的含义。何采此词在艺术上固然不能与苏轼原作相比，但使用唐人诗句尚能切合如此，已经很不容易了。不仅此词，何采的另外两首也是如此。

---

① 南京大学中文系《全清词》编纂研究室：《全清词顺康卷》第 8 册，中华书局 2002 年版，第 4631 页。
② 同上书，第 4610 页。
③ （宋）苏轼：《东坡乐府》，上海古籍出版社 1979 年版，第 86 页。

第九章 集古词

次王维词韵者仅一首,即《前调·送倪闇公入都集唐,用摩诘渭城韵》:

> 羡君谈笑出风尘(卢纶)。相送柴门月色新(杜甫)。唱罢《阳关》无限叠(李商隐),斜光偏照渡江人(李嘉祐)。①

此词所次韵之原作即王维著名的《送元二使安西》:

> 渭城朝雨浥轻尘,客舍青青柳色新。劝君更尽一杯酒,西出阳关无故人。②

王维此诗被谱入曲,称为《渭城曲》,又曰《阳关三叠》。两相比较,何采的次韵之作自然不及原作,但意思顺畅,语句妥帖,亦颇为难得。

次沈周之韵者亦仅一首,即《卜算子·山居和沈石田韵集唐》,已见前引。

次韵创作在何采这里虽然仅仅是开创,但对后来的创作产生了深远的影响。

3. 开创了集体性创作。中国诗歌主要有两种创作方式,其一是个人独创,其二即多人参加的集体性创作。在何采之前,所有的集句词都是个人独创的结果,可是何采的有些集唐词却跟集体性创作关系密切。先看《浣溪沙·饮车敏州怀园集唐》:

> 楚客东归栖此岩(刘长卿)。共看移时复栽衫(韦应物)。飞花送酒舞前檐(李白)。　　不以雄名疏野贱(王建),岂知浮世有猜嫌(李洞)。眼前胶漆是烟岚(罗隐)。③

---

① 南京大学中文系《全清词》编纂研究室:《全清词顺康卷》第8册,中华书局2002年版,第4610页。
② (唐)王维著,(清)赵殿成笺注:《王右丞集笺注》,上海古籍出版社1984年版,第263页。
③ 南京大学中文系《全清词》编纂研究室:《全清词顺康卷》第8册,中华书局2002年版,第4617页。

集句词研究

"车敏州"即车万育（1632—1706），字与三，一字鹤田，号云崖，湖南邵阳人。车万育是著名的集句诗人，著有《怀园集李诗》八卷、《怀园集杜诗》八卷，今皆存。何采此词所写即在车万育家怀园宴集的情景，很可能是即席完成的。与其情况相近的还有《前调·秦靖生、安期、留仙招饮寄畅园集唐》一词：

笔阵诗魔两未降（殷文圭）。幽人独坐鹤成双（马戴）。吴帆乘月下清江（许浑）。　满院落花春寂寂（韦庄），群峰过雨润淙淙（顾况）。瓷罂无让玉为缸（杜甫）。①

寄畅园在无锡。几个文人在这里雅集，难免饮酒赋诗。何采长于集唐，于是就以唐人诗句完成了这首词。又如前面已经引过的《阳关曲·中秋秦靖生招饮慧山，集唐用东坡中秋韵》，也是这样的作品。

何采这样的"集唐"虽然只有3首，但足以表明集唐词已经与集体性创作建立了不解之缘。

发展咏物题材也好，开创次韵和集体性创作也好，都反映出何采集唐词的特点和发展意义。

三　发展集本调词和禁本调词

除了集唐词，何采还有16首标明"集本调"和"禁本调"的作品，特色也非常鲜明。现分别加以解说。

所谓"集本调"，即是说当词人决定采用某一词调时，就只从前人同一词调的作品中选择词句。集本调词最早见于元代白朴的《满庭芳》，据其自序，乃是选用宋代黄庭坚、贺铸、陈师道的四首《满庭芳》词句组合而成。何采的集本调词共有10首，有的专集一人的同调之作，仅有《浣溪沙·早秋山行见田父泥饮集东坡本调句》一首，已见前引。

有的专集宋人同调之作，仅有3首，均见于《蝶恋花·送春集句俱用

---

① 南京大学中文系《全清词》编纂研究室：《全清词顺康卷》第8册，中华书局2002年版，第4618页。

第九章 集古词

本调》一组。其二云：

> 庭院深深深几许（欧阳修）。欹枕曚昽（吴礼之），数点催花雨（赵鼎）。数点雨声风约住（李冠）。杖藜闲趁游蜂去（周密）。　飞燕又将归信误（赵令时[畤]）。记得来时（萧允之），飞入垂杨处（于真人）。楼外垂杨千万缕（朱淑真）。凭君碍断春归路（秦观）。①

该词中所有词句的作者均是宋人，其中"飞燕"句出自赵令畤《蝶恋花》，故知"赵令时"为"赵令畤"之误。其三云：

> 竹杖芒鞋无定据（于真人）。想得寻春（杨炎），忘了寻春路（辛弃疾）。把酒送春春不语（朱淑真）。问花花又娇无语（真德秀）。　流水落花无问处（秦观）。去意徘徊（周邦彦），回首迷烟树（周孚先）。春梦又还随柳絮（吴礼之）。凭栏目送苍烟暮（赵鼎）。②

这首词里各句的作者亦都是宋人。其四云：

> 满目山川闻杜宇（朱淑真）。缺样花枝（谢逸），依旧横眉妩（高观国）。不见旧人空旧处（周邦彦）。乱红飞过秋千去（欧阳修）。　一掬幽情知几许（周密）。曾倚哀弦（赵鼎），脉脉无由语（谢迈[薖]）。清梦欲寻犹间阻（张震）。堪嗟梦不由人做（陆游）。③

词中"脉脉"一句的作者"谢迈"，乃"谢薖"之误，今其全词尚存。何采此词所有句子亦全部出自宋人，没有例外。

有的词作虽主要出自宋代词人的同调之句，但亦有少量其他朝代的词

---

① 南京大学中文系《全清词》编纂研究室：《全清词顺康卷》第8册，中华书局2002年版，第4649页。
② 同上书，第4649—4650页。
③ 同上书，第4650页。

句。如《减字木兰花·懒园看花集本调句》：

画桥流水（王安国）。飞絮游丝春老矣（高士谈）。翠舣红轻（苏轼）。弹指东风太浅情（晏几道）。　　锁香亭榭（张炎）。同醉月明花树下（吕本中）。且要忘忧（向子䛏）。白发簪花我自羞（陈师道）。①

考察各句的作者，王安国、苏轼、晏几道、张炎、吕本中、向子䛏、陈师道无疑都是宋人，可是高士谈虽曾在北宋末年为官，入金后却仕途至翰林学士，在人们的心目中一直被看作金人。又如《临江仙·秋夜感怀集本调句》：

把酒浇愁愁不尽（程垓），凄然依旧伤情（滕宗谅）。强扶残醉绕云屏（辛弃疾）。幽怀谁共语（元好问）？玉漏已三更（秦观）。　　碧染长空池似镜（顾夐），月明深院中庭（尹鹗）。丹枫楼外捣衣声（谢逸）。欲知肠断处（苏轼），孤影小窗灯（陈克）。②

此词各句的作者中，程垓、滕宗谅、辛弃疾、谢逸、苏轼、陈克是宋人。"玉漏"句作者为李石，非秦观，然亦是宋人。另外3人中，元好问是金人，顾夐、尹鹗是五代人，都不是宋人。又如《蝶恋花·送春集句俱用本调》其一各句的作者中，赵鼎、吴礼之、张震、秦观、于真人、周邦彦、毛滂都是宋人，可是冯延巳是五代人，景覃是金人。其五各句的作者中，高观国、周邦彦、杨炎、赵师侠、于真人等是宋人，王庭筠是金人，冯延巳是五代人，凌云翰是明人。其六各句的作者中，赵鼎、柳永、吴礼之、于真人、陆游、毛滂、辛弃疾、晏几道、朱淑真都是宋人，只有景覃是金人。

---

① 南京大学中文系《全清词》编纂研究室：《全清词顺康卷》第8册，中华书局2002年版，第4621页。
② 同上书，第4648页。

第九章　集古词

以上分析表明，何采的集本调词或者专用宋代一位词人的词句，或者使用宋代多位词人的词句，或者在使用宋人词句的同时，还使用少量其他朝代的词句，但明显表现出对宋句的重视。

集本调词之外，何采还用《蝶恋花》词调写了 6 首禁本调词，即《蝶恋花·后送春集句禁用本调》一组。跟"集本调"相反，词人在创作这组作品时有意回避前人《蝶恋花》中的词句，这就是"禁本调"的含义。在何采的这组禁本调词中，不仅没有出自同一作者的作品，出自同一朝代作者的作品亦仅有一首，即其三：

> 心事悠悠寻燕语（卢祖皋《鱼游春水》）。话尽春愁（冯艾子《春风袅娜》），忍唱《阳关》句（赵彦端《点绛唇》）。一曲《阳关》情几许（苏轼《渔家傲》）。丝丝杨柳丝丝雨（蒋捷《虞美人》）。　说与江头杨柳树（戴复古《清平乐》）。雨润烟浓（欧阳修《浪淘沙》），不见春归路（僧如晦《卜算子》）。容易着人容易去（张先《卖花声》）。满斟绿醑留君住（叶清臣《贺圣朝》）。①

词中所有的句子均出自宋人，分别出自卢祖皋《鱼游春水》、冯艾子《春风袅娜》、赵彦端《点绛唇》、苏轼《渔家傲》、蒋捷《虞美人》、戴复古《清平乐》、李清照（原误作欧阳修）《浪淘沙》、僧如晦《卜算子》、张先《卖花声》和叶清臣《贺圣朝》，没有一句出自《蝶恋花》或其异名同调者。

其余 5 首则出自不同朝代的多位词人之手。如其一：

> 绿暗汀洲三月暮（晁补之《临江仙》）。独倚危楼（辛弃疾《丑奴儿》），燕子穿帘处（吴文英《荔支香近》）。燕子归来愁不语（卫元卿《谒金门》）。月明肠断双栖羽（丁羲叟《渔家傲》）。　诗句一春浑漫赋（段克己《渔家傲》）。无奈春归（徐俯《画堂春》），梦

---

① 南京大学中文系《全清词》编纂研究室：《全清词顺康卷》第 8 册，中华书局 2002 年版，第 4651 页。

里春归去(元好问《点绛唇》)。门外垂杨风后絮(吴机道《玉楼春》)。故来衣上留人去(吴淑姬《惜分飞》)。①

此词中的 10 个句子,属于宋人所作的有 9 句,分别出自晁补之《临江仙》、辛弃疾《丑奴儿》、吴文英《荔支香近》、卫元卿《谒金门》、丁羲叟《渔家傲》、段克己《渔家傲》、徐俯《画堂春》、晏几道(原误作"吴机道")《玉楼春》("垂"字,晏词原作"绿")和吴淑姬《惜分飞》("去"字,吴词原作"住"),另外一句出自金代元好问《点绛唇》("春归"二字,元词原作"寻春"),没有一句出自《蝶恋花》。又如其二:

人不负春春自负(辛弃疾《玉楼春》)。天上人间(李煜《浪淘沙》),何似休归去(僧如晦《卜算子》)。春去不知何处住(赵师侠《谒金门》)。树头树底无寻处(段克己《渔家傲》)。 拟欲题诗都付与(康与之《玉楼春》)。门掩黄昏(李甲《八宝妆》),又送黄昏雨(周邦彦《虞美人》)。情似雨余粘地絮(周邦彦《玉楼春》)。更无言语空相觑(毛滂《惜分飞》)。②

此词中的 10 个句子,出自宋人的有 9 句,分别出自辛弃疾《玉楼春》、僧如晦《卜算子》、赵师侠《谒金门》、段克己《渔家傲》、康与之《玉楼春》、李甲《八宝妆》、周邦彦《虞美人》、周邦彦《玉楼春》和毛滂《惜分飞》,另外一句出自李煜《浪淘沙》,没有一句出自《蝶恋花》。另外 3 首词也具有同样的特点。

集本调也好,禁本调也好,虽然在后世都没有发展起来,但何采的开拓之功仍然是不容抹杀的。

总之,何采的集古词中多数是集唐词,使用的词调也是由五言、七言

---

① 南京大学中文系《全清词》编纂研究室:《全清词顺康卷》第 8 册,中华书局 2002 年版,第 4650 页。
② 同上书,第 4651 页。

句子组成或以五言或七言句子为主的词调；在集唐词中，何采不仅发展了咏物题材，而且开创了次韵和集体性创作方式。集唐词以外，何采创作的集本调词和禁本调词，也都有一定的创新意义。

第二节　六朝旧句写风雅
——陈朗的《六铢词》

陈朗《六铢词》二卷是今知仅有的一种专集六朝诗句的集古词集，该集共有136首。六朝时近体诗、词尚未形成，当时所有的诗皆是古体诗。即使专就时代而言，六朝诗相对于唐宋诗也要古老得多。用六朝的古体诗句创作集古词，表现词人的风雅生活，是《六铢词》最突出的特点。

一　对花鸟风月的偏爱

《六铢词》使用的虽然都是六朝旧句，但表现的却是陈朗自己的情事。从《六铢词》可以看出，陈朗对花木禽鸟等自然风物表现出明显的偏爱。

1. 集中以花木为对象的作品最多，有26首之多，几乎占总数的20%。咏梅的作品有4首，即《云仙引·梅》《荷叶杯·梅》《霜天晓角·早春观梅》《琴调相思引·同梅谷咏梅》。如《云仙引·梅》：

素质参红（晋张翰《周小史》），朝霞润玉（东汉仲长统《述志诗》），一何奇变多姿（晋傅玄《军镇篇》）。出温谷（北齐《祀明堂·高明乐》），与仙期（魏陈思王《平陵东》）。片光片影皆丽（梁简文帝《倡楼怨节》），映日含风结细漪（隋虞茂《江都夏》）。仿佛佳人（晋陆云《失题》），清身苦体（汉乐府《雁门太守行》），罗縠单衣（秦《琴女歌》）。　倾杯覆盌濉濉（北周王褒《高句丽》）。匝上下（北齐《郊禘·高明乐》）、无风花自飞（梁柳恽《蔷薇》）。孤竹扬声（隋《祀圜丘·諴夏乐》）、初莺命晓（齐谢朓《三日侍宴曲水》），弱舞难持（梁沈约《三日侍凤光殿曲水宴》）。明秀超邻（晋桓玄《登荆山》），凌虚抗势（晋袁宏《从征行方头山》），直用东南一枝（北周庾信《杨柳歌》）。双情交映（晋陆机《赠冯文罴》），澄澄绿水（晋阮修《上巳会》），杳杳清思（庾信《大袷歌·昭夏》）。①

此词上片突出梅花质地的高洁，下片侧重梅花外在的美丽，两片结合，即从里到外把梅花的精神和形象都表现出来了。咏柳的词有4首，即《八声甘州·车行玉河桥，赋凤城春柳》《遐方怨·将至津门，地名杨柳青。垂杨挂柳，一望无际，感而赋之》《淡黄柳·小步湖堤，见春柳毿毿，如没人望远，弱质难胜，怅然有咏》《杨柳枝·柳》。如《杨柳枝·柳》：

学画鸦黄半未成（隋虞世南《嘲司花女》）。蕙烟轻（宋谢庄《山夜忧》）。纤腰嫋嫋会人情（齐西曲歌《共戏乐》）。五云生（梁武帝《玉龟曲》）。　新燕参差条可结（陈萧淳《长相思》），好春节（陈后主《长相思》）。风前凄断送离声（陈阮卓《黄鹄一远别》）。杂流莺（梁沈约《会圃临春风》）。②

此词上片写早春时游丝笼罩嫩柳的情景，下片即景生情，渲染了离别之感。其余如《一络索·灯下赋菊，同俞是斋》《玉蝴蝶·五九菊》《菩萨蛮·水仙》《前调·并头莲》《南唐浣溪沙·蕙》《虞美人·玉兰》《采桑子·海棠》《人月圆·桃》《卜算子·蔷薇》《江城子·竹》《南歌子·石榴》《前调·荷》《望江南·美人蕉》《菩萨蛮·桂》《闲中好·雁来红》《望江南·同心菊》《玉蝴蝶·木芙蓉》《南楼令·夜至西溪晤成巳开士，时山房早桂初发，喜填此阕》等词，分别赋咏了菊、水仙、莲、蕙、玉兰、海棠、桃、蔷薇、竹、石榴、美人蕉、桂、木芙蓉等多种花木。由此可见，词人对花木确实带有一种特殊的偏爱之情。

2. 跟花木联系较密切的是禽鸟，有《小重山·蝉》《惜分飞·雁》《玉连环影·燕》《月当厅·鹭》《渔歌子·夜泊芦中闻雁》《减字木兰花·燕》

---

① 张宏生：《全清词雍乾卷》第8册，南京大学出版社2012年版，第4333—4334页。
② 同上书，第4360页。

第九章 集古词

等6首。如《玉连环影·燕》：

> 燕燕（汉成帝时童谣）。敛翮依芳甸（陈张正见《雉子斑》）。北望青楼（晋《麹游歌》），玉枊珠帘卷（北周庾信《画屏风诗》）。　渡河梁（《古河梁歌》）。共翱翔（汉司马相如《琴歌》）。翠羽翻晖（梁简文帝《九日侍皇太子乐游苑》），风散水纹长（梁元帝《晚景游后园》）。①

跟花木相比，禽鸟因为能够运动，所以可以表现得更加灵活。此词所写是从富人家飞出的一对燕子在自然状态下自得其乐的情景。

3. 陈朗不仅喜欢花木，喜欢禽鸟，而且喜欢追逐游赏之乐。属于这一类的作品有《临江仙·春日听鹂小酌》《浪淘沙·望月》《卜算子·游平山堂作》《唐多令·渡江望金山》《水龙吟·游惠山饮第二泉作，泉上仿兰亭，有流觞曲水之胜》《十六字令·湖上春游》《碧桃春·春园即目》《骊山石·春暮放舟湖上小饮张氏园亭作》《江南春·春望同吴潜斋》《酒泉子·金阊春游》《巫山一段云·荡湖船》《南乡子·虎阜》《秦楼月·湖上晓泛》等多首。如《水龙吟·游惠山饮第二泉作，泉上仿兰亭，有流觞曲水之胜》：

> 歌声上激青云（晋傅玄《历九秋篇》），风高暗绿凋残柳（陈江总《内殿赋新诗》）。瞻秋悼晚（宋颜延之《侍衡阳南平二王应诏》），西观濛汜（梁周舍《上云乐》），南陵长阜（魏嵇康《赠秀才入军》）。丹崖百丈（晋马岌《题宋纤石壁》），重流千仞（嵇康《酒会诗》），青林华茂（魏嵇喜《答嵇康》）。采穷山之竹（北周庾信《角调曲》），参差繁响（梁丘迟《九日侍宴乐游苑》），驻飞景（宋谢庄《明堂迎神歌》）、停金奏（齐谢超宗《祀北郊·昭夏乐》）。　长委结兮焉究（东汉梁鸿《适吴诗》），濑浅浅（宋徐谖《华林北涧》）、发源幽岫（宋何承天《石流篇》）。临渊自镜（梁《梁乐·应王受图曲》），清流可饮（晋董京《答孙楚》），芳津可漱（晋虞阐《孙登隐居诗》）。

---

① 张宏生：《全清词雍乾卷》第8册，南京大学出版社2012年版，第4346页。

岩岩丛险（魏王粲《思亲操》），翔翔云舞（齐王俭《穆德凯容乐》），山包神薮（晋挚虞《雍州诗》）。若交临酒影（庾信《新月》），浮觞沿沂（颜延之《三月三日应诏宴西池》），如兰之秀（晋左思《赠妹九嫔悼离诗》）。①

此词虽然很长，但上片写惠山景物，下片虽写游赏，仍紧紧扣住周围的山水景致，是一篇以写景为主的作品。

总之，不论是赋咏花木禽鸟，还是表现游赏之乐，都体现出陈朗对自然风光的热爱，具有浓重的隐逸生活情趣。

二 对文雅生活的表现

如果说赋咏花木禽鸟已经能够体现出陈朗对自然风物的敏感，他还有一些作品直接表现出文人的生活情趣。这也可以从几个方面来认识。

1. 直接表现文人的宴集之乐，有《桃花水·同秦岵斋、王锡公立人集顾晴沙半日读书斋》《一丛花·玩月顾晴沙寓斋，同怀王锡公、杨凤文》《清平乐·春夜同董东亭、沈华苹、吴文溪、许既园小集》《画堂春·初秋王西庄先生招饮陶然亭》《诉衷情·同顾晴沙、曹剑亭小集》《九张机·秦静轩先生同王锡公、杨凤文小酌寄畅园》《谢池春慢·春夜宴集》《满庭芳·同马爱萝过陆梅谷天心阁，梅谷招同陆杏邨畅饮花前竟日，并以所和贺方回〈梅子黄时雨〉一阕见示，故词中及之》等8首。如《桃花水·同秦岵斋、王锡公立人集顾晴沙半日读书斋》：

绿草庭中望明月（梁简文帝《乌夜啼》），理参差（宋谢惠连《鞠歌行》）。霭流景（宋殷淡《祀章庙·昭夏乐》），雾露夜侵衣（梁吴均《答柳恽》）。酒泛夜光杯（陈张正见《门有车马客行》）。徘徊（东汉徐淑《答秦嘉诗》），风花直乱吹（北周庾信《北园新斋成应教》），醉如泥（东汉太常妻谚）②

---

① 张宏生：《全清词雍乾卷》第8册，南京大学出版社2012年版，第4351—4352页。
② 同上书，第4335页。

· 286 ·

第九章 集古词

此词先写顾晴沙半日读书斋的景色，后写诸人一起宴饮的乐趣。这种游赏宴集的情景，是文人生活的突出表现。

2. 对砚台的关注。陈朗描写砚台的作品有《河传·鸂鶒砚》《连理枝·眉子砚》《生查子·龙尾砚》《好事近·新得红丝小砚，以古墨试之，喜填此阕》等4首。如《生查子·龙尾砚》：

> 岩间度月华（陈张正见《关山月》），敛色金星聚（梁武陵王《闺妾寄征人》）。刻髓用卢刀（北周庾信《步虚词》），石彩无新故（陈江总《升德施山斋三宿忏悔诗》）。　浃叠浪花生（隋柳（上巧下言）《奉和晚日扬子江》），笔染鹅毛素（梁吴均《古意》）。微睇托含辞（梁何逊《咏舞》），石墨聊书赋（梁简文帝《药名诗》）。①

此词上片写龙尾砚的质地和加工过程，下片写砚台的功用，共同完成对砚台的咏赞。砚台是文人生活的基本工具，所以这些作品都具有明显的文人色彩。

3. 表现音乐之美。陈朗表现音乐的作品有《眼儿媚·调筝》《临江仙·度曲》《桂殿秋·歌席上王锡公》《帝台春·秋夜听弹琵琶》等4首。如《眼儿媚·调筝》：

> 辟窗开幌弄秦筝（宋谢灵运《燕歌行》）。能重复能轻（梁何逊《春风》）。银华晨散（梁简文帝《三日侍皇太子曲水宴》），金笳夜厉（齐高帝《塞客吟》），欲寄边声（东汉蔡琰《胡笳十八拍》）。　一朝得意心相许（梁沈约《夜白纻歌》），钏响逐弦鸣（梁简文帝《赋乐名得箜篌》）。看郎颜色（梁横吹曲《地驱乐歌》），殷勤促柱（齐谢朓《三日侍华光殿曲水宴》），微笑相迎（宋汤惠休《楚明妃曲》）。②

此词上片写弹筝女伎水平之高，下片写其遇到一个心仪的客人，于是

---

① 张宏生：《全清词雍乾卷》第8册，南京大学出版社2012年版，第4338页。
② 同上书，第4336页。

殷勤表现，笑脸相迎。其余3首也都偏重对艺人才能和容貌的赞美。

4. 表现女性的生活。在文人生活中，美人扮演着重要的角色。不仅上面谈及音乐时提到的艺人大都为女性，又如《琴调相思引·刺绣》写刺绣妻子对丈夫的思念，《少年游·览镜》写少妇的迟暮之悲，都是如此。此外，陈朗还有两组专门表现女性的作品：其一是《闺怨四首和晴沙》，包括《天仙子》《蝶恋花》《望仙门》和《百尺楼》，都是表现闺中女子的相思和愁怨。其二是《生查子》一组，包括《生查子·月下美人》《前调·帘内》《前调·帐底》《前调·酒边》《前调·烛前》《前调·画中》等6首，如《生查子·月下美人》：

浮云掩复通（陈徐陵《关山月》），月皎疑非夜（梁庾肩吾《奉和春夜应令》）。蹑影舞阳春（梁简文帝《小垂手》），小妇偏妖冶（陈后主《三妇艳词》）。　花雾共依菲（梁吴均《乌亭集送柳舍人》），暧暧罘罳下（梁王僧孺《赠顾仓曹》）。倚户怅无欢（吴均《酬周参军》），拂枕薰红杷（梁戴暠《咏眠》）。①

此词上片写月下美人的妖冶，下片则写美人的愁思，外在的形象与内在的心情交织在一起，共同完成了其艺术写照。其余几首也具有类似的特点。

以上几个方面的内容，有的互相交叉，有的则距离较远，但都属于文人生活的写照，表现的都是比较风雅的内容。

三　题画词的发展

六朝时期，文人题画诗尚未出现，甚至连与绘画有关的诗歌也很少。陶渊明的《读山海经》组诗虽然提到"流观山海图"，而且多次写到各种风物，似乎都是"山海图"中的形象，但毕竟难以确认。陈朗使用的六朝诗句，原本全都跟绘画没有关系，却又都成了他题画的组成部分。如《踏

---

① 张宏生：《全清词雍乾卷》第8册，南京大学出版社2012年版，第4371—4372页。

第九章 集古词

莎行·题顾晴沙独酌小像》：

> 渌水扬波（晋王彬之《兰亭集诗》），高云敛色（齐竟陵王子良《九日侍宴》）。桐峰文梓千寻直（古《白帝子歌》）。醉乡天地就中宽（隋炀帝《湖上曲》），谁能对此空相忆（梁萧子显《春别》）。　月澈河明（齐高帝《塞客吟》），露甘泉白（北齐《祀明堂·武德乐》）。绿觞皎镜花如碧（梁吴均《行路难》）。从风衣起发芬香（梁张率《白纻歌》），山阳倒载非难得（梁沈君攸《羽觞飞上苑》）。[1]

从词中的注释不难看出，全部10个词句中，原本没有一句跟绘画有关；可是在这里，每一句都是题画的句子。

唐宋以后，绘画逐渐发展出三类基本题材，即山水、花鸟和人物。这些类别，在陈朗的题画词中得到全面的反映：其一是咏山水画，有《江城子·题蒋新愚归舟安稳图，即送其归白下》《菩萨蛮·题赵千里山水画卷》《鹤冲天·王麓台富春山图卷，为晴沙题》《拂霓裳·屈梧窗出示唐子畏江南春图卷索题，卷中写"金勒马嘶、玉楼人醉"诗意，故戏用二语衍成》《青玉案·范宽栈道图为孙凤廉题》《贺新凉·题梅谷幽居图》《少年游·题潘蕉轩垂钓图，用白石韵》等7首。如《鹤冲天·王麓台富春山图卷，为晴沙题》：

> 启图观秘（梁沈约《侍释奠宴》），复觏东南美（隋王胄《酬陆长侍》）。点点远空排（北周庾信《晚秋》），含山势（梁简文帝《应令》）。刻削临千仞（梁庾肩吾《赋得山》），古绵缈（宋谢惠连《鞠歌行》），寻元气（北魏高允《王子乔》）。色浅非丹翠（梁沈趍《赋雀》）。竦干重霄（宋王绍之《赠潘综吴达举孝廉》），灵崖独拔奇卉（晋虞阐《游仙》）。　长言永叹（魏文帝《短歌行》），寓目皆乡思（梁何逊《渡连圻》）。明月信悠悠（梁江淹《从萧骠骑新亭垒》），清

---

[1] 张宏生：《全清词雍乾卷》第8册，南京大学出版社2012年版，第4335页。

风泄(晋成公绥《正旦大会行礼歌》)。遥想观涛处(隋庾抱《赋得胥台露》),杳冥冥(汉乐府《赤蛟》)、江之汭(沈约鼓吹曲《汉东流》)。别有仙云起(陈萧诠《巫山高》)。摇荡清波(魏嵇康《酒会诗》),山邻天而无际(晋湛方生《游园诗》)。①

此词上片具体描摹画中的山水图景,下片则即景抒情,表现出思乡之情和隐逸之趣。通过这样的刻画,此词艺术地再现了中国山水画"可游""可居"的性质。

其二是咏花鸟画。如《鬲溪梅令·陆兰坡画梅索题》:

美人绵眇在云堂(梁武帝《龙笛曲》)。绮难忘(魏文帝《大墙上蒿行》)。清颜如玉(晋陆云《失题》),玉面不关妆(梁费昶《采菱曲》)。临池影更双(梁纪少瑜《月中飞萤》)。 畅飞畅舞气流芳(晋拂舞歌《济济篇》)。北风凉(宋鲍照《代北风凉行》)。一朝花落(隋文帝《宴秦孝王于并州作》),吹去上牙床(梁萧子范《落花》)。罗衣拂更香(梁刘孝绰《淇上戏赠荡子妇》)。②

此词上片借美人的形象写梅花之美,下片则写梅花飘落的景象。这样的作品还有《四字令·周冷香为马爱萝写醉菊图,爱萝属余题此》和《杏花天影·同陆涤埃、顾竹庄访梅谷,主人出示赵彝斋墨兰索题》2首。

其三是咏人物画。除了上面已经引出的《踏莎行·题顾晴沙独酌小像》,还有《春宵曲·题画》和《绣带子·为张寄舟题画》2首专写美人画像的作品。如《绣带子·为张寄舟题画》:

掌上体应轻(梁沈君攸《夜出妓》),最得可怜名(隋卢思道《棹歌行》)。临玉阶之皎皎(梁沈约《登台望秋月》),游步散春情(晋清商曲《子夜四时歌》)。 歌扇掩盈盈(隋陈子良《上越国公

---

① 张宏生:《全清词雍乾卷》第8册,南京大学出版社2012年版,第4348页。
② 同上书,第4345页。

第九章 集古词

杨素》)。芳袖动（宋鲍照《代春日行》)、小复前行（汉乐府《董逃行》)。含姿绵视（宋汤惠休《楚明妃曲》)，从容柔雅（晋枣腆《答石崇》)，一笑倾城（齐陆厥《中山孺子哥》)。①

题目中虽然未言画中的内容，但从词上不难看出，此词所写乃是一位美丽含情的歌舞伎。另一首《春宵曲·题画》也是如此。

从以上分析可以看出，《六铢词》中的题画词虽然有山水、花鸟和人物三个指向，但这些对象跟前面分析的山水风物一样，都是文人生活的一部分，是文人风雅生活的写照。

在朱彝尊的《蕃锦集》中，已有14首题画词，显示出题画词在清初集句词中取得的成就。比较而言，陈朗虽然只有13首，但这些作品都是用六朝诗句写成的，而且题材比较全面，因此与朱彝尊的作品相比仍能体现出一定的发展趋势。

四　发展了和韵词

次古人词韵的集句词最早见于何采笔下，上节已有具体的分析。陈朗的这类作品有《柳梢青·咏雪和〈山中白云词〉韵》《卜算子·咏梅和白石道人韵二首》《前调·叠韵二首》《莺声绕红楼·和白石道人韵》《南歌子·和〈山中白云词〉韵》《少年游·题潘蕉轩垂钓图，用白石韵》等8首。跟何采相比，陈朗的和韵词（亦即次韵词）不仅数量更多，而且体现出以下三个方面的不同：

1. 使用词调的数量有所增加。何采仅仅使用《阳关曲》和《卜算子》两个词调，而陈朗使用了《柳梢青》《卜算子》《莺声绕红楼》《南歌子》和《少年游》等5个词调。除了《卜算子》，其余4个词调都是首次用于次韵词中。如《柳梢青·咏雪和〈山中白云词〉韵》：

月没参横（汉乐府《善哉行》)，山禽夜响（宋何承天《巫山高

---

① 张宏生：《全清词雍乾卷》第8册，南京大学出版社2012年版，第4370页。

篇》),梦想光华(晋陆云《失题》)。谁与清歌(魏嵇康《赠秀才入军》),春醪独抚(晋陶渊明《停云》),丰屋蔀家(嵇康《秋胡行》)。　　白云繁亘天涯(宋谢庄《祀明堂歌·黑帝》)。出门望(东汉窦伯玉妻《盘中诗》)、松耶柏耶(古齐人《松柏歌》)。修岭增鲜(晋王彪之《登会稽刻石山》),江波澈映(宋明帝《龙跃大雅》),蓊若春花(魏陈思王《闺情》)。①

此词所和的原词即张炎的《柳梢青·清明夜雪》:

　　一夜凝寒,忽成琼树,换却繁华。因甚春深,片红不到,绿水人家。　　眼惊白昼天涯。空望断、尘香钿车。独立回风,东阑惆怅,莫是梨花。②

二词在题材上都是写雪,虽然陈朗词在艺术上更远远不及张炎之作,但其词所有的韵脚均与张作保持了一致。

2. 词调的长度有所增加。陈朗所用的 5 个词调,除了《卜算子》已为何采所用外,其余 4 个词调的长度都有所增加。上面所引的《柳梢青》词调为 48 字,又如《少年游·题潘蕉轩垂钓图,用白石韵》:

　　寥寥远迈(晋庾友《兰亭集诗》),悠悠卒岁(北魏段承根《赠李宝》),流止任东西(魏陈思王《怨诗》)。延目中流(晋陶渊明《时运》),风霜是处(晋陆云《赠顾彦先》),借问此何时(晋张载《杂诗》)。　　期山期水(晋孙统《兰亭集诗》),非夷非惠(宋渔父《答孙缅歌》),小艇钓莲溪(北周庾信《同颜大夫初晴》)。旷世靡俦(北魏高允《贞妇彭城刘氏诗》),高踪难拟(又《答宗饮诗》),独有楚人知(陈刘珊《赋松上轻萝》)。③

---

① 张宏生:《全清词雍乾卷》第 8 册,南京大学出版社 2012 年版,第 4353 页。
② 唐圭璋:《全宋词》第 5 册,中华书局 1965 年版,第 3521 页。
③ 张宏生:《全清词雍乾卷》第 8 册,南京大学出版社 2012 年版,第 4363 页。

第九章 集古词

此词次韵的原作是姜夔的《少年游·戏平甫》。《少年游》词调共54字，比《柳梢青》还多了6个字。再看另外两个词调，《莺声绕红楼》50字，《南歌子》52字。从以上分析可以看出，陈朗使用的词调虽然仍为小令，但字数比何采所用的两个词调明显增加了。

3. 专和南宋姜夔、张炎二人之词韵。陈朗的这8首词里，和姜夔原韵者有6首，除了上面已经指出《少年游·题潘蕉轩垂钓图，用白石韵》是和姜夔的《少年游·戏平甫》外，《卜算子·咏梅和白石道人韵二首》《前调·叠韵二首》所和是姜夔的《卜算子·吏部梅花八咏》其二、其四，《莺声绕红楼·和白石道人韵》所和是姜夔的《莺声绕红楼·甲辰春，平甫与予自越来吴，携家妓观梅于孤山之西村，命国工吹笛，妓皆以柳黄为衣》。和张炎原韵者有两首，除了前文指出《柳梢青·咏雪和〈山中白云词〉韵》所和是张炎的《柳梢青·清明夜雪》外，《南歌子·和〈山中白云词〉韵》所和是张炎的《南歌子·陆义斋燕喜亭》。陈朗专和南宋姜夔、张炎二人之词，跟当时的词风有很大关系。以朱彝尊为代表的"浙西词派"以姜、张为宗尚，以至于形成"家白石而户玉田"的词坛风气。陈朗是浙江人，自然容易受到这种风气的影响。他的这几首词专和姜夔、张炎二人之词，在一定程度上显示出他与"浙西词派"的关系。

相对于一般的集句词，次韵创作的难度更大。从这个意义上说，陈朗专和南宋姜夔、张炎二人之词创作集句词，同样是其文人风雅人士生活的一部分。

跟此前产生的几种集句词集相比，陈朗《六铢词》的艺术水平并不高，而且由于六朝诗句本身带有的古硬之气，使得最后完成的作品往往不够柔婉，也不够流畅自然。如果撇开这些不足，单就本节所分析的几点看，无论是着意表现花木禽鸟等自然风光，表现文人雅集、砚台、音乐和女性之美，还是较多题咏绘画，以及次古人词韵等，都是文人生活的组成部分，体现了词人对风雅趣味的追求。

第三节　杜鹃声里斜阳暮
——丁尧臣的《蕉雨山房集句附编》

在丁尧臣的集句诗集《蕉雨山房酬存》五卷之后有一卷附录，题曰

《蕉雨山房集句附编》。该卷并非专门的集句词卷,但除了前面3首和后面8首为集句诗外,中间61首皆为集句词。由于难以用集唐词或集宋词来概括这些作品,因此也只能将它们称为集古词。

一 "集唐""集宋"与"集句"各有不同

按照句子出现的时间范围,丁尧臣将《蕉雨山房集句附编》中的作品明确分为"集唐""集宋"和"集句"三类。现依据词人的标示分别进行分析。

1. "集唐"专集唐五代诗句。《蕉雨山房集句附编》中标明"集唐"的作品有《卜算子·归思集唐》《菩萨蛮·春闺集唐》《菩萨蛮·怀旧集唐》《菩萨蛮·春情集唐》《菩萨蛮·客思集唐》《卜算子·江楼夜宴集唐》《忆王孙·再呈勉之明府集唐》《减字木兰花·春情集唐》《阮郎归·归思集唐》《忆王孙·江干送别集唐》《竹香子·访友集唐》等11首,占总数的18%。这些作品全部采用唐人诗句写成。有的词作全部由五言句和七言句组成,如《卜算子·归思集唐》:

天外问来程(马戴),独往沧洲暮(崔涂)。树带寒潮晚色昏(吴融),处处牵愁绪(张乔)。　凭槛欲沾衣(许浑),故国知何处(释贯休)。一岸残阳细雨中(沈彬),芳草迷归路(释惟审)。①

此词共8个句子,不但6个五言句全部出自诗歌,即"天外"句出自马戴《送册东夷王使》,"独往"句出自崔涂《送友人归江南》,"处处"句出自张乔《荆楚道中》,"凭槛"句出自许浑《松江怀古》,"故国"句出自清塞(俗名周贺)《出关后寄贾岛》(原注"释贯休"误),"芳草"句出自释惟审《留别忠州故人》(一般作灵一诗);两个七言句亦是如此,即"树带"句出自吴融《秋日经别墅》,"一岸"句出自沈彬《湘江行》残句。有的词中四言句较多,但同样出自唐人诗歌。如《减字木兰花·春

---

① (清)丁尧臣:《蕉雨山房集唐酌存·附编》,光绪七年丁氏刻本,第1—2页。

第九章　集古词

情集唐》：

> 柳长如线（李贺）。九陌芳菲莺自啭（顾非熊）。洒露飘烟（包佶）。蝶趁飞花到酒边（章碣）。　柔魂不定（罗隐）。枕上酒容和睡醒（白居易）。江有归舟（萧颖士）。芳草斜阳古渡头（罗邺）。①

不但词中的4个七言句全部出自诗歌，即"九陌"句出自顾非熊《长安清明言怀》，"蝶趁"句出自章碣《观锡宴》，"枕上"句出自白居易《饮后夜醒》，"芳草"句出自罗邺《春江恨别》；就连4个四言句亦全部出自诗歌，即"柳长"句出自李贺《春昼》，"洒露"句出自包佶《祀雨师乐章·迎神》（"露"字，包诗原作"雾"），"柔魂"句出自罗隐《蟋蟀诗》，"江有"句出自萧颖士《江有归舟三章》。

当然，也有个别作品偶然混入词句的现象，如《阮郎归·归思集唐》中的"月如钩"句出自李后主的词作《相见欢》，原本是词句而不是诗句。不过，这只是个特例，并不足以改变丁尧臣的"集唐"使用唐人诗句的统一标准。

2. "集宋"专集宋代词句。相对于"集唐"，《蕉雨山房集句附编》中的"集宋"数量较少，仅有《青玉案·离情集宋》《清平乐·春闺集宋》和《木兰花令·春闺集宋》等3首。如《青玉案·离情集宋》：

> 三年枕上吴中路（姚进道）。恨短梦难飞去（刘一止）。又是天涯初日暮（欧阳修）。小阑干外（杜旟），下临江渚（陆游）。惹得离情苦（柳永）。　瞿塘水阔舟难渡（张先）。空有鳞鸿寄纨素（康与之）。试问闲愁知几许（贺铸）。断云残日（赵彦端），淡烟微雨（晏几道）。总是销魂处（吴潜）。②

词中"三年"句出自姚进道《青玉案》（此词作者争议较多），"恨

---

① （清）丁尧臣：《蕉雨山房集唐酌存·附编》，光绪七年丁氏刻本，第4页。
② 同上书，第9页。

短"句出自刘一止《青玉案》,"又是"句出自欧阳修《玉楼春》,"小阑"句出自杜旟《蓦山溪》,"下临"句出自陆游《感皇恩》,"惹得"句出自柳永《安公子》,"瞿塘"句出自张先《渔家傲·和程公辟赠别》,"空有"句出自康与之《应天长·闺思》,"试问"句出自贺铸《青玉案》,"断云"句出自赵彦端《沙塞子》,"淡烟"句出自晏几道《点绛唇》,"总是"句出自吴潜《青玉案》,原本都是宋人的词句。又如《清平乐·春闺集宋》也是如此:

> 阴晴未定(贺铸)。帘外风移影(向子諲)。往事后期空记省(张先)。日日画阑独凭(史达祖)。　一春无限思量(李彭老)。为他花月凄凉(赵汝迕)。独恨春心难寄(晏几道),学书但写鸳鸯(李之仪)。①

此词中"阴晴"句出自贺铸《清平乐》,"帘外"句出自向子諲《生查子》,"往事"句出自张先《天仙子》,"日日"句出自史达祖《双双燕》,"一春"句出自李彭老《清平乐》,"为他"句出自赵汝迕《清平乐》,"独恨"句出自晏几道《清平乐》("独"字,晏词原作"犹"),"学书"句出自李之仪《清平乐》,全部出自宋人词句。另外一首《木兰花令·春闺集宋》也是如此。

3. "集句"以历代词句为主,但并不排斥诗句。除了"集唐"和"集宋",丁尧臣《蕉雨山房集句附编》中的另外47首词属于"集句",占全部作品(61首)的77%。其中《忆王孙·雪中广宁冯勉之大令见过留饮,既而复别,集句奉赠》的标题中,明确突出了"集句"的特征。其余46首没有标出"集句"字样,但跟这首都是一致的,可以看作省略了"集句"二字。这些作品取句不限唐、宋,亦偶尔使用了金、元、明三代诗词之句;以词句为主,但并不排斥诗句。如《蝶恋花·春暮》:

> 茅屋数间窗窈窕(王安石)。帘卷东风(许谦),柳絮吹难了(何可

---

① (清)丁尧臣:《蕉雨山房集唐酌存·附编》,光绪七年丁氏刻本,第11页。

第九章 集古词

视)。帘外落花闲不扫(温庭筠)。穿帘燕子双双好(明宣宗)。　池草梦回诗思杳(黄庚)。乌帽青鞋(赵孟頫),踏遍闲庭草(陈子龙)。杜宇教唆春去早(赵汝鐩)。惜花人共春光老(王化龙)。[1]

此词中原本出自词作的有 6 句,即"茅屋"句出自王安石《渔家傲》,"帘卷"句出自许谦《蝶恋花·正月十一日》,"柳絮"句出自何可视《蝶恋花·送春》,"乌帽"句出自赵孟頫《蝶恋花》,"踏遍"句出自陈子龙《蝶恋花》,"惜花"句出自王化龙《蝶恋花》("光"字,王词原作"花");出自诗歌的有 4 句,即"帘外"句出自温庭筠《春晓曲》,"穿帘"句出自明宣宗朱瞻基《四景诗·夏景》("燕子",朱诗原作"小燕"),"池草"句出自黄庚《半轩疏雨》,"杜宇"句出自赵汝鐩《沿橄宿虎山山家》。这样的作品在"集句"中比较常见,如《点绛唇·闺情》《阮郎归·闺怨》《十六字令·寄程小川》等皆是。

从以上分析可以看出,丁尧臣《蕉雨山房集句附编》中的集古词不仅明确分为"集唐""集宋"和"集句"三类,而且其选用前人句子的标准也有所不同。

二　相思、友情与乡愁

就题材和内容而言,《蕉雨山房集句附编》的范围不算宽广,但个性很鲜明,即可以非常清晰地分为相思、友情与乡愁三类。

1. 男女相思是丁尧臣"集句"最主要的内容。就具体作品来看,则又可以分为三个小类。其一,标题中带有"闺"字的作品表现女子对丈夫的思念。"闺"在古代本指女子居住的内室,后来引申为指女性。"春闺""闺情""闺怨"都能体现出女性的性别特征。如《卜算子·春闺》:

独自上层楼(程垓),撩乱春情绪(马守贞)。缥缈孤云自往来(孟称舜),几点疏疏雨(葛立方)。　片片蝶衣轻(刘克

---

[1] (清)丁尧臣:《蕉雨山房集唐酌存·附编》,光绪七年丁氏刻本,第 12 页。

庄），惯逐东风舞（聂大年）。楼外蛛丝网落花（高观国），春在无人处（周密）。①

片片飞花，点点疏雨，搅乱了女主人公内心的平静。春天如此短暂，而人的一生又何尝不是呢？又如《阮郎归·闺怨》：

> 天涯消息远沉沉（赵长卿）。低回一寸心（曹邺）。日斜罗幕掩清阴（吴熙）。相思深不深（王维）。　思往事（萨都剌），更微吟（无名氏）。闲情恨不禁（唐昭宗）。落花流水怨离琴（李群玉）。旧欢何处寻（李珣）。②

此词写思妇对往事的追忆。看到一年的春色又将离去，已经很久没有得到丈夫消息的女主人公只能到记忆中寻找过去的欢乐时光，心情分外凄苦。除了以上两首，这样的作品还有《菩萨蛮·春闺集唐》《生查子·春闺》《惜分飞·春闺》《点绛唇·春闺》《眼儿媚·春闺》《清平乐·春闺》《清平乐·春闺集宋》《玉楼春·闺情》《谒金门·春闺》《点绛唇·闺情》《蝶恋花·春闺》《木兰花令·春闺》《卜算子·闺怨》《木兰花令·春闺集宋》《菩萨蛮·春闺》《谒金门·闺怨》等多首。

其二，标题中带有"情"（不包括"闺情"）、"怀""思"等字的作品写的是丈夫对妻子的思念。如《生查子·有怀》：

> 关山梦里长（王观），一息迷回顾（邓肃）。今岁未还家（朱淑真），后会知何处（黄公度）。　欲睡更迟回（文征明），多少闲愁绪（洪适）。深夜苦怀人（周筼），阵阵芭蕉雨（张先）。③

词中所写之"怀"，显然是丈夫对妻子的思念。他虽然身处关山之外，

---

① （清）丁尧臣：《蕉雨山房集酹存·附编》，光绪七年丁氏刻本，第7—8页。
② 同上书，第8页。
③ 同上书，第6页。

第九章　集古词

今年又无法回家，可是家中的妻子却一直令他魂牵梦绕，夜不能寐。又如《踏莎行·别情》：

> 流水孤村（陈霆），桃花野渡（陈如纶）。武陵风景知何处（赵迪）。醉来扶上木兰舟（张翥），醒来忘却桃源路（洪瑹）。　急雨收春（贺铸），斜阳挂树（李标）。凭阑目送苍烟暮（赵鼎）。有情燕子不同归（无名氏），相思心逐东流去（姚绶）。①

仔细体悟，此词似乎是词人在回忆自己的一次艳遇。彼此虽然有情，无奈不能走到一起，只好看作一场春梦，让相思空随流水逝去。这样的作品还有《菩萨蛮·春情集唐》《减字木兰花·春情集唐》《青玉案·离情集宋》《菩萨蛮·春思》《生查子·离怀》《点绛唇·别思》等多首。

其三，那些以"春暮""春晚"为标题的作品亦往往表现相思内容。如《踏莎行·春暮》《渔家傲·春暮》表现丈夫对妻子的思念，而《蝶恋花·春暮》《蝶恋花·春暮》（另一首）则侧重表现女性的相思和迟暮之感。也有的词中主人公性别不明显，如《好事近·春暮》：

> 帘外雨丝丝（汤显祖），惆怅谢家池阁（温庭筠）。何处最堪肠断（郑意娘），冷秋千红索（宋祁）。　一年春事又杨花（杨万里），酒病煞如昨（蒋子云）。再数故园花信（史达祖），为谁开谁落（黄公度）。②

此词上片似写女性，外面下着绵绵细雨，她非常惆怅，尤其是看到从前给她带来许多欢乐的秋千，心里更加凄苦。下片似写男性，眼看着又到了杨花飘荡的时节，他却只能一边借酒消愁，一边无聊地盘算着故园的花信，不知它们是为谁而开，又为谁而落。此外，《玉楼春·本意》也是写思妇之相思与惆怅的作品。

---

① （清）丁尧臣：《蕉雨山房集唐酌存·附编》，光绪七年丁氏刻本，第14页。
② 同上书，第11—12页。

根据以上分析的作品统计,《蕉雨山房集句附编》中表现男女相思的词作多达 30 多首,超过总数的一半。

2. 友情是丁尧臣"集古"的重要内容。从具体作品看,丁尧臣不但多写友情,而且将其写得情深义重。这也可以分几类来谈。其一,送别词多表现出浓重的悲凉情绪。如《忆王孙·江干送别集唐》:

> 笙歌一曲郡西楼(白居易)。红蓼花疏水国秋(杜荀鹤)。月落猿啼送客舟(刘长卿)。去悠悠(韩愈)。不废江河万古流(杜甫)。①

此词从饯别开始写起,写到江边送别时周围的凄凉景物,再到其人离开后词人因江水滔滔不绝而唤起的心中愁思。又如《清平乐·秋日送别》:

> 秋光如许(吴山)。更作征人去(谢迈[邁])。一段夕阳留不住(陈氏)。只有断肠诗句(施绍莘)。　雨余淡月朦胧(晏几道)。新愁旧恨重重(宋远)。今夜梦魂何处(李泳),白苹红蓼西风(吴子孝)。②

此词名为送别,其实是写自己离开家乡的感触,所以非常动情。据此似乎可以这样理解,这里的"送别",可能是指家人给词人送别。这样的作品还有《忆王孙·雪中广宁冯勉之大令见过留饮,既而复别,集句奉赠》《前调·再呈勉之明府集唐》《忆王孙·江干送别集唐》《好事近·惜别》《蝶恋花·别情》等,大都写得感情饱满,哀怨动人。

其二,寄友词侧重表现对朋友的思念和对往事的回忆。丁尧臣的寄友词有 5 首,如《点绛唇·寄李觉仙》:

> 雨恨云愁(王禹偁),十分春色今无九(马庄父)。淡烟疏柳(魏夫人)。月照人依旧(秦观)。　试问东风(王十朋),正是愁

---

① (清)丁尧臣:《蕉雨山房集唐酌存·附编》,光绪七年丁氏刻本,第 4 页。
② 同上书,第 15 页。

第九章 集古词

时候（黄庭坚）。君知否（陆文圭）。缓歌携手（宋祁）。前事难重偶（李铨）。①

此词从惜春情绪开始写起，引出对往事的回忆。二人一起"缓歌携手"的日子，恐怕再也难以重现了。又如《青玉案·寄友》：

桃根桃叶秦淮路（周贺）。载多少离愁去（赵彦端）。隔岸数声初过橹（秦湛）。六朝旧事（方岳），一江烟水（胡铨），恰是关心处（元好问）。　蓬窗醉梦惊箫鼓（谢逸）。那得吟朋同此住（冯取洽）。为问新愁愁底许（吴潜）。黄昏时候（完颜璹），梦回人静（释惠洪），长是潇潇雨（廖行之）。②

虽然不知道丁尧臣的这位友人为何许人，但从中可以看出彼此友谊之深厚。友人乘船离开，丁尧臣依依不舍，他多么希望其人能够留下来与自己继续饮酒赋诗啊。除了以上两首，丁尧臣的寄友词还有《清平乐·寄友》《清平乐·滦阳友人》《十六字令·寄程小川》等3首。通过回忆往事和抒发思念，词人表达出他对友情的珍重。

其三，其余的友情词也大都反映出他与朋友之间关系的密切。如果说《菩萨蛮·怀旧集唐》写重游故地时对故人的回忆，《卜算子·江楼夜宴集唐》写宴会之过程，《竹香子·访友集唐》写访友之乐，另外两首则更有特色。先看《点绛唇·黄仲侯赴宽甸就姻卜定初三日吉期戏赠》：

玉珮珠珰（卢氏），千声风吹朱门里（蔡襄）。风香生袂（张旭）。杨柳如腰细（史达祖）。　坦卧东床（王恽），仿佛灯前事（吴文英）。云之际（刘长卿）。佳人才子（柳永）。只在初三是（廖行之）。③

---

① （清）丁尧臣：《蕉雨山房集唐酌存·附编》，光绪七年丁氏刻本，第8页。
② 同上书，第10页。
③ 同上书，第14页。

朋友结婚,词人写了这首词来致贺。上片借助想象写结婚的盛大场面和新娘子的美丽,下片写朋友成就了美满婚姻,并特意指出其吉期是"初三",显得非常有趣。再看《浪淘沙·和史莼舫上舍春感》:

> 双燕语帘栊(文征明)。兰炷香浓(杨继礼)。凭栏幽思几千重(赵长卿)。冷落江天寒食暮(吴琚),孤负东风(幼卿)。　无处觅残红(吴文英)。歌舞匆匆(辛弃疾)。一尊今夜与谁同(沈会宗)。朱箔影移无限恨(赵雍),往事朦胧(周密)。①

一首和答朋友的小词,写得逼似思妇对丈夫的深情。如果没有标题的提示,读者肯定会将其当作爱情词来解读,尤其可以反映出友情的深厚。

将以上三类作品加起来,一共有16首,超过总数的四分之一。这些作品皆感情深厚,反映出丁尧臣对友情的重视。

3. 乡愁也是丁尧臣喜欢表现的内容之一。丁尧臣一生未仕,以医家身份常年四处奔波,因此饱尝了漂泊之苦。如《踏莎行·客思》:

> 露湿春莎(边贡),烟迷津树(赵迪)。杜鹃声里斜阳暮(秦观)。碧云红雨小楼空(张翥),残花飞满帘前路(无名氏)。　风月交游(王沂孙),栖迟羁旅(卢炳)。飘零只是风前絮(周孚先)。江南倦客正思家(金綎),茫茫无着相思处(洪璨)。②

看到暮春时节百花零落的景象,词人不由联想到自己漂泊在他乡的身世,于是更加思念自己的家乡和家人。又如《点绛唇·客怀》:

> 人住天涯(慕伸),许多心事谁传与(张鸿述)。乱山无数(葛胜仲)。依约江南路(李祁)。　渺渺予怀(元好问),往事东流去(吴文英)。浑无绪(周紫芝)。凭阑怀古(姜夔),回首斜阳暮(赵

---

① (清)丁尧臣:《蕉雨山房集唐酌存·附编》,光绪七年丁氏刻本,第17页。
② 同上书,第7页。

第九章　集古词

彦端）。①

相对于上词，此词不仅写出词人的漂泊之感，而且写出他功业无成的苦闷心情，因此感情非常凄苦。以上两首之外，属于此类的作品还有《卜算子·归思集唐》《阮郎归·归思集唐》《菩萨蛮·客思集唐》《踏莎行·别情寄故乡亲友》《点绛唇·怀乡》等。两者相加，共有7首，超过总数的十分之一。

从以上分析可以看出，表现相思、友情和乡愁的作品占全部作品的十分之九，居于绝对优势。至于其余的作品，则数量较少。

三　题目涵盖集句范围与内容活动

早期的词作大都仅有词牌而没有标题，因为词牌同时含有标题的含义。宋代以后，词牌与词的内容渐行渐远，于是词人添加标题的现象越来越多。丁尧臣《蕉雨山房集句附编》中的集古词在标题上具有明显的个性，即所有的标题均包含了集句范围和所写内容或活动或季节两个方面。需要指出的是，那些省去了"集句"字样的作品，亦当作如是观。就其具体情形而言，可以分为三种情况。

1. 标题由词作内容与集句范围两部分构成。丁尧臣的集古词在集句范围上分为"集唐""集宋"和"集句"三类，这在其词标题中均有体现，只是"集句"一类中往往省略了这样的标志。如《菩萨蛮·怀旧集唐》：

　　白沙翠竹江村路（杜甫）。一船风雨分襟处（黄滔）。寂寞对汀州（李群玉）。王孙旧此游（刘长卿）。　　春光催柳色（虞世南）。檐雨余声滴（白居易）。后会杳何时（权德舆）。徘徊只自知（柳宗元）。②

此词所有的句子均出自唐人笔下，这是"集唐"的含义；而所写主要是词人故地重游时对往事的回忆，这是"怀旧"的含义。由此不难看出，

---

① （清）丁尧臣：《蕉雨山房集唐酌存·附编》，光绪七年丁氏刻本，第15页。
② 同上书，第2页。

标题已经将这样两方面的内容都涵盖进去了。又如《菩萨蛮·客思集唐》：

> 云低远塞鸣寒雁（刘沧）。萧条落叶垂杨岸（李绅）。白首寄人间（杜甫）。天涯殊未还（刘长卿）。　浮云横暮色（李昌符）。抱杖柴门立（陆龟蒙）。调苦不成歌（宋之问）。青山入梦多（徐夤）。①

与上词相同，此词所有的句子均出自唐诗，所以是"集唐"；词中所写是词人漂流他乡的沦落之感和对家乡的深情思念，所以称为"客思"。再看《木兰花令·春闺集宋》：

> 楼头水阔山无数（韩元吉）。寒食江村芳草路（秦湛）。阑干倚遍使人愁（欧阳修），欲寄彩鸾无尺素（晏殊）。　杜鹃声里斜阳暮（秦观）。永日闲从花里度（晏几道）。清溪西畔小桥东（尤袤），数尽一堤杨柳树（毛滂）。②

此词中所有的句子均出自宋词，这是"集宋"的含义；而所写是思妇在春天里对丈夫的思念，这是"春闺"的含义。由此可以看出，标题已经包括了这样两个方面的含义。

在省略了"集句"标志的词作中，这样的作品也很多，其中《玉楼春·本意》最有特色：

> 沉吟不语晴窗畔（李郢）。十二阑干闲倚遍（朱淑真）。小楼昨夜又东风（李后主），满地落花红几片（魏承班）。　意长翻恨游丝短（严仁）。鸾镜朱颜惊暗换（钱惟演）。秋千慵困解罗衣（欧阳修），愁对画梁双语燕（毛开）。③

---

① （清）丁尧臣：《蕉雨山房集唐酌存·附编》，光绪七年丁氏刻本，第3页。
② 同上书，第16页。
③ 同上书，第6页。

第九章　集古词

因为词中使用了五代李后主的一个词句,所以此词不算"集宋",而只是"集句"而已。就其内容而言,全词所写是一位少妇在高楼上看到花开花落时内心的愁苦。按照词人的理解,这应该就是"玉楼春"的本意。

在《蕉雨山房集句附编》中,这样的作品非常之多,除了上面所引,还有《卜算子·归思集唐》《菩萨蛮·春闺集唐》《菩萨蛮·春情集唐》《减字木兰花·春情集唐》《阮郎归·归思集唐》《青玉案·离情集宋》《踏莎行·别情寄故乡亲友》《惜分飞·春闺》《好事近·惜别》《点绛唇·春闺》等30多首,占全部作品的一半以上。

2. 标题由具体活动与集句范围构成。跟上类不同,有些标题并没有概括所要表现的内容,而仅仅说明所写是一次什么样的活动。如《卜算子·江楼夜宴集唐》:

　　楼静月侵门(杜甫),野旷天低树。乘兴闲看万里流(皇甫冉),且莫乘流去(戴叔伦)。　处处酒相留(崔融),不用愁羁旅(权德舆)。凭着朱阑思浩然(郑准),有景终不住(张乔)。①

此词除了"集唐"的特点外,所记乃是词人与朋友"江楼夜宴"的过程,从观景、宴饮的欢乐一直写到最后的依依惜别。又如《竹香子·访友集唐》:

　　江北江南春草(刘长卿)。山色东西多少(皇甫冉)。楼台深锁洞中天(释处默),绿树闻歌鸟(李白)。　因访故人居(孟浩然),鱼笋朝餐饱(白居易)。偶然乘兴便醺醺(元稹),客醉花能笑(戎昱)。②

跟前词一样,此词所用亦全是唐人之句,是"集唐"之意;词中所写是词人拜访朋友,彼此一起饮酒作乐的过程,这是"访友"之意。有的作

---

① (清)丁尧臣:《蕉雨山房集唐酌存·附编》,光绪七年丁氏刻本,第3页。
② 同上书,第4—5页。

品标题较长，跟词作的对应关系就更加具体。如《忆王孙·雪中广宁冯勉之大令见过留饮，既而复别，集句奉赠》：

　　　　满天飘落雪纷纷（李频）。花榭留欢夜漏分（许浑）。改罢新诗写赠君（张炜）。对芳尊（韦应物）。南浦离愁入梦魂（韩偓）。①

　　此词不是"集唐"，因为其中有一句宋诗，即"改罢"句出自张炜的《试翁寿乡贡余墨》，所以词人称之为"集句"。词中"满天"两句和"对芳尊"句紧扣标题中"雪中广宁冯勉之大令见过留饮"的意思，"改罢"句紧扣标题中"集句奉赠"的意思，"南浦"句紧扣标题中"既而复别"的意思。由此可见，此词标题亦完整概括了集句范围和具体活动两方面的内容。"集宋"中没有这样的作品。在"集唐"中，这样的作品还有《忆王孙·再呈勉之明府集唐》《忆王孙·江干送别集唐》两首。

　　在省略"集句"标志的作品中，亦可举出《点绛唇·黄仲侯赴宽甸就姻卜定初三日吉期戏赠》《清平乐·秋日送别》和《菩萨蛮·西湖》数首。如最后一首：

　　　　画船横绝湖波练（汤思远[退]）。销魂独我情何限（李后主）。春水碧于天（韦庄）。有人花底眠（程垓）。　鸳鸯如解语（释祖可）。莫道春将暮（冯延巳）。深处麝烟长（温庭筠）。断桥流水香（孙舣）。②

　　此词以"西湖"为标题，并未泛写西湖，但实际上是记载了自己游览西湖的一次经历。暮春时节，词人乘着画船在西湖游览，既为眼前的美景所陶醉，又为春天的行将逝去而伤怀。

　　这类作品数量不多，总共只有8首。

　　3. 标题由季节特征与集句范围构成。在前面所分析的那些标明"集

---

① （清）丁尧臣：《蕉雨山房集唐酌存·附编》，光绪七年丁氏刻本，第3页。
② 同上书，第18页。

第九章 集古词

唐""集宋"的作品中，诸如"春闺""春情"等词语都含有明显的季节特征，但是由于这些词语明显指向男女相思，所以已经作为内容放在第一类了。因此，这里所谈不包括以上因素，而是专指那些看不出内容因素而仅仅题为"春暮"和"春晚"的作品。这类作品共有9首。这些作品虽然标题相同或几乎相同，表达的内容却差别很大。如《踏莎行·春暮》：

满眼飞花（何可视），数声啼鸟（曾允元）。红英落尽青梅小（寇准）。斜阳明灭照村墟（边贡），天涯何处无芳草（苏轼）。　短梦惊回（王九思），旧盟误了（王沂孙）。蘸花亭馆春容老（吴奎）。欲将归意问行人（陈霆），一庭风月知音少（毛翊［珝］）①

春天已经过去，举头望去，到处都长满了青草。从梦中醒来的词人心里更加凄苦，对家乡和妻子的思念也更重了。又如《点绛唇·春晚》：

午梦初回（周密），半楼红影明窗户（曹组）。夕阳烟树（石孝先［友］）。冉冉兰皋暮（蔡伸）。　带得春来（程钜夫），又送春归去（周紫芝）。无情绪（卢炳）。闲愁几许（葛胜仲）。最怕黄昏雨（王好问）。②

此词所写似乎并没有多少相思成分，而是词人心头挥之不去的强烈的惜春情绪。再如《清平乐·春晚》：

落花飞絮（王好问）。冷落春情绪（周紫芝）。长恨春归无觅处（王灼）。化作愁烟恨雨（刘一止）。　黄尘老尽英雄（元好问）。高怀都付丝桐（程本立）。相见嫣然一笑（张元干），那回杨柳楼中（晏几道）。③

---

① （清）丁尧臣：《蕉雨山房集唐酌存·附编》，光绪七年丁氏刻本，第8页。
② 同上书，第13—14页。
③ 同上书，第6页。

跟以上两词都不同，此词写的是词人心中的迟暮之感。年事渐高的词人对自己的仕途已经失望，不得已靠弹琴赋词来消磨时光。即使遇到熟人，也只能笑谈以前的往事了。

以季节为标题的作品还有《点绛唇·春暮》《谒金门·春暮》《蝶恋花·春暮》《好事近·春暮》《蝶恋花·春暮》《渔家傲·春暮》等6首，但所写内容皆不出以上分析的范围。

从以上分析可以看出，《蕉雨山房集句附编》中的集古词在标题写法上非常规范，都是由集句范围和内容（或具体事件，或季节特征）两方面组成，只是"集句"二字大都被省略。

总之，丁尧臣《蕉雨山房集句附编》中的集古词具有一些突出的特点：按集句方式，其作品被词人分为"集唐""集宋"和"集句"三类；按内容题材，其作品主要表现相思、友情和乡愁三个方面；就形式而言，其标题由集句范围和内容（或具体事件，或季节特征）两方面组成，只是"集句"二字通常被省略。

此外，王沼《分秀阁集句诗馀》一卷也是这样的集古词集。该集在题材方面缺少新意，而且在选句时不分唐宋、不拘诗词，常常在一首词中多次使用一位作者的不同句子，因而价值不高，这里就不再专门论述了。

在集句词的各种类别中，集古词的内涵最为丰富。除了少量使用当代诗词之句的作品外，其余集句词都可归入集古词的范畴。正因为集古词的内涵非常宽泛，所以本章所说的集古词仅仅是其中的一小部分，即集唐词、集宋词、集词词、集曲词之外的部分。

第十章 集句词产生、发展原因探析

集唐词、集宋词、集词词、集曲词、集古词代表了集句词的主要类别，它们的发展和演变展现了集句词丰富多彩的面貌。那么，集句词产生、发展之原因主要有哪些？古人又是如何认识的呢？

第一节 集句词产生、发展之原因

集句词的产生和发展，是多种文化因素共同作用的结果。从大的方面说，集句词不仅是在集句诗的带动下出现的，而且在发展过程中一直深受集句诗的影响；集句词的产生和发展离不开当时的词坛，与词的兴衰始终保持了一致。从小的方面说，不同词派的态度和理论不同，对集句词的影响自然也各不相同。

一 集句诗的推动和启发

集句词出现于集句诗之后，在其发展、演变的过程中，自始至终都深受集句诗的影响。

1. 就时代论，集句词的发展、演变与集句诗存在伴生关系。最早的集句诗是晋代傅咸的《七经诗》，但此后一直无人继承。直到北宋的石延年，集句诗才逐步发展起来。石延年今存《调二举子》《下第集句》和《偶成》3首集句诗。最早创作集句词的是同时代的宋祁，今仅存《鹧鸪天》一首。由此可见，集句诗的出现虽然早于集句词，但就北宋而言，二者的

· 309 ·

出现几乎是同步的。

　　在石延年之后，创作集句诗的人逐渐增多。北宋可考的集句诗人有26人，今存集句诗191首。自从宋祁写出《鹧鸪天》后，创作集句词的人也逐渐增多。除了宋祁，北宋可考的集句词人还有王安石、苏轼、黄庭坚、秦观、贺铸、晁补之、吴致尧、郑少微等8人，今存集句词29首；南宋可考的集句诗人有76人，今存集句诗1351首；可考的集句词人有向子諲、赵彦端、张孝祥、杨冠卿、辛弃疾、释绍嵩、石孝友、杨泽民、汪元量、朱希真等10人，今存集句词22首。这些数据表明，虽然两宋集句词的数量和发展程度远远不足与当时的集句诗相比，但二者在发展上呈现出伴生的关系。

　　金、元两代不仅是集句诗的中衰期，也是集句词的中衰期。金代可考的集句诗人仅有10人，今存集句诗136首；元代可考的集句诗人仅有30人，今存集句诗仅153首；其数量都远远不及南宋，而仅与北宋的情况大致相当。与此同时，集句词的数量更少。金代创作集句词仅赵可的《鹧鸪天》一首；元代创作集句词的亦仅白朴《满庭芳》一首。

　　集句诗在明代得到复兴。笔者考知的明代专集（或卷）有63种，其中保存到今天的有36种。这个数量，远远超过此前历代集句诗的总和。与此同时，集句词在明代也迅速得到恢复。明代创作集句词的共有刘基、张旭、夏旸、张綖、杨慎、莫秉清、汪廷讷、俞彦、季梦莲、冯梦龙、沈自继、陈子升、朱一是、吴榷、石庞等15人，今存作品87首，虽然作者数量略少于宋、金、元三代的总和（21），但作品数量是宋、金、元三代总和（53首）的1.5倍。

　　清代不仅是集句诗发展的高潮，也是集句词发展的高潮。据笔者考察，清代可考的集句诗集（或卷）共有348种，其中保存到今天的共有248种。与此同时，集句词在清代也达到高潮。据笔者所考，清人创作的集句词集（或卷）至少有朱彝尊《蕃锦集》一卷、钱琰（一作炎）《集唐百家衣词》一卷、李天馥《闺词》一卷、徐旭旦《集唐词》一卷、朱襄《织字轩词》一卷、柴才《百一草堂集唐诗余》三卷、江昉《集山中白云词句》一卷、俞忠孙《节霞词存》三卷、陈朗《六铢词》二卷、耿氵公

第十章 集句词产生、发展原因探析

《雪村集杜词》一卷、王沼《分秀阁集句诗馀》一卷、杨芳灿《拗莲词》一卷、《移筝语》一卷、殷如梅《集唐词》一卷、《集词》一卷、徐鸣珂《研北花南合璧词》一卷、余煌《词鲭》一卷、播花居士《燕台集艳二十四花品》一卷、沈传桂《霏玉集》一卷、张鸿卓《百合和词》一卷、石赞清《钉饳吟词》一卷、陈钟祥《集牡丹亭词》一卷、顾文彬《百衲琴言》（有七编本、一卷本两种）、丁尧臣《蕉雨山房集唐酌存附编》一卷、周天麟《双红豆词》一卷、王继香《醉庵词别集》二卷、汪渊《麝尘莲寸集》五卷、邵曾鉴《香屑词》一卷、悔道人（陈悔素）《西厢词集》二卷、张赐采《竹岩诗余》三卷等30种之多。

由以上分析可以看出，虽然集句词的发展程度不能与集句诗相比，但始终与集句诗保持着同步关系。这并不是偶然现象，从一个角度揭示了集句词与集句诗之间的内在关系是多么密切。

2. 就类别论，集句词的主要类别来自于集句诗。集句诗有许多类别，集句词亦有不少类别，而后者受前者的影响亦极其明显。这尤其突出地表现在集唐、集古和集杜等方面。

集唐。在集句诗中，集唐诗是最大的一宗。据笔者所考，仅明、清两代的集唐诗集（或卷）就有96种，保存到今天的尚有75种。在集句词中，集唐也是作品最多的类别，算上"集唐诗""集唐词"和"集唐句"三类，仅专集（或卷）就有朱彝尊的《蕃锦集》一卷、钱琰（一作炎）《集唐百家衣词》一卷（已佚）、李天馥《闺词》一卷、朱襄《织字轩词》一卷、俞忠孙的《节霞词存》三卷、殷如梅《集唐词》一卷、周天麟《双红豆词》一卷、徐旭旦《集唐诗余》一卷、柴才《百一草堂集唐诗余》三卷、石赞清《钉饳吟词》一卷等10种。在集句词的各种类别中，集唐词得以一枝独秀并不是偶然的，从中可以清晰地看出集句诗对集句词的重要影响。

集古。在集句诗中，集古诗的数量虽然不及集唐，但也相当可观。如果说金代李俊民《七言绝句集古》的问世，已经代表了集古诗的成熟。元代以后，集古诗的数量越来越多。元代可考的集古诗集（或卷）有4种，明代有11种，清代有31种。在集句词中，集古词的数量亦不少，清代出现了陈朗《六铢词》二卷、王沼《分秀阁集句诗余》一卷、丁尧臣《蕉雨山房集句附编》一卷等 3 种专集（或卷）。此外，何采的《南涧词选》二卷虽非集古词专集，然其中有集古词 64 首。集古词的发展，明显依赖集古诗为其基础。

集杜。在专集一家的集句诗中，集杜的数量最多。就集杜诗来说，北宋李齐已写出最早的集杜诗集——《集杜句》。至南宋，至少出现了 7 种集杜诗集（或卷）。金、元时期，集句诗中衰，但仍然出现了 3 种集杜诗集（或卷）。明、清两代集杜诗的数量激增，明代出现了 9 种专集（或卷）；清代出现了 70 种专集（或卷），其中保存到今天的尚有 38 种。在集杜诗的影响下，集杜词也得到一定程度的发展。南宋杨冠卿的《卜算子·秋晚集杜句吊贾傅》是最早的一首集杜词。至清代，终于产生耿汸的《雪村集杜词》这样的专集。

相对于集句诗，集句词虽然与之大致同步，但一直处于明显的弱势地位。因此，集句词在发展过程中深受集句诗的影响，也就很容易理解了。

3. 就作者论，有些作者既写集句诗又写集句词，更能见出二者之间的内在联系。就宋代而言，兼写集句诗和集句词的共有 6 人。现排列如下：

作者	集句诗	集句词	备注
王安石	68 首	6 首	
黄庭坚	5 首	5 首	
晁补之	2 首	1 首	
吴致尧	10 首	8 首	同见《调笑集句》
杨冠卿	一卷（已佚）	1 首	都是集杜
释绍嵩	七卷（存）	二卷（佚）	诗僧

这些作家既写集句诗又写集句词，但集句诗的数量几乎都多于集句词。由此很容易令人联想：他们创作集句词是因为受到集句诗的启发。

金、元两代，集句诗和集句词的数量都很少，所以没有出现同一作者

第十章 集句词产生、发展原因探析

既写集句诗又写集句词的情况。明代兼写集句诗、集句词的作者亦仅有2人，即张旭有《七言律诗集古》一卷，又有集句词1首；冯梦龙有集句诗14首（见传奇《精忠旗》），又有集句词1首（见《古今小说》）。

清代以后，这样的作者更多。仅以兼写集句诗集（或卷）和集句词集（或卷）的作者来说，至少有10人。现排列如下：

作者	集句诗	集句词	备注
李天馥	《古宫词》一卷（存）	《闺词》一卷（存）	
徐旭旦	《集唐诗》七卷（存）	《集唐词》一卷（存）	同书
朱襄	《无题集韵》（不知存亡）	《织字轩词》一卷（存）	
柴才	《百一草堂集唐》九卷（存）	《百一草堂集唐诗余》三卷（存）	
耿沄	《雪村集杜诗》一卷（存）	《雪村集杜词》一卷（存）	
石赞清	《钉饳吟》十二卷（存）	《钉饳吟词》一卷（存）	同书
顾文彬	《集苏诗》二百四十四首（不知存亡）	《百衲琴言》七编本（存）（另有一卷本）	
丁尧臣	《蕉雨山房酌存》五卷（存）	《附编》一卷（存）	同书
周天麟	《水流云在馆诗钞》十卷（存）《水流云在馆集杜诗钞》二卷（存）《水流云在馆集苏诗钞》一卷（存）《集唐诗钞》八卷（存）	《双红豆词》一卷（存）	同书
悔道人	《集句诗》若干卷（不知存亡）	《集句词》若干卷（不知存亡）《西厢词集》二卷（存）	

· 313 ·

清代竟然出现这么多既创作集句诗集（或卷）又创作集句词集（或卷）的作者，不仅可以表现出二者的共荣，而且有利于揭示集句诗对集句词的巨大影响。

总之，无论从集句词与集句诗的伴生关系，从集句词的主要类别与集句诗相同，还是从一些作者既写集句诗又写集句词的事实看，集句词都深受集句诗的影响。

二　与词的盛衰同步

虽然集句诗对集句词的影响非常深入，但集句词毕竟属于词而不属于诗，所以其与词的消长关系更为密切。关于词的发展，龙榆生在《近三百年名家词选·后记》中有下面这样一段话：

> 词兴于唐，流衍于五代，而极盛于宋……元、明词学中衰，文人弄笔，既相率入于新兴南北曲之小令、散套，以蕲能被管弦，其自写性灵，则仍以五七言古近体诗相尚，于是词之音节，即无所究心，意格卑靡，亦至明而极矣……明、清易代之际，江山文藻，不无故国之思，虽音节间有未谐，而意境特胜。迨朱、陈二氏出，衍苏、辛、姜、张之坠绪，而分道扬镳。康、乾之间，海内词坛，几全为二家所笼罩。彝尊倡导尤力，自所辑《词综》行世，遂开浙西词派之宗。所谓"家白石而户玉田"，亦见其风靡之盛矣。末流渐入于枯寂，于是张惠言兄弟起而振之，别辑《词选》一书，以尊词体，拟之"变风之义，骚人之歌"。周济继兴，益畅其说，复撰《词辨》及《宋四家词选》以为圭臬，而常州词派以成。终清之世，两派迭兴，而常州一脉，乃由江、浙而远被岭南，晚近词家如王、朱、况、郑之辈，固皆沿张、周之途辙，而发挥光大，以自抒其身世之悲者也。然则词学中兴之业，实肇端于明季陈子龙、王夫之、屈大均诸氏，而极其致于晚清诸老，余波至于今日，犹未全绝。①

---

① 龙榆生：《近三百年名家词选》，上海古籍出版社1979年版，第225—226页。

第十章　集句词产生、发展原因探析

不独龙榆生,这种观点实际上代表了清代以来大多数学人的共识。按照这样的认识,词的历史大致可以分为唐五代、两宋(金)、元明、清四个阶段,其中只有后面三个阶段跟集句词的发展相关。

1. 词盛于两宋,集句词亦在此时产生和发展起来。词在唐五代时期虽然已经取得了相当的成就,但距离两宋的繁盛仍有较大的距离。晚清况周颐为《宋词三百首》所作之序云:

> 词学极盛于两宋,读宋人词当于体格、神致间求之,而体格尤重于神致。以浑成之一境为学人必赴之程境,更有进于浑成者,要非可躐而至,此关系学力者也。神致由性灵出,即体格之至美,积发而为清晖芳气而不可掩者也。①

撇开"读宋人词当于体格、神致间求之"的观点,况周颐关于"词学极盛于两宋"的论断早成了当代宋词研究者的共识。如果说北宋词已经比较繁荣,南宋词的繁荣程度更超过了北宋。陶尔夫、诸葛忆兵认为南宋是宋词发展的高峰期,在所著《南宋词史·前言》中说:

> 从中国词史发展的全过程来看,大体上经历了兴起期、高峰期、衰落期与复兴期等四个不同历史阶段。正是南宋词的庞大存在及其气象万千,将词的创作推向了历史的高峰。据初步统计,唐圭璋所辑《全宋词》共收词人1494家,词21055首。其中,南宋约为北宋的三倍。不仅如此,南宋还出现了许多在文学史上有重大贡献与重大影响的著名词人,如李清照、辛弃疾、姜夔、吴文英以及宋末元初的王沂孙、张炎等。②

正是由于两宋词的繁荣背景,才使得集句词不仅能够产生,而且得到一定程度的发展。没有柳永、晏殊、张先等人对宋词的开拓,很难想象宋

---

① 上疆村民重编,唐圭璋笺注:《宋词三百首笺注》,上海古籍出版社1979年版,第2页。
② 陶尔夫、刘敬圻:《南宋词史》,黑龙江人民出版社2005年版,第1—2页。

祁能够写出集句词来。元祐时期是北宋文学的繁荣期，宋词也在此时走向繁荣。与此同时，集句词也随之发展起来。在所考的北宋9位集句词人中，王安石、苏轼、黄庭坚、秦观、贺铸、晁补之等6人都是当时的重要词人。相对于北宋，南宋词不仅更加繁荣，而且普及性更强。在这样的词学环境中，创作集句词的人不仅增多，而且包括了一些不知名的作者。南宋可考的10位集句词人中，只有向子諲、张孝祥、辛弃疾3人可谓重要词人，赵彦端、杨冠卿、石孝友、杨泽民、汪元量、释绍嵩6人的词名都不高，而朱希真甚至是一位事迹难考的女性词人。

2. 金、元、明三代是词的中衰期，也是集句词的中衰期。北宋灭亡后，中原地区被金国占领。由于吴激、蔡松年等北宋词人的参与，金词也迅速发展起来，不仅词人越来越多，而且出现了元好问这样的大家。金词的成就固然远远不能与同期的南宋词相比，但其成就也不可小觑。金代的集句词只有赵可的《鹧鸪天》一首，但如果没有金词的发展，仍然是不可能出现的。

元、明两代是词的衰落期，这是研究者的共识。沈德潜在《清绮轩词选序》中说："词昉于唐，盛于宋，稍衰于元明，而我朝之词复几与宋相酹。"[①] 陈廷焯在《白雨斋词话》中进一步说："词兴于唐，盛于宋，衰于元，亡于明，而再振于我国初，大畅厥旨于乾嘉以还也。"[②] 对于元词之"衰"，当代研究者心有不甘，为之辨析。如陶然《金元词通论》一书云：

> "词衰于元"，是前人对于元词历史地位的普遍看法。"词衰于元"相对于"词盛于宋"来说，当然不能说是不正确的，但如果以一"衰"字概括全部元词，却不免有失公正。[③]

陶先生认为不能以一个"衰"字概括全部元词的观点无疑是正确的，

---

① 金启华、张惠民、王恒展等：《唐宋词集序跋汇编》，江苏教育出版社1990年版，第426页。
② (清)陈廷焯著，杜维沫校点：《白雨斋词话》，人民文学出版社1959年版，第1页。
③ 陶然：《金元词通论》，上海古籍出版社2001年版，第90页。

第十章 集句词产生、发展原因探析

但他也不能不承认"词衰于元"是基本事实。元词的衰落主要表现在两个方面：其一，是作家、作品数量比宋代大大减少了。其二，是元词的成就不高，有散曲化的倾向。正是由于元词全方位的衰落，使得集句词失去了赖以生存的文体基础。元代仅有白朴的《满庭芳》一词可以看作集句词，集句词的衰落至此已到了极点。

相对于元词，明词的衰落情况并不相同，主要是品格的"衰落"，即散曲化的问题，并不是完全意义上的"衰落"。张仲谋在《明词史》中将明词的衰落原因归结为四点：

其一，从文体自身的发展规律看，词的黄金时代已经过去……

其二，从文学发展的总趋势与文体互动规律来看，俗文学的崛起加速了传统雅文学的衰颓与变异……

其三，明词的中衰，与词的地位下降有关……

其四，词乐的失传，也是明词中衰的原因之一……①

其实，明词不仅有衰落的一面，也有复兴的一面。无论就作者还是作品看，明词的数量都超过宋词，至少可以说已经走上了复兴之路。在这样的文体环境中，集句词也走向了复兴。据今所考，明代的集句词有87首，作品数量超过宋、金、元三代的总和（53首）。

从以上考察可以看出，即使在词的中衰期，集句词仍然与其保持了同步。当词在元代极度衰落的时候，集句词几乎走到灭亡的境地；而当词在明代复兴之后，集句词也随之复兴了。

3. 词在清代实现了"中兴"，集句词也进入鼎盛阶段。关于清词，严迪昌《清词史·绪论》中有这样一段概括性很强的论述：

> 继元明两代词风趋入萎靡势态之后，清词复振颓起衰，艳称"中兴"。似可借取顾炎武的一句诗谓"老树春深更著花"，词在历经七八百年走成了个马鞍形的行程时，一代清词以其流派纷呈、风格竞出的空前盛况，终于为这抒情文体的发展史谱就了辉煌丰硕的殿末之卷。②

---

① 张仲谋：《明词史》，人民文学出版社2002年版，第9—13页。
② 严迪昌：《清词史》，江苏古籍出版社1999年版，第1页。

· 317 ·

相对于严迪昌这段话,钱仲联在《全清词序》中有更加具体的描述和更加细致的分析。现摘录于后:

> 如张皇爱国之精神,则邓廷桢、林则徐之为我族英杰,宁在岳飞、文天祥下乎?而自屈大均、王夫之、金堡以迄于清末,爱国高唱,视南宋十余家偻指可数者,倍蓰而不止。非谓清词中无宋词所有之病也,较其精英,则病居其次也。况清词者,拓境至宏,不拘于墟,其内涵之真善美者,至夥颐乎!此清词之缵宋之绪而后来居上者一也。清词人之主盟坛坫或以词雄者,多为学人,朱彝尊、张惠言、周济、龚自珍、陈沣、谭献、刘熙载、俞樾、李慈铭、王闿运、沈曾植、文廷式、曹元忠、张尔田、王国维,其尤著者也。盖清贤惩明人空疏不学之弊,昌明实学,迈越唐、宋。诗家称学人之诗与诗人之诗合,词家亦学人之词与词人之词合。而天水词林则不尔,周、程、张、陆不为词,朱熹仅存十三首,叶适一首而已,以视清词苑之学人云集者,庸非曹邻之望大国楚乎?此则清词根茂实遂、膏沃光晔高出于宋者二也。复次则各派词流之众多也。浙派自朱、厉以还,中历吴锡麒、姚燮、黄燮清,下迄李慈铭、王诒寿辈,法乳未尝中绝;常州派自张氏开宗以迄谭献结集,每变益上,清中期后,词客大抵不越其樊;阳羡不以派名,而陈维崧与朱彝尊对树旗纛,影响所及,不徒"嘉庆以前,为二家牢笼者十居八九"(《箧中词》),下迄清末,冒广生犹为其尾声。经《全清词》之裒集,知此派在曼殊前期,已具众流趋海之巨观。光绪末,朱祖谋在吴下标梦窗一宗为彊村派,则又囊括近代词人之泰半。回视宋代,所谓豪放、婉约,不过当时区示风格之特征,非谓派也。二晏非派也,苏、辛非派也,姜、张非派也,非如诗家之明标江西诗派、续派之名,列为图,刊为集也。此其三也。抑清词于宋词之后,所以能变而益上,则因有词论为之启迪。浙派张醇雅之说,常州派论意内言外,论比兴,论有寄托入、无寄托出;刘熙载论流变;况周颐论词境词心;王国维融中西之学论境界、论理想与写实。多采入其阻,发前人所未发。以视宋人李清照别是一家之断

第十章 集句词产生、发展原因探析

简，张炎《词源》之论乐律与赏鉴、作法者，其深浅、精粗、广狭之度，固大不侔矣。惟清人词论之邃密高卓，词乃不复蒙小道之讥，词体益尊，词坛益崇。此其四也。复次，则词人之数，宋亦非清敌。《全宋词》作者一千三百三十余人而已。清词仅以《全清词钞》初选作者计，已达四千余家，此第选录而已，视宋倍三，今《全清词》之纂，则不待言而数必倍十，宋词视之，绝尘莫蹑，将叹河汉而无极矣。此其五也。

综兹数端，而知词至于清，生机犹盛，发展未穷，光芒犹足以烛霄，而非如持一代文学论者所断言宋词之莫能继也，此世论之所以有清词号称中兴之誉也（见梁启超《清代学术概论》）。何止中兴，且又胜之矣。文廷式以为词之境界，至清方开拓，朱祖谋以为清词独到之处，虽宋人亦未必能及（俱见叶恭绰《全清词钞序》）。文、朱，金代词坛之射雕手也，其言如是，固犁然有当于心。然则《全清词》之纂，宁非当务之急，而为盛世之鸿业哉！[①]

集句词在清代达到鼎盛，出现了几十种专集（或卷），离不开清词的中兴和高度繁荣的文学背景。

在宋词兴盛时，集句词得以产生并获得一定程度的发展；当词在金、元、明三代衰落和复兴时，集句词也随之衰落和复兴；而当词在清代高度繁荣之时，集句词也达到鼎盛。这些情况表明，集句词作为词中一部分，与词的兴衰始终保持了一致。

三　词派的兴替和词学的影响

集句词的发展，还跟不同的词派有密切的关系。清代以前，集句词数量不多，其与词派的关系尚不明显。迨至清代，由于词人大都分属于不同的流派，从而使得集句词与词派之间的关系被彰显出来。最早具有词派属性的集句词人是清初的宋思玉，其《武陵春·集杜》云：

[①] 南京大学全清词编纂研究室：《全清词顺康卷》第1册，中华书局2002年版，第1—3页。

故园犹得见残春，幽处欲生云。野航恰受两三人。随水到龙门。已知仙客意相亲。头带小乌巾。苑边高冢卧麒麟。回首一伤神。①

宋思玉与其父宋存标都是以陈子龙为核心的云间词派的成员。此词的产生，表明云间派已与集句词发生了联系。

相对于云间派，阳羡派、浙西派与常州派对集句词的影响更大。现略作分说。

其一，阳羡派与集句词。阳羡派是清代第一个重要词派，以陈维崧为宗主。阳羡派对集句词的影响表现两个方面。一方面，在阳羡派的重要成员中，有6人参与了集句词创作。他们是：

1. **任绳隗**1首。《全清词顺康卷》第5册载词人小传云：

> 字青际，号植斋，江苏宜兴人。生于明天启元年（1621）。清顺治十四年（1657）举人，更名方斗。十八年（1661）以奏销案褫革，仍复原名。初师事张溥，颇与社事，声名甚盛。诗词与陈维崧齐名，称阳羡双绝。著有《直木斋词选》。②

任绳隗今存1首集句词，即《雪梅香·集毛卓人、申人斋语，次及吴门叶圣野、宋既庭、章湘御》：

> 悲秋处，蓼红苹白菊黄时。倩金昆细款，听寒响动高枝。马氏白眉陆氏凤，李家花萼谢家诗。传闻记，说有双珠，今古如之。　　忆吴江枫冷，梦得清风，宋玉离思。子厚雄才，占星东井于斯。南浦蓉光搴木末，河梁杯韵黯春丝。操就猗兰聊一拨，问夜何其。③

这首集句词最有新意的地方在于所有的句子并非出自古人，而是出自

---

① 南京大学全清词编纂研究室：《全清词顺康卷》第3册，中华书局2002年版，第1471页。
② 南京大学全清词编纂研究室：《全清词顺康卷》第5册，中华书局2002年版，第2911页。
③ 同上书，第2922—2923页。

第十章 集句词产生、发展原因探析

当时的词人,是一首"集今词"。清代的集句词虽然数量可观,但这样的作品一直非常罕见。

2. 史鉴宗 3 首。《全清词顺康卷》第 6 册载词人小传云:

> 字绳远,号远公,原籍江苏金坛,流寓宜兴。任绳隗表弟。生于明天启三年(1623),清顺治八年(1651)举人,官南陵教谕。卒于康熙十三年(1674)。精擅丹青。有《青堂词》。①

史鉴宗的 3 首集句词全是"集唐诗",即《南乡子·荆溪欲归金沙阻雨集唐》《临江仙·春日山游集唐》和《前调·上巳晓雨柬友集唐》。

3. 万树 3 首。《全清词顺康卷》第 10 册载词人小传云:

> 字花农,一字红友,自号三野先生。江苏宜兴人。国子监太学生。吴兴祚巡抚福建、总督两广时先后两次延至幕府,一切奏议皆出其手。工词曲,甫脱稿,兴祚即命家伶侑觞。清康熙二十八年(1689)归自粤中,殁于西江舟次。著有曲剧二十余种,又有《淮絮园集》《香胆词选》《璇玑碎锦》。《词律》二十卷,尤有功词苑,士林称之。②

万树有 3 首集句词,其中《江城子·旅怀集句》和《前调·寄内集句》专集唐、宋词句,《多丽·郊有老圃,艺菊千余,赋此相赠。盖取谱中有花字名者,各采一句,合为斯调云》应该也是一首"集今词"。

4. 释宏伦 4 首。《全清词顺康卷》第 13 册载词人小传云:

> 俗姓徐,字孝均,改字叙彝。无锡人,驻锡宜兴反哺庵。与陈维崧、万树等为词友,清康熙二十九年(1690)尚在世。有《泥絮词》

---

① 南京大学全清词编纂研究室:《全清词顺康卷》第 6 册,中华书局 2002 年版,第 3132 页。
② 南京大学全清词编纂研究室:《全清词顺康卷》第 10 册,中华书局 2002 年版,第 5509 页。

传世。①

释宏伦有 4 首集句词，全是集唐诗，即《忆王孙·集句初晴》《前调·落花》《偷声木兰花·集句偶成》和《鹧鸪天·集句月夜》。

5. 董儒龙 8 首。《全清词顺康卷》第 15 册载词人小传云：

> 字蓉仙，号神庵，江苏宜兴人。生于清顺治五年（1648），卒于康熙五十七年（1718）之后。官贵州湄县知县。有《柳堂词稿》。②

董儒龙有 8 首集句词，即《如梦令·集句》《定西番·集句》《菩萨蛮·集句》《醉花阴·集句》《鹧鸪天·将抵武昌集句》《雨中花·集句》《鹊桥仙·江行集句》和《小重山·集句》，专集唐、宋词句而成。

6. 蒋景祁 1 首。《全清词顺康卷》第 15 册载词人小传云：

> 初字次京，改字京少，又作荆少，江苏宜兴人。蒋永修之次子，约生于清顺治六年（1649）前后，卒于康熙三十四年（1695）。贡生，官府同知。有《东舍集》《梧月词》《罨画溪词》，又辑《瑶华集》等。③

蒋景祁仅有 1 首集句词，即《河传·采莲集唐词》，标题已指出该词为"集唐词"，即专集唐五代而成。

根据上面的考察，这 20 首词可以分为三类：史鉴宗有 3 首、释宏伦 4 首属于"集唐诗"；万树的《江城子·旅怀集句》《前调·寄内集句》、董儒龙 8 首、蒋景祁 1 首属于"集词词"，其中前 10 首集唐宋词句，后 1 首集唐五代词句；任绳隗 1 首和万树的《多丽·郊有老圃，艺菊千余，赋此相赠。盖取谱中有花字名者，各采一句，合为斯调云》属于"集今词"。

---

① 南京大学全清词编纂研究室：《全清词顺康卷》第 13 册，中华书局 2002 年版，第 7346 页。
② 南京大学全清词编纂研究室：《全清词顺康卷》第 15 册，中华书局 2002 年版，第 8551 页。
③ 同上书，第 8735 页。

第十章 集句词产生、发展原因探析

根据严迪昌《清词史》的统计，以上 6 人均属于阳羡派成员。他们共有 20 首集句词，数量虽然仍不算多，但相对于云间派仅有一人一词已是明显的进步。

其二，浙西派与集句词。在清代的几个主流词派中，浙西派对集句词的影响最为重大和深入。这可以从以下三个方面来理解。

1. 浙西派的宗主朱彝尊大力创作集句词。一个词派的建立，跟其宗主的艺术爱好有直接的关联。对集句词来说，浙西派宗主朱彝尊的贡献尤其突出。他的《蕃锦集》是清代最早的集句词专集。对于其取得的成就，钱澄之《蕃锦集引》云：

> 往见张南垣山人为人选石作假山，聚万石于前，略加审视，若为峰，若为崖，若为岩壑，若为麓，向背横斜，一切现成。其石大至寻丈，小或径尺，役者如其指嵌合之，不失尺寸，尝以为神巧。今锡鬯集唐人诗句，自一字以至十余字，辏成小词，多至二百余调，长短自合，宫商悉谐，似唐人有意为之，留以待锡鬯之驱使。又觉其句在唐人诗中未工，而入锡鬯词中，乃转工也。神乎，神乎！南垣末技，不足喻矣。予观今人善集诗者，取诸人以为诗，其学近于无我。若锡鬯此集，不惟无我，抑且无人。凡古人字句，一经其用，音义俱化，虽使作者按之，不复能认为己作也。此虽锡鬯余艺，然不可不谓之进技矣。[①]

2. 众多集句词集（或卷）的出现。朱彝尊《蕃锦集》的成功，极大地激励了当时或此后词人创作集句词的积极性。他的女婿钱琰（一作炎）就是突出的例子，著有《集唐百家衣词》一卷。可惜该书已佚，《全清词·顺康卷》第 16 册仅收录其集唐词 4 首。如《重叠金·闺怨》：

> 泪痕血点垂胸臆（杜甫）。古钗堕井无颜色（张籍）。灯在月胧明

[①]（清）钱澄之：《钱澄之全集》，黄山书社 1998 年版，第 295 页。

(温庭筠)。空堂欲二更（王维）。　　回云随去雁（钱起）。客路如天远（杜荀鹤）。万里未归人（戴叔伦）。城隅草自春（司马札）。①

此词跟另外3首集句词都是专用唐人诗句写成的，跟朱彝尊《蕃锦集》如出一辙，显然是有意仿效的结果。其后出现的集句词集（或卷），特别是那些以"集唐"为特征的词集（或卷），都可以看作朱彝尊《蕃锦集》影响的结果。

3. 张炎作品受到格外的重视。众所周知，浙西派排斥苏轼和辛弃疾，而以姜夔和张炎为宗尚，以致出现了"家白石而户玉田"的现象。在这样的词学环境中，张炎的词作越来越受到集句词人的重视。属于浙西派的江昉著有《集山中白云词句》一卷，其中26首词全部集自张炎的《山中白云词》。受其影响，方成培写有两首专集张炎的词作，即《清平乐·集玉田句》和《生查子·集玉田句》。如前者：

幺禽对语。翻落花心露。明月一方流水护。欲觅生香何处。　　无限古色苍寒。红尘了不相关。一笑生涯如此，寻幽小聚清欢。②

此后，仇梦远的13首集句词也全部集自张炎的词句。方成培和仇梦远都是安徽歙县人，江昉的同乡，则他们集张炎词句显然受到江昉的影响。

从以上三个方面不难看出，浙西派与集句词的关系已比较密切。

其三，常州派与集句词。在常州派的主要成员中，似乎没有人创作集句词，但是这并不能说明该派与集句词没有关系。事实上，相对于阳羡、浙西二派，常州派对集句词的影响更加深刻而持久。现分两方面来解析。

一方面，常州派"意内言外""非寄托不入，专寄托不出"的基本主张，成了一些人解释集句词创作的原因。《麝尘莲寸集》是汪渊所写、其妻程淑笺注的一部集句词集，其中多男女相思，风格比较轻艳。谭献作序时却说：

---

① 南京大学全清词编纂研究室：《全清词顺康卷》第16册，中华书局2002年版，第9206页。
② 张宏生：《全清词雍乾卷》第3册，南京大学出版社2012年版，第1725页。

第十章　集句词产生、发展原因探析

夫捣麝成尘，芳馨之性不改；拗莲作寸，高洁之致长留。五金同炉，千丝成锦，是谓妙手，是谓匠心。然而古诗百一，寓言十九，修辞者意内而言外，尚友者诵诗而读书。唐堂《香屑》之千篇，竹垞《蕃锦》为一集。此空中语，作如是观。畴昔皖公山下得读《藕丝词》卷，未详名辈，望若古人。继知并世之贤豪，有此轶群之浩唱，心仪目想，阅岁经年。辱示新编，并聆寄语，乃知千云一色，无间于山川；八音成声，遥同夫琴瑟也已。①

谭献是常州派的后进，他不仅用常州派的理论解释黄之隽的集句诗集《香屑集》和朱彝尊的集句词集《蕃锦集》的创作缘由，而且以此解释了汪渊《麝尘莲寸集》的价值所在。又如悔道人的《西厢词集》专集王实甫的《西厢记》，内容几乎都是男女恋情，较之《麝尘莲寸集》更加艳丽。钱振锽作序时却说：

隔墙闻钗钏声，即是破戒；壁上看秋波转，正好参禅。作者太狡狯，不于一棒一喝上使人回头，偏于有色无色、有想无想处耐人寻味。其然耶？其信然耶？自铁血主义行五洲，各牺牲土地人民，求一寸干净土不可得。白云乡不飞来，温柔乡安在耶？何况借他人之酒杯，消自己之块垒，朝选声，夕按拍，文字孽耶？欢喜魔耶？知叟且老，固大有不得已于怀者也，益令人思信陵君于不置云。②

以上两个例子说明，常州派"意内言外"的词学理论对于集句词的创作，尤其是对于那些以表现男女恋情为主的集句词集来说，具有非常明显的推动作用。

另一方面，常州派调和阳羡、浙西二派，并有意扭转二派词学宗尚的做法也对集句词产生了深远的影响。这方面最突出的例子是顾文彬的《百

---

① （清）汪渊集、程淑注，许振轩、林志术点校：《麝尘莲寸集》，安徽文艺出版社 1989 年版，第 4 页。
② （清）悔道人：《西厢词集》卷上，温州新瓯印刷公司，光绪刻本，第 1 页。

衲琴言》七编。前文已对第一编中的237首作品进行了统计，将他们分成两类，其结果是：

第一类，集辛弃疾词91首，集苏轼词20首，集范成大词3首，一共114首，约占总数的48%。

第二类，集吴文英词75首，集周密词24首，集张炎词7首，集周邦彦词7首，集王沂孙词3首，集史达祖词3首，集姜夔词2首，集陈允平词1首，集仇远词1首，一共123首，约占总数的52%。

苏轼、辛弃疾、范成大3人之词风格豪放，而周邦彦、姜夔、吴文英、周密、史达祖、陈允平、仇远、张炎、王沂孙9人之词风格雅丽。由以上数据可以看出，顾文彬对这两种风格都很重视，并没有表现出明显的偏向。这正好可以看作常州派特别是周济词论影响的结果。周济曾编《宋四家词选》，他在《目录序论》中说：

> 文人卑填词为小道，未有以全力注之者，其实专精一二年，便可卓然成家。若厌难取易，虽毕生驰逐，费烟楮耳。余少嗜此，中更三变，年逾五十，始识康庄。自悼冥行之艰，遂虑问津之误。不揣挽陋，为謇謇言，退苏进辛，纠弹姜、张，剟刺陈、史，芟夷卢、高，皆足骇世。由中之诚，岂不或亮，其或不亮，然余诚矣。[①]

如果说"退苏进辛"是对阳羡派的扭转，"纠弹姜、张"则是对浙西派的扭转。以此来衡量顾文彬《百衲琴言》中的作品，集辛弃疾词多达91首，几乎是集苏轼词的4.5倍，无疑是"退苏进辛"的鲜明写照；集姜夔词仅2首，集张炎词也不过7首，加起来才9首，不到集吴文英词的八分之一，而略多于集周密词的三分之一，显然是"纠弹姜、张"的形象阐释。

相对于汪渊的《麝尘莲寸集》和悔道人的《西厢词集》二书，顾文彬的《百衲琴言》更能够反映出常州派与集句词的密切关系。

---

① （清）周济：《宋四家词选》，古典文学出版社1958年版，第5页。

第十章 集句词产生、发展原因探析

虽然阳羡派、浙西派和常州派对集句词的影响范围和程度并不相同，但他们都从不同的方面施加了影响。

影响集句词发展的原因自然不止以上分析的三个方面，其他如重视考证的学术风气推动了集句词外在形式的规范和完备，词人的生平遭际、审美爱好和艺术才能影响了他们的集句词创作，不同的题材表现、不同的词调选择也深深影响了集句词的风格，这里不再一一分析了。

第二节　词话与集句词

在解释集句词发生、发展之原因时，词话具有非常特殊的意义。集句词在北宋出现并得到一定的发展之后，逐渐受到时人的关注。如《苕溪渔隐丛话后集》卷三十九载：

> 苕溪渔隐曰："鲁直书荆公集句《菩萨蛮》词碑本云：'数间茅屋闲临水。窄衫短帽垂杨里。花是去年红。吹开一夜风。　娟娟新月偃。午醉醒来晚。何许最关情。黄鹂三两声。'因阅《临川集》，乃云：'今日是何朝。看余度石桥。'余谓不若'花是去年红。吹开一夜风'为胜也。"[1]

黄庭坚将王安石的《菩萨蛮》书写在石碑上，已经能够体现出集句词在当时受到的关注程度。胡仔以《临川集》为据，对其中的两句异文加以比较，同样体现出对集句词的重视。其实，黄庭坚不只喜爱王安石的集句词，他自己也动手创作，保存到今天的尚有5首，其中就包括了模拟王安石的《菩萨蛮》一首。吴曾《能改斋漫录》卷十七亦记载了这两首集句《菩萨蛮》，并且明确指出了黄庭坚受王安石影响而创作的事实。

不过就总体情况来说，宋代以来的诗话很少关注集句词。令人欣喜的是，到了清代，随着词话的大发展，集句词也成为其关注的内容。从唐圭

---

[1]（宋）胡仔：《苕溪渔隐丛话后集》，人民文学出版社1962年版，第326页。

璋《词话丛编》和朱崇才《词话丛编续编》中收录的相关文献看，词话主要包括以下几个方面的内容。

一 分析集句词创作之难

对于集句词，词话作者总是惊诧于其创作难度之大。沈雄《古今词话·词品》上卷"集句"条云：

> 《柳塘词话》曰：徐士俊谓集句有六难，属对一也，协韵二也，不失粘三也，切题意四也，情思联续五也，句句精美六也。贺裳曰：集之佳者亦仅一斑斓衣也，否则百补破衲矣。介甫虽工，亦未生动。沈雄曰：余更增其一难，曰打成一片。稼轩俱集经语，尤为不易。①

如果说徐士俊"六难"和沈雄"打成一片"尚可看作是集句诗和集句词创作的共同困难，有些论者则特意强调集句词创作比集句诗更加困难。邹祗谟《远志斋词衷》中"集句词不必多作"条云："贺黄公云：'生平不喜集句诗，以佳则仅一斑斓衣，不佳则百补破衲也。'至词则尤难神合。曩惟仲茅，今则文友、阮亭，称为老手并驱，然此体正不必多作。"②虽然邹祗谟所说的"神合"跟沈雄的"打成一片"意思比较接近，但他说的对象显然是集句词而不包括集句诗了。因此，他认可的集句词人仅有三位，即：

1. 明代俞彦，字仲茅，生卒年不详，上元（今江苏南京）人。万历二十九年（1601）进士，曾官光禄寺少卿。著有《少卿乐府》《爱园词话》等。据《全明词补编》下册，俞彦今存《浣溪沙·集句》4首和《虞美人·集句》等5首集句词。如《浣溪沙·集句》其一：

> 欲卷珠帘春恨长（王昌龄）。桃花历乱李花香（贾至）。为谁消瘦

---

① （清）沈雄：《古今词话》，唐圭璋《词话丛编》第1册，中华书局2005年版，第843页。
② （清）邹祗谟：《远志斋词衷》，唐圭璋《词话丛编》第1册，中华书局2005年版，第653页。

第十章 集句词产生、发展原因探析

减容光（秦观）。　　独见彩云飞不尽（刘长卿），更教明月照流黄（沈佺期）。海天愁思正茫茫（柳宗元）。①

2. 清代董以宁（1629—1669），字文友，号宛斋，江苏武进人。著有《蓉渡词》《蓉渡词话》。据《全清词顺康卷》第9册，董以宁今存《浣溪沙·闺思集句》《菩萨蛮·舟次集唐》《木兰花令·集句》《南乡子·舟次集唐》和《前调·客舍集唐》等5首集句词。如《南乡子·舟次集唐》：

疏雨过春城（王维）。夹岸桃花锦浪生（李白）。复有楼台衔暮景，新晴（杜甫）。树里南湖一片明（张说）。　　嗷嗷夜猿鸣（陈子昂）。野渡无人舟自横（韦应物）。蝴蝶梦中家万里，三更（李益）。行尽江南数十程（杜常）。②

3. 清代王士禛（1634—1711），字贻上，号阮亭，别号渔洋山人，新城（今山东桓台）人。康熙时曾主盟诗坛，论诗主"神韵说"。著有《衍波词》《池北偶谈》《香祖笔记》等。虽然未见王士禛有集句词传世，但邹祗谟与其生活于同一时代，当阅读过他的集句词。很可能是王士禛后来整理自己的词作时，将这些作品删除了。之所以如此，原因在于他的文学观点发生了变化。他在《香祖笔记》中宣称："予平生为诗，不喜次韵，不喜集句，不喜数叠前韵。"③

虽然王士禛的集句词已无法看到，但从上面举例可以看出，明代俞彦和清代董以宁二人的集句词的确达到了"神合"或"打成一片"的境界，艺术水平很高。近代雷瑨、雷瑊《闺秀词话》卷一"集词"条云：

吾郡黄唐堂先生著《香屑集》，为艺林所珍赏。嗣见宝山邵心炯《艾庐遗稿》中，有《香屑词》一卷，组织如天衣无缝，叹为得未曾

---

① 周明初、叶晔：《全明词补编》下册，浙江大学出版社2007年版，第736页。
② 南京大学全清词编纂研究室：《全清词顺康卷》第9册，中华书局2002年版，第5194页。
③ （清）王士禛著，袁世硕主编：《王士禛全集》第6册，齐鲁书社2007年版，第4636页。

有。盖集诗难，集词尤不易。以词句有长短，词韵有平仄，一字一句，俱有谱律束缚，不容假借也。①

二人不仅认为"集诗难，集词尤不易"，而且对其原因进行了深入的分析。在前人的基础上，近代梁启勋进一步探讨了专门采用诗句创作集句词的困难。《曼殊室词话》卷二"集诗为词"条云："集诗为诗，有其不啻口出天衣无缝者已不易，若集诗为词，尤属难能。"② 其下"集诗句以为词"条又云：

集诗句以为词，唯小令如《卜算子》《生查子》《浣溪沙》《菩萨蛮》等尚可将就，长调则不能也。即如《南乡子》一调，其中之二字句，已属强凑矣。东坡见孔毅父所贻集句诗，曾表示惊奇，似以为得未曾有，此三首或是见孔作而作，出奇斗胜，不肯后人，而故以拘束之词调为之，未可知也。惜彊邨翁以此三词编入不知年，无从稽考。和韵体之诗，创自东坡，集古人之句以为词，似以未之前闻。聪明人固无施不可。③

总之，集句词创作比集句诗更加艰难。如果说徐士俊"六难"和沈雄"打成一片"还可以看作创作集句诗和集句词共同面临的困难，雷瑨、雷瑊和梁启勋则从词体、词调的角度突出了集句词创作独有的困难。

二 评价集句词作品之优劣

既然集句词创作如此艰难，那些优秀作品的出现就显得尤其难得，自然好评如潮。沈雄《古今词话·词评》下卷"朱彝尊《江湖载酒集》"条引用李天馥的话说："锡鬯集唐句为词，曰《蕃锦集》，不惟调协声和，又

---

① 雷瑨、雷瑊：《闺秀词话》，朱崇才《词话丛编续编》第4册，人民文学出版社2010年版，第2145—2146页。
② 梁启勋：《曼殊室词话》，朱崇才《词话丛编续编》第5册，人民文学出版社2010年版，第2971页。
③ 同上书，第2971—2972页。

第十章　集句词产生、发展原因探析

复文心妙合,真杰构也。"① 李天馥自己创作集句词,今存《闺词》一卷,他对朱彝尊《蕃锦集》的评价应该跟自己的创作体会密切相关。毛大瀛评价陈朗《六铢词》的时候,特别珍视其"因难见巧"的一面,其《戏鸥居词话》"陈朗《六铢词》"条云:

> 集句词至竹垞《蕃锦集》,工巧极矣。平湖陈太晖朗,著《六铢词》,集古诗为之,较竹垞集唐,尤为因难见巧。陆梅谷烜题《尾犯》云:"哀怨六朝余,残雨断云,谁解收拾。有客多情,珊瑚网盈铁。氤氲鼎、众香不辨,红白花、一枝相接。九秋风露,片段柴窑,拆碎皆奇绝。　从教如意舞,误损佳人琼颊。妙补增妍,了无痕如獭。娲皇石、精灵炼就,天衣女、裁缝迹灭。清琴百衲,冰弦弹出愁千叠。"②

丁绍仪同时标举柴才和张鸿卓的集句词,主要着眼于其"组织之工"。《听秋声馆词话》卷二十"柴才与张鸿卓词"条云:

> 集句始自傅咸集《十〔七〕经诗》,明以来遂有专集唐诗、杜诗者。竹垞太史乃效东坡居士集古人语为词,《蕃锦》一编,众皆敛手。至钱塘柴次山茂才(才)《百一草堂词》,咸集旧句成篇。近日华亭张啸峰广文(鸿卓)更专意集词,组织之工,几欲突过前哲。茂才《忆王孙》云:"看花多上水心亭(张说)。夹岸桃花锦浪生(李白)。杨柳阴阴细雨晴(武元衡)。画船轻(白居易)。远递高楼箫管声(罗邺)。"《长相思》云:"花参差(苏颋)。星参差(刘方平)。绿惨双蛾不自持(步非烟)。春风能几时(储嗣宗)。　遥相思(王勃)。暗相思(白居易)。只有妆楼明镜知(陈羽)。相思每泪垂(杜甫)。"广文《蝶恋花》云:"残酒欲醒中夜起(冯延巳)。银汉无声(汪

---

① (清)沈雄:《古今词话》,唐圭璋《词话丛编》第 1 册,中华书局 2005 年版,第 1047 页。
② (清)毛大瀛:《戏鸥居词话》,唐圭璋《词话丛编》第 2 册,中华书局 2005 年版,第 1589 页。

晔），露滴寒如水（卢氏）。独倚危楼风细细（柳永）。那堪玉漏长如岁（苏轼）。　红烛自怜无好计（晏几道）。罗幕轻寒（晏殊），点点残花坠（欧阳修）。旧梦苍茫云海际（詹正）。无言划尽屏山翠（毛滂）。"广文由贡生官训导，著有《绿雪馆词》……①

杜文澜称赞顾文彬的集句词，则尤其偏重于其"专集各家之句"的一面。《憩园词话》卷三"顾子山观察词（又二则）"其二：

> 子山观察长于集句，所藏书画卷册自题者，大半集宋人词。别有《百衲琴言》一卷，述情叙事，如无缝天衣，诚推绝技。有《南浦》一调，咏春水多至三十六阕，内十阕杂集宋、元人词。此外二十六阕，则专集二十六家之句，如苏、黄、辛、柳诸家词多者，或尚易成。乃周少隐、侯彦周、仇山村、石次仲等，亦各就其词集成一调，其用心亦良苦矣。②

集句词创作很艰难，专集一家自然更为艰难，而专集二流词人就尤其艰难，所以杜文澜称赞"其用心亦良苦矣"。

值得指出的是，前人评价集句词时并非仅仅关注其取得的成就，也有批评其不足的一面。如前引《赌棋山庄词话续编》卷四"陈朗《六铢词》"条云其"天吴紫凤，已不胜其颠倒矣"的评价就是如此。相对于上引毛大瀛的评价，其间差异不啻天渊。而这种差异正好说明即便对于同样的集句词对象，如果从不同的角度分析，其结论也是各不相同的。

三　朱彝尊《蕃锦集》是词话最重要的评价对象

在所有的集句词中，朱彝尊《蕃锦集》受到的重视程度是无与伦比

---

① （清）丁绍仪《听秋声馆词话》，唐圭璋《词话丛编》第3册，中华书局2005年版，第2826页。
② （清）杜文澜：《憩园词话》，唐圭璋《词话丛编》第3册，中华书局2005年版，第2899页。

第十章　集句词产生、发展原因探析

的，而且几乎是众口一致地称道。这一特征，在前面的引文中已经得到充分的反映。除了这些高度概括性的评价，有些词话作者则结合具体作品进行解析。如《赌棋山庄词话》卷十二"集句词"第三条云：

> 《蓄锦集》偶句，无不精妙。如《浣溪沙》云："阆苑有书多附鹤（李商隐），春城无处不飞花（韩翃）。""碧幌青灯风艳艳（元稹），紫槽红拨夜丁丁（许浑）。""树色到京三百里（殷尧藩），柳条垂岸一千家（刘商）。""暮雨自归山悄悄（李商隐），残灯无焰影幢幢（元稹）。""蜡照半笼金翡翠（李商隐），罗裙宜着绣鸳鸯（章孝标）。"《鹧鸪天》云："平铺风簟寻琴谱（皮日休），醉折花枝当酒筹（白居易）。""桃花脸薄难藏泪（韩偓），桐树心枯易感秋（曹邺）。""松间明月长如此（宋之问），石上青苔思杀人（楼颖）。"《玉楼春》云："一生一代一双人（骆宾王），相望相思不相见（王勃）。""女萝力弱难逢地（曹邺），戏蝶飞高始过墙（姚合）。""落花不语空辞树（白居易），明月无情却上天（薛逢）。"今黄石牧（之隽）唐堂集唐极有盛名，《香屑》一集，不胫而走。然多多为富，求若此匀整细丽，亦不复数见。今于倚声得之，真绝唱哉。①

由于前人称道《蓄锦集》佳处的已经很多，谢章铤则专就其对仗的方面谈论，不但更加深刻具体，而且更富有新意。

陈廷焯不喜欢集句词，将其看作"词中下乘"。《白雨斋词话》卷五云：

> 回文、集句、叠韵之类，皆是词中下乘，有志于古者，断不可以此眩奇，一染其习，终身不可语于大雅矣。若友朋唱和，各言性情，各出机杼可也，亦不必以叠韵为能事。（就中叠韵尚可偶一为之，次则集句，最下莫如回文，断不可效尤也。）②

---

① （清）谢章铤：《赌棋山庄词话》，唐圭璋《词话丛编》第4册，中华书局2005年版，第3468—3469页。

② （清）陈廷焯：《白雨斋词话》，人民文学出版社1959年版，第131页。

可是，在同书的卷八，他却又大力称赞朱彝尊的《蕃锦集》：

石孝友《浣溪沙·集句》云："宿醉离愁慢髻鬟（韩偓）。绿残红豆忆前欢（晏几道）。锦江春水寄书难（晏几道）。　红袖时笼金鸭暖（秦观），小楼吹彻玉笙寒（李璟）。为谁和泪倚阑干（李煜）。"集成语尚能自写其意。然如竹垞之《浣溪沙·同柯寓匏春望集句》云："烟柳风丝拂岸斜（雍陶）。远山终日送余霞（陆龟蒙）。碧池新涨浴娇鸦（杜牧）。　阆苑有书多附鹤（李商隐），春城无处不飞花（韩翃）。马蹄今去落谁家（张籍）。"又《前调·惜别集句》云："惜别愁窥玉女窗（李白）。遥知不语泪双双（权德舆）。绮罗分处下秋江（许浑）。　暮雨自归山悄悄（李商隐），残灯无焰影幢幢（元稹）。仍斟昨夜未开缸（李商隐）。"又《前调·春闺集句》云："十二层楼敞画檐（杜牧）。偶然楼上卷珠帘（司空图）。金炉檀炷冷慵添（刘兼）。　小院回廊春寂寂（杜甫），朱栏芳草绿纤纤（刘兼）。年年三月病恹恹（韩偓）。"又《采桑子·秋日度穆陵关集句》云："穆陵关上秋云起（郎士元），习习凉风（萧颖士）。于彼疏桐（宋华）。摵摵凄凄叶叶同（吴融）。　平沙渺渺行人度（刘长卿），垂雨濛濛（元结）。此去何从（宋之问）。一路寒山万木中（韩翃）。"又《鹧鸪天·镜湖舟中集句》云："南国佳人字莫愁（韦庄）。步摇金翠玉搔头（武元衡）。平铺风簟寻琴谱（皮日休），醉折花枝作酒筹（白居易）。　日已暮（郎大家），水平流（白居易）。亭亭新月照行舟（张祜）。桃花脸薄难藏泪（韩偓），桐树心孤易感秋（曹邺）。"又《玉楼春·画图集句》云："刘郎已恨蓬山远（李商隐）。金谷佳期重游衍（骆宾王）。倾城消息隔重帘（李商隐），自恨身轻不如燕（孟迟）。　画图省识春风面（杜甫）。比目鸳鸯真可羡（卢照邻）。一生一代一双人（骆宾王），相望相思不相见（王勃）。"又《瑞鹧鸪·闺思集句》云："春桥南望水溶溶（韦庄）。半壁天台已万重（许浑）。心寄碧沉空婉娈（刘沧），语来青鸟许从容（曹唐）。　更为后会知何地（杜甫），难道今生不再逢（韩偓）。

第十章 集句词产生、发展原因探析

最忆当时留燕处（吕温），桐花暗澹柳惺忪（元稹）。"又《临江仙·汾阳客感集句》云："无限塞鸿飞不度（李益），太行山碍并州（白居易）。白云一片去悠悠（张若虚）。饥乌啼旧垒（沈佺期），古木带高秋（刘长卿）。　永夜角声悲自语（杜甫），思乡望月登楼（魏扶）。离肠百结解无由（鱼玄机）。诗题青玉案（高适），泪满黑貂裘（李白）。"又《渔家傲·赠别集句》云："花面鸦头十三四（刘禹锡）。调筝夜坐灯光里（王諲）。行到阶前知未睡（无名氏）。挥玉指（阎朝隐）。弦弦掩抑声声思（白居易）。　会得离人无限意（郑谷）。杯倾别岸应须醉（罗隐）。曾向五湖期范蠡（韦庄）。几千里（卢仝）。如何遂得心中事（刘言史）。"诸篇皆脱口而出，运用自如，无凑泊之痕，有生动之趣，出古人之右矣。[①]

一个不喜欢集句词的人，竟然一口气列举了朱彝尊的9首集句词，而且评价非常之高，这本身是一个矛盾。这似乎表明陈廷焯不喜欢的并不是集句词本身，而是那些水平不高的作品。因此，当他读到朱彝尊《蕃锦集》时，又不由得为其水平之高而由衷地赞叹。

相对于他人的点滴评价，谢章铤、陈廷焯能够结合具体作品，对朱彝尊《蕃锦集》进行具体的分析和鉴赏，更能深刻揭示出《蕃锦集》的主要特征。

四　收录众多的集句词作品

在收录集句词方面，词话也有突出的价值。并非只有重要的集句词集才能成为论者关注的对象，即便是不知名的词人，只要有一首集句词写得出色，也会受到论者的关注。现从几个方面来分析。

1. 女性作者的集句词受到格外重视。如雷瑨、雷瑊《闺秀词话》卷一"集词"条收录了葛秀英的6首集句词：

---

① （清）陈廷焯：《白雨斋词话》，人民文学出版社1959年版，第215—216页。

……偶阅葛秀英女史《澹香楼词》，亦有集古数阕，大好之，爰录于此。《忆王孙·寄呈夫子》云："画堂深处麝烟微（顾敻）。闲立风吹金缕衣（韩偓）。红绡带缓绿鬟低（白居易）。落华飞（王勃）。不见人归见燕归（崔鲁）。"又《虞美人》云："庭前芳树朝朝改（李峤）。尚有余芳在（韦庄）。年光背我去悠悠（沈叔安）。恰似一江春水、向东流（李后主）。　此时欲别魂欲断（韩偓）。试取鸳鸯看（李远）。不挑红烬正含愁（郑谷）。别有一般滋味、在心头（李后主）。"又《巫山一段云》云："丽日催迟景（公乘亿），罗帏坐晚风（赵嘏）。自盘金线绣真容（王建）。翻疑梦里逢（戴叔伦）。　离恨却如春草（李后主）。满地落花慵扫（李珣）。思量长自暗销魂（韩偓）。蛾眉向影颦（刘希夷）。"又《卜算子》云："花绕玉屏风（郑遂初），氤氲兰麝馥（白居易）。何事吹箫向碧空（王建），鸾凤调琴曲（张说）。　惜别酒频添（杜甫），侍儿催画烛（钱起）。此后相思几上楼（黄滔），终日求人卜（杜牧）。"又《生查子·赠双妹兼以示别》云："桃华落脸红（陈子良），困立攀花久（白居易）。垂柳拂妆台（欧阳瑾），掬翠香盈袖（赵嘏）。　不敢苦相留（卢纶），去是黄昏后（韩偓）。欲去又依依（韦庄），几日还携手（韩偓）。"又《浪淘沙·送张湘兰之湖南》云："华屋艳神仙（杜甫）。冶态娇妍（陆龟蒙）。纤腰婉约步金莲（毛熙震）。多事春风入闺闼（权德舆），独立花前（冯延巳）。　遥指夕阳边（刘长卿）。嫩草如烟（欧阳炯）。离人独上洞庭船（李频）。一去那边行近远（崔颢），目断遥天（冯延巳）。"[1]

又同书卷二"葛秀英女史"条收录了赵棻的3首集句词：

葛秀英女史，《澹香楼词》中集古数阕，无缝天衣，殆同自己出，已觉难能可贵。兹见《滤月轩诗余》中，亦有集宋人句数首，可与方

---

[1] 雷瑨、雷瑊：《闺秀词话》，朱崇才《词话丛编续编》第4册，人民文学出版社2010年版，第2145—2146页。

第十章 集句词产生、发展原因探析

驾,爰并录之。《一痕沙·题吴平斋山水册》云:"象笔鸾笺(姜夔),藜床香篆横轻雾(王安礼)。又还休务(万俟雅言)。花落空庭暮(赵鼎)。　景趣天然(刘过),写我吟边句(韩淲)。山无数(秦观)。夕阳烟树(石孝友)。看尽江南路(周邦彦)。"又《前调·题陆芝田双琯阁图》云:"何处君家(毛滂),柳含烟翠拖金缕(贺铸)。琐窗琼宇(无名氏)。寂寞闲庭户(谢懋)。　点翰书笺(袁去华),总入昭华谱(李莱老)。凭阑伫(陈允平)。云山烟渚(吕胜己)。好个双栖处(晏几道)。"《壶中天·题记二田小沧浪消夏图》云:"沧浪万顷(侯寘),卧冰查(仲井)、冷浸一天空翠(张元干)。爱此溪山供秀润(刘清夫),扫荡烦襟如洗(刘儗)。料理琴书(张炎),品题风月(戴复古),别是闲滋味(李清照)。莲幽竹邃(董嗣杲),倚阑疑非人世(刘克庄)。　此地宜有词仙(姜夔),联镳飞盖(袁去华),人在行云里(辛弃疾)。翰墨流传知几许(毛开),写出江南烟水(赵长卿)。坐石谈玄(李昴英),飞觞浮白(李弥远[逊]),过雨凉生袂(汪藻)。划然长啸(黄升),半滩鸥鹭惊起(蔡伸)。"①

《滤月轩诗余》是女作家赵棻的词集。虽然葛秀英的《澹香楼词》和赵棻的《滤月轩诗余》二书仍然传世,《闺秀词话》对二人集句词的标举仍有积极意义。

2. 记录不知名作者的集句词。《片玉山房词话》"孙湘云集古"条云:

家湘云(宗樸),苏郡人。少负大志,久客山左。能骑射,有拳勇,精申韩之学。历佐大幕,所至争迎。性好音律篆刻,尤工长短句。尝见其集古《金缕曲》云:"花影和帘卷。小婵娟,香槽拨凤,双蛾先敛。携手含情还却手,惹起新愁无限。已瘦了梨花一半。浅淡梳妆疑见画,画图中、旧识春风面。催拍紧,六么遍。　越罗小袖

---

① 雷瑨、雷瑊:《闺秀词话》,朱崇才《词话丛编续编》第4册,人民文学出版社2010年版,第2179—2180页。

新香蕽。莫重弹、尘消翠谱,天涯情远。浓艳一枝细看取,几许伤春春晚。怕迤逦、华年暗换。柳叶妆楼团扇曲,砑红笺、慢写东风怨。酒易醒,莫辞满。"①

尽管孙宗朴的《花桥词钞》留存至今,然仅有咸丰元年刻本。在集句词的发展历史上,孙宗朴的作用并不明显,而且这首词的艺术水平也不算高。如果没有《片玉山房词话》的记录,这首词很难为一般读者所知。

3. 记录自己的集句词。《竹雨绿窗词话》"集词"条云:

予喜集诗,尤喜集词,但不能聚稿,往往随作随失,不自检点。记《春睡集古》二阕,颇为朋际所称许。其一曰:"春睡重(潘云赤),寒夜浓(晏几道)。鸳锦衾窝晓起慵(吴绮)。娇鸟数声啼好梦(陆凤池),落花流水忽西东(柳永)。"其二曰:"春睡足(王世贞),蔻香消(成德)。烟外飞丝送百劳(柯煜)。落尽裂花春又了(梅尧臣),更闻帘外雨潇潇(顾敻)。"后见诗舲其人,作小词集龚定庵之句甚多,读之皆无笋痕,诚集句好手。予独记其《卖花声》一阕曰:"兰桨昨同游。明月扬州。一身孤注掷温柔。安顿惜花心事处,看汝梳头。　　缥缈此身休。一桁红楼。被谁传下小银钩。我自低眉思锦瑟,锦瑟生愁。"②

由于碧痕习惯于"随作随失,不自检点",如果没有这段记载,他的两首集句词(似为《捣练子令》)很可能也就失传了。此外,这里还记录了张祥河(字诗舲)的一首集句词。

从以上分析可以看出,词话收录了众多的集句词,对文献保存具有非常重要的意义。

---

① (清)孙兆溎撰,香甫辑:《片玉山房词话》,唐圭璋《词话丛编》第2册,中华书局2005年版,第1670页。
② 碧痕:《竹雨绿窗词话》,朱崇才《词话丛编续编》第4册,人民文学出版社2010年版,第2256页。

第十章　集句词产生、发展原因探析

五　对集句词学术规范的探讨

集句词虽然是文学创作，但是由于使用的是前人的成句，就使得其与一般词作相比具有鲜明的学术性。这也可以从几个方面来解说。

1. 强调"历注名姓"。《赌棋山庄词话》卷十二"集句词"条云：

> 填词有即集词句者，且有通阕只集一人之句者。然他人寂寥数篇，至竹垞则专集诗句，既工且多。第考之《临川集》，荆公已启其端。咏梅《甘露歌》三首、草堂《菩萨蛮》一首，皆是集句。《甘露歌》云："天寒日暮山谷里。的皪愁成水。地上渐多枝上稀。惟有故人知。"《菩萨蛮》云："花是去年红。吹开一夜风。"又云："何物最关情。黄鹂三两声。"可谓灭尽针线之迹。蘅圃题《蕃锦集》云："是谁能纫百家衣，只许半山人说。"当是指此，非泛言诗中集句也。然半山不标出处，未若竹垞历注名姓，尤令人易于根据。《汾阳客感（临江仙）》云："无限塞鸿飞不度（李益），太行山碍并州（白居易）。白云一片去悠悠（张若虚）。饿啼乌旧垒（沈佺期），古木带高秋（刘长卿）。　永夜角声悲自语（杜甫），思乡望月登楼（魏扶）。离肠百结解无由（鱼玄机）。诗题青玉案（高适），泪满黑貂裘（李白）。"他如《满庭芳》《归田欢》诸阕，神工鬼斧，前贤定畏后生。盖集句长调比短调尤难也。此集，《六家词》中未及载。①

谢章铤不但认为"荆公已启其端"，并且对王安石的集句词评价很高，"可谓灭尽针线之迹"。之后，他将朱彝尊的《蕃锦集》与之相比，认为王安石没有注释句子的出处，不及朱彝尊——注出原作者的姓名，因为这有利于读者核对句子或注释的正误。

2. 核查集句词及注释的正误。在《赌棋山庄词话》卷十二"集句词"第二条，谢章铤专门讨论了这个问题：

---

① （清）谢章铤：《赌棋山庄词话》，唐圭璋《词话丛编》第4册，中华书局2005年版，第3467页。

集句词研究

……若李富孙《曝书亭词注》，则数典释义，允为注书正例。富孙，秋锦后人，其于是书颇多举正。如《小红楼》之《明月引》，应为《江城梅花引》；寿刘编修之《六么令》，应为《百字令》。至《蕃锦集》中原本只注人名，李氏并考题目。而《桂殿秋》之刘写，应为刘驾；《捣练子》之顾况，应为张祜；《江城子》之李贺，应为雍陶；《浣溪沙》之张蠙，应为张螾（《全唐诗》无张蠙）；《减兰》之王勃，应为王维。《采桑子》之韩偓，应为韩翃；《菩萨蛮》之李白，应为李中（《题画》）；《河渎神》之陈颁，应为黄颁；《鹧鸪天》之杜甫，应为杜牧（《燕台送陈右源还吴》第一句），李舒应为《乐章》（"郁氤氲"见《昭德皇后庙乐章》。按《唐书·乐志》，其词内出李舒撰。《德明兴圣庙乐章》《让皇帝乐章》，并系四言）；《河传》之刘长卿，应为刘禹锡；《玉楼春》之张贲，应为皮日休；《临江仙》之张谓，应为张说，钱翊应为杜荀鹤（《怀归寄周青士、缪天目》）；《南楼令》之齐己，应为李白；《十拍子》之殷文圭，应为苏广文；《天仙子》之皮日休，应为陆龟蒙；《满庭芳》之李颀，应为李频，王续应为王绩。又"笑拈霜管题诗句，难道今生不再逢"，原注郎士元、韩偓，检之本集皆无，盖出自竹垞之腹笥，记忆不无偶疏。校雠谛当，真长水之功臣矣。然落叶之扫，时有未尽。《迈陂塘》下片结句"素无"六字，书舟、碧山诸作，尽是刻本讹传。竹垞别阕，亦皆五字。《送展成归吴》云："伶取旧时题扇。""时"字应删（原集无此字）。《多丽》首句三字，次句六字，今以"满长亭落叶"，亦五字断句，非……①

对于《蕃锦集》中的错误，李富孙《曝书亭词注》已经"颇多举正"，功不可没；无奈"校书如扫落叶"，难以穷尽，于是谢章铤在李富孙的基础上又改正了少量错误，尤其难得。

3. 反对割裂、改窜原文。使用他人成句创作集句词，虽然经常有割裂甚至改窜原文的情况，但毕竟以不作任何改动为最上。蒋景祁《瑶花集词

---

① （清）谢章铤：《赌棋山庄词话》，唐圭璋《词话丛编》第 4 册，中华书局 2005 年版，第 3467—3468 页。

第十章　集句词产生、发展原因探析

话》卷一"集句回文"条云:"集句必不宜入选。其有改窜全文,恣意割裂者无论已,即极工巧凑合,终非天女色丝,是编或集诗或集词,要于自然,无取牵附。取存数篇以备体制。于回文亦然。"① 从蒋景祁的话不难看出,他对"改窜全文,恣意割裂者"的态度是非常不满的。又沈雄《古今词话·词品》上卷"集句"条云:

  沈雄曰:苏长公《南乡子》云:"怅望送金杯(杜牧)。渐老逢春能几回(杜甫)。花满楚城愁远别(许浑),情怀。何况青丝急管催(刘禹锡)。　吟断望乡台(李商隐)。万里归心独上来(许浑)。景物登三闲始见(杜牧),徘徊。一寸相思一寸灰(李商隐)。"近代《蕃锦集》中,朱竹垞《点绛唇·咏风》云:"洒露飘烟(包佶),无情有恨何人见(皮日休)。罗帷舒卷(李白)。算待花如霰(王维)。　听不闻声(韩愈),紫陌传香远(陈翥)。阳春半(崔湜)。柳长如线(李贺)。舞态愁将断(郑愔)。"词则佳矣,但取其义之吻合,不求其句之割切也。律陶集杜,自昔已然,止用七言无言也。即调中对句、结句之工巧,或出人意表,若内用二字、三字、四字,当割切之于何人?而注为某某句乎?②

虽然集句词中二字、三字、四字句皆出自前人的作品,但如果是从原文中割裂所致,已经不是原来的面目,怎么还能注为原来作者的句子呢?由此不难看出,沈雄反对"割切"的态度亦非常鲜明。

不过,有的批评仍有讨论的空间。如《词征》卷六"竹垞《蕃锦集》"条云:

  竹垞《蕃锦集·沁园春》词"每驻行车",用王起诗句。《河渎神》词"来往五云车",用王维诗句(见《曝书亭外集》)。王起诗以

---

① (清)蒋景祁:《瑶花集词话》,朱崇才《词话丛编续编》第1册,人民文学出版社2010年版,第605页。
② (清)沈雄:《古今词话》,唐圭璋《词话丛编》第1册,中华书局2005年版,第843页。

车叶花,王维诗以车叶赊,竹垞均改入鱼模韵,即钱辛楣所谓明知故犯者邪?①

张德瀛认为,既然"王起诗以车叶花,王维诗以车叶赊",那么朱彝尊就不应该将其"入鱼模韵",这有点胶柱鼓瑟了。"车"字本来两属,既可"叶花""叶赊",也可"入鱼模韵"。朱彝尊在没有改动一个字的前提下,将"叶花""叶赊"的"车"字"改入鱼模韵",正是集句词能够突破字面限制拓展新境的体现,是其妙处所在,岂可谓之"明知故犯"邪?

此外,有些论者还对集句词及其类别的产生进行了考证。他们一般认为集句词始于王安石。这方面的文献很多,前文也已举出一些,此不复论。这里引《词征》卷一的"集诗句入词"条:"集诗句入词,惟朱竹垞《蕃锦集》篇帙最富。然苏子瞻、赵介庵均列是体,盖宋人已有为之者。其集前人词句,则石次仲《金谷遗音》载之。"② 张德瀛将"集诗句入词"追溯到宋代的苏轼和赵彦端,将"集前人词句"追溯到石孝友。从现存的文献看,这些结论都是正确的。

集句词的发生、发展有着复杂的社会文化原因,无论是古人的论述还是笔者的分析虽有所得,但这个问题仍有较大的探讨空间。虽然历史上没有出现过真正意义上的"集句词话",但是古代词话尤其是清代词话中关于集句词的记载和论述,从不同的方面揭示了集句词的特点,对于集句词研究具有不可忽视的价值。

---

① (清)张德瀛:《词征》,唐圭璋《词话丛编》第5册,中华书局2005年版,第4180页。
② 同上书,第4086页。

主要参考文献

（宋）苏轼：《东坡乐府》，上海古籍出版社1979年版。

（宋）张孝祥著，聂世美校点：《于湖词》，上海古籍出版社1989年版。

（金）元好问著，姚奠中主编，李正民增订：《元好问全集》，山西古籍出版社2004年版。

（明）汪廷讷：《坐隐先生集》，《四库全书存目丛书集部》第188册，齐鲁书社1997年版。

（清）董元恺：《苍梧词》，康熙二十六年（1687）刻本。

（清）朱彝尊：《蕃锦集》，钱仲联《清八大名家词集》，岳麓书社1992年版。

（清）徐旭旦：《世经堂集唐诗词删》，康熙五十三年（1714）世经堂刻本。

（清）汪渊著、程淑注：《麝尘莲寸集》，安徽文艺出版社1989年版。

（清）沈传桂：《霏玉集》，《清梦庵二白词》卷五，道光二十五年（1845）刻本。

（清）丁尧臣：《蕉雨山房集唐酌存》，光绪七年（1881）丁氏刻本。

（清）周天麟：《双红豆词》，光绪二十一年（1895）刻本。

（清）悔道人：《西厢词集》，温州新瓯印刷公司，光绪刻本。

（清）王沼：《分秀阁集句诗余》，陈柱《二香词》，扫叶山房民国七年（1918）刻本。

（清）楼杏春：《藜花馆词稿》，民国二十二年（1933）义乌排印本。

（清）顾文彬：《百衲琴言》，苏州图书馆所藏稿本。

（清）石赞清：《饤饾吟词》，《黔南丛书》第四集第四册，民国间铅印本。

（清）播花居士：《燕台集艳》，张次溪《清代燕都梨园史料续集》，台湾学生书局1996年版。

（清）邵曾鉴：《香屑词》，《艾庐遗稿》卷六，民国陶听泉刻本。

（清）陈钟祥：《集牡丹亭词》，《黔南丛书》第四集第二册，贵阳交通书局，民国间铅印本。

（宋）胡仔：《苕溪渔隐丛话后集》，人民文学出版社1962年版。

（宋）沈义父著，蔡嵩云笺释：《乐府指迷笺释》，人民文学出版社1963年版。

（清）丁绍仪：《听秋声馆词话》，唐圭璋《词话丛编》第3册，中华书局2005年版。

（清）谢章铤：《赌棋山庄词话续编》，唐圭璋《词话丛编》第四册，中华书局2005年版。

（清）沈雄：《古今词话》，唐圭璋《词话丛编》第1册，中华书局2005年版。

（清）陈廷焯著，杜维沫校点：《白雨斋词话》，人民文学出版社1959年版。

（清）邹祗谟：《远志斋词衷》，唐圭璋《词话丛编》第1册，中华书局2005年版。

（清）王弈清：《历代词话》，唐圭璋《词话丛编》第2册，中华书局2005年版。

（清）毛大瀛：《戏鸥居词话》，唐圭璋《词话丛编》第2册，中华书局2005年版。

（清）杜文澜：《憩园词话》，唐圭璋《词话丛编》第3册，中华书局2005年版。

（清）孙兆溎撰，香甫辑：《片玉山房词话》，唐圭璋《词话丛编》第2册，中华书局2005年版。

（清）蒋景祁：《瑶花集词话》，朱崇才《词话丛编续编》第1册，人民文学出版社2010年版。

（清）张德瀛：《词征》，唐圭璋《词话丛编》第5册，中华书局2005年版。

主要参考文献

（清）纪昀等：《四库全书总目提要》，河北人民出版社2000年版。

雷瑨、雷瑊：《闺秀词话》，朱崇才《词话丛编续编》第4册，人民文学出版社2010年版。

梁启勋：《曼殊室词话》，朱崇才《词话丛编续编》第5册，人民文学出版社2010年版。

碧痕：《竹雨绿窗词话》，朱崇才《词话丛编续编》第4册，人民文学出版社2010年版。

唐圭璋：《全宋词》，中华书局1965年版。

唐圭璋：《全金元词》，中华书局1979年版。

饶宗颐初纂、张璋总纂：《全明词》，中华书局2004年版。

周明初、叶晔：《全明词补编》，浙江大学出版社2007年版。

南京大学全清词编纂研究室：《全清词顺康卷》，中华书局2002年版。

张宏生：《全清词顺康卷补编》，南京大学出版社2008年版。

张宏生：《全清词雍乾卷》，南京大学出版社2012年版。

王欲祥、李灵年、陆林、陈敏杰：《清人别集总目》，安徽教育出版社2000年版。

柯愈春：《清人诗文集总目提要》，北京古籍出版社2001年版。

裴普贤：《集句诗研究》，台湾学生书局1975年版。

裴普贤：《集句诗研究续集》，台湾学生书局1979年版。

宗廷虎、李金苓：《中国集句史》，山东文艺出版社2009年版。

张明华、李晓黎：《集句诗嬗变研究》，中国社会科学出版社2011年版。

张明华、李晓黎：《集句诗文献研究》，社会科学文献出版社2012年版。

张明华：《文化视域中的集句诗研究》，中国社会科学出版社2014年版。

张福清：《宋代集句诗研究》，中国社会科学出版社2014年版。

后　记

　　笔者关注集句词，始于十年前在南京大学师从巩本栋师攻读博士学位之时。在巩师的指导下，笔者完成了题为《徽宗朝诗歌研究》的博士论文。在写作过程中，笔者不仅关注到集句诗，而且关注到了王安石、苏轼等人的集句词。受论文题目所限，笔者在论文中仅仅写出了《王安石与集句诗在徽宗朝前后的发展》一节，不但未及集句词，甚至未及南宋以后的集句诗。几年后，笔者对集句诗、集句词的了解逐渐增加，于2009年申报的研究课题《集句诗词研究》获安徽省社科立项。在这个项目的支持下，笔者开始对集句诗、词进行比较系统的研究，结果发现集句诗的数量远比预想的多很多倍，于是只好申请修改研究计划，专力于集句诗，先后出版了《集句诗嬗变研究》和《集句诗文献研究》二书，对集句词竟未暇顾及。在二书之后，笔者又进一步从文化的视角研究集句诗，完成了一本名为《文化视域中的集句诗研究》的书稿。在分析集句诗的文学影响时，笔者本来有机会探讨集句词，可是由于其数量较多，远非一节甚至一章所能容纳，于是集句词再一次被搁置下来了。非常幸运的是，该书稿在2012年获国家社科基金后期项目立项。在该项目的支持下，笔者得以对集句词进行专门研究，终于完成了这本名为《集句词研究》的小书。

　　在本书写作过程中，得到了多位师友的大力帮助，在此谨向大家致以最真诚的谢意！

2015年秋，张明华书于阜阳师范学院。